子毓秀传奇

王峰 著

山西出版传媒集团
山西人民出版社

图书在版编目（CIP）数据

李毓秀传奇 / 王峰著. —太原 :山西人民出版社，
2023.1

ISBN 978-7-203-12442-9

Ⅰ. ①李… Ⅱ. ①王… Ⅲ. ①长篇小说 – 中国 – 当代
Ⅳ. ① I247. 5

中国版本图书馆 CIP 数据核字（2022）第 200008 号

李毓秀传奇

著　　者：王　峰
责任编辑：张书剑
复　　审：刘小玲
终　　审：李　颖

出 版 者：山西出版传媒集团·山西人民出版社
地　　址：太原市建设南路21号
邮　　编：030012
发行营销：0351 – 4922220　4955996　4956039　4922127（传真）
天猫官网：https://sxrmcbs.tmall.com　电话：0351 – 4922159
E — mail：sxskcb@163.com　发行部
　　　　　sxskcb@126.com　总编室
网　　址：www.sxskcb.com

经 销 者：山西出版传媒集团·山西人民出版社
承 印 厂：晋中市美琳印务有限公司

开　　本：787mm × 1092mm　　1/16
印　　张：23.5
字　　数：300千字
版　　次：2023年1月　第1版
印　　次：2023年1月　第1次印刷
书　　号：ISBN 978-7-203-12442-9
定　　价：79.00元

如有印装质量问题请与本社联系调换

序 言

伟大的私塾先生

李骏虎

中华传统文化经典中，有些深入人心、口口相传的典籍，人们对它们的作者多是不熟悉的，比如《三字经》《千字文》《菜根谭》的作者，还有王峰先生这部书的核心《弟子规》的作者，这其中的原因大致是一样的：那就是他们的作品都是对儒家经典的再创作。作为我国封建社会晚期的明清文人，他们不像春秋战国诸子百家那样有原创精神，但他们的作品将儒家核心思想与社会生活相结合，用更加易于传播的口头文学形式加以重新提炼和创作，变成一种朗朗上口的教育宝典，丰富和活化了儒家经典的教义和功能。

同样，《弟子规》的作者清代秀才李毓秀作为乡贤，也成为了其家乡新绛县人们心目中的圣人，后世的家乡文人对他的景仰和研究，不亚于他对孔孟的崇敬。这其中有研究他身世和作品的学者，也有想用小说为他树碑立传的作家，王峰先生属于后者。我接触到王峰先生这部作品差不多快十个年头了，我钦佩他对山西历史文化名人的书写，曾想把这部作品纳入省作协的重点作品扶持项目或者出版工程——那个时候这部书稿还不叫这个名字，这个书名大概是参考了我给的建议——遗憾的是没有通过专家的评审。这些年里，王峰先生不断地对书稿进行修改，大有曹雪芹当年的"披阅十载，增删五次"的精神头。功夫不负有心人，最近新绛县政府要出资出版这部书了，所以王峰先生托我写点文字权作序言。

我通读了这部书稿，它对我的吸引力是巨大的，不唯对李毓秀和《弟子规》的敬仰，还有书中对晋南风土人情的描写，我也是晋南人，因此感到非常的亲切，引发了强烈的共鸣。从文学的角度讲，王峰先生跳开了对《弟子规》的图解性书写，而完全塑造了一个有血有肉有温度的李毓秀，他把握住了小说写作的关键，很好地诠释了小说的题记："没有经过大灾大难的人，成就不了大事。"在叙事手法上，他借鉴了民间故事的表现方式，我想这大概是基于他是新绛县人，听说了很多民间流传的关于李毓秀的故事，从而展开合理的想象和创作。要做非常事，必是非常人，何况还要成为圣贤？在王峰先生的笔下，李毓秀经历了常人所不能承受的苦难，他的命运是极其悲惨的，少年丧父，青年丧妻，恩师自杀，母亲伤心而亡，红颜知己又被人夺去，并且这些人还都不是善终。他们都是被恶人勾结官府陷害或者被恶人直接杀害，可谓杀父之仇、夺妻之恨都发生在了李毓秀的身上，他本人也是被人算计而失去功名，这一切足以摧毁一个人生的意志，所以他也选择过自杀。但也正是这一切成就了他，世道之恶使他发奋著述，要从根本上教育人和修正社会，从而创作出《训蒙文》，对世人进行教育和规劝。他没有被苦大仇深而压垮，反而化悲痛为力量，用悲悯之心原谅了仇家，从而成为圣人。我不知道其中有多少是史实，但王峰先生这部作品对我的震动是巨大的，这是文学的力量，更是心灵的力量。从文学的意义上讲，这部作品是成功的。在成功塑造人物的同时，王峰先生在作品里把晋南文化、风物、风俗都进行了充分的表现，使得这部作品具有了风俗史的意义。

不过，李毓秀并不是虚构人物，他是历史人物，《弟子规》也不仅是作者靠着经历过苦难就能写出来的。李毓秀不是一个普通的私塾先生，他是个接近圣贤的思想家和教育家，这个私塾先生是如何具备伟大的人格并且写出经典作品的？这是《李毓秀传奇》里没有能够充分回答的问题。有研究表明，李毓秀除了家庭条件优渥能够从小接受很好的教育，有几个关键的人物对他起到了"催化"的作用，第一位是他游学二十年的恩师名儒党成，第二位是聘请他教书十年的致仕乡贤王奂曾。正是跟着党成，有了儒学的浸润和游历的经见，结合在王奂曾家的十年教学经验，才使得他产生了写作一部《训蒙文》作为独家教材的创作冲动。而《训蒙文》其实也并不是一部原创作品，它至少参照了《论语·学而》《礼记·曲礼》《童蒙须知》《程董二先生学则》《小学诗礼》等典籍。这位伟大的私塾先生是站在巨人的肩膀上，完成了一部影响了当世和泽被后世的经典作品，后《训蒙文》经贾存仁修改并更名为《弟子规》。继承和创新，这也是我们中华文化源远流长的一个特征。如果《李毓秀传奇》能够从这个格局上进行表现，会更加具有历史价值，当然，王峰先生的民间叙事方式自有他的艺术魅力，我们不应当苛求兼顾和完美。

王峰先生也是一位令人尊敬的人民教师，他曾在新绛中学任教多年，而新绛中学的前身就是李毓秀创办的私塾"敦复斋"，这是一种精神传承，也是一种缘分。谨以此文向人民教师王峰和他笔下伟大的私塾先生李毓秀致敬！

（作者系山西省政协常委、山西省作家协会主席）
2022 年 11 月 25 日

心血为前贤立传 真情呈规矩底色

程勤学

大凡为书写序,一是写作者,二是写作品,我也难逃窠臼。此序旨在架起一座桥梁,帮助大家了解作者与作品背后的故事。

作者王峰是一个"奇人"。作为职业,他是高中音乐特级教师、中国音乐家协会会员,创作了百余首歌曲作品,培养的学生在高考中出类拔萃,被称为"王家军"。作为文学爱好者,他是一个有个性、有情怀的人,发表散文及民间故事等 70 余篇,出版了长篇小说《绛州锣鼓》。他善于观察捕捉人与人、人与社会之间永恒不变的真善美,用渗透心血的文笔描述应有的人间正道,痛斥人世间为人不齿、令人唾骂的假恶丑,这是作者耗时八载写成《李毓秀传奇》的初心所在。

《李毓秀传奇》是一部讲述《弟子规》成因的文学力作。作者老家与李毓秀故里相邻,两村地连着地、埂连着埂,儿时不少同学都是李毓秀的后代,作者对李夫子家乡的人文地理与生活习俗十分熟悉,这一切成为他文学创作得天独厚的条件。国家历史文化名城的厚重文化,脚下奔流不息的山西母亲河——汾河,盛世方兴未艾的《弟子规》国学热,有心的作者敏锐地捕捉到了这些闪光点,试图通过文学作品,用真情还原《弟子规》作者的心路历程。

为了艺术地再现李毓秀,作者走村串户造访其后人,深入图书馆、档案室查询相关资料,多次到汾河岸边实地感悟。写作过程中,主人公的酸甜苦辣、爱恨情仇在作者心灵上来了一场实景彩排,情到深处每每潸然泪下,真正是用心血铸就作品,让规矩启迪人生。

掩卷沉思,李毓秀为什么要写《弟子规》? 作者为什么要写《李毓秀传奇》? 想着想着,脑海中忽然飘来绛州古城南门城楼上的"朝宗"二字。千里奔腾而来的汾水在古绛州城掉头向西,扑入中华母亲河——黄河的怀抱。我彻悟了:在博大精深的中华文明面前,我们每个人都应是规规矩矩的弟子,都应循着《弟子规》的人生规矩,承前启后,忠国孝亲,荣祖荫后。我细读《李毓秀传奇》,处处无不感受到这一点。

作者对历史文化的痴情,使我们多有机缘相遇。出于对家乡文化的热爱,我们合作了大型情景歌舞《再走绛州》。借此机会将其中的《绛州出了个李毓秀》献给读者,让我们一起在音乐艺术中感悟前贤的优秀文化成果。(歌曲附后)

(作者系新绛县三晋文化研究会会长)

2022 年 11 月 26 日

绛州出了个李毓秀

1==F 4/4

程勤学 闫伟民词
王　　峰曲

```
5 2 5 1 7̣6 | 1 5 - - | 5 1 2 5 1 4 3 | 2 - - - |
汾河  折西  走，    汾水  恋绛  州，
汾河  折西  走，    汾水  恋绛  州，

5 1 - 2 | 6̣5 6̣4 3 2 - | 5 5̣2 4 5 1 6 | 5 - - - |
古绛 州历   来  钟灵毓    秀，
咱名 城历   来  人才辈    出，

1̇ - 7 6 | 5̣7 6̣5 4 - | 6 5 1 5·1 4 3 | 2 - - - |
你 看那汾 河湾  走来了李  毓  秀，
你 看那汾 河湾  走来了李  毓  秀，

0 5 5 2 | 5 - 2̇ - | 1̇ - - - | 1̇ - 2 6 | 5 - - - |
 走来了李  毓  秀，      李毓  秀。

5 5̣3 2̣1 2̣3 | 5̣3 5 - - | 5 - - - | 5 - - 0 |
李毓       秀，
李毓       秀，

3·5 2 3 5 - | 6·5 4 3 2 - | 5̣3 5̣3 2̣1 2̣3 5 | 2̣1 7̣6 5 - |

0 1̣7 6̣ 5 | 3̣2 3 - - | 5̣3 5̣6 1̣6 5̣4 3 | 2̇1̇ 2 - - |
 汾河  乳汁  哺育  了 你，
 绛州  大地  养育  了 你，

3 2̣3 5 6̣1 | 6 5̣3 2̣3 1 | 2 5̣6 1̣2 2̣6 | 5 - - - |
你 为  汾水  添灵   秀，
你 为  家乡  添锦   秀，

1 1̣6 1̣2 5 4 | 3̣2 3 - - | 5 6̣1 6̣5 4 3 | 5̣4 5 - |
李毓     秀，   李毓     秀，
李毓     秀，   李毓     秀，

1·7̣ 6̣1 5 | 5 4 3̣5 2 - | 2·3 5 6̣1 | 6 5̣4 3 5 - |
呕心沥血，著书立 说，  矢志不渝 传经诵 道，
呕心沥血，著书立 说，  矢志不渝 传经诵 道，
```

2· 3 5 66 | i· 6 2 i6 | 5 3 5 − 676 | 5 − − 0 |
言 简意赅的 弟 子 规
立 身处世的 弟 子 规

5 6i 63 43 32 | i6i − 53 | 2 5 6 1 2 6 | 6 5 − − |
就是他编 著， 就是他编 著。
就是他编 著， 就是他编 著。

0 3 2 3 | 5 53 23 10 | 0 23 7 5 | 6 − − 0 |
为的是童蒙弟子 循规起步，
为的是儒家经典， 浅显通俗，

0 1 2 3 | 5 4 32 30 | 0 23 5 43 5 | 2 − − 0 |
为的是男女老少 有规可 守，
为的是国学文脉 绵延千 古，

0 6 5 6 | i 76 5 3 | 6 53 56i 7 | 6 3 5 6 |
为的是左邻右舍亲仁互 助，为的是
为的是中华美德渊源长 流，为的是

i 76 5 3 | 6 35 7 6 | 5 0 0 0 |
天 下 百姓和谐相 处。
绛 州 古城铭刻春 秋。

5 53 6 76 | 53 5 − 3 | 5 35 6i 5 43 2 | i6i − 2 |
从此 后， 啊！
从此 后， 啊！

3 23 5 53 | 21 23 5 − | 6 53 56i 7 | 6 5 6 − − |
弟子规声名 远 播 中华神 州，
弟子规声名 远 播 中华神 州，

5· 3 5 6 | i − 7 6 | 2 2 − i | 72 67 6 5 − |
绛 州史册浓墨 重彩，
绛 州史册浓墨 重彩，

5 35 6i 5 43 5 | 21 2 − 3 | 5 6i 63 43 2 |
啊！ 好 一卷人文风
啊！ 好 一卷人文风

i6i − 53 | 2 5 6 1 2 26 | 5 − − − ‖
流， 人 文 风 流。
流， 人 文 风 流。

内容提要

　　这是第一部描写《弟子规》作者李毓秀坎坷人生与创作历程的长篇小说。作品以鲜明而浓重的笔触深刻揭露了封建社会的黑暗与腐朽,歌颂了人间的真、善、美,字里行间散发着繁盛文明古绛州的文化气息,描绘出汾河岸畔一幅绝美的风土人情画卷。

　　清顺治十年(1653)秋收季节,汾河发大水。位于绛州城郊的周庄村因地处汾河北岸,大片庄稼尽被洪水淹没。洪水造成汾河改道,李大财主家近百亩已经成熟的高粱被隔在了河南岸。

　　汾河南岸狄庄村财主狄淮松贪图不义之财,组织亲朋到李家高粱地里收高粱。李家二东家李永福发现狄家人收自家高粱,遂上前制止。狄家自恃人多根本不听劝阻,冲突中狄家人打死了李永福,并把其尸体扔进洪水中。

　　李家大东家李永顺到绛州州衙状告狄家,没料想狄家买通师爷韩一刀,反诬李永顺图谋造反并把其投入大牢。不久,李永顺冤死狱中,李家财产尽被查抄,所有仆人全部遣散。李永顺妻子林氏带着年幼的儿子李毓秀住进了场院中两间破房子里,受尽生活磨难。

十年之后,李毓秀经过私塾先生郭奇如的悉心指导,又有林氏的言传身教,成功考中了秀才,并迎娶了陈家姑娘为妻。

恶少黄金彪垂涎陈氏美貌,欲图谋不轨。一次偶然的机会,黄金彪发现了郭先生为李家所写的《上诉书》,便以《上诉书》相要挟,欲逼陈氏就范。陈氏至死不从,争斗中黄金彪持刀将陈氏杀死。

为给外甥开脱罪责,黄金彪舅舅韩一刀利用上诉书做文章,采取先下手为强的策略,欲对李家发难,李家又一次面临灭顶之灾。危急时刻,郭先生用自己的生命化解了一场危机,保护了林氏母子。

重病的母亲不顾自己生命垂危,催促李毓秀踏上了乡试之路。途中,黄金彪一家买通土匪将李毓秀推下山崖。山民马老汉将昏迷中的李毓秀背到家中,精心为他治伤并资助他继续赴太原参加乡试。因路途耽搁,李毓秀误了考期,考举人的愿望落空了。

重病中的林氏听说儿子没有考中举人,带着深深的遗憾离开人世。

经历了诸多生活磨难和血与火的淬炼,李毓秀决定放弃科考,留在家乡办私塾,努力实现郭先生的遗愿,写一部规范世人行为的书。

邻家少女香荷心地善良、聪明伶俐,被毓秀雇来为私塾做杂工。她除了努力做好私塾中的杂活外,还帮助毓秀抄写和整理书稿。在李毓秀创作《训蒙文》的过程中,香荷提供了极大的帮助,帮他确定了《训蒙文》的文体,并建议将书名《训蒙文》改为《弟子规》。共同的志向与追求拉近了毓秀与香荷之间的距离,两人产生了真挚的爱情。《弟子规》创作即将完成,毓秀和香荷沉浸在对未来美好生活的憧憬之中。

然而,不幸的事情发生了。香荷爹因贪图郝财主家的银子,把香荷许配给了郝家弱智的二少爷，想用郝家的聘礼为香荷哥哥娶媳妇。无助的香荷反抗无果，只能屈从于父母之命和家庭困境的双重压迫。

郝家迎亲的当日，香荷冲出轿子与毓秀拥抱在一起，叮嘱他尽快完成《弟子规》，成书后拿给自己看。

李毓秀废寝忘食，夜以继日，终于写完了《弟子规》。然而，当他兴冲冲地带着书稿来到郝家大门前时，发现郝家正在为香荷姑娘发丧。

毓秀的心凉了，他拿起《弟子规》书稿，准备付之一炬。就在他举起手臂的一瞬间，突然有人上前夺下了他手中的书稿，来人是新任绛州知州王立信。王知州说服了李毓秀，使他重新坚定了完成《弟子规》的信心。

接下来的日子里，王知州查清了李家的冤案，并为李家讨回了全部家产。贪赃枉法的贾知州和韩一刀得到了应有的惩处，罪大恶极的黄金彪被判死刑。即将被处斩的一刻，黄金彪终于感悟到《弟子规》对人生的可贵之处，他仰天长叹："人间要是早有《弟子规》，我黄金彪何至于有今日?!"

清明节到了，李毓秀先后到母亲和郭先生坟前悼念，向他们展示了印刷好的《弟子规》。之后，他来到香荷姑娘坟前，回想着创作《弟子规》过程中的风风雨雨，李毓秀的眼睛模糊了。

这时，河边的柳树上传来子规鸟凄厉的叫声。

李毓秀声泪俱下："香荷妹子，《弟子规》印好了，你看看，你看看吧！"

没有经过大灾大难的人，成就不了大事。

一

三十年河东，三十年河西。不同地域、不同文化背景下的人们对这句话有着不尽相同的理解。

人常说天下黄河九十九道弯，它的主要支流汾河有多少弯无从知晓，而汾河流入绛州地界后的这道弯一定是最重要的一道弯。这道弯改变了汾河由北向南的流向，掉头向西归入黄河。千百年来，奔腾的汾河水时而向南时而向北，冲刷着两岸的河堤，绛州境内的河道也就随着汾河水忽南忽北不断移动，遇到河水暴涨，改道的情形也时有发生。按照当地人世世代代留下的规矩，土地权属以河为界，如遇河水改道，原来的土地主人可以把成熟的庄稼收走，从此以后不再是这一部分土地的主人。这便是祖祖辈辈居住在汾河下游两岸老百姓对"三十年河东，三十年河西"这句话的现实理解与感受。

古老的绛州城紧邻汾河北岸而建，从州城沿河往东五里有一个村子名叫周庄。这周庄虽然不是很大，但却有着悠久的历史。据史书记载，周庄为春秋时期一个"姬"姓诸侯的封地，当地人因而称周庄为"姬庄"。

周庄自东而西分成三部分,中间部分四周有围墙所以叫"城儿里",城儿里东边的部分叫"东头",西边的部分因地势比城儿里高因而叫"上院",三部分沿汾河一字排开。

时光荏苒,岁月流逝。以姬姓诸侯命名的姬庄没了姬姓后人,官名周庄却也没有周姓氏族,反倒是李姓和黄姓成为周庄两大家族。东头主要是李氏家族,城儿里主要是黄氏家族,上院里为杂姓居住地,周庄大财主李永顺就住在村子东头。

李大财主家有良田数百亩,另外在太原、兰州、西安等地都有商号,可谓富甲一方。李永顺这一代,李家共有兄弟两人,老大李永顺已成家,妻子林氏,两人生有一子取名李毓秀。老二李永福年近二十,尚没有成家。清朝初年,由于战乱,李家的生意每况愈下,到了难以为继的地步。李永顺的父亲感到既无颜面对祖上,又愧对后人,因而上吊身亡。年轻的李永顺早早挑起了家庭的重担,既要管理家里的几百亩土地,又要经营各地商号。因精力所限,李永顺多数时间在外地打理商铺,只在播种和收获季节才回家待上一段时间,平时的农活交由老二永福打理。

春耕秋收是老百姓一年里最忙碌的日子,又是庄户人家最高兴的日子。然而,对于汾河下游两岸的老百姓来说,秋收季节却是希望与风险并存,欢乐与痛苦同在。因为汾河涨水大多发生在这个季节,如果不及时收获成熟的庄稼,很可能会被一场洪水完全淹没,大半年的辛苦也就会付诸东流。千百年来,汾河涨水一直是两岸老百姓最恐怖的事情,也是防不胜防的灾害。

周庄地处汾河北岸,形成了北高南低的自然地形。为了防止秋收作物被水淹,老百姓一般在北边地势较高的土地上种玉稻黍①、谷子、黄豆、绿豆等农作物,南边地势较低的地里种稻黍②,临近汾河的河滩里为荷塘。因为稻黍秸秆比较高,而且果实长在最顶端,即使汾河涨水一般也不会淹没稻黍穗,也就不会影响收成。

这世间的万事万物都有两重性,汾河涨水虽然会给两岸老百姓造成灾害,可也正是因为河水漫滩的原因,使得汾河下游两岸的土地异常肥沃,当地老百姓称其为"眼窝珠子地"。汾河滩地上种的稻黍质量非同一般,秆高、穗长、粒大,是山西各大酿酒作坊最好的酿酒原料。此外,去掉稻黍粒之后的稻黍穗可以制作笤帚,盖不起瓦房的一般百姓还可以用稻黍秸秆盖房顶,因而稻黍是汾河下游两岸庄户人家的一大宝。

清顺治十年(1653)八月,收获季节到了。站在周庄北边的高地往南望去,无边的秋庄稼犹如金黄色的海洋。一株株成熟的玉稻黍举着胖胖的穗子迎风歌唱,无边的稻黍泛着金黄,头顶着沉甸甸的稻黍穗随风摆动。微风吹来,空气中散发着淡淡的、甜丝丝的清香。这是一年中最快乐的日子,田野间随处可闻老百姓发自内心的笑声与乱台③声。

这天吃过早饭,二东家李永福安排伙计④们紧着收拾场院,自己急匆匆往河边而去,他想看看自家的稻黍熟到啥程度了。他来到地头一看,近百亩稻黍已经完全成熟。虽已是中秋季节,但晋南地区的太阳还是有点灼热感。在阳光的映照下,一个个沉甸甸的稻黍穗黄里透着白,白里透着红,摇摇晃晃几乎拖到地上。秋风轻轻吹来,稻黍叶子发出沙沙沙的响声。李永福好一阵陶醉,啊!这哪里是风声,简直就是一曲美妙的乱台,不!它比乱台还要好听。

自家的稻黍一个月前已经被绛州烧坊预定,并且付了定金,一旦稻黍收割完送到烧坊,白花花的银子就会立刻到手。想到这里,李永福仿佛喝了两瓶绛州烧酒一样,浑身热乎乎的,随口唱起了《走绛州》那首有名的小曲儿:

一根扁担软溜溜的溜呀哈哈,

我挑上了扁担要到绛州……

自幼在汾河岸边长大,李永福自然知道及时收割的重要性。他心里盘算着,趁着天气好,得赶紧把场院收拾干净,明儿个一早就开始收稻黍。龙口夺食,万一汾河突然涨水,这到手的银子可就没了。

李永福正准备往家走,忽然感觉一阵凉风吹来。真是怕什么来什么,李永福热得发烫的全身立时变得冰冷,坏了,河水要涨了!

说到这里有人可能会问,这好好的天气又没有下雨,李永福咋就知道河水要涨哩?

原来这汾河下游涨水常常不是因为当地下雨的原因,而是由于中上游大雨所致。由于汾河处在太行山与吕梁山之间的峡谷地带,上游一旦下大雨,沿途条条山谷就会涌出巨大的山洪。洪水聚在一起,会形成巨大的洪流,这洪流比当地下雨形成的洪水要大出许多倍。洪流冲出汾河中上游峡谷地带,进入汾河下游小平原。原有河道盛不下奔腾而下的巨流,洪水溢出河道,在很短时间内就会淹没两岸的土地和庄稼。由于汾河下游地势平缓,洪水到来时不会发出任何声响,而是有一阵冷风提前掠过。久在汾河边长大的人都知道汾河涨水前的这个先兆,一旦发现有冷风从上游吹来,后面必然紧跟着巨大的洪峰。

这时就听见有人喊道:涨河啦,快跑啊!

听到喊声,李永福赶紧掉头往高处跑。

洪水果然到来了,暴虐的河水很快淹没了所有河滩地,村子以南一片汪洋,只有稻黍穗倔强地扬出水面,似乎在向主人呼救。

眼看着到手的稻黍被淹,李永福的心情坏透了,可老天爷的事情谁也管不了,有啥办法哩?!他心里想,赶紧回家吧,别让大水进了院子,收割稻黍的事等水下去再说吧。

本来盼着洪水尽快过去，没想到午饭后天下起了大雨。雨越下越大，河岸边有稻黍的人家个个心里急得冒火。要说最急的还是李永福，别人家的稻黍一般也就是几亩、十几亩，而李家有近百亩，搁谁心里都着急。收拾完家里的事情，李永福冒着瓢泼大雨出了村，看着河水从面前静静流过，他心里想，坏了，这河水还在涨！

李永福咋就知道河水还会继续上涨哩？

这可是汾河岸边的人们长期积累的经验，河水上涨时悄无声息，而河水下落时会发出"哗哗哗"的巨大涛声。

天渐渐黑了下来，周围啥也看不见了，李永福这才无奈地返回家中，他连饭也懒得吃，直接上炕睡觉。

人虽然躺在炕上，可怎么也睡不着。大哥永顺就要回来了，眼看到手的稻黍没有收回来，该怎样向他交代哩？想到此，永福心里越发着急，越急就越睡不着，他索性爬起来，把耳朵贴着窗户，想听听有没有河水下落的声音。听来听去，只有雨点打在地上的啪嗒声，李永福急得直掉眼泪。

第二天一早，二东家李永福拿了把雨伞就奔村口而去。早饭时间到了，母亲几次让伙计去叫，他都不肯回来。永福瞪大双眼，紧盯着面前的河水，盼着洪水能够尽快落下去。

杂草、落叶、树枝、草根等杂物不断从水中漂过，偶尔有一两个不成熟的瓜果，还有一些死鱼死鳖及小狗小猫的尸体夹在杂物中间。时不时有被芦苇根缠在一起的大草团顺水而下，另有一些树根像大车轮子一样在水中转动着向下游而去。很多人不失时机地站在洪水边沿，手握长杆忙着捞河柴。

李永福一门心思，只关注水位升降，眼睛一眨不眨地盯着移动的水面。看着看着，头不免有点晕，眼睛也实在撑不下去了，他双手搓搓脑袋，再揉揉眼睛，然后又接着看。同样的动作不知重复了多少次,一直到天快黑的时候,大雨才算停了下来。永福的心情总算得到些许安慰,他返身回家,来到场院⑤里对伙计头老韩吩咐道:"老韩叔,吃过晚饭让伙计们早早睡觉,明儿个早点起来,准备去割稻黍。"

"哦,知道了。"

吃过晚饭,老韩安排伙计们去睡觉。李永福也赶紧回房养精蓄锐,准备第二天下地干活。

注:

①玉稻黍:玉米。

②稻黍:高粱。

③乱台:蒲剧。

④伙计:长工。

⑤场院:有钱人家碾打、晾晒农作物及喂养牲口的地方,场院中住有喂牲口的伙计。

二

鸡叫头遍的时候,李永福终于盼到了河水下落的声音。那"哗哗哗"的声音太美了,他感觉怎么听也听不够。

等到鸡叫第二遍时,李永福再也躺不住了,他一翻身从炕上坐起来,迅速穿好衣服来到场院里大声嚷嚷着:"老韩叔,赶快套车,咱们去收割稻黍。"

"噢,知道了,我刚给牲口拌上料,等吃完了立马套车。"

老韩是李家多年的伙计头儿,在伙计中年龄最大,在李家待的时间也最长。想当年老韩从河南逃难到绛州,没吃没喝没地方住,想找一户人家当伙计。他虽然精于农活,人又老实,是当伙计的一把好手,但因为饭量太大而没人肯要。后来四处打听,听说李家不嫌伙计吃得多,老韩这才抱着试一试的主意来到周庄。几天没吃没喝,找到李家大院时老韩已无力支撑自己的身躯,一头栽倒在李家大门前。当时李家老掌柜还在世,看见饿倒在地的老韩,赶紧让伙计们把他抬进家里,喂他喝水喝汤。老韩醒过来后向老东家说明来意,老东家问他一顿饭能吃几个馍,老韩怕再失去机会,没敢说实话:"能吃两三个。"

"那不行,一顿饭要能吃一胳膊馍,吃不了走人!"

原来这李家找伙计一直秉承"能吃就能干"的理念,选人标准确实非同一般。李家除了要求伙计锄、镰、铣、镢、杈、刨、耙、钩样样拿得起,犁地、耙地、赶车、摇耧、扇场①全部在行外,还要求伙计一顿饭能吃一胳膊馍。啥意思?就是从自己的手腕开始,把馍挨个摆到肩头,一气吃完这些馍才算合格。

老韩确实是干农活的一把好手,他不仅身高力大能干重活,而且技术活也是一流,镰刀、钉耙、杈把和摇耧技术更是堪称一绝。绛州人把除去牲口圈里的粪便叫"除圈",这是一项很重的体力活,其中为牛除圈更是费力。牛蹄子把粪便踩得又干又硬,一般人用三齿钩抢下去只能砍出三个白点,而老韩一把抢下去,三齿钩就像三根钉子被重锤砸下去一样,深深地插入干硬的牛粪中,除圈自然就比别人快很多。扇场也是重活,一般人抓住风车摇把最多摇一刻钟就要换人,而老韩连续摇一两个时辰都不需要歇息。汾河下游是小麦产区,割小麦往往最能显示一个农人的技术水平,老韩无疑是其中的高手。他右手挥镰,左手上下压把②,速度之快,几乎跟一般人散步一样,少有人能赶得上。不仅如此,无论地畛多长,老韩总是一气割到头,从不半路直腰,故人称"铁腰"。集麦秸秆时,老韩一根杈把在手,麦秸集子③被他拨弄得又严实又有模样,既防水又好看,宛若雕塑师雕出来的艺术品一般。此外,老韩整地的水平也属上乘,刨圪塝④的技术更是十分了得。他用刨子平出来的地块水平如镜,用钉耙刨出来的圪塝远近一般粗,站在地头一看,顶部的尖角笔直如线,像是用几何工具画出来一样。再就是摇耧⑤技术,啥季节、啥土质、啥墒情,该下多少种子,老韩都能把握得恰到好处,一亩地下来,下种子量上下不差半斤。然而,空有好身手,就是找不到合适的主人。

别处都嫌自己吃得多，没想到老掌柜嫌自己吃得少，他疑惑地问道："一胳膊是几个？"

"几个？至少是五个！"

"那……那我能吃得了。"

"空说不行，敢试吗？"

"敢！"

李家老掌柜随即叫厨房端来一盘蒸馍①。老韩个子大，胳膊也长，一胳膊摆了七个白面馍馍。本来饭量就大，加上好多天没吃过饱饭，好不容易有了白面馍馍，老韩三五口一个，一口气吃完七个馍馍，还有点儿不太满足的样子，老掌柜一看此人果然是干活的好料子，便留下他做了伙计。

在李家多年，老韩一直不忘老掌柜知遇之恩，始终把李家的活当自己的活来干，每天早起晚睡，干完地里干家里，里里外外不停手。见河边的稻黍被淹，老韩也是吃不好饭，睡不好觉。河水下落的声音他也听到了，因而早早起来给牲口拌上饲料，准备去河边收割稻黍。听到二东家叫喊，老韩赶紧叫醒其他伙计，让他们收拾工具，准备出工。

天刚麻麻亮，老韩套好马车，几个人坐着马车往村外而去。来到村口往远处一看，一车人全都傻了眼，原来河水已经改道，周庄村大片土地一夜之间改换了主人，成为河南岸狄庄村的土地，李家近百亩已经成熟的稻黍全被河水隔在了河对岸。

地是没有指望了，得尽快把成熟的稻黍收回来，这些稻黍绛州烧坊已经付了定金，没有稻黍就得赔他们双倍的银子。稻黍地已经到了河南岸，要收稻黍就要过河，周庄上下数十里只有州城南门一个渡口，李永福果断地对老韩说道："老韩叔，立马去汾河码头。"

李永福路过家里带上渡河的银子，一帮人乘着马车往州城南门外渡口而去。

这绛州城最早为晋国都城"新绛",是一座有着两千多年悠久历史的古城。晋国灭亡后,绛州时而为府,时而为州,辖区也不尽一致,最大管辖范围曾经包括晋南十七个县。尽管行政区划历朝历代有所变化,但因为境内有一条横贯南北的官道,又有汾河水运,除汾河之外另有浍河、鼓水两条河流穿境而过,可谓地肥水美,物产丰富,交通发达,工商云集,故绛州作为晋南一带经济文化中心的地位一直没有改变。绛州城内,大街两旁商铺林立,各种手工业作坊遍布各个街巷。由于水陆齐备,交通便利,绛州也是晋南主要的货物集散地。绛州当地的各类产品及经绛州中转的各类商品辐射河南、河北、陕西,以及西北各省。南来北往的八方客人向往绛州,盼望走绛州。绛州城一年四季商贾云集,游客遍地,由此便产生了那首著名的民歌《走绛州》。

因为涨水的原因,过河的船只停运,往下游的货运船只也停了下来。绛州码头货场上,各类等待过河和运往下游的货物堆得像小山一样。永福他们来到渡口一看,四周静悄悄的,根本没有船只渡河,船工们都还在睡觉。李永福来到船工大院,唤醒看门的老船工:"老伯,我们急着过河,请您帮着说说话,随便辛苦哪位兄弟起来把我们渡过河去。"

"看你说得多轻巧!水这么大,谁也不敢撑船过河。"

"老伯,我们有急事,请您给个方便。"

"再急今儿个也不行,明儿个还不知道行不行哩?"

李永福赶紧捧上铜钱:"老伯,我们确实有急事。我愿意出双倍的价钱,请一定帮忙。"

老船工推开李永福的手:"这不是钱的事,水这么大,船划不过去。"

唉，看来是没指望了，几个人只得赶着马车回家。

第二天天还没亮，老韩赶着马车已经到了汾河渡口。看门的老船工开门一看，还是昨儿那几个人，不由得面露难色："哎呀，你们来得也太早了，大伙儿都还在睡觉，再说这水还是有点大，这时候撑船过河还是不行。"

"老伯，我就实话跟您说吧，我家的近百亩稻黍因河水改道被隔在了河南岸，这些稻黍已经与绛州烧坊签了合同，如果稻黍收不回来，我们损失可就大了。"

"哦，这倒确实是个急事，可这水火不留情，急也没有办法啊！"

"老伯，您就行行好，帮我们想想办法吧。"

老船工指了指中间的一处房子："你找掌柜的去说吧。"

听说周庄李二东家来求，码头掌柜没敢怠慢，他安慰李永福道："我和你哥永顺是朋友，他常帮我的忙，所以李家这个忙我得帮。眼下河水太大，船划不过去，等水再下去一点儿，只要能撑船，我立刻安排手下人渡你们过河。"

永福有点不甘心："大哥，真不行吗？"

"真不行！你们又不单是几个人，还有马车，需要大船才能摆渡。眼下这么大的水，大船根本划不过去。"

"大哥，我们都会游水，就连老韩叔也会狗扒窝①，您随便找一只船帮我们把马车渡过去就行，我们几个人不上船，可以跟着船游过河去。"永福近似乞求地说道。

"我的好二东家，这船只要能把马车渡过去，上面还差你们几个人吗？"码头掌柜耐着性子劝永福道，"再说了，水位这么高，你就是勉强过了河，也无法下地干活。"见李永福还要说什么，掌柜的止住了他的话："我也替你着急，可眼下真没法撑船，你就耐心等一会吧。"

李永福和伙计们干着急没有办法，只能站在河边干瞪眼。

洪水似乎是在跟李永福他们作对，从天不亮等到吃早饭，不见有丝毫下落。晌午时分，水总算下去一些，掌柜的立即选了一艘大船，又挑了几名技术高超的船工，准备渡李永福他们过河。

老韩赶紧把马车赶上大船，李永福和几个伙计也一同上了船。见有船过河，一些行人和货主赶紧跑了过来，争着要上船，都被掌柜的挡住了。

"我们给钱，给双倍的钱。"行人和货主们说道。

"水太大不宜撑船，给多少钱也不行。"

"那他们怎么就行哩？"

"他们是我的自家兄弟，他们有急事。"

"我们也有急事，渡我们过去吧！"行人们嚷嚷着、恳求着。

货主们更是着急："我们已经等了几天，实在不能再等了，误了交货日期要赔银子的，帮一下忙吧。"

掌柜的毫不妥协："不行，出了事谁管？一个都不行！"

码头掌柜本是船工出身，划船水平在船工中间是顶尖的。为保险起见，他亲自掌舵，船工们长篙一点，渡船离开码头向对岸驶去。

行到河中央，由于水流太急，浪太大，船只颠簸不停，驾车的牲口被惊得又尥蹶子又乱叫。牲口一折腾，船在水里打起了转转，李家几个人的心全都提到了嗓子眼上。危急关头，掌柜的大声喊道："摁住牲口，使劲划！"

老韩和伙计们奋力摁住牲口，船工们一阵紧划，才算稳住了船身。还没等缓过神来，驾辕的骡子一扬脑袋，正撞在老韩叔的胸部。脚下本就不稳，冷不防被骡子一撞，老韩身子晃了几下掉到水里，两边岸上的人群发出一阵惊呼。

老韩的狗扒窝在洪流里明显力不从心，眼看就要被洪水冲走。

情势危急,船老大急忙脱掉上衣,一个猛子扎到水里,一把抓住正在挣扎的老韩,把他拉到了船边,船上的人一起动手把两人拉到船上。

"二东家,我没有胡说吧?这么大的水,行船确实有危险。"船老大对永福说道。

李永福一躬身感谢道:"谢谢大哥,谢谢各位弟兄!"

费了九牛二虎之力,渡船总算靠了岸。永福对浑身湿漉漉的老韩说道:"老韩叔,您得想办法换身衣服。"

"换啥衣服,这天气衣服穿在我身上本来就是多余的,脱掉就是了。"老韩一边脱上衣一边指着二东家永福和几个伙计打趣道,"看看你们的衣服,也不比我的干多少。"几个人相互一看,才发现自己的衣服早已被河水和汗水湿透了。

"不能再耽搁了,赶紧走吧。"老韩叔说道,"等到了地里衣服也就干了。"

想着很快就能到自家稻黍地,庄户人收获农作物时的亢奋之情像热浪一样在李永福和伙计们胸中翻腾,湿衣裳带来的凉意被一扫而光。几个人谢过船老大和水手,急急忙忙跳上马车,扬鞭催马直奔狄村方向而去。

注:

① 扇场:摇动木质风车摇把,利用人工风力把农作物的外壳和果实分开。

② 压把:人工割麦时,左手握小麦棵的一种技能。

③ 麦秸集子:小麦秸秆是晋南人喂养牲口的主要饲料,故小麦碾打过后,要把麦秸秆堆成高高的集子,这是一种技术含量很高的农活。

④ 圪塄:用来隔开土地的小埂,南方人叫田埂。

⑤楼:播种工具。一般由牲口在前边拉,人在后边有节奏地摇动,让种子落到楼铧划开的小沟里。主要用来播种小麦,也可以用来播种谷子、黍子等农作物。

⑥蒸馍:绛州当地用小麦面特制而成的方形馍,比一般地方的馒头个大,味道也特殊别致。

⑦狗扒窝:最基本、最简单的一种游泳姿势。

三

汾河南岸与北岸的周庄相对的是狄庄村，狄庄大财主狄淮松家的地与李家的稻黍地隔河相望。汾河不涨水时，周庄一带的河面并不十分宽，也就二十来丈的样子，李家和狄家人在地里干活时相互之间都能看得见。虽然这样，但毕竟中间隔着一条河，周庄人与狄庄人并没有过多来往，李家和狄家也没有交际。

狄淮松本是一个见钱眼开的主儿。眼瞅着李家近百亩成熟稻黍"冲"到了自家地边上，狄淮松忘记了汾河两岸老百姓世世代代的规矩，心里打起了歪点子：绛州南门外的渡口已经停止摆渡，河北岸李家人一时半会儿过不来，不如趁这个时机把李家稻黍给割了，等李家来收稻黍时，咱给他来个一问三不知，要不就一推六二五，他能有什么办法？

想好了主意，狄淮松一边迅速对自家伙计做了安排，一边让弟弟联络亲戚朋友并召集短工，让他们人人备好镰刀，随时准备收稻黍。

安排好这一切，狄淮松不时到河边转悠，单等着河水降低水位，就迅速采取行动。

这天后半夜,狄淮松听到了河水下落的哗哗声,他赶紧把提前约好的各路人马召集起来,赶着马车,天不亮就来到了李家的稻黍地边上。水位虽然下降了不少,但稻黍地里的积水仍然有一尺多深,不便干活,一行人只得作罢。

又等了一天,狄家人早早来到河边,狄淮松亲自下到地里试了试,感觉可以干活,于是决定立刻动手。为了尽快把李家的稻黍收割完,狄淮松迅速对前来干活的人做了分工,一部分下地收割,一部分从地里往外边运,一部分赶着马车往家里送。他安排弟弟在地里负责割稻黍,安排小舅子负责往家里运,自己在地头负责协调指挥。安排完毕,狄淮松叮嘱道:"手脚麻利点,干完活回去吃好饭,有肉有酒,还有银子分给大伙儿。"

狄家参与干活的全是知己,他们知道这活儿不是光明正大的事,因而一个个手脚麻利,收稻黍的速度十分迅速。

这边李永福与老韩他们来到地头时,大部分稻黍已经被狄家收走。看着眼前的情景,李家一伙人气愤至极,李永福找到在地头指挥干活的狄淮松大声质问道:"这汾河岸边的规矩你又不是不懂,凭什么带人收我们家稻黍?"

狄淮松一脸无赖相,他指着脚下漫无边际的河水狡辩道:"这汾河水无边无际的,我家也有稻黍,你家也有稻黍,咋能说我收的是你们家的稻黍?有本事你从水里给我画一条线,我保证不收你线里边的一粒稻黍。"

"这……这,谁能在水里画出线,你这分明是胡搅蛮缠!"

"谁胡搅蛮缠啦?既然你画不出线,这稻黍就不好说了,你说是你们家的,我还说是我们家的哩。"

"简直是胡说八道,让你的人赶紧停手,否则我就对你们不客气了。"

狄淮松显然没把眼前这个年轻人放在眼里,他大声喊道:

"快点割!家里已经做好了油饼、熬菜,还有酒,收完稻黍马上回家吃饭。"

狄淮松一煽动,狄家人更加快了动作。

李永福一看急了,急忙和伙计们下到地里制止狄家人。狄家这边仗着人多,对李家人的阻止根本不予理睬,依然我行我素。李永福和伙计们拉住这个,那个继续割,拉住那个,这个继续割。老韩没有下地,他忙着用闸杠闸住马车,挽好牲口,然后伸手拦住了狄家拉车的牲口。

老韩和李家伙计虽然个个身强力壮,干活是行家里手,可打架斗殴却不在行。狄淮松小舅子见有人拦车,扬起鞭子对着牲口屁股使劲甩下去,牲口一惊,奋力挣脱老韩的手往前狂奔。老韩来不及躲闪,一下子被牲口撞倒在地,拉着满满一车稻黍的马车轱辘从他左腿上压了过去,左腿立时被轧断了。老韩捂着一条断腿眼看着马车快速离开,只能仰天长叹。

伙计铁铁眼见老韩被轧断了腿,赶紧告诉了二东家。李永福闻听后肺都要气炸了,他冲着狄家人喊道:"你们抢我们家稻黍,还压伤我们家人,还有一点人性么?还不赶快停手!"

狄家人哪里肯听他的话,一个个继续自己手里的活儿。李永福不由得怒从心头起,他抡起拳头照着一个看似管事的人打了下去。

被打的人是谁?原来他正是狄淮松的弟弟。这家伙可不是一个善茬,自小不守规矩,爱跟人打架。长大后恶习不改,仗着家里有钱有势,有事没事总爱欺负个人,打架斗殴是家常便饭。被李永福打了一拳,狄淮松弟弟哪里肯服软,他大喊着:"李家的人打我们啦,我们不能尿,打他们啊!"

狄家人手里有的拿着割麦镰,有的拿着铁把镰,有的拿着箍儿镰^①,听狄二东家一声喊,纷纷抢起手中的镰刀打李家人。狄家老二拿的是一把粗壮的枣木把箍儿镰,镰刀把又粗又长,他抢起镰刀猛地劈向李永福,刀把打在李永福头上,"砰"的一声断为两截。李永福没想到狄家老二会下毒手,对迎头打来的镰刀毫无防备,被狠狠一击,他哼了一声倒在水里。

见李永福倒在水里没了动静,狄淮松弟弟一边派人去地头找狄淮松商量对策,一面让狄家人把李永福倒地的地方围了起来。李家伙计一次次冲上去想救东家,一次次被狄家人打了回来,一个个被打得鼻青脸肿。

李家伙计见救不出东家,急忙跑出稻黍地找老韩拿主意。老韩一听二东家被打倒在水里,挣扎着用一条腿站起来喊道:"快去把二东家抬出来!"

"他们人多,我们根本到不了跟前。"

"再去,拼了命也要把二东家抢出来。"

见几个伙计还在犹豫,老韩急了:"日你妈的,你们怕死,我去!"他使劲往前一冲,哪料到断腿一阵火烧般疼痛,身子一歪倒在地上,汗水瞬间湿透了衣裤。

李家伙计一见老韩这个样子,冒着被打的风险,又冲进了稻黍地。

狄淮松这边听说出了人命,赶紧来到出事地点。他看了看倒在水里的李永福,确定人已经死了,便把管家和弟弟叫到一边,商量对策。

管家献计道:"趁大水还没有完全下去,把尸体扔到河水深处冲走,将来有人问起来,就说不知道这事。今儿个在场的就我们两家的人,只要管好我们自家人的嘴,凭李家一面之词,官府无法追究我们的罪责。"

　　管家的话正合自己的意思，狄淮松于是对弟弟说道："赶紧把尸体扔进水线②里去。"

　　狄家老二叫过两个人，抬起李永福的尸体往河水深处走去，狄淮松接着对在场的人说道："将来不管谁问起这件事，就说不知道。"

　　处理完永福的尸体，狄家人迅速回狄庄而去。等李家伙计重新找到出事地点，早已经找不到二东家的尸体，连狄家的人也不见了，几个人只能在稻黍地里漫无目标地乱找一气。

　　注：

　　①箍儿镰：绛州人使用的镰刀分三种，第一种是专门用来割小麦的比较轻巧的镰刀，第二种是用来砍树枝等硬物的比较短小的铁把镰，第三种就是此处讲到的箍儿镰，镰把又粗又长，镰刀头较小。

　　②水线：洪水深浅交界处有一条翻着细小浪花的线，称为水线。线里边的水比较深，线外边的水则比较浅。

四

且说李家伙计在稻黍地里找了半天，连二东家的影子也没有见到，只好出了稻黍地告知老韩。

这边老韩听说找不到二东家，又见狄家人一窝蜂地回狄村而去，估计尸体一定是被狄家人藏起来了。想想再待在此处也没有用，便和几个伙计赶着马车回家报信。

另一边狄淮松回村后没敢稍作停留，换了身衣服便匆匆往绛州城而来。进城之后，狄淮松先来到自家商铺，从掌柜那里取了几根金条，然后径直往绛州衙门而去。

这绛州州衙建在绛州城西北方向一处高垣上，由南而北分为前中后三部分。前边是以州衙大堂为中心的办公部分，中部为知州家眷居住地，后边一部分为绛州州衙所特有的绛守居园池，即州衙官家花园。州衙大门外，依照地形高低不同分别在三个台基上建有钟楼、鼓楼和乐楼，是为绛州特有的建筑——绛州三楼。唐朝初年，曾被封为虢国公的大元帅张士贵，看中了绛州署衙的位置，将此地作为帅府，并建成高大雄伟的帅正堂，即后来的绛州大堂。唐朝另一名将，著名的白袍将军薛仁贵，当年在绛州大堂投到张士贵麾下,后成为唐朝又一大元帅,绛州大堂因为成就唐朝两位名帅而名扬四海。因一些艺术作品的原因,后世对张士贵多有误解。民间有一种说法,是说张士贵有造反野心,想把帅正堂建成朝堂,后怕有人告发,遂缩小了规模,但仍比一般帅正堂高大。其实此说法纯属以讹传讹,实际情形并非如此。按照当时的朝廷规制,帅正堂和州府大堂均为面阔五间。因念张士贵功勋卓著,朝廷特批他的帅正堂比一般帅堂高大,为面阔七间、进深五丈的规格。张士贵既不好违背朝廷旨意,又不愿意太张扬,遂将帅正堂设计成明五暗七的样式,其规模与豪华程度自然非一般州府大堂所能比。张士贵去世后,帅正堂就成了绛州署衙的大堂。隋唐之后,历代当政者曾对衙门建筑进行了增删与维修,但张士贵的帅正堂一直作为州府大堂在使用,三大部分的格局也基本没有改变。

狄淮松脚步匆匆走过贡院巷,从乐楼旁边上了衙坡,穿过鼓楼来到州衙大门前。因为是常客,看门的衙役远远地向他打着招呼。狄淮松熟知其中门道,知趣地向衙役递上"门包"①,轻松得到了自己想要的信息,进了大门直奔好友韩亦道的住所而去。

韩亦道时年五十多岁,瘦高身材,一双狡黠的小眼睛长在一张瘦长脸上,给人一种看不透的感觉。此人工于心计,时常眨巴着一双小眼睛,人们都说他"眨眼就是计"。韩亦道在绛州衙门任师爷多年,伺候过明清两朝多位知州,经手讼案无数。他善于利用文字左右案情走向,一支笔在他的手上仿佛一把杀人于无形的利刃,故人送外号"韩一刀"。时间一久,人们忘了他原来的名字韩亦道,只知道他叫"韩一刀"。

韩亦道对自己的外号并不反感,反而有几分得意,他细细品味:韩——一刀,这不说明我的笔厉害吗?!

这一天后半晌,韩一刀正拨着算盘计算这个月的各种进项,边拨算珠便念着口诀:"四的四,七去三进一,五去五进一……"见此情形,狄淮松不敢打断他,只能静静在边上候着。等韩一刀打完算盘,狄淮松赶紧递上三根金条。

见狄淮松送上这么贵重的礼物,韩一刀猜想他一定有要事求自己,遂一边把金条揣入怀中一边眨巴着小眼睛问道:"有什么事求我?"

"大哥,你真是神了,咋就知道小弟有事哩?"狄淮松恭维道。

"哼,我一眼就看到你肚子里了,没大事你小子舍得这么出血?说吧,什么事?"

"实在不瞒大哥,小弟确实是遇到大事了,大哥你可一定要帮小弟的忙。"接着狄淮松把打死李永福的事情讲了一遍。

这人命案子非同小可,该怎么办哩?韩一刀眨巴着一双小眼睛,半天没有作声。

狄淮松急了,半真半假地流着泪说道:"大哥!您可不能坐视不管,小弟求您了!"

韩一刀还是没有表态,仍旧眨巴着眼睛不作声,狄淮松继续加码:"大哥,今儿个走得急只带了这点东西,事成之后再孝敬您两根金条。"

韩一刀假装生气地责怪道:"这不是钱的事,你急什么?"

"这人命关天的事我能不急么?大哥您赶紧想办法啊!"

韩一刀并不理会狄淮松,他慢慢在屋里踱着方步,盘算着该怎样处理这件事。许久,韩一刀终于有了主意:"你马上写一封控告信,告李永顺反清复明,聚众谋反。"

"聚众谋反,有这事吗?"

"有啊!"

狄淮松迟疑地看着韩一刀:"可这事我不知道啊?"

"废话,我这不是告诉你了。"

"我……这……"

"你杀人都敢,让你说个话倒尿了!"韩一刀骂道。

"不是我尿了,狄庄与姬庄看似很近,可中间毕竟隔着一条河,我并不了解李永顺。"

"这个李大东家你不了解我了解,他为人豪爽,敢于仗义执言,然而口无遮拦的性格,也是他的致命缺点,正好让我们有空子可钻。"

见狄淮松仍是一脸的不解,韩一刀拉过他一阵耳语,狄淮松终于明白过来:"好,我回家就写。"

"还回什么家,这会儿就写,再迟一会恐怕李家告状的人就到了。"韩一刀接着叮嘱道,"出去后故意放出风来,就说你到州衙举报李永顺去了。"

狄淮松会意地点点头。

"还有,要尽快找到李永福的尸体,然后悄悄埋掉,不要以为扔到河里就没事了,万一李家人找到尸体,他头上的伤会说话!"

"嗯,知道了。"

狄淮松按韩一刀的授意写好控告信,递给坐在太师椅上的韩一刀。韩一刀仔细看了一遍,没有发现破绽,不免为自己的聪明而得意,心里暗自吟道:

老夫稳坐钓鱼台,

自有他人送钱财。

赵钱孙李百家事,

是非曲直任我来。

韩一刀接着把相关细节对狄淮松做了交代,让他回家准备。这时已近傍晚,韩一刀没敢怠慢,急匆匆拿着狄淮松的控告信去找知州。

现任绛州知州贾仁义原本是明朝知州,清朝入关之后,他官复原职,依旧在绛州当官。这前朝官员,他是如何当上当朝知州的?

原来清朝皇帝夺取天下之初,因人才缺乏,只能大量任用明朝官员。明末贾仁义担任绛州知州期间,曾被朝廷派去前线与八旗军打仗,后因作战不力,被朝廷下诏问罪。然而,朝廷的诏书还没来得及执行,崇祯皇帝就上了吊。清朝统一天下之后,不少过去的同僚相继官复原职,贾仁义为此着了急。他想继续在官场混,哪怕降级使用也行。可是按照清初任用官吏的标准,自己属于有罪之官,不符合任用要求。怎样才能去掉罪名继续当官,贾仁义一时犯了难。关键时刻,师爷韩一刀充分发挥自己的"才能",帮贾仁义把当年的朝廷诏书作了修改,从而由罪人变成了对清朝有功的前朝官员。

明朝的诏书是这样的:

绛州知州贾仁义与蛮夷作战无方,进攻不力。着即革去知州官位,入狱查办。

经过一番琢磨,韩一刀把诏书中无方的"方"字改为"意"字,去掉"不力"两字,然后进行修补,朝廷诏书变成了这样:

绛州知州贾仁义与蛮夷作战,无意进攻。着即革去知州官位,入狱查办。

贾仁义以银子开路,打通关节见到大清朝平阳知府,呈上修改后的朝廷诏书,再添油加醋一番渲染,取得了平阳知府的信任,从而得以原职留任。此后,贾知州对韩一刀的功劳一直铭刻在心,对他的话更是言听计从。

这天傍晚,贾仁义正与夫人在花园散步,见韩一刀急匆匆走过来。贾知州猜着他有要事,便支开夫人,与韩一刀来到"茅亭"。

茅亭,顾名思义,是一个顶部用茅草遮蔽的亭子,位于绛守居园池湖中央的孤岛之上。茅亭四面临水，仅有一条小道与湖外相连。绛州气候温和、土地肥沃，有汾河等三条河流穿境而过，加上水陆交通发达的便利条件，在历史上是山西省最富足的地方。之所以要在州衙的官家花园中建一座茅亭，并不是因为缺钱，而是要体现绛州署衙的整体建筑风格。绛州署衙的建筑，除了绛州大堂之外，包括三楼在内的所有建筑都显得朴素无华，远不及其他地方官府建筑的豪华与气派，这种建筑风格源于绛州地方官员一贯的行事作风。在历史上，除了个别人之外，绛州的地方官员大都比较清廉，没有大兴土木修建官邸的习惯。宋真宗时期，真宗皇帝的"文臣七条"②被刻在石碑上，嵌在绛州大堂内的后墙壁上。此后，"廉洁清正、勤政为民"成为绛州历朝历代官员为官做事的座右铭。出于这样的原因，绛州署衙的所有建筑相对都比较简陋，而茅亭则是这种建筑风格的集中体现。当然，在湖中央建茅亭还有另一层意思，就是要创造一种乡野氛围，使人身居其中有一种超世脱俗的感觉。坐在茅亭，可以看到周围的一切，而过往行人只能看到亭子中的人，却不知道他们在做什么，更听不见他们在说什么。为防止隔墙有耳，每每遇到机密事情需要讨论，贾仁义便会与韩一刀在茅亭进行。

韩一刀从袖管里取出狄淮松的控告信递给知州："大人，有人控告姬庄的李永顺反叛朝廷。"

"嗯，有这事？"贾知州一边问话一边接过韩一刀递过来的控告信。

看完控告信，贾知州满脸疑惑地问道："这事是真的吗？"

"狄淮松说他亲眼所见，千真万确。"

尽管韩一刀说得十分真切，贾仁义还是不大相信："李永顺虽然与我没有交往，可我对他还是有所了解，他崇尚儒家思想，日常行为也算得上循规蹈矩。虽然为人豪爽,喜交朋友,说话比较随便,但说他聚众谋反,这不大可能。"

"大人,这不有人控告他吗?"

"李永顺跟我又没什么过节,仅凭一封控告信就说他谋反,似乎有点说不过去。朝廷眼下正在整治各级衙门,咱们办事要谨慎,没必要去自找麻烦。"

"大人,正因为朝廷整治衙门,咱们才更得有所作为。谋反那可是眼下朝廷最忌讳的事,我们做好了这件事,肯定能取得上边的赏识,说不定还能得到朝廷嘉奖。再说了,他李永顺咋能说跟您没过节?他不与您交往这就是过节。李永顺那么有钱,从没有孝敬过您,他这是眼里没您。"

韩一刀眨巴着一双小眼向孤岛四周扫视了一遍,看看并没有闲杂之人,便从怀里掏出两根金条轻轻塞进贾知州怀里:"反叛朝廷是头等大案,主谋不仅要判死罪,其家产也要全部抄没。这个案子办好了,既剿除了反贼,又可以增加我们的税银,岂不是一举两得?"

前面说过,绛州的官吏除了极少数之外,一般都比较清廉,而贾仁义恰恰是这极少数中的一个。见韩一刀送上这么贵重的礼品,贾仁义心里明白,这韩一刀一定是在做假案。想想韩一刀往日对自己的好处,又见他有重金相送,再想想李永顺也确实不够意思,这么多年没给过自己一点好处,遂决定顺水推舟。他心里想,得治治李永顺,不然有钱人都学他的样子,绛州这地方谁还肯孝敬我?

拿定主意,贾仁义从石凳上站起来,围着石桌慢慢转悠着。毕竟是无凭无据的事情,得考虑周到才行。

韩一刀这边早已是成竹在胸,见贾知州一时没有主意,忙对他耳语道:"大人,这事得这么办……"

"嗯,好,就照你说的办。"

得到知州的认可,韩一刀即刻就要遣衙役往周庄捉拿李永顺。

贾仁义叫住他:"慢着,此时天色已晚,去周庄容易引起别人误会,明儿个再去。"

韩一刀暗自佩服贾知州在处理紧急事情时的严谨,遂遵命道:"是,大人。"

注:

① 门包:给看门人的好处费。

② 文臣七条:在绛州署衙大堂内北墙壁上,有石碑一块,上面刻有宋真宗皇帝关于文臣廉洁自律的七条戒律,俗称廉政碑,为绛州大堂所特有。

五

话说老韩和李家几个伙计不但没有收到稻黍，东家还被人打死了，心里是要多难受有多难受。返家路上，铁铁赶着马车，一伙人坐在车上闷不作声，只能听见老韩痛苦的呻吟声。

大东家李永顺大部分时间在外地料理商务，家里一大摊子事务由妻子林氏掌控。这林氏是甘肃兰州人，她父亲是李家老掌柜当年在兰州做生意时的朋友，因两人关系好，就促成了李永顺和林氏这门亲事。出身城市，又不懂当地风俗，林氏操持家务还可以，对地里的农活儿可就不在行。老二永福虽说自幼在周庄长大，对农事还算了解，可毕竟太年轻，考虑问题很不成熟。林氏因此感到肩上的担子太重，有时候简直觉得快要被压弯了腰。好在有老韩这个忠实的伙计头，地里的农活可以随时向他讨教。为了不影响丈夫的精力，林氏为老韩提高了工钱，并委托他负责李家所有土地的经营，从春耕到秋收，全由老韩安排。这样一来，林氏不再需要为地里的农活劳神，每天只需要安排好全家人的伙食就行。

这一天，永福天不明就带着伙计到河对岸收稻黍去了。知道自家伙计个个都是干活的好手，按照他们干活的速度，林氏估计早饭前就能拉回第一车稻黍。想着稻黍收获后,送到绛州烧坊,白花花的银子就会立刻到手,林氏的心里甜滋滋的。为不耽误时间,林氏叮嘱厨房早做准备,以便干活的人回来随时可以吃饭。然而,早饭时间过去了,却没有等来拉稻黍的马车。厨房把做好的饭热了一遍又一遍,可就是不见伙计们回家。

一开始,林氏估摸着可能是因为地里水深,收稻黍的速度或许慢一点,也没太在意。然而,一直等到吃中午饭,还没有动静。等到后半晌,仍然不见有人回来,林氏忽然有了不祥的感觉。她心里寻思着,难道他们过河时翻了船?想想不对,周庄离城里也就几里路,假如翻了船,那么大的事早就听说了。莫非因为涨水找不到自家稻黍地?想想也不对,一来老韩他们对地形那么熟,二来自家的稻黍长得比别人家好,穗大粒饱,一眼就能认出来,怎么会找不到哩?要么是车装得太满,半道翻了车?再想想也不对,假如翻了车,那无非是重新装一遍而已,哪用得了这么长时间?

左想也不是,右想也不是,到底是啥情况哩?林氏吩咐在望河楼瞭望的伙计,时刻留心县城方向,发现装稻黍的马车随时报告。左等右等,一直等不来消息。林氏实在坐不住了,她抱着儿子毓秀亲自上了望河楼,焦急地向远处张望。直瞪得两眼发酸,还是不见马车的影子。眼看就要天黑了,儿子毓秀一遍遍问林氏:"妈,二叔他们怎么还不回来?"

"很快就回来了,再等等。"

"不嘛,我饿了,咱们回家吃饭吧。"

"听话,再等一会儿你爹就坐着咱家的马车回来了,给你带好多好吃的。"

"我爹要回来了吗?"

"是的,你爹早就捎信说要回来了,好好等着吧。"

"那好吧,咱们等爹回来!"

"这么长时间不见爹,想他了吧？"

"想了。"毓秀忽闪着一双机灵的小眼睛,"妈,你不想爹吗？"

"想……"

林氏出生在兰州的富足人家,有着良好的教养。她千里迢迢嫁到绛州,原指望与丈夫恩恩爱爱、朝暮相处,哪想到结婚后蜜月还没满,公公就意外去世。一摊子棘手的事情需要马上处理,李永顺只好辞别林氏赴外地经商,从此夫妻两人就过起了牛郎织女般的生活。

明末清初,战乱不止。李家往返于太原、西安、兰州等地运送货物的驼队经常被抢掠。另外,官府为了筹集军费,一次次加重各个商铺的税银,李家几个商号的银子全部亏空。等到李永顺主事时,各地的商铺几乎都成了空壳。为了挽救商号的颓势,李永顺常年奔走于各地的商号之间,很少待在家里。结婚十年,夫妻之间虽恩爱有加,但离多聚少,在一起的日子屈指可数,大多数时间林氏只能独守空房,在寂寞中默默度过长夜。后来有了儿子毓秀,晚间才算少了几分孤独,而闲暇时总难免思念离家的丈夫。经儿子一问,林氏忽然感觉心里像猫爪子挠一样,眼圈一红,差点掉下泪来。她下意识地把怀里的孩子放在地上,两手搓了搓发烫的脸庞,又亲了亲儿子的脸颊。懂事的毓秀似乎看出了妈妈的心思,他伸出小手帮母亲拢了拢散落在脸上的头发,然后把她的耳朵拉到嘴边,用稚嫩的声音念道:"终日两相思,为君憔悴尽。"

啊！这孩子太招人喜欢了,他的想象力咋这么丰富？林氏不由得又一次亲了亲可爱的儿子,六年前的一幕不觉浮现在眼前。

六年前也是这个季节,林氏临盆要生产了。远在西安的李永顺说好要回来陪妻子坐月子,可因为路途遥远一时赶不回来,林氏只好在婆婆秦氏的陪护下,由接生婆接生。

乡间流行一句话:"老婆家生娃与死隔一层纸。"这话一点不假。生娃最怕的是大出血和娃的位置不顺,若出现这样的情形,十个有九个产妇会命丧黄泉。

不幸的事情还是发生了,林氏生出来的先是孩子的一条腿。接生婆最怕的就是这种情形,她吓得嘴唇直哆嗦,结结巴巴地对永顺母亲秦氏说道:"嫂……嫂……嫂子,我……我,我走了。"

"啊!你要走吗?"婆婆也结巴起来,"你……你不能走。"

"我不走又能咋的?"接生婆一边收拾东西一边对秦氏说道,"嫂子,接生婆都知道,你家媳妇这种情况,这对母子前生是一对生死仇人,这娃来到世上就是找他妈寻仇来的,结果要么两个人都死,要么你死我活,别无他法。"

秦氏夺下接生婆手里的包袱哀求道:"您可千万别走,快想想有什么办法?"

"办法么……"接生婆犹犹豫豫地说道,"就是保大人。"

"怎么个保法?"

"我……说这种话我怕造孽。"

"求您明说,有孽算我的。"婆婆哀求道。

"找一把快刀,把孩子切成块拉出来,那样也许能保住大人,这孩子可就……"

看来也只有这一条路了,可儿子永顺不在,婆婆不好做主,她想听听林氏的意见。

因疼痛过度,林氏一阵清醒一阵糊涂,朦胧中听到接生婆的话,她冲婆婆摇摇头:"我……我要孩子。"

"都这会了,自己连命都难保,还要什么孩子?"接生婆不解地说道。

　　林氏强打精神说道:"婶子,我和永顺好不容易有了孩子,我一定要把他生下来,您再想想还有什么办法?"说到这里,两行热泪顺着林氏的眼角流了下来,她用微弱的几乎只有自己才能听得见的声音说道,"婶子,求您了!"

　　接生婆见林氏这么想要孩子,便对秦氏说道:"那就只能死马当活马医,只是危险太大,弄不好大人孩子都保不住。"

　　"她婶子,既然永顺媳妇想要孩子,你就大胆做,孩子生出来,要多少钱我都给您。"

　　"这不是钱的事,这种事我只是听老辈说过,也没亲自干过,怕不保险,万一有闪失,可不能怨我。"

　　"你赶紧的吧,我们不会怨你。"婆婆对接生婆说道。

　　接生婆洗干净双手,然后跪到林氏身前,抓住孩子的腿使劲塞了进去。

　　因为疼痛过度,林氏昏死过去,没了知觉。过了好大一会儿,只听接生婆说道:"摸到了,孩子的头摸到了。"接生婆朝林氏努努嘴,接着吩咐秦氏:"掐她的人中穴。"

　　经婆婆一掐,林氏苏醒了,接生婆鼓励她:"娃的头顺了,使劲!"

　　孩子终于露出了头,随即露出了整个身子,林氏彻底昏死过去。婆婆一看,啊!竟然还是个男孩儿。还没等婆婆和接生婆高兴完,心就凉了,原来孩子脸色青紫,根本就不出气。

　　接生婆舒了口气:"我就说嘛,这母子不是你死就是我活,好在大人好着哩。"她接着对婆婆秦氏说道:"这娃克母,赶紧扔了吧,在家里多待一会就多一份晦气。"

　　"他妈还没醒过来,好歹等她醒过来看上一眼再扔吧。"

　　"还等什么,我已经说过了,这娃跟当妈的是冤家,不见面他也就忘了前辈子的事,见了面他下辈子可能还会找他妈寻仇哩。"

听接生婆这样一说，婆婆秦氏不便再说什么，她匆匆忙忙把孩子包裹好，而后叫来伙计铁铁吩咐道："去把这死娃子扔了吧。"

晋南一带农村处理死婴的办法，一般都是扔到野外让野狗啃吃。因而，为了孩子少病少灾又好管，不少人家为孩子起名叫狗剩。周庄人死了孩子，一般都是扔到河滩里，要么被河水冲走，要么被野狗啃吃。

铁铁抱着孩子刚要出门，那边老韩叔叫住他："铁铁，你先别扔，这娃连父母长什么样都不知道就走了，他毕竟是大东家和夫人的亲骨肉，不能像一般人家那样让野狗吃掉。"

"老夫人让赶紧扔掉，您不叫扔，那咋办哩？"

"我没说不扔，你稍等一下，我钉个木盒子，把孩子装好再扔。"

伙计们平日里都听老韩叔的话，铁铁答应道："好，就听您的。"

老韩遂赶紧找来木板，草草钉了个木盒子把孩子装进去，然后与铁铁一同来到河滩。

为防止野狗，老韩让铁铁把木盒放进一个土坑里，两人又从附近找来一些干草盖在盒子上面。不知咋的，转身离开的一瞬间，老韩突然觉得这孩子没死，他把耳朵贴在木盒子上，希望能听到里边有孩子的哭声。然而，盒子里一点动静也没有，老韩叔失望地流下了眼泪，他哆嗦着从地上站起来，对着土坑伤感地说道："孩子，你前世修得好，掉在了福坑里，可是你……你怎么跟父母连声招呼都不打就走了，莫非你前世真的跟父母有仇怨？孩子，我跟你说，你爹妈可都是好人，实实在在的大好人，李家大院上上下下都是好人，大伙一直在盼着你，盼着你啊！"

……

林氏擦了擦湿润的眼角，心里轻轻呼唤着："永顺，永福，老韩叔，你们快回来吧，我和毓秀盼着你们啊！"

六

望来望去，总也看不到亲人的身影，林氏的思绪不由得又来到回忆之中。

话说那头老韩叔和铁铁去河滩扔孩子，这头林氏终于醒了过来。她发现接生婆不见了，身旁只有婆婆一个人，想着孩子一定生下来了，便问婆婆："妈，让我看看娃。"

婆婆不知道该说什么："娃……娃，娃……"

林氏急了："妈，娃怎么啦？您……您快告诉我。"

见林氏着急的样子，婆婆只好说实话："娃没……没了。"

一听孩子没了，林氏的眼泪像涌泉般流了下来："妈，娃在哪儿，您……您让我看上一眼。"

"我……我已经让铁铁扔掉了。"

"啊……"林氏又昏死过去。

恰在这时，李永顺回来了。一路上都在想象着孩子的模样，希望他以后能像自己一样高大，像妻子一样俊俏。一进家门，他顾不上别的，扔掉手里的行囊，急匆匆来到妻子床头，嘴对着她的耳朵轻轻说道："我回来了。"

听到丈夫的呼唤，林氏奋力睁开眼睛。然而，她已经耗尽了精力，见到远道而归的丈夫，连说话的力气都没有，只有两行热泪从眼眶里缓缓流出。永顺本能地在床头扫视了一遍，没有见到孩子，他问林氏道："娃哩？"

林氏无力地看了看身旁的婆婆，永顺赶紧问母亲道："妈，娃哩？"

"娃，娃生下来就没了。"

"啊？"李永顺一阵惊愕，"没了，娃在哪儿？让我看一看。"

秦氏伤感地说道："扔了。"

"妈，您知道我在赶路，娃没了应该先放一放，让我看一眼再扔么，您着什么急？"

"接生婆说娃克母亲，留在家里晦气，得赶紧扔掉，所以我就让铁铁给扔了。"

永顺着急地问道："铁铁把娃扔哪儿了？"

"你去问老韩和铁铁他们吧。"

永顺迅速来到场院里，找老韩叔和铁铁打听孩子的下落。听两人说孩子扔到了河滩，李永顺飞快地跑出场院，老韩叔和铁铁紧跟在后边，一起向扔孩子的地方跑去。

到地方一看，几只野狗已经用爪子把木盒子从土坑里扒了出来，正用利齿撕咬木盒子。几个人慌忙捡起地上的树枝赶跑野狗，李永顺轻轻抱起木盒子，这时，只听盒子里传出婴儿的哭声。

大东家李永顺对着木盒子一阵乱啃："儿子，爹来了，爹接你来了！"

牙齿怎么啃得动木头？任凭李永顺啃得满嘴流血，木盒子不见丝毫松动。见此情景，老韩叔和铁铁赶紧过来帮忙。三个人六只手一起扒拉，仍然弄不开木盒子，老韩叔气得直骂自己："真是老糊涂了,少钉两个钉子多好,钉这么死干啥哩?"骂到这里老韩叔突然回过神来,他对永顺建议道:"别在这儿瞎忙活了,咱们赶紧回去,回到家就有办法。"

"对,对对,老韩叔,赶紧回家,赶紧回家!"

大东家永顺一边说话,一边抱起木盒子往家里跑去。老韩叔和铁铁在后边紧着追赶,还是跟不上他的脚步。

回到家里,老韩叔用撬棍三下两下就撬开了木盒子,永顺一把抱起孩子,左看右看,舍不得松手。见大东家欣喜若狂的样子,老韩叔暗自庆幸自己当时的决定,如果没有木盒子保护,这孩子可就真没了。知道林氏心里也在惦记着孩子,老韩赶紧提醒大东家:"别光顾一个人高兴,赶紧让他妈看看去。"

"哦,对对对,老韩叔,您不提醒我倒给忘了。"说完话抱着孩子一溜烟向卧室跑去。刚进院门,李永顺就大声喊着:"娃活了,娃活了!"林氏远远听见丈夫的喊声,心里一阵紧张,孩子真的活了吗?不会是丈夫说胡话吧?说话间丈夫已经抱着孩子进了卧室,从他的神态看,不像是说胡话。待丈夫把孩子抱到自己跟前,林氏才知道孩子确实活了,看着孩子圆溜溜的小眼睛,她叫了一句"我的儿啊!"随即又昏死过去。

孩子失而复得,李府上下十分高兴,都夸老韩叔办了一件天大的好事。永顺和林氏更是从心底里感谢老韩叔。大东家从账房拿出两个银元宝,激动地对老韩叔说道:"老韩叔,娃失而复得多亏了您,这两个元宝您拿着,算我们夫妻的一点心意。"

老韩叔哪里肯要:"我无儿无女的,东家每年给我的银子都无处花,要银子有啥用?我不要!"

林氏十分诚恳地说道:"老韩叔,您一定要收下,不然我们心里过意不去。"

老韩叔还是不肯收下元宝："这银子留着给孩子，就算我送给他的礼物。"

见老韩叔死活不接银子，林氏只好说道："老韩叔，要不是您这娃就没了，假如您不介意，就让他认您做干爷爷，从今后这孩子就是您的孙子！"

听少夫人这样一说，老韩叔高兴得老泪横流："我总觉得娃那么富贵的命，咋能说没就没哩，所以我舍不得扔掉他。少夫人既然这样说，看来这娃跟我是真有缘分，那我就认这个孙子了。"

"那这元宝您该收下了吧？"永顺问道。

"这下就更不能要了，让柜上先收着。我不能白当爷爷，等娃满月时就当是我给孙子的满月礼。"

老韩叔这样一说，永顺夫妻不好再说什么，只能按他的意思办。

接下来该给孩子起名字了。为了慎重起见，秦氏找来算命先生，让他给孙子起名字。经过一番掐算，算命先生对秦氏说道："老夫人，我得先向您道喜，您孙子可不是一般人物，他一出生就有这么离奇的经历，说明他真是个大富大贵的命，将来一定能成就大事。"

秦氏心里一阵高兴："谢谢先生！"

算命先生口气一转："不过，你家这娃命硬，克母。要说起名字，得起一个能压得住邪气的名字，要不然的话，不仅对他妈不好，对整个李家大院都不好，将来会出事。"

"先生说得对，我也是这么想的，还请先生费心。"

算命先生思考了一阵，而后说道："我算了你们家孩子的前世今生，再结合他的传奇遭遇，'狗剩'这名字对他再合适不过了。"

秦氏想想算命先生的话有道理，便让算命先生去账房领取赏银，随后叫过儿子永顺商量道："我刚才让算命先生给孩子起了个名字，你看行不行？"

永顺问道："啥名字？"

"狗剩。"

李永顺毕竟是走南闯北见过世面的人，他心里老大的不高兴："妈，这样的名字还用得着劳驾算命先生？"

"怎么啦，这名字不好？"

"这名字街坊邻居随便叫上个人就能起，又土又难听。"

"啥叫土？我觉得狗剩这名字就挺好，叫这名字好管，娃将来会少灾少难。算命先生说了，这孩子是大富大贵的命，能成大事，可是他克母，不起个难听的名字压不住邪气。"

李永顺不好明着反驳母亲，只能委婉地说道："妈，这事还是问问娃他妈再定吧？"

"行，当妈的可把话说到前头，妈起的名字你们可以不用，不过将来有啥事别怪做老人的没提醒你。"

"好吧，您就别操心了。"

李永顺把母亲的意思告诉了妻子，林氏说道："这娃多亏了老韩叔，要不然真就叫狗给吃了，叫狗剩也确实有道理，可那名字实在太难听了，难道就不能起个好听的名字吗？"

"算命先生说他克母，起个难听的名字能压住邪气。"

林氏根本不信自己生的孩子会克母："纯粹是瞎说，我儿子咋会克母亲哩？你是孩子他爹，你给起个名字吧。"

"好吧，我起。"

人都说绛州钟灵毓秀，周庄恰又处在这钟灵毓秀之地的中心，经过反复斟酌，李永顺为儿子起名"李毓秀"。

大概是生毓秀时伤了脏器，林氏此后再没有生育。对独生的宝贝儿子,她格外疼爱,在儿子身上倾注了超出一般母亲的精力,期望他长大后能够出人头地。

小毓秀没有辜负母亲的心愿,小小年纪就显露出过人的机敏与聪明。两岁时,林氏教他背唐诗宋词,只要念两三遍他就记住了。待到儿子稍大点,林氏逗他:"毓秀,都说你这娃克妈,你告诉妈,是真的吗?"

"妈,什么是'克'呀?"

"嗯……克就是说毓秀不喜欢妈,长大了不孝敬妈。"

幼稚的毓秀当真了,他"哇"的哭出声来:"才不呢,毓秀喜欢妈,毓秀长大了一定孝敬妈!"

"好好好,好娃,我就说嘛,我儿子咋就会克妈哩?!"

随着孩子一天天长大,他不仅能背诵唐诗宋词,也能背诵"四书五经"等经典中的一些段落,更令人惊奇的是他的理解力和想象力远远超过同龄孩子,常常能说出一些匪夷所思的话。不仅如此,幼年的毓秀还懂得孝敬大人。看见母亲要坐,他赶紧递上凳子;看见奶奶累了,他用小手为奶奶捶捶肩膀;老韩爷爷和二叔永福他们从地里干活回来,他赶紧递上拂尘甩子,洗涮的时候,他及时送上毛巾;吃饭的时候,他双手为大人们递上筷子;当林氏情绪不好的时候,小毓秀还知道安慰母亲,一家人为此高兴得合不上嘴,直夸毓秀懂事。

"终日两相思,为君憔悴尽。"温庭筠的这句诗,林氏之前只是在思念丈夫时才轻轻念出声来,没想到儿子不但会背,还把它用在了合适的地方,这让林氏感到格外欣慰。

知道母亲为二叔他们着急,聪明又乖巧的毓秀说道:"妈,你别着急,二叔他们很快就回来了,爹也会很快回来的。"

这哪像一个六岁孩子说的话,林氏抱着毓秀重重地亲了一口,然后把他举在瞭望口："往远处看,能看见咱们家的大车吗?"

"看见了,看见了,咱们家的大车回来了!"

林氏放下毓秀,从 望口往远处一看,果然看见一辆马车缓缓驶来。

奇怪,车上好像没有装稻黍?

七

林氏抱着毓秀下了望河楼,急匆匆来到大门口。这时马车也到了跟前,车上果然没装东西。几个伙计一个个鼻青脸肿、垂头丧气,低着头不言语。

林氏心里一惊:坏了,出事了!

小毓秀显然没有注意到这些细节,他挣脱林氏的手,乐颠颠地跑到铁铁跟前甜甜地叫着:"叔叔,举高高①。"

要在平时,铁铁早就把毓秀抱起来高高地抛在空中。可这样的时刻,哪里还有心情逗乐,他默默地把毓秀抱起来,并没有举高高。

毓秀显然不满足,他问铁铁:"叔叔,老韩爷爷哩?我要他举高高。"

铁铁没有回答毓秀的话,而是低头朝车厢里看了看。

见铁铁紧张的神态,林氏估摸着有事。她走近马车,往车厢里一看,只见老韩叔躺在车厢底板上,脸色苍白,左腿上缠着衣服碎条,血水渗透了裤腿,染红了身下的车厢板。

"啊!这是怎么啦,出啥事啦,永福……"林氏这才发现二弟永福不在马车上,"永福他人哩?"

毓秀跟着问道:"我二叔怎么没回来哩?"

该怎样向主子交代?几个伙计实在难以开口,一个个捂着脸"呜呜呜"哭了起来。

林氏知道出了大事,她怕吓着孩子,遂让丫鬟把毓秀先抱回去,这才向伙计们细问实情。

听伙计们哭诉了事情经过,林氏的肺都要气炸了。这狄家人也太坏了,怎么能做出这等事情?她既为二弟永福伤心,又为几个伙计抱不平。事情来得突然,自己一个妇道人家,该咋办哩?

林氏不由得又想起了丈夫,永顺,你在哪里?

身为李家大院大东家的李永顺,这时候正急急忙忙往家里赶。

且说这李永顺虽然自幼读书,却不像一般读书人那样深藏不露、谨小慎微,而是以豪爽闻名。李永顺的豪爽主要体现在两方面,一是直率,办事果断利索,说话口无遮拦。二是豪饮,用朋友们的话说,他是"拳好酒量大"。由于"水旱码头"的特殊环境,绛州人形成了特有的酒文化,其划拳技术堪称天下一绝。别处人划拳速度比较慢,并且每划一拳都要见面,即双方伸出拇指喊一次"哥俩好",绛州人称这种划拳法为"一见一",也就是一拳一停的意思。而绛州人划拳见一次面划三拳,中间不停,三拳过后"三拳两胜"决定双方输赢,绛州人称"一见三"。"一见三"不仅速度快,还要求双方有良好的记忆力。绛州人划拳往往令旁观者眼花缭乱、目不暇接,外地人一般适应不了。李永顺无疑是绛州人中的划拳与喝酒高手,酒桌上少有人能与之匹敌。

在外经商多年,李永顺喜欢以酒会友,几乎所有生意都是在酒桌上谈定的。在家乡的朋友圈里也足够热情大方,每次回家都要邀集亲朋好友一起开怀畅饮。

有一次,兰州的几个朋友在酒馆设宴,请李永顺去喝酒。为能让李大东家喝"好",朋友们把时间选在晚上酒馆打烊之后,还让酒馆掌柜把大门锁起来,以防李永顺开溜。李永顺来到现场一看,朋友们这是成心要灌倒自己。眼看着没有退路,他决定主动出击,于是对朋友们说道:"今儿个喝酒,我一个人对你们所有人,但我不跟你们转圈喝,有本事你们一个一个来,跟我划拳喝酒,喝倒了再换另一个。"

"咋个划法,用兰州拳还是绛州拳?"

"你们人多,当然得用我们绛州拳,一见三,三拳两胜。"

"三拳两胜一杯酒吗?"

李永顺回答:"不,三拳两胜三杯酒。"

西北汉子自恃个个海量,又仗着人多,自然不会认尿,当即答应了李大掌柜的条件。他们心想,李永顺这回输定了,肯定要被灌倒。

就这样,酒仗开始了。

朋友们轮番上阵战永顺,喝倒一个再来一个。喝到二更天,一桌子朋友全喝趴下了,最后酒馆掌柜的看不过眼,也凑了上来,结果仍然是连连输在李永顺"一见三"的绛州拳下,很快便喝得不省人事。见无人再应战,李永顺这才找酒馆掌柜老婆拿出钥匙,打开大门走出酒馆。来到僻静处,李永顺一阵猛吐。

李大东家孤身一人战众高手的故事迅速在朋友圈传开,从此后,无论到了啥地方,酒场上再无人敢主动向他挑战。

父亲留给李永顺的摊子虽大,但却是名副其实的一副烂摊子,兰州、西安、太原的几处商号一个个有名无实。经过几年的精心打理,李永顺终于扭转了颓势,使各个商号重新兴盛起来。他寻思着,如今生意走上了正轨,各商号都有掌柜在打理,自己以后大部分时间要待在家里,孝敬年迈的母亲,陪伴孤独的夫人。

处理完太原商号的事情,李永顺是归心似箭。他骑了一匹快马,心急火燎地往家里赶。路过汾城时,好友一再邀请他喝酒。因惦记着家里,喜欢开怀畅饮的李永顺谢绝了朋友的好意,只随便吃了一点便饭,便骑上马继续赶路。傍黑时分,终于下了侯庄村西的哺饥坡②,很快又过了接官厅③,家乡周庄遥遥在望。尽管胯下的马已经很疲惫,可李永顺还是对它狠抽了两鞭子,快马一阵狂奔,朝周庄飞驰而来。李永顺的眼前浮现出了倚门相望的老母亲,耳边响起了妻子林氏暖暖的问候声,感受到了儿子毓秀用小手抹掉自己额头汗水的幸福。每次见面时儿子稚嫩的一声问候:"爹,您累了吧!"总能把旅途的劳累一扫而光。

林氏正感到手足无措,忽然听到远处一阵马蹄声,还未回过神来,李永顺骑着马已经到了跟前。

丈夫可算是回来了!林氏只觉得眼前一黑,瘫软在地上。

李永顺兴冲冲来到自家门口,眼见伙计们一个个灰头土脸,妻子又伤心倒地,这景象恰似一瓢凉水当头浇下,从头到脚凉透了。他一边扶起倒地的妻子,一边向伙计们打听原因。听几个伙计说明了缘由,李永顺觉得事情紧急,容不得有片刻懈怠,遂立刻吩咐几个伙计分头去通知自己的朋友。

天黑下来了,朋友们陆续来到李家大院。听说了白天发生的事,大伙儿一个个义愤填膺,怒火中烧。朋友们七嘴八舌,有人主张立刻过河找狄家报仇,有人主张先到城里报官,也有人主张先为老韩叔治伤。

这时候,只有一个人独自站在无人处静静思考,没有发表任何意见,他就是私塾先生郭奇如。见大伙儿吵吵嚷嚷的半天也说不到一块儿,郭奇如叫过李永顺问道:"你准备咋办哩?"

郭奇如知识渊博,办事一向严谨,每遇大事,永顺都要征求他的意见。听他问自己,李永顺反问道:"老兄,我正想问你,你说该咋办？"

"越是这时候越要冷静，绝不能鲁莽行事。"

李永顺点点头。

郭奇如接着说道："出了这样的事，狄家肯定有了准备，这时候我们到狄家打架不见得能占到便宜，所以不能去寻仇。"

这时候只听老太太哭喊着："咋就不能去哩？他们打死了我儿子，要让他们以命抵命，永顺，你得给永福报仇啊！"

李永顺扶住母亲说道："妈，这事不用您操心，我们会报仇的，这不正在商量办法么。"

老太太喘着粗气，浑身哆嗦着嚷嚷道："欺负到头上了，还商量什么？立马过河去，把狄家给我砸了！"

"妈，奇如大哥说了，狄家已经有了准备，我们这会儿过去寻仇，不一定占得了便宜。"

"咋，你害怕了？你要是不敢去，我去！"

郭奇如赶紧过来劝道："婶子，您放心，我们不会便宜了狄淮松的，您回房歇着去吧，这事交给我们办就是了。"

林氏也劝说婆婆道："妈，这时候谁都想去报仇，更何况永顺哩？可这仇怎么个报法，总得先商量一下不是，咱们就听郭先生的话，先回房去，让他们商量商量再说。"林氏一边说话一边硬拉着婆婆回了房间。

李永顺接着说道："既然不能去寻仇，那就到州衙去报官？"

"暂时还不能去报官。"

"事情火烧眉毛了，既不能去寻仇，又不能去报官，难道能算了不成？"

"你听清楚了，我只说不能去寻仇，没说不报官，但啥时候报官，如何报官，得仔细筹划一下。"

"还筹划啥哩？去告他狄家就是了。"

"告狄家什么？"郭奇如问道。

李永顺随口而出："告狄家抢我们家稻黍，还打死我们家的人。"

"这些谁能做证？"

"老韩和几个伙计，他们都能做证。"

"我们家的人做证，官府能信吗？"郭奇如问道。

"……这，那你说该怎么办？"

郭奇如没有直接回答李永顺的话，他把李家几个伙计叫到跟前问道："狄家人是怎么把二东家打死的？"

"是狄淮松弟弟用镰刀把打死的，镰刀把都打断了。"伙计闷闷回答道。

"怎么知道那个人是狄淮松的弟弟？"

"我听见狄家人都叫他二当家的。"

另一个小伙计插话道："肯定是狄淮松弟弟，我以前在城里的集市上见他和人打过架，能认出他来。"

"那你们看见他们把永福扔到河里了吗？"

"看倒是没看见，可我亲耳听到狄家人议论，说是大东家的意思，要毁灭罪证，把人扔到水线里冲走。"伙计铁铁回答。

"狄家人说话，你是怎么听到的？"郭奇如问道。

"他们几个去找二东家，我在地头照看老韩叔，狄家人路过我身边，说话时被我听到了。"

伙计闷闷补充道："狄家人走了，我们把稻黍地像篦梳子一样找了一遍，没见到二东家的影子，这才断定狄家人把他扔到河里了。"

"稻黍地里找不到人，也只有这一种可能。水这么大，人扔到水里肯定冲远了。"郭奇如转身对李永顺说道，"我们得尽快找到永福的尸体，这是最有力的证据，有了证据才能使狄家认罪。"

李永顺点点头："那你说我们该咋办？"

"眼下的情况，我们应从三方面着手，一是为老韩医伤；二是寻找永福的尸体；三是写诉状。老韩的伤腿还在流血，不尽快医治怕有生命危险，得先派人去为他医伤。余下的人尽快去南门渡口借船，趁着月光，顺河而下去找永福的尸体。留下咱们两个在家里写诉状。"

"事情明摆着的，狄家不占一点理，这诉状好写。你一个人留下来写就行，我得跟着去找人。"

"也好，要去快去，我们能想到的事，估计狄家人也想到了，免得被他们抢了先。"

"行，我这就去。"

"你一路辛苦赶到家，连门也没有进，吃了晚饭再走吧。"

"到了这步田地，哪里还有心思吃饭？"

"少吃点也行，起码也得喝上口水吧，再说几个伙计一天了也没顾上吃饭，总得让他们吃点东西吧？"郭奇如说道。

林氏也在一旁劝丈夫道："吃上点再走吧！"

"行，那就让伙计们去吃饭。"李永顺对林氏说道，"我吃不下去，你给我端一碗水来，我喝一口就行了。"

伙计们去吃饭，林氏进屋端来一碗茶水，并拿了两个白面馍馍递到李永顺手里，他喝完了茶水，胡乱咬了两口馍，随后带人匆匆出发了。

注：

①举高高：大人把小孩抱起来举在头顶。

②哺饥坡：春秋战国时灵辄舍命救赵盾的地方。

③接官厅：绛州州官迎接官员的地方。

八

不说一路人马带着老韩叔去治伤，也不说郭奇如在家里忙着写诉状，单说李永顺带着七八个人急匆匆沿着河岸一路寻找，不觉已到州城南门外汾河渡口，却没有任何收获。李永顺决定向渡口借船，想借着中秋的月光，划船到下游继续寻找弟弟的尸体。

码头掌柜白天送永福他们渡河之后，因有事离开了渡口，伙计们赶着空车从渡口返回时他没有看见，因而不知道狄家与李家打架的事情。见李永顺黑夜来到渡口，他不解地问道："李大东家，多日不见，晚上来访，有何事？"

"找您码头掌柜能有啥事，想借一条船用用。"

听说要借船，码头掌柜不禁面露难色："老伙计，实在不好意思，我已经没船好借。"

"为啥？咱们多年的关系，借一条船用用嘛，难道您的船就没有多余的？"

码头掌柜指指货场上堆积如山的货物："您看看，那么多货等着外运，哪里还有多余的船？你要是早来一步，或许还可以商量。"

"啥意思？"

"刚刚借出去一条船。"

李永顺心里一凉："那条船借给谁了，是不是狄庄的狄家人借走了？"

"对呀,您是怎么知道的？"

"别管我是怎么知道的,既然狄家人借了船,您就更得借给我船。"

"要在平时,借你一条船确实也不是什么事,可因为码头停运了几天,好多货物急着要装船外运,我这儿的船实在是不够用,凑巧明儿个城里逢集,过河的人又比平时多,我是实在不能再借给您船了。"

李永顺只好实话实说："事到如今我也就不瞒您了，我借船是要到下游找我弟弟的尸体。"

码头掌柜一惊："啊! 我早上亲自送令弟过河收稻黍,他咋就死了,是不小心掉河里淹死了吗? 不对呀,你们姬庄人不都会游水的吗? "

见码头掌柜不知情,李永顺只得把狄家如何抢收自家稻黍,又如何打死弟弟永福毁尸灭迹的事大致讲了一遍。

听李永顺说完事情经过，码头掌柜终于明白了："这么说狄家借船是要去销毁罪证? "

"对,一定是这样。"

"这狄淮松可真是丧尽天良! "码头掌柜生气地说道。

李永顺问码头掌柜道："他们啥时候走的? "

"天快黑的时候走的,估计这会儿已经划出去二十里地了。"

"看来我们是追不上他们了,既然这样,再借船也就没有必要了。"

"不,我亲自撑船带你们去,即使追不上,也能截住他们。再说河道我比他们熟悉,知道尸体可能在哪些地方搁浅,他们在前边不一定能找得到,咱们在后边也不一定找不到。"

"这么说您是同意借船给我了?"

"你李大东家平日里够朋友,这会儿有了难事我岂能不帮?"他转身对手下吩咐道,"去把那个救急的备用船撑过来。"

船很快撑了过来,一伙人跳上渡船,码头掌柜松开缆绳,竹篙一点,渡船飞快地向下游驶去。

一路上,码头掌柜尽全力撑着小船,并提醒大伙儿仔细观察河岸边有无异常,一行人瞪大了眼睛注视着河两岸,希望能找到永福的尸体。每到河道拐弯处,码头掌柜就把船停下来,划到漂浮物容易搁浅的地方,让大伙仔细搜索,但一次次希望都落空了。小船顺着河道一路西行,不觉时过半夜,再下去就要进入下游的稷山县地界了,依然一无所获。

月亮已经下落,河道也暗了下来,码头掌柜估计再找下去也不会有结果,遂提醒李永顺道:"大当家的,从这里往西一直到黄河,河道比较直,尸体如果冲到这个地方一般不会再搁浅,会一直顺流冲到黄河里去,再想找到就不可能了。"

"那怎么办?"

"我们再往下划一段,到了稷山地界要是还找不到,那就没指望了,咱们就往回返吧。"

李永顺心有不甘:"为什么我们没有遇到狄家人哩?"

"估计他们找到稷山地界也会往回返,我们很快就能追上他们。"

正在这时,有个伙计说道:"前边好像有一条船?"

顺着伙计手指的方向一看,果然看见有一条船缓缓向上游驶来。

李永顺心想,黑更半夜的,这一定是狄家人那条船,他赶紧同码头掌柜商量:"老伙计,我不方便说话,待一会到了跟前您得套套他们的话,并想办法到他们的船上去,看看有没有永福的尸体。"

码头掌柜点点头:"放心吧。"

不一会儿工夫,果然看见狄家人划着小船向上游驶来,两船船头相对,狄淮松果然站在船头。李永顺与狄淮松心照不宣,可又都无话可说,相互装着没有看见对方的样子。

码头掌柜稳住船头问狄淮松:"狄大东家,你不是说要找点儿东西么,找什么哩?"

"我家伙计干活时不小心把马鞍子掉到水里冲走了,我想找一找。"

"哈哈哈……"码头掌柜不由得一阵大笑,"一个马鞍子,值得你狄大东家黑更半夜的费这么大事吗?"

"老伙计您是不知道,那个马鞍子非同一般,是我们家祖上传下来的。老祖宗当年赶着马车四处经商,后来发了家,用的就是那个马鞍子,那可是我们家的传家宝,你说我能不珍惜吗?"

"这倒也是,那你找到了吗?"

"没有,折腾了大半夜,白忙活了。"

码头掌柜想诈他一下:"那你船舱里黑乎乎的是什么东西?"

"没什么东西呀,就两件衣服。"

一听说是衣服,李永顺不觉怀疑起来,他戳戳码头掌柜后背。码头掌柜会意,假装无事的样子说道:"可惜了,传家宝让你给弄丢了。"接着话锋一转:"你走得急,忘了告诉你,那条船的后舱板有个地方快漏了。"

没想到狄淮松十分从容地说道:"是吗?那老伙计您得赶紧帮我看一看,要不然船漏了水,我们可就回不去了。"

码头掌柜跳到狄淮松的船上，假装查看船舱板的样子，把船舱仔细观察了一番，结果并没有发现什么，遂对狄淮松说道："暂时还不要紧，你们走吧。"

狄淮松假装客气地问道："刚才忘了问了，老伙计您和李大东家这是要干啥去？"

码头掌柜一时反应不过来："我……我们也是找点东西。"

"哦，那你们去找吧，我们先回去了。"说完一拱手，狄淮松乘着船往上游而去。

本来想跟着狄家的船一起返航，顺便再探探虚实，可码头掌柜说了要找东西，就不好马上返回，李永顺一伙人只好划着船继续往下游行驶。两船相背而行，距离越来越远，李永顺心里一阵疑惑：狄淮松是真没有找到永福的尸体，还是找到后藏起来了？这人咋就这么沉得住气，这么令人难以捉摸？

又行驶了一段，仍然一无所获。李永顺同码头掌柜商量了一下，觉得再往下游行驶已经毫无意义，于是决定返航，回家另做打算。

九

　　且说留在家里的郭奇如,送走了外出的两路人马,赶紧铺纸研磨,伏案疾书。

　　字斟句酌写好诉状,已经后半夜了,郭奇如放下手里的毛笔,一个人默默地在客厅里来回踱着步。能不能找到永福的尸体,直接影响着官司的成败,郭奇如实在心里没底。他一遍遍默默地问自己,永顺他们能找得到么?

　　再说林氏,送走了丈夫,又安排好郭先生写诉状需要的东西,而后让丫鬟抱毓秀去睡觉,自己点上油灯和衣躺在炕上等着消息。她翻来覆去睡不着,一会儿坐起来听听门外的动静,一会儿爬起来到客厅为郭奇如续上茶水。半夜过后,听到门外有动静,出去一看,原来是送老韩叔治伤的一路人马回来了。听他们说正骨堂已经把老韩叔的腿骨接好了,林氏心里得到些许安慰。她让管家安排大伙在厨房吃完夜餐,并安顿大伙歇息,自己继续和衣而卧,等着丈夫他们的消息。好不容易挨到天明,依然没有动静。正焦急间,听见门外有人说话,估计是丈夫他们回来了。林氏赶紧起身来到大门外,果然看见李永顺带着一帮人来到跟前。

郭奇如已先林氏一步来到大门口，他焦急地问李永顺道："找到了吗？"

李永顺一脸沮丧："没有找到。"

"碰到狄家人了吗？"

"碰到了，他们先我们一步，我们赶到稷山地界时他们已经开始返航。"

郭奇如接着问道："看他们的样子，像是找到了永福的尸体还是没找到？"

"码头掌柜到他们的船上看过了，没见到有人。"李永顺回答道。

"从他们的神态就没有看出点什么？"

"天黑，看不清楚，但我感觉狄淮松好像挺淡定。"

"他很淡定？"郭奇如心里一凉，"坏了，狄淮松一定找到了永福的尸体，不然他不会那么淡定，只是不知道他们把尸体藏到了何处，你确定不在船上吗？"

"码头掌柜仔细查看了船舱，没有见到。"

"他们一定会把永福的尸体藏起来，咱要尽快想办法到狄家探听消息，蛇过留痕，雁过留声，不信他能把事情做得那么绝密。"

"行，我这就安排人去打听。"

"这事交给管家去办吧，人没找到，这诉状得重写，咱们两个得商量一下。"

"好的，就这样。"

李永顺叫来管家，安排他想办法到狄家打听情况。随后拿来郭奇如写好的诉状，刚要坐下来观看，忽听门外有人大声喧哗，还没来得及问明缘由，就见几个衙役闯了进来，为首的大声问道："李永顺在家吗？"

李永顺赶紧应道："我在家哩，什么事？"

"我们奉州衙之命前来捉拿你，请跟我们走吧。"

李永顺感到莫名其妙，郭奇如也是一头雾水，他问衙役道："各位官人，李掌柜一贯遵规守法，为啥要捉拿他？"

为首的衙役说道："抓他自有抓他的道理。"

林氏一边护住丈夫，一边辩解道："我们家掌柜的一不偷二不抢，从来不干坏事，他有什么罪？你们不能说抓就抓！"

"我们只是奉命行事，具体什么罪，到了州衙再说。"

李永顺想想自己又没犯什么罪，便坦然地对郭奇如和林氏说道："咱又没犯罪，还怕去官府？再说了，我正要去州衙告狄淮松，这不正好顺路吗？"

衙役头目顺着李永顺的话说道："既然这样，那咱们走吧。"说着上来要给他戴枷锁，李永顺自然不肯："我又没犯法，凭什么给我戴枷锁，我跟你们走就是了。"

李永顺是绛州名人，衙役头目自然惧怕三分，又见他凛然不可侵犯的样子，遂通融道："谅你也不会半路逃跑，那就别戴了，一起走吧。"

郭奇如把诉状交给李永顺："把诉状拿上，到了堂上先把它呈上去。"

听了郭奇如的话，为首的衙役眼睛一瞪："我们是来捉拿李永顺，又不是请他去告状，诉状不能拿，要告状你们改日再来。"

"不拿就不拿。"李永顺说道，"事情都装在我脑子里，我能说明白。"

见衙役们这个样子，郭奇如心里不免生出几分疑虑，莫非狄家恶人先告状，买通了官府？果真是那样的话，事情可就难办了，他提醒李永顺道："会不会狄家人提前做了手脚？"

"就算他做了手脚,难道能把黑的说成白的?"

"贾知州不同以往的州官,处事之诡异不是我等弄得明白的,你可得当心!"

"官府上的事情我们虽然弄不明白,可光明正大的牌子挂在堂前,文臣七条的石碑嵌在大堂后墙壁上,谅他们也不敢黑白不分吧?"

"这防人之心……"郭奇如使劲捏了捏李永顺的手,"不可无啊!"

"知道了,兵来将挡水来土掩,我能应付得了。我真就不信了,这么简单的事情,这官司要是打不赢,那天下人以后就别打官司了,任由官府随便判就行了!"

李永顺自信地随着衙役们走了,郭奇如和林氏等人在门口默默地站了许久,这才怔怔地回家而去。

李永顺跟着一班衙役来到绛州州衙,立刻被强行押到州衙大堂。

知州早已正襟危坐,两班衙役分立左右,齐声呼喊:威武!

贾仁义一声吆喝:"李永顺,你可知罪?"

李永顺大惑不解:"我李某办事一向守法,何罪之有?"

韩一刀对着知州一阵耳语,知州随即大喝:"你鼓吹反清复明,企图聚众谋反,你敢不认罪!"

"哈……"李永顺不由得一阵大笑,"我啥时候鼓吹过反清复明,在啥地方聚众谋反,简直是无稽之谈!"

"你说当今皇帝是蛮夷,与反贼李自成一样长久不了,有这样的事吗?"

清朝初年,崇尚儒家学说的士子阶层对造反者李自成大都持排斥态度,对来自关外的清朝统治者更不予认可。他们经常在私下里议论李自成兵败如山倒，成不了气候，议论清朝皇帝是蛮夷，坐不了江山。性情豪爽的李永顺喜交朋友，每次从外地经商归来朋友们都会闻讯而至，一方面讨要酒喝，另一方面听他讲一些趣闻逸事，这其中当然也不乏对满人的不满。说起大好河山被蛮夷统治，朋友们个个义愤填膺，但都是说说而已，过了那一阵子，便一个个剃了头发，留起长辫子，成了大清的顺民。逆来顺受，说得多，做得少。所有朋友中最知己的莫过于郭奇如，两人看法相同，议论时局的时候最多。李永顺想，以自己口无遮拦的性格，难免在人前说出一些不合时宜的话，莫非这些话传到了知州耳朵里？

正想不明白，只听贾仁义继续喝问："问你话呢，说过还是没有说过？"

"说倒是说过，满人刚入关时说这话的人多了，老爷您当时难道不也是这样的观点吗？"李永顺回答道。

"胡说，我从一开始就拥护当今皇上。"

李永顺差点笑出声来，心想你要一开始就拥护清王朝，岂不成了汉奸？话到嘴边没好意思说出来，变成另外一句话："就凭这句话能说我鼓吹反清复明、聚众谋反吗？"

"当然不止这一句话，你还说过，'外头有不少人对清廷不满，有人拉起队伍跟蛮夷刀对刀枪对枪地干，这些人真有骨气。咱要跟他们学，跟蛮夷干'。"

前一句话自己确实说过，但那是酒场上当着一帮铁哥们说的，自己也就是说说而已，朋友们也就当听故事而已。酒场上的醉话，不足为凭，再说朋友们不可能出卖自己。后一句话"要跟他们学，跟蛮夷干"，自己绝对没有说过，想到此李永顺反问道："我什么时候说的这些话，可有证人？"

"传狄淮松上堂！"

随着一声传唤,狄淮松来到大堂上。李永顺感到纳闷,狄淮松怎么来得这么快,难道真如郭奇如所说,他恶人先告状,早已同州衙串通好了?

其实狄淮松找到了永福的尸体,两家船只相遇时,为防止被李家人发现,他让人把尸体捆在渡船的右边船帮下边,故意把左船帮暴露给李家。码头掌柜上船查看时只看了船舱,忽略了右船帮,自然就发现不了藏在右边的尸体。渡船到家后,狄淮松让人把李永福的尸体扔到自家一个废弃的地窖内,上边盖上石头磨盘。安排停当后,便按照韩一刀的安排急匆匆赶到州衙听候。

李永顺正在发愣,就听贾仁义问道:"狄淮松,认识此人吗?"

狄淮松是大户人家,李永顺与他偶有交往,便如实回答:"认识。"

"认识就好。"知州转而问狄淮松,"你是怎么知道李永顺谋反的?"

狄淮松早已编好了说辞,他随口答道:"大人,狄庄与周庄仅一河之隔,我们两家常有来往,对李永顺家的情况十分了解。他经常召集人在家里喝酒,并借喝酒之际商量反清复明的事。"

狄庄与周庄虽然隔河相望,但因中间有汾河相隔,并不能直通直达,是名副其实的"厦近门远"。两村人相互来往要绕道绛州城,到城南的渡口乘船,之间足足有十几里路,两个村的人们相互走动并不太多。出于这样的缘故,自己从未和狄淮松一起喝过酒。听了狄淮松的话,李永顺反而感到心里的一块石头落了地。他只能是道听途说,绝不可能有真凭实据,于是义正词严地反驳道:"狄淮松,我经常请人在家里喝酒不假,可我与你并不熟识,你啥时候来我家喝过酒?"

知州打断李永顺:"不要打断证人的话!"

狄淮松继续说道："我在酒桌上亲耳听李永顺说，清朝皇帝是蛮夷，同贼寇李自成一样成不了气候。外头有不少人对清廷不满，还有人拉起队伍跟蛮夷刀对刀枪对枪地干，咱要跟他们学，也要跟蛮夷干。他还说……"

狄淮松看了看李永顺，只见他怒目相对。狄淮松不好意思再说下去，心虚地看看韩一刀，韩一刀大声鼓励他："接着说！"

狄淮松于是硬着头皮说道："他还说，他一个人就能干十来八个人。"

李永顺大声抗辩道："知州大人，干十来八个那是说喝酒，狄淮松纯属信口雌黄、断章取义，借机诬陷本人。我来绛州大堂本来是要告狄淮松，他带人抢我家稻黍还打死我弟弟，没想到他恶人先告状，倒打一耙，真是恶毒至极，大人您可要明鉴啊！"

狄淮松早已同韩一刀商量好了对策，他假装生气地说道："知州大人，我举报李永顺完全出于对朝廷的忠心，没想到李永顺临时起意，胡编乱造，反咬一口诬陷好人。我啥时候抢过他家稻黍，我打死他弟弟又有何证据？"

贾仁义随即问李永顺："狄淮松抢你家稻黍发生在何时，可有人做证？"

"他抢我家稻黍的事情就发生在昨儿个。因为汾河发大水，两岸庄稼地里全是水，很少有人到稻黍地里去，抢我家稻黍的事没别的证人，只有我家伙计可以做证。"

"那你弟弟被打死又有何证据？"

"狄家人把尸体扔到河里冲走了，我正派人沿河寻找，暂时拿不出证据。"

贾知州继续问道："有没有诉状？"

"诉状还没有来得及写。"

"既然拿不出任何证据,又没有诉状,可见你确属临时起意,编造事实,企图转移本官视线,逃避朝廷制裁。"

"这……"李永顺一时无言以对。

"李永顺,我再问你一次,刚才问你的话到底说过没有?"

"我说过一些,但那是酒话,况且只是说说而已,并不像狄淮松所说的那样想谋反。"

"说过一些? 说得倒轻松,那可是地地道道的反叛朝廷!"

"我们家世世代代信奉儒家学说,谨遵'君君臣臣、父父子子'的规矩,拥护朝廷,反对造反,绝不敢反叛朝廷,更不可能聚众谋反。父亲之所以为我起永顺这样的名字,就是要永远当朝廷顺民的意思。我当初是说了一些不合时宜的话,但我现在是地地道道的大清顺民。"

"是不是顺民不是你自己说了算,既然你承认当众说过那些话,就是聚众谋反。"他接着命衙役道,"让他画押。"

"这样莫须有的罪名,我岂肯画押!"李永顺争辩道。

"大胆反贼,敢不画押,大刑伺候!"

知州有令,一班衙役立刻将李永顺摁倒在地,为首的瞅了瞅旁边的韩一刀,只见他悄悄竖起两个手指。

诸位,韩一刀竖两个手指是啥意思?

原来这韩一刀手下的衙役打人手法颇有讲究,下板子的位置、下板子的轻重都不一样。同样是二十大板,重者可以让受刑者当场毙命;次者可令受刑者遭到重创,而后慢慢死去;轻者则是一般的击打,被打者也就是受些皮肉之苦。韩一刀与衙役早有默契,行刑时全看韩一刀的手势,竖一个手指头,表示下板要重,衙役们会抡起大板照受刑者的后胸猛击,只几下,受刑者便会心肝肺破裂而死。竖两个手指头,表示用次一等的手法,衙役们会朝着受刑者的腰部猛击,使其两个肾脏受到重创,受刑者会慢慢死去。如果竖三个手指头,表示最轻一级,衙役们就抡起板子照受刑者的屁股上打,受刑者受的只是皮外伤。衙役们早已将这些手法练得炉火纯青,板子下落时的轻重与位置,外人完全看不出来,只有他们自己心里清楚。

见韩一刀竖起两个手指,衙役们立时明白,要用第二种手法行刑。这种情况多是因为无法对当事人定罪,但又不想释放,受刑后让其在狱中慢慢死去。

衙役们抡起板子一顿好打,细皮嫩肉的李永顺哪经得起这般酷刑,只觉得五脏六腑要被打出来一般。李永顺心想,这贾知州一定是收了狄淮松的贿赂,要致自己于死地,遂大声喊道:"先停一下,我有话要说。"

贾知州挥挥手,示意行刑的衙役们停下来。李永顺喘着气说道:"贾知州,你……你头上高悬着正大光明的明镜,背后的墙上嵌着真宗皇帝文臣七条碑,如此贪赃枉法,难道就……就不怕遭天谴?"

"我为大清朝剿除叛逆,遭啥天谴?"他喝令衙役,"接着打!"

这可真是"秀才遇到兵,有理说不清",李永顺的豪爽之气完全被衙役的板子打到了九霄云外。眼见得衙役手中的棍棒又要打下来,李大东家想想只能先保住命再说,不然自家的冤屈可能就会石沉海底,于是无奈地说道:"别……别打了,我画押。"

贾仁义命衙役拿过供状,让李永顺画了押,随即喝道:"退堂!"

两个衙役随即过来给李永顺套上枷锁,把他关进了州衙大牢。

十

话说李永顺一早被衙役带走，时过中午一直没有音信。林氏左等右等不见丈夫回转，心里着急，便来到私塾找郭奇如商量。

郭奇如其实也一直在为李永顺着急，他一边教孩子们功课，一边寻思着李永顺到了州衙可能出现的情况。见林氏来找，郭奇如不无担心地说道："我原来估计永顺到州衙之后有两种情况，一是官府听了他的控告，派人去查狄家的罪证。二是狄家人提前打通了关节，以查无实据为名对他的控告不予理睬。"

"那你分析会是那一种结果哩？"林氏忧心忡忡地问道。

"这会儿看来，两种结果都不是。"

"啊！为什么？"

"如果是上述两种情况，永顺早就回来了，可后半晌了他还没有回来。"郭奇如倒吸一口气，"这……"

林氏担心地问道："难道他们把永顺关起来了？"

郭奇如心情沉重地回答道："很有这种可能。"

"关人总要有理由吧，他有啥理由哩？"

"官府想要关你，这理由还不好找吗？衙役们早上来的时候不是说过了要抓永顺的嘛,能抓你就能关你。"

"我看他们那是瞎咋呼,并没有依据。"

"不,看来我们低估了狄淮松,他们已经捏揣①注好了。"

"难道他们能颠倒黑白?"

"这年头颠倒黑白的事还少吗?"郭奇如说道。

"那我们该怎么办?"

"尽快到城里打听一下,根据情况再做决定。"

"郭大哥,您是永顺最要好的朋友,永福不在了,永顺又被抓,我一个妇道人家……"林氏着急地哭出声来,"您可得帮我啊!"

"别着急么,这忙我肯定要帮,你先回去让伙计套车,我把孩子们安排一下,随后就过去。"

"好,你快点过来啊!"

林氏回家后赶紧安排伙计套车,又从厨房拿了一些吃的东西,准备跟郭奇如一起去城里打听情况。郭奇如从私塾过来,伙计鞭子一扬,马车启动了。这时,只见儿子毓秀从大门口跑了出来,边跑边喊:"妈,我要跟您去,我也要去城里看爹。"

伙计赶紧喝住牲口,林氏埋怨丫鬟道:"让你看好孩子,怎么就让他出来了?"

婆婆秦氏这时来到马车跟前解释道:"是毓秀非要出来的,我们两个人都哄不住他,就让他去吧。"

"妈,永顺还不知道啥情况哩,他不能去。"林氏转身哄毓秀道,"好孩子,你先跟奶奶在家里耍,我们去城里接你爹,一会儿就回来了。"

"我才不信哩,我爹回不来,要不您为啥带那么多吃的?"

这孩子真是鬼机灵,啥也瞒不过他,林氏只好另编理由哄他道:"城里的商铺新进了好多货,你爹正带着人在南门渡口卸货哩,我带这么多吃的是给干活的伙计吃的,你爹赶了几天路累了,我们去把他接回来。"

毓秀半信半疑地说道:"真的吗?您可不能骗我。"

"妈不骗你。"

"好,那我就等着,你们快点回来啊!"

摆脱了儿子的纠缠,林氏与郭奇如坐着马车赶紧往城里赶。到州衙后,郭奇如向看门的衙役递上门包,向他打听李永顺的情况。

衙役指了指监狱方向:"关进去了,听说还挨了大板。"

听说丈夫受了重刑,林氏感觉板子像打在自己身上一样,她难过地问衙役道:"知道啥情况吗?"

"我一个看门的,哪里知道具体情况,你到里边打听去吧。"

林氏与郭奇如来到监狱门口,郭奇如照例给看门的衙役递上门包,衙役对两人说道:"李永顺犯的是谋反罪,按规矩是不允许探视的,你们进去少说几句话就出来,免得我被罚。"

林氏赶紧答应道:"好的,我们看看就出来,不会耽误多少时间。"

两人随着狱卒来到关押李永顺的牢房,隔着栅栏,只见李永顺躺在麦秸堆里,似睡非睡的样子,面色像纸一样苍白。郭奇如连喊几遍,他才微微睁开眼睛。看见栅栏外的妻子和老朋友,李永顺挣扎着爬了过来,声音像久病的老人一样:"大哥,林芳,你……你们来了。"

林氏强忍着没让自己掉下泪来,她赶紧递上带来的坨坨②和牛肉:"你饿了吧,先吃点东西。"

"我不饿,不想吃。"

"你昨天傍晚到这会都没有吃饭,咋能不饿哩?快吃吧。"

"我肚里恶心,一点都不想吃东西。"

见李永顺没有一点食欲,林氏的眼泪忍不住流了下来,她不知该说什么,只能拉住李永顺的手默默流泪。

见李永顺这个样子,郭奇如不由得心生疑虑:"为啥不想吃东西,是因为伤口疼吗?"

"伤口倒不是很疼,就是感觉腰里边疼。"

"腰里边……莫非……"郭奇如疑惑地问道,"还有啥感觉?"

"别的没啥,除了恶心,就是尿有点红。"

郭奇如心里一惊:"他们打得很重吗?"

"……这,这帮畜生,下手真狠。"

林氏忍不住哭出声来:"郭大哥,那该咋办哩?"

"先别急,等我问明情况再说。"郭奇如问李永顺道,"他们为啥要把你关进监狱?"

"说我聚众谋反。"

"啊?这是哪里的事,凭啥哩?"

"凭的是我酒场上说过的那些话。"接着,李永顺大致把大堂上自己被审的经过说了一遍,完了哀求老朋友道,"郭大哥,你……你得为我申冤啊。"

李永顺设酒局十有八九都少不了郭奇如,酒桌上李永顺说的那些话他当然知道,可那都是朋友们私下里的话,官府咋会知道这些?一定是狄淮松使的坏,他问李永顺道:"我猜这事是狄淮松所为。"

"对,就是他!大堂上他出庭做证,指定我谋反。一定是他使了银子,官府那帮人才歪嘴说话,我实在是冤枉啊!"

郭奇如明白了,狄淮松为了推卸自家罪行,提前到官府进行了打点,于是与官府有了默契。他们采用以攻为守的策略,告李永顺谋反,使他没有辩解的机会。然而,狄淮松想不出这种点子,出主意的人一定是韩一刀。郭奇如把林氏叫到旁边悄悄说道："清廷刚占领中原,对反叛朝廷的人处罚比较狠,他们说永顺谋反,这是要把他往死里整啊!"

郭奇如的话如五雷轰顶,让林氏两眼发黑。她竭力站稳身子,近乎绝望地问郭奇如道："郭大哥,这谋反罪难道就这么栽在永顺头上了?"

"官府说他谋反也没有真凭实据,所以才会在行刑时下狠手,我估计永顺的内脏被他们打坏了,这一招真够狠,够毒!"

"那我们该咋办哩,咱得找知州衙门申冤啊!"

"找州衙的人没有用,永顺已经申辩过了,他们听了么?他们铁了心要治永顺的罪,不会听我们申诉。"

"难道就只有死路一条,没有别的办法?"

"要在以前,这种情况可以写上诉书,把冤情反映上去,让上边为他翻案。可眼下这种特殊时期,再有昏庸的贾仁义掌权,写上诉书非但解决不了问题,还可能带来更大的麻烦。"

"那……那怎么办,我们就不写了吗?"

郭奇如长叹一口气:"写是要写,但得考虑怎么写,写好之后啥时候上呈,这事咱回去再商量,眼下得先找个先生③为永顺看看病。"

这时,狱卒过来催促道:"时间太长了,不能再说了,赶紧走吧。"

林氏哀求狱卒道:"大人,我们想出去找个先生,过来为我丈夫看看病,能不能给个方便?"

"他现在是重刑犯,哪里能让外边的先生进来看病,这事我可管不了,你们赶紧走,别给我惹麻烦。"

见狱卒执意赶两人离开,李永顺喘息着托付郭奇如:"郭大哥,这件事情从头到尾您都十分清楚,一定要记着为我申冤。"又叮嘱妻子林氏:"我怕是难出这监狱大门了,照顾好咱妈……毓秀聪明,一定要把他培养成才,拜托了!"

狱卒不容两人再作片刻停留,硬推着他们离开了牢房。

注:

①捏揣:私下里串通。

② 坨坨:当地的麦面饼子。

③先生:这里指看病的郎中。出于尊敬,绛州当地对教书人和看病的郎中均称先生。

十一

离开州衙监狱,郭奇如和林氏坐上马车,直奔绛州城一天门内的济仁堂而来。

济仁堂谢先生是绛州第一名医,他医德高尚、医术高超,绛州民间盛传:"只有过不去的河,没有谢先生治不了的病。"两人满怀期望来求,不料谢先生一脸为难:"实在对不起,这病我看不了。"

林氏十分不解:"先生,哪有您看不了的病?求您给我丈夫看看吧!"

见谢先生还在犹豫,林氏许诺道:"只要您治好我丈夫的病,要多少银子都行。"

"夫人,您误会了!"谢先生解释道,"我与李大东家早就认识,少夫人来请,我自当前去。况且郭先生亲自登门,他是绛州名儒,我更没有推辞之理。只是这官府上的事情不能按常理来办,李大东家定的是谋反罪,一般人根本不允许接近,我即使去了监狱,也绝不可能见到他。"

"谢先生,既然这样,我们就不再为难您,我把永顺的病情说说,您分析一下,看要紧不要紧?"郭奇如说道。

"好的,您说吧。"

郭奇如于是把李永顺如何被打,受刑后的身体状况大致描述了一遍。听完郭奇如的话,谢先生一脸凝重道:"郭先生,我虽然没见本人,但依你所说的症状来看,李大东家肯定是被打伤了肾,如不及时医治,很快就会危及生命。"

郭奇如和林氏同时一惊:"那怎么办?"

"见不到病人,我是无能为力啊!"谢先生说道。

谢先生这样一说,林氏当即跪下恳求道:"谢先生,您既然跟永顺是老朋友,请无论如何设法救救他!"

谢先生扶起林氏,然后在屋里踱起了圈圈。林氏和郭先生眼巴巴地看着谢先生,希望他能想出好办法。

踱着踱着,谢先生终于停下脚步道:"贾知州和韩师爷经常请我看病,也许会给点面子,我去试一试吧。"说完迅速抓好了急救药,然后坐着李家的马车来到绛州衙门。

到了州衙大门外,谢先生让林氏和郭奇如在外边等,自己只身一人去找贾知州与韩一刀。

谢先生先来到韩一刀的住处。韩一刀显得十分热情,又是让座,又是倒茶。听谢先生说明来意,韩一刀假惺惺说道:"李永顺的案子是重案,按说不允许外人探视,不过您谢先生来求,总得给您这个面子,可这事我做不了主,得去请示知州大人。"说完韩一刀让谢先生在房间里等着,自己出了房门去找贾知州。

片刻工夫,韩一刀回来了,他假装十分生气的样子说道:"这个贾知州,办事也太认真了,一点私人情面都不顾。"

"怎么,他不让见人?"谢先生问道。

"知州大人说,先生的仁慈之心令人钦佩,但谋反之罪非同一般,决不允许外人相见,请您谅解。"

谢先生知道多说无用，遂留下随身带来的两服药说道："既然不让见人，这两服药留下，请看在我的面子上，麻烦您让手下煎好，然后让李永顺服下。"

韩一刀满口答应："这没问题，先生放心就是了。"

送谢先生出了房门，回来韩一刀就把他留下的药扔到了垃圾堆里。

出了州衙大门，谢先生把郭奇如拉到旁边悄声说道："李大东家这个年龄，伤肾是致命伤。假如我能见到病人，对症施治，也许还有救，可他们不让见人，我只能把药留下。用药起不了多大作用，只能延缓几天，下一步该干啥，你是聪明人，不用我再说了吧？"

郭奇如点点头："哦，我明白了。"他转身对林氏说道："谢先生已经把详情告诉我了，咱们回去吧，路上我再跟你详说。"

把谢先生送到济仁堂，郭奇如和林氏坐车回周庄而去。路上，郭奇如想把谢先生的话转告林氏，但见她一直在抽泣，几次想说话都难以开口。眼看到周庄村口了，郭奇如不得不硬着头皮对林氏说出实话："按照谢先生的说法，永顺怕是凶多吉少，你该有个准备。"

其实谢先生的话林氏也隐约听到了，她已经意识到丈夫伤势的严重，只是这一切来得太突然，不知道该如何应对："郭大哥，官府的人难道就那么狠心，连给永顺看病都不让吗？"

"这件事的起因本就是人命案子，关乎你死我活。为逃避制裁，狄淮松一定是花大价钱买通了官府。之所以给永顺扣上谋反罪名，就是想置他于死地。他们很清楚，只要除掉永顺，永福的案子就会不了了之。谋反罪名他们坐不实，只能在行刑时对永顺下毒手，这样做既经得起上头审查，又使我们无话可说，真是阴险又恶毒啊！"

林氏绝望地问郭奇如道："这么说永顺出不了监狱了？"

"岂止是他一个人的事，一旦谋反罪确定，李家就要跟着遭殃。"

"真到了那一步,我就跟永顺一起去死!"

"看你说的,咋能那样做哩?你们都不在了,毓秀咋办,你忍心他成为孤儿么?为了毓秀,不管出啥事,你都要好好活下去。"

想着年幼的儿子可能永远失去父亲,林氏的心碎了,眼泪像泉涌般流了下来。想起丈夫的嘱托,她拢了拢头发,擦干眼泪说道:"郭大哥,我知道了,无论发生什么事,我都要把毓秀拉扯大。"

"不只要拉扯大,还要让孩子成才。"

"嗯,您放心。"

回到家时天已大黑,婆婆秦氏和丫鬟抱着儿子毓秀早早等在大门口。见母亲回来了,毓秀挣脱丫鬟跑了过来,睁着圆溜溜的小眼睛问道:"妈,郭伯伯,你们不是接我爹去了么,他怎么没有回来?"

林氏抱起儿子,强忍着不让自己的泪水掉下来:"你爹他不回来,在城里的商铺住下了。"

毓秀的小脑袋摇得跟拨浪鼓似的:"不信!我爹每次从外头回来都在家里住,从没在城里的商铺住过,你骗我。"

郭奇如赶紧帮腔道:"你妈没骗你,你爹要在城里办些事情,过两天才回来。"

聪明的毓秀哪是好骗的:"就是不信,你们两个都骗我。"

"毓秀听话,妈……妈没骗你……"林氏终于忍不住,眼泪像断线的珠子流了下来。

"妈,您咋哭了?"毓秀帮林氏擦擦眼泪,"妈,您别哭,我听您的话。"

婆婆秦氏迎了上来,着急地问道:"永顺到底是啥情况?"

郭奇如刚想说什么,见林氏在一旁直摇头,于是改口道:"婶子,永顺他好着哩。"

林氏接着说道:"妈,咱们回去吧,回头我再跟您仔细说。"

"我回私塾去了。"郭奇如对林氏说道,"明儿个我还要写那个东西,永顺那里我就不去了,你去看看他。"

秦氏在一旁说道:"郭先生,来家里吃了饭再走嘛。"

"婶子,不了,你们回去吧,我走了。"

林氏的心情坏到了极点,看着郭先生离开的背影,有心喊他回来,可张了张嘴,感觉自己连喊叫的力气都没有,终于没有叫出声。

第二天早上,秦氏惦记着儿子,说啥也要去看看李永顺。林氏便和婆婆早早吃过早饭,带着管家一起坐轿车进了城。没承想到了监狱门口,狱卒换了人,说上边有交代,李永顺属于重犯,不容许探视。管家递上门包,狱卒连看也不看。婆媳俩轮流近前求情,但任凭好话说尽,狱卒就是不放行。

年老的秦氏心里犯起了嘀咕,莫非毓秀这孩子真如算命先生所言,克母不成变成了克父?心里疑惑,又不便跟林氏明说,于是建议去求神灵,到龙兴寺拜拜佛祖。林氏想想也只有这一条路好走,遂同婆婆一起来到龙兴寺。婆媳俩对着高耸入云的龙兴宝塔,向佛祖祷告许愿,希望永顺能够平安回家。拜完佛祖,几个人怀着难以名状的心情返回周庄。

再说狱中的李永顺,自林氏和郭启如离开之后伤情急速加重,由尿血发展成尿不出来,全身开始肿胀,两条腿肿得像两根磁柱子一样,又硬又亮。

第三天早上,林氏来私塾找郭启如,正在商量怎么去探视李永顺,管家急匆匆跑来,说官府的人让去牢中接大东家。

郭启如心里一惊:莫非永顺死了?

事情紧急,郭启如叮嘱管家:"你赶紧回去让伙计套车,准备进城。"

管家答应一声快步去了，郭启如对林氏说道："永顺肯定出事了，你先在这里帮我照看孩子们念书，我去牢里接他。"

"郭大哥，难道永顺他……他？"林氏实在不敢往下想。

"我估计他已经不在了，不然官府不会让我们去接人。"

林氏一下子哭出声来："那……那我跟您一起去吧，这里我找个人看着。"

"这里找个人看着也行，只是你不用去监牢，留在家里提前安排一下，还得考虑咋跟毓秀讲这件事。"

"那你们快去吧。"

郭启如一行人赶到州衙监狱时，李永顺已经奄奄一息，还没等抬上马车就咽了气。

短短几日，李家两兄弟先后离世，林氏仿佛一下子老了十几岁。她眼窝深陷，颧骨凸起，两鬓显出了缕缕白丝，往日水汪汪的两只大眼睛显得呆滞无光，白皙而红润的脸颊变得蜡黄而灰暗。婆婆秦氏接连遭受致命打击，终于不堪重负病倒在炕上，浑身发着高烧，神志迷迷糊糊，不时喊着永顺和永福的名字。

林氏仰天长叹：天大的冤屈啊！

为了不在儿子心里留下阴影，林氏向年幼的毓秀隐瞒真相，编故事说永福叔掉到河里找不见了，爹去找叔叔，不小心也掉到河里淹死了。不懂世事的毓秀，只能相信母亲的话。

李永顺一死，他的谋反罪便被"坐实"，韩一刀向贾仁义献计："大人，这案子对上边这样报……"

贾仁义信任地看着韩一刀："你说。"

"罪犯李永顺畏罪绝食，病死狱中。因其犯罪事实在外地，其家属并不知情，可不追究其家属罪责，但应没收其全部家产以充国库。"

　　贾仁义一想,这倒是个十全十美的好主意,既澄清了罪犯死于牢中的原因, 又没有因为株连九族而引起上边和老百姓的过分关注,还能通过抄家额外得到一大笔财产,于是就点头同意了。

　　李永顺的案情经韩一刀逐字斟酌后报呈省里,山西巡抚看过案情报告,批复照办。有了上边的肯定,知州贾仁义即刻筹划查抄李家的有关事宜。

十二

大东家李永顺死后，林氏一边要张罗丈夫的丧事，一边还要照顾重病的婆婆，整天忙得晕头转向，对即将到来的灭顶之灾浑然不知。

经过几天的忙活，总算安葬了丈夫李永顺，终于有精力处理其他事情。这天清早，林氏叫过管家，向他交代道："大叔，吃过早饭您去绛州烧坊一趟，把咱们家收稻黍的情况向烧坊掌柜说明一下，一来向他表示歉意，二来按照咱们之前的约定，加倍退还他们的定金。"

"夫人，今年的情况特殊，我们只要退还他们的定金就行，不需要加倍，烧坊掌柜应该不会有意见。"

"办事要讲诚信，情况再特殊也是我们自己的事，跟绛州烧坊无关，我们给不了他们稻黍，就得加倍还人家的定金，这事没商量，您去办就是了。"

"好的，夫人，我吃过早饭就去办。"管家答应一声正要离开，忽然想起一件事，于是提醒林氏道，"老韩在正骨堂有一段时间了，留下的银子该花完了，得派人去看看，顺便送点银子过去。"

"我记着哩,您让伙计铁铁过来,我交代他去办。"

片刻工夫,伙计铁铁过来了,林氏对他说道:"铁铁,这些日子只顾了忙你永顺大哥的丧事,没有顾得上去看看老韩叔,也不知道他的伤咋样了?吃过早饭你去正骨堂看看老人家,走的时候从柜上支些银子给他带去,记着从厨房给他带些好吃的,见了面代我问个好,等过些日子我去看他。"

"好的,我吃过早饭就去办。"铁铁答应一声出去了。

早饭时间到了,李家一众人端起饭碗刚要吃饭,在望河楼瞭望的伙计慌慌张张来报:"夫人,远处过来一队衙役和军士,后边还跟着不少马车,像是冲着李家大院来的。"

林氏还没有来得及反应,两个领头的衙役已经进了李家大门,他们大声叫喊着:"李家所有人等,即刻出来听宣!"随后,衙役和军士蜂拥而至。

军士们显然提前做了部署,一伙人包围了大院,一伙人直奔管家的账房而去,一伙人去登望河楼,一伙人来到厨房前面,催众人即刻放下碗筷往一块集中。

见此情形,林氏赶忙放下饭碗,让丫鬟把毓秀抱到里屋,嘱咐她看好儿子和婆婆,自己与一帮伙计、丫鬟及杂役来到厅堂外。

管家见衙役领班自己认识,赶紧上前问道:"刘大人,您是自家人,快说说,这是要干啥哩?"

管家为啥说衙役领班是自家人哩?原来这刘领班是李家在绛州城的远房亲戚。刘领班虽然生长在城里,却是个恓惶人,他自幼失去父亲,与母亲相依为命,过着有一顿没一顿的日子。前些年母亲去世,刘领班连葬母的银子都没有,无奈找到乡下的老亲戚李家求助。李家不仅慷慨解囊帮他埋葬了母亲,还帮他在州衙谋到一份差事。凭着自己的"聪明伶俐",不几年他就混到了领班的位置。因为他对李家的情况比较熟悉，韩一刀特意派他来周庄负责抄家的事。

管家原想着刘领班会念及李家的恩情，谁想到他是个过河拆桥、见利忘义之人，根本不买管家的账："谁跟你是自家人？我是官府的人，前来抄没罪犯家产。"他铁着脸喝问："李家人都到齐了吗？"

面对这种丧失良心、落井下石的小人，管家真不想理他，可这种时候又惹他不起，只能无奈地回答："到齐了。"

刘领班对着人群扫视了一遍，发现李家老太太不在里边，他质问管家道："主要人物都没来，咋就叫到齐了？"

知道他在问老太太，管家回道："老夫人病了，躺在炕上起不来。"

"起不来也得来，你让人把她抬出来。"他转身对手下人吩咐道，"盯着点，防止他们捣鬼。"

管家只得吩咐两个伙计到里屋去抬秦氏，两个衙役紧随其后进了里屋。进屋后，衙役发现了抱着毓秀的丫鬟，也把他们赶了出来。林氏从丫鬟怀里接过儿子，怒视着抄家的衙役们。

见老太太被抬了出来，刘领班命令手下："到各个房间仔细搜一遍，看有没有人藏在里边。"

遵照刘领班的命令，衙役们对所有房间搜查了一遍，没发现有人，刘领班随即对李家众人宣布了绛州衙门的通告：李永顺犯谋反罪，判抄没李家所有田产。

刘领班接着训斥道："李家所有人听好了，谋反罪是要株连九族的，知州老爷念李家世代造福乡里，故决定对你们网开一面，不追究你们的责任，尔等要感谢贾知州的恩典，老老实实接受官府的查抄。查抄财产过程中，任何人不得随便走动，更不得隐匿和转移财产，如有人不听劝告，一经发现，以李永顺同谋犯论处！"

宣布完毕，刘领班责令所有人集中到大院一角，接着对李家的财产进行查抄，抄没的各类物品被一车车拉往州衙。

年幼的毓秀看不懂这一切，他忽闪着一双大眼睛问林氏道："妈，他们为啥要搬咱们家的东西？"

"你爹做生意赔了钱，这是要搬咱们家的东西去抵账。"

"我爹做生意不是挣了好多钱么，怎么会赔钱哩？"

林氏搂紧儿子："大人们的事你弄不明白，别问了！"说着话眼泪不由得流了下来。

乖巧的毓秀赶紧帮林氏擦擦眼泪："妈，您别哭，我不问了。"

林氏没有再说话，她把儿子搂得更紧了。

再说秦氏被抬出卧室后，一直躺在地上，管家找刘领班求情道："刘大人，老夫人病重，不能老躺在地上，得让她躺到炕上去。"

刘领班眼睛一瞪："罪犯亲属，不治她的罪就二十四成①了，还想跟过去一样养尊处优？不行！"

"地上这么凉，她一直躺下去会出问题，您就高抬贵手，行个方便，给她安排个地方吧。"管家说着从兜里掏出一些散银子塞到刘领班手里。

刘领班哪里看得上这点银子，他假装一本正经地挡回管家的手："秉公办事，别来这一套！李家的房产全部抄没，从今后姬庄没有一寸地方姓李，我到哪里给她安排地方？"

"老太太病得这么重，林氏和毓秀孤儿寡母，你不安排地方，让他们到哪里住？"管家问道。

"爱到哪里到哪里，反正不能再待在这里。"

边上的副领班还算有点人情味："刘大人，知州大人并没说让李家人搬离姬庄，得给他们留下住的地方。"

手下人这样一说，刘领班有点不好意思："那……那就把场院中伙计们住的房子给他们留两间,你们把老太太抬进去吧。"

"谢谢大人!"管家嘴里虽这样说,心里却恨恨地骂道,"没良心的狗东西!"随后让铁铁他们把秦氏抬到以前伙计们居住的下房里躺下。

一直忙到大后晌,查抄的活儿才算大致结束,刘领班对李家人呵斥道:"所有李家仆人听着,即刻起离开李家大院,各自回家,不准再与李家有任何瓜葛。离开前要挨个接受检查,不准带走一点银子,也不准带走任何物品。"

看见有不少老百姓前来围观,刘领班接着吼道:"李家犯谋反罪,理应遭罚,今后无论何人不得与李家来往,更不准帮李家做事,否则与同罪论处。"

边上的副领班悄声问道:"头儿,李家只剩下孤儿寡母,没有人帮忙,他们怎么活呀?"

刘领班狠狠地瞪了他一眼:"你管那么多干吗?"

副领班心想,好你个刘领班,韩一刀并没有说得这么具体,你竟然连邻居们帮助李家都不允许,真是比韩一刀还狠!心里虽这样想,但没敢当面反驳刘领班。

眼看着天快黑了,不让带一点银子,李家这么多下人往哪儿去?

管家求刘领班道:"下人们有不少外地人,可否让他们再住一晚上,明早个起来就走?"

"不行,这事没商量,立马就走,一刻也不能停留。"说完即命众人排成一队,挨个接受搜身,他特意叮嘱手下,"女人们的手镯、头饰、耳环一律摘下来,一件也不能带走!"

林氏抱着儿子毓秀,目送仆人们一个个含泪离开了李家大院。

最后只剩下林氏和儿子毓秀,她抱着儿子接受搜身,官府的人怀疑她怀里藏着东西:"把孩子放下!"

见衙役们凶狠的样子，毓秀越发抱紧了母亲不肯下来。一个衙役想从林氏怀里夺下毓秀，吓得他"哇"的一声哭了起来，林氏一边护着儿子，一边气愤地怒斥道："别吓着孩子！"

衙役眼睛一瞪："你丈夫谋反，没杀你们全家算是便宜你们了，你以为自己还是少奶奶？呸，你是罪犯家属！"

刘领班一旁阴阳怪气地说道："站直喽，别在腰里藏东西！"

想着刘领班以前来府上的可怜相，想着这帮衙役平日里见面时点头哈腰的奴才相，再看看眼下这些人一个个凶神恶煞的样子，林氏好不生气："一早上就被你们赶出来，谁有工夫藏东西，别落井下石，仗势欺人！"

刘领班根本不在乎林氏说什么，他让手下从上到下对林氏进行搜查，林氏只能强压怒火接受搜身。搜查完毕，正要放林氏离开，刘领班突然喊道："慢着，先别走！"

原来，刘领班知道林氏有一副翡翠手镯，哪里舍得让她带走，他伸手要摘林氏的手镯，林氏生气地怒骂："别脏了我的手！"说完摘下手镯扔在地上。

林氏抱着儿子出了大门，刘领班跟着追了出来，伸手摘下林氏头上的银簪子，趁没人注意悄悄塞进自己的腰包。他还想摘林氏的金耳环，林氏怒目瞪着他："卑鄙小人！"刘领班扬在空中的手这才收了回去。

在李家大院被查抄的同时，李家在兰州、西安、太原及绛州城等地的商铺也被官府悉数抄没。通过处理李家一案，贾仁义既帮了朋友的忙，又增加了地方税银，还受到了上面的嘉奖，可谓公私兼顾，名利双收，心里好不高兴。

注：

①二十四成：很够意思、额外开恩的意思。

十三

李家遭遇了灭顶之灾，由天上一下子掉到地下，林氏和婆婆还有儿子毓秀三口人住进了长工们居住的两间下房里。除了两间破房子，官府还为李家留下二亩紧挨着水边，收成没保障的河滩地。

秦氏一直发着高烧，迷迷糊糊地躺在炕上说着胡话，林氏想给婆婆烧点开水喝，可灶头连柴火都没有，只能用面巾沾上冷水敷在婆婆额头上为她降温。懂事的毓秀趴在奶奶身边，一声声呼唤着奶奶，希望她能够醒过来。

林氏虽然聪敏贤惠，知书达理，可她从没有亲自操持过家务，更没有干过农活。面对家徒四壁的窘境，林氏陷入了沉思：孤儿寡母今后咋生活哩？这家务事还好办，不会可以慢慢学，可地里的农活咋干？生活中遇到过不去的坎，靠谁哩？靠亲戚，靠朋友？李永顺被判谋反罪，李家败落了，官府又有禁令，哪个亲戚还会来认亲，哪个朋友还敢再来往？最忧心的还是儿子毓秀，林氏视他胜过自己的性命，如果让他知道了事情真相，肯定会在幼小的心里留下阴影，那将会影响孩子的成长。如果不让他了解真相，这一摊子烦心事该怎样向娃解释哩？思来想去，只有带着毓秀回娘家这一条路可走。

回到兰州的娘家,不仅自己和娃衣食无忧,更要紧的是利于儿子的成长。想到这里,林氏决定回娘家去,离开这令人心酸的是非之地。

这时,只听婆婆迷迷糊糊说着胡话:"兰州的……你……你不能走……"

不省人事的婆婆竟然说出这样的话,可见她是多么希望能延续李家香火,这可真真是老人家的肺腑之言啊!

如果自己带毓秀回了娘家,延续数百年辉煌的李家不仅兴盛无望,还可能就此断了香火,可如果留在周庄……林氏不敢再往下想,两行热泪不由得从眼里滚落下来。

见林氏掉眼泪,毓秀跑过来抱住她的肩头说道:"妈,您别哭,毓秀不惹您生气,毓秀听您的话。"

林氏一把抱紧毓秀:"好娃,妈不哭了。"

一阵秋风吹来,林氏忽感一阵寒意,她问儿子:"冷吧?"

听母亲说冷,毓秀不由自主打了个寒战,可他却摇摇头:"不冷。"

林氏解开袄襟把毓秀裹起来,想用自己的体温暖暖儿子。当儿子的肚子贴到自己的身上时,林氏感到一阵咕噜噜的响声,她这才想起来一天还没有吃饭。懂事的儿子竟然没有说一声饿,她心疼地问毓秀道:"饿了吧,妈这就给你做饭去。"

"妈,您累了,快歇歇吧,我不饿。"

林氏彻底被儿子的乖巧和懂事感动了,她决定留下来,她要为李家留住这条根,要尽自己的力量把毓秀抚养长大,培养成才。

要做饭了,林氏才发现自己原来啥饭都不会做,再说眼下柴米油盐啥都没有,用啥做饭哩?林氏不由得又一阵伤心,为了给儿子做出个样子,她强忍着没让眼泪掉下来。

不管怎么样,得先为婆婆和毓秀烧点开水喝。要烧水就得有柴火,林氏来到自家的烧柴堆前边,才发现连烧柴也被衙役们拉走了。无奈,她想到了本家叔叔李二爷和李三爷,想去他们家里抱点柴火。两个堂叔是与永顺血缘最近的本家人,想当初李家辉煌时他们沾了不少的光,李二爷和李三爷的名头在十里八村叫得很响。危难时刻,他们应该会帮衬点。林氏嘱咐毓秀在家里看着奶奶,自己去往二叔家借柴火。

敲开了二叔家的门,二叔夫妻两个像见了生人一样,面若冰霜。听林氏说明来意,二叔冷冷地说道:"你到柴火堆上去……"话没说完,二婶抢过话头说道:"你到柴火堆上去看看,我们家柴火也不多了。"

"那就算了。"

出了二叔家大门,林氏接着来到三叔家,好不容易敲开了门,三婶堵在门口问道:"有啥事?"

"三婶,我想到您家柴火堆上抱点柴火。"

"我家的柴火还不够烧哩,哪里有多余的柴火给你。"说完把大门一闭,回屋去了。

连遭两家冷眼,林氏的全身凉透了,眼泪忍不住扑簌簌流了下来。刚要转身回家,只听有人用带有浓重河南口音的姬庄话打招呼道:"李少奶奶好!"

听声音像是城儿里香荷妈,林氏赶紧抹去眼泪,回头一看,果然是她。这香荷妈不是绛州当地人,当年她从河南逃难来绛州,想在当地找个男人,多数人家嫌她是外路人,不愿意娶她。香荷爹因为家里穷,二十多岁了娶不到媳妇,因而就娶了香荷妈。两人婚后连着生了两个男娃,前些日子刚生了个女娃取名叫香荷。当地女人坐月子期间比较注意保养,一般不干家务,更不下地干活。但因为家里穷,香荷妈讲究不起,月子里该干什么还干什么。这两年香荷爹得了痨病,不能干重活,孩子们小接不上力,香荷妈更是里里外外一把手,泥里水里啥都干。只见她浑身是土,身上背着一捆干柴,林氏赶紧回话道:"香荷妈,你这是拾柴去了吗?"

"是呀,不拾柴烧啥哩。"

"你们家香荷不是还没有满月么,怎么就出去干活了?"

香荷妈大大咧咧道:"我们穷人家哪像你们有钱人,没那么金贵。"

"快别这么说,咱们以后都一样了。"

香荷妈不以为然道:"哪能一样哩,你天生是享福的命,我们天生就是干活的命。"

"不是的,我们家的丫鬟和伙计都走了,以后我也跟您一样,得自己干活了。"

香荷妈终于明白过来:"哦,也是的,伙计丫鬟都没了,以后有啥活需要帮忙尽管说话,可不要客气。"

前些年,对香荷妈这个外路人,一般人虽然见面客客气气,其实大都嫌她穷,心里有点看不起。林氏生性善良,没有随波逐流,念及香荷家恓惶,平日里总把一些剩菜剩饭送给他家吃,还不时把一些过时的衣服送给香荷妈穿。想不到"三十年河东,三十年河西",如今自家落难,反倒被她可怜,不免有点难为情:"谢谢您,没啥需要帮忙的。"

香荷妈直率地说道:"说让你别客气么,你还是客气了,我看你眼泪汪汪的,遇到啥难事了?"

"我……"林氏欲言又止。

"有啥就直说,咋啦?"

"我们一家三口快一天了没有吃饭,我想烧点水,可是没有柴火,刚才……"

"我以为有啥难事哩,原来是缺柴烧,这有啥难的,我这背上不是现成的柴火么,走,送您家去。"

没容林氏说客套话,香荷妈背着柴火直接送到了家。见灶台旁啥也没有,她对林氏说道:"你这儿啥也没有,拿啥做饭哩,等会儿我给你送点吃的过来。"

"不用了,香荷妈,已经很感谢您了。"

"没事,你等着。"

不一会儿工夫,香荷妈风风火火过来了。她腋下夹着一小布袋玉稻黍面,两只手里分别端着小半碗棉籽油和小半碗醋,衣兜里还装着一点盐和两个鸡蛋。香荷妈身后跟着一帮老婆家,都是穷苦人家的,她们有的手里拿着两个窝窝头,有的手里端着一碗玉稻黍面,有的手里拎着两棵葱,有的手里捏着几头蒜,一伙人一边放下手里的东西,一边安慰林氏道:"东西不多,只能救救急。"

"谢谢乡亲们!"林氏感动得热泪盈眶,她拿起香荷妈送来的鸡蛋,"香荷妈,这油和盐留下,您要喂孩子奶,鸡蛋您拿走自己吃。"

"早说过了嘛,我没那么娇气,不吃鸡蛋也下奶。鸡蛋留下给毓秀和她奶奶吃。"说完招呼一帮老婆家走了。

有了乡亲们送来的东西,林氏决定为婆婆和儿子做饭。别的饭也不会做,想来想去,林氏决定为婆婆和儿子煮点玉稻黍面坨坨①吃。她点燃灶火烧开了水,先舀了小半碗面拌了糊糊,然后又在糊糊里煮了几个玉稻黍面坨坨。煮熟后,她先为婆婆舀了一碗糊糊,又把玉稻黍面坨坨舀给毓秀,剩下小半碗糊糊留给自己喝。

这时天已经黑了,林氏这才发现家里没有灯碗②,想临时做个灯碗吧,家里连吃的油都没有,哪里有油用来照明?

刚才做饭时还有点光亮,灶火一停,四周黑乎乎一片。毓秀从没有经过没有灯碗照明的黑夜,心里一阵害怕,他推开林氏递给自己的饭碗,紧紧依靠着母亲,可怜巴巴地说道:"妈,我怕!"

林氏放下手里的饭碗对儿子说道:"孩子,不怕,天黑有什么好怕的?"

想起衙役们一副副凶神恶煞般的嘴脸,毓秀好像看见四周有许多狼虫虎豹一起冲自己跑过来,他吓得哭出了声:"妈,我怕,我真的好怕!"

林氏把儿子紧紧搂在怀里,抚摸着他的头:"有妈在,咱们不怕!"

正在这时,郭奇如过来了,他左手端着饭碗,里边放着两个二合面馍馍③,右手端着一个瓷灯碗。林氏和毓秀像遇到救星似的,赶紧跟郭先生打招呼。郭奇如从兜里掏出火石,用火镰擦着火石点燃火引子,然后点着灯碗里的棉花捻子,屋子里顿时亮堂起来。

毓秀高兴地叫了起来:"郭伯伯,您这灯碗真好,比我们家的灯碗亮!"

"哪里的话,灯碗都是一样亮。"

"不一样!我家的灯碗是银子的,发黑,您这灯碗是瓷的,发白,比我家的灯碗亮多了。"

"好,既然你觉得这灯碗好,那就送给你们家了。"

毓秀太想要这个灯碗了,可他没有忘记母亲平时的教诲,不敢贸然接受别人的东西,只能满怀期待地瞅瞅母亲。

林氏见状对儿子说道:"还不快谢谢伯伯?"

见母亲允许了,毓秀像捡了个金元宝似的双手捧住灯碗说道:"谢谢伯伯!"

"小心点,别摔了。"林氏提醒儿子,又转身对郭奇如说道,"郭大哥,谢谢您!"

"跟我还客气什么?白天本想要过来,可那种场合,官府的人个个头脑发热,说话跟吃了火药似的,我到了场也没有用,就想着晚上吃饭的时候过来看看你们。知道您不会做饭,我就从管饭的黄财主家拿了两个馍过来,想为你们救救急。到门口一看,你们屋里还黑着,就到私塾拿了一个灯碗过来,这不,正好用上了。"

林氏一阵哽咽:"郭大哥,您想得太周到了,我……"

"什么都不用说了,以后生活上有啥困难尽管说。"郭奇如看看放在锅台边的饭碗接着说道,"我刚才说什么来着,你真是不会做饭,不过这玉稻黍面坨坨倒是挺实惠,既容易做,又耐饱。"

林氏不好意思地笑了笑:"郭大哥,我也就只会做这样简单的饭,让您见笑了。"

"没啥,以后慢慢学就什么都会做了。"郭奇如转身看看躺在炕上的秦氏问道,"婶子怎么样了,一直在昏睡吗?"

"是的,一直昏迷不醒。"林氏回答道。

"明儿个我进城去,找谢先生给她抓几服药。"

"郭大哥,这……"

郭奇如知道林氏在想什么,便宽慰她道:"银子的事不用你操心,我付就是了。"接着告辞道:"一天没吃饭了,你们赶紧吃吧,我走了。"

林氏实在不知道该怎样表达自己的感激之情,她一边抹眼泪,一边把郭奇如送出门外。

就着灯碗的光亮,毓秀见母亲的碗里只有糊糊没有坨坨,他哪里肯吃饭,非要把坨坨分一半给母亲,林氏挡住儿子的手:"你吃吧,妈不饿。"

"我不信,您咋会不饿哩,您不吃我也不吃。"

"好吧,妈吃一个。"

林氏从儿子的碗里夹出一个坨坨放进自己碗里,毓秀这才开始吃饭。

"哇！又香又甜。"毓秀一边品味着美味的玉稻黍面坨坨，一边招呼母亲道，"妈，太好吃了，您赶紧吃。"

"你先吃，妈要先喂奶奶，等奶奶喝完汤妈再吃。"

林氏端着饭碗来到秦氏身边，拿起调羹勺喂婆婆喝糊糊，毓秀这边端起饭碗一阵狼吞虎咽。吃完了坨坨，毓秀意犹未尽地舔舔碗边，感觉自己从没有吃过这么好吃的饭。林氏赶紧夹起自己碗里仅有的一个坨坨放进儿子碗里，毓秀三口两口又吞了下去。

"妈，您做的坨坨真好吃。"毓秀说道。

"是吗？那以后妈就天天为你做坨坨吃。"

"好！"毓秀高兴地答应着，随即脑袋一歪，倒在被子上迷糊过去了。

林氏抱毓秀睡平实，并为他盖好被子。一阵困意袭来，她头一歪，靠在儿子身边睡着了。

毓秀嘴里说着梦话："坨坨……真好吃。"

注：

①玉稻黍面坨坨：玉茭面面食。把玉茭面和水捏成小饼状，放在开水里煮熟。

②灯碗：照明用的灯具，有各种造型，基本部分为碗和嘴。在碗里倒上油，把棉花捻子顺着灯嘴放进去，然后点燃捻子照明。一般人家用磁和铁的，有钱人家用锡的或铜的，也有用金、银做的。

③二合面馍馍：白面和玉茭面掺和起来做的馍馍。

十四

半夜里,林氏被一声瓷碗破碎的声音惊醒了,她心里一惊:难道有贼人进了屋?

林氏的心几乎跳到嗓子眼上,想睁开眼睛看看,又怕看到贼人无法应对。正纠结着,只听见地上一阵窸窸窣窣的声音,林氏紧张的头发根子都竖了起来。想想家里也没什么值钱的东西,不值得偷,莫非贼人是冲自己来的? 若果真如此,自己一个柔弱女人怎么对付得了?想到这里,心里越发紧张,浑身不由得一阵哆嗦。她闭着眼睛慢慢直起身子,一点点往墙上靠,绝望的泪水顺着面颊直往下流。

后背总算靠到了墙壁上,林氏感到有了点依靠,紧张的心情得到些许放松,开始盘算怎样应对贼人。

奇怪! 并没有人到自己跟前来,莫非贼人不是冲着自己,而是冲毓秀来的?他们想干什么,难道想斩草除根?想到这里,林氏不知道从哪里来的胆量,她猛地睁开眼睛大喝一声:"打贼!"

并没有什么贼人,只看见地上一群黑乎乎的东西向墙角处四散逃去。原来是一群老鼠偷吃林氏剩下的糊糊,结果打破了饭碗。

众老鼠看见散落在地上的破碗片,忙着在地上抢吃碗片上的糊糊,因而才会发出窸窸窣窣的声音。

听到林氏吆喝,身旁的毓秀被惊醒了,瞅瞅四周黑洞洞一片,他爬起来依偎着林氏:"妈,我害怕。"

林氏惊魂未定,强作镇定安慰儿子:"好好睡吧,没事。"

话刚说完,逃走的老鼠一个个又从洞里爬出来,回到破碗边舔食糊糊。听见地上有声音,毓秀探头一看,发现一群黑乎乎的东西,嘴里发出"吱吱吱"的声音,他吓得浑身发抖,哭叫着:"妈,我怕,我怕!"

毓秀一哭,吓得老鼠又躲进了洞里。

林氏安慰儿子:"不怕,一群老鼠,没什么好怕的,你看它们跑了吧。"

发现没啥危险,老鼠又一个个钻了出来,在地上乱跑乱叫,毓秀使劲抱住林氏:"妈,怕……怕!"

林氏一只手紧紧抱住儿子,另一只手拍拍炕沿,众老鼠一哄而散。过了不大一会儿,老鼠又一个个溜了出来。

看样子是睡不成了,林氏干脆抱起毓秀,围好被子,等着天明。

秦氏依旧在说着胡话,一会儿呼唤儿子的名字,一会儿断断续续念叨着:"兰州的①,你……你不能走。"

林氏想喂她喝点水,可灶台边没有柴火,她深深体会到了啥叫"穷日子"。好不容易挨到天明,林氏把熟睡中的毓秀放到炕上,自己悄悄爬起来,想看看昨儿个晚上究竟是咋回事。来到地上一看,发现墙角处有几个老鼠洞,其中有两处直通屋外,能看见外边的光亮。原来这房间里以前经常堆放喂牲口的饲料,老鼠晚上偷吃饲料已成习惯。突然间没了饲料,就只能偷喝糊糊。林氏心里想,得把这些老鼠洞堵上,免得老鼠晚上再出来祸害,她从屋外找来几块半头砖，堵在老鼠洞口。

堵好了老鼠洞，林氏决定出去拾点柴火，回来好为婆婆和儿子做饭。环顾四周，发现墙壁上还挂着一把镰刀，林氏暗自庆幸它没有被抄走。为熟睡中的儿子和昏迷的婆婆盖好被子，从墙上取下镰刀，她提起墙角一个破筐子出了屋门，直奔河滩而去。

急匆匆来到河滩上，林氏想捡一些干柴火回去。哪知道拾柴也不是容易的事，一把镰刀在干惯农活的人手里那是得心应手，可到了林氏手里却显得异常别扭。见一片干蒲草立在河岸边，林氏想赶紧割一筐子回去，可镰刀怎么都用不好。右手拿不得劲，左手拿更不得劲，索性丢掉镰刀用手拽。没拽了几把，细嫩的手皮就被蒲草割了好几道口子，殷红的鲜血顺着口子渗了出来，沾满了蒲草。想到家里患病的婆婆和年幼的儿子，林氏顾不得双手疼痛，咬牙坚持拽蒲草。费了九牛二虎之力，总算拽满了一筐子，一根根蒲草上都留有暗红的血迹。

林氏背着干蒲草回到家里，擦擦额头上的汗珠，赶紧烧火做饭。

有了香荷妈送来的油盐醋和鸡蛋，林氏为儿子和婆婆做了鸡蛋汤。舀汤的一瞬间，林氏好像觉得锅里少了点什么。仔细回想厨房里平时做的蛋汤，哦，想起来了，应该是缺点菠菜和芫荽。她后悔刚才拾柴的时候没有想起这个茬，早知道在地里挖上几棵野菜，就算味道不好，至少也有点绿色。想再出去挖野菜，又怕毓秀醒来没人管，只得罢了。唉！穷人家过日子，有饭吃就不错了，还讲究是什么，凑合着吃吧。

这时，毓秀醒了，看见母亲做的鸡蛋汤，别提有多高兴了。林氏分别为婆婆和毓秀舀好蛋汤，在毓秀的碗里泡上郭奇如送来的二面馍，在自己的碗里泡上乡亲们送来的窝窝头。毓秀看见林氏把锅里的鸡蛋全舀给自己和奶奶，心里过意不去，非要把自己碗里的鸡蛋分一些给母亲。林氏拿着剩下的一个鸡蛋哄儿子道："你赶紧吃吧，这不是还有一个么，我过一会吃这个。"

林氏想扶婆婆起来喝汤，可怎么也扶不起来，毓秀过来一起帮忙也未能成功。无奈，林氏只好用调羹勺往秦氏嘴里灌，她一遍遍呼唤着："妈，您张开嘴，喝点汤吧！"

任凭林氏怎样呼唤，婆婆就是不张嘴。见奶奶没有反应，毓秀帮着喊道："奶奶，奶奶您快张开嘴！"

秦氏一点反应都没有，她彻底失去了意识，只剩下最后一口气。

看着婆婆的样子，林氏急得额头上冒出了汗珠，她老人家要是再有个三长两短，这家里就一点依靠都没有了，往后的日子可咋过啊？

正在这时，郭奇如领着谢先生进了屋。谢先生径直来到炕头前，轻轻拉过秦氏的胳膊为她把脉。边上的郭奇如和林氏眼看着谢先生的眉头越皱越紧，两人的心跟着越揪越紧。

把完脉，谢先生从药箱里拿出两袋配好的药面说道："这两袋药留下，如果老夫人能喝下去，也许能活个十天半月，如果喝不下去，少则两三天多则四五天就走了，你们准备后事吧。"

一边的毓秀听懂了谢先生的话，他哭喊着："先生，我要奶奶，先生，你救救奶奶吧！"

谢先生摇摇头："孩子，这是没有办法的事，我救不了她。"

毓秀饭也不吃了，爬到奶奶身边，抱着没有知觉的奶奶哭道："奶奶，我不让您走，奶奶，您别走啊！"

林氏擦擦眼泪对谢先生说道："先生，感谢您亲自来为我婆婆看病，这药我留下，只是这钱……"

谢先生打断林氏的话:"你们当下连吃饭都难,钱的事就不要说了。"

"我家当下确实有点难,等以后有机会定当加倍奉还。"

"李少奶奶,郭先生已经说过要给我钱,我没要。我是同情你们一家的遭遇才不收钱的,说加倍还,岂不是陷我于不仁不义?"

"那就谢谢先生了,谢谢!"

"不必客气,记着喂老夫人喝药时不要扶她起来,就让她躺着喝,越动她的病情就会越重。"

"好的,记住了。"

送走了两位先生,林氏想烧点开水喂婆婆喝药,可一看灶头边的柴火,显然不够用,便决定再出去拾点柴。毓秀见母亲要出去拾柴,非要跟林氏一起去。

"妈出去拾柴,你去干什么?你又不会干活,就在家里待着吧。"

"我会干活,我帮您拾柴。"

"我们都走了,剩下奶奶一个人在家里没人照看怎么行,你留在家里看着奶奶。"

"我一个人在家里害怕。"

"怕什么?"

毓秀怯生生地说道:"怕老鼠。"

林氏犹豫了,留下儿子一个人在家确实不放心,可带他一起出去,婆婆身边没个人照看怎么行。看看用砖块堵住的老鼠洞,林氏狠狠心对儿子说道:"不用怕老鼠,妈很快就回来了。"

见母亲很坚决的样子,懂事的毓秀可怜巴巴地说道:"妈,那您可得快点回来啊!"

"放心吧,妈很快就回来。"

来到河滩上,林氏手忙脚乱拾了点柴火,赶紧往家里赶。推开房门一看,儿子紧偎在奶奶身边,背靠着墙壁,浑身哆嗦着缩成一团,圆睁着双眼看着地面。见林氏走进屋里,毓秀"哇"的一声哭了起来:"妈,老鼠,老鼠!"

原来半头砖根本堵不住老鼠洞,老鼠很快就从砖头旁边挖好了通道,林氏一出门,它们就从洞里钻进屋子。面对满地乱跑的老鼠,毓秀只有害怕的份儿。

林氏一把抱过儿子,眼泪顺着脸颊扑簌簌而下。

注:

①兰州的:绛州当地习惯以妇女娘家所在地称呼本人。

十五

　　烧好了开水,林氏把谢先生给的药面放在碗里化开,然后喂婆婆喝药,可任凭她怎么想办法灌,秦氏就是不张嘴。看着婆婆有一口没一口喘气的样子,一阵凉意掠过林氏心头:婆婆是真不行了!

　　中午时分,林氏往开水里加了点醋和盐,把从河边挖来的野菜放到锅里,泡上郭启如送来的馍馍,与儿子两人扒拉着吃了点。午饭好歹算过去了,晚饭咋吃哩?家里没有一根柴火,要做饭得赶紧出去拾柴。自己一个人出去吧,把毓秀放在家里不放心,带他一起去吧,婆婆一个人在家里更不放心。老人家已经病入膏肓,万一有个好歹,身边连个人都没有怎么行哩?思来想去,始终想不出一个好办法,唉,难啊!

　　她正暗自伤神,忽然听见有人敲门。开门一看,郭启如身上背着一捆干柴,身后跟着一帮私塾的孩子,每个人身后都背着干柴。郭启如把柴火放到灶台边,让孩子们把身上背的柴火堆到门外边。林氏一看,足够烧好几天了,她感动得热泪盈眶:"郭大哥,实在是太感谢您了!"

　　"客气话就不要说了,家里还有啥困难?"郭启如问道。

"别的没啥了,只是……"林氏欲言又止。

"有啥事直说嘛,别不好意思。"

"墙角边有几个老鼠洞,晚上老鼠在家里乱跑,我用砖头把洞堵上了,可是不管用,老鼠又重新挖开了。"

这个貌似简单的问题,却让一肚子学问的郭先生作了难:"这……"

"这事好办。"孩子们中间个头最大的一个说道。

大个子孩子大号黄金彪,外号黑老猪,听他说有办法,郭奇如惊喜地问道:"黄金彪,你有办法?"

黑老猪自信地抽抽鼻子,然后回答先生道:"对,我有办法。"

"你有啥办法?"

"找点白石灰往老鼠洞里一倒,再把外面堵上,老鼠就不来了。"

"你这娃不好好读书,干这些事倒是在行。"

见先生夸奖自己,黑老猪不好意思地抽抽鼻子,郭奇如接着问他道:"这办法好是好,可哪里有白石灰?"

"这事不用您操心,我知道哪里有。"

"是吗?那就快去拿。"郭奇如吩咐道。

"好的,您等着,一会就好。"黑老猪接着转身说道,"黑丑、林旺、勤生、文良,你们几个跟我走。"

毓秀听说要去堵老鼠洞,既高兴又好奇,他拉住黑老猪的手说道:"大哥哥,我也要去堵老鼠洞,你带我一起去吧。"

林氏赶紧拦住他:"你又干不了啥,别去麻烦哥哥了。"

"不嘛,我就要跟哥哥一起去。"

"你在家里等着,我们取上石灰就回来。"叫黑丑的孩子说道。

"不,我要帮你们去拿石灰,赶紧堵住老鼠洞,不然老鼠晚上满地跑,我害怕。"

见毓秀非要跟着去,黑老猪痛快地答应道:"走吧,一块去。"

见大哥哥同意了,毓秀高兴地一跳老高。黑老猪带着一伙人来到自己家,进得门来,他对几个人进行了简单分工:"勤生、文良,你们跟我去见我爹,黑丑、林旺,你们两个趁着我跟爹说话的机会,去我家场院拿一个木桶,然后到我家石灰堆上去装石灰,多拿点,有人问时就说我爹同意让拿的。"

黑丑和林旺领命,直奔黄家场院而去。黑老猪手拉着毓秀和其余的人去找老爹。

金彪爹正坐在厅堂上抽着水烟,见儿子领着几个孩子进了客厅,以为他又是逃学,遂赶紧抽了几口,拔出烟锅头,吹掉里边的烟灰,虎着脸问道:"怎么,又逃学啦?"

"爹,我没有逃学。"

"那你不在私塾念书,带这么多人来家里干什么?"边上的金彪妈问道。

"毓秀肚子饿了,郭先生让我带他来咱家,让给他拿点好吃的。"

金彪妈一脸的不高兴:"郭先生昨儿个刚拿走两个二面馍,说是给李家人吃的,怎么今儿个又来要吃的。"

旁边的毓秀觉得不对劲,赶紧辩解道:"我不……"

黑老猪知道毓秀要说啥,假装着帮他擦嘴,一只手扶住他的脑袋,另一只手紧堵住他的嘴,然后给勤生和文良使眼色,勤生和文良会意,赶紧过来把毓秀拉到旁边。

黑老猪随机应变道:"他不想吃二面馍,他要吃白面馍馍。"

李家已经败落了,哪里还能像以前那样,金彪爹不屑地说道:"有吃的就不错啦,还要什么少爷派头?"

"爹,他不是要少爷派头。二面馍是给伙计们吃的,毓秀又不是伙计,平时吃惯了白面馍馍,吃不下二面馍。"

边上的毓秀想争辩,被勤生和文良死死按住,说不出话。

"哼,这不是要少爷派头是什么,去问问穷人家,有几个能吃饱肚子,能吃上二面馍就不错了。"

"爹,您就开开恩,给他几个白面馍馍吧。"黑老猪央求道。

"给他吃白面馍馍,那你今儿个回来吃二面馍馍吧。"

"行,我吃二面馍馍。"

"说得好听,谁信哩?"

黑老猪拍拍胸脯:"爹,我向您保证,说到做到!"

"那……"金彪爹看了看身旁的妻子,"问你妈吧。"

金彪妈瞪了丈夫一眼:"你是当家的,怎么问我哩?"

正在这时,黄家一个伙计进了厅堂。还没等他开口,黑老猪赶紧迎了上去,一边推着他往门外走,一边说道:"我爸让你到厨房去拿几个白面馍馍,赶紧去!"

勤生和文良几个见黄金彪出了厅堂,赶紧跟在后边来到院子里。

金彪爹在后边喊道:"谁说我让他拿白面馍馍了?"

黑老猪假装没听见爹的话,硬是把伙计推到厅堂外边。伙计本来是要请示东家,有两个私塾的孩子要拿石灰,要不要给他们,结果被黑老猪推到了客厅外。伙计想返身进厅堂,可黑老猪紧拉着他的手,还示意勤生和文良几个过来一起挡在前边,不让他进去。争执了一会,估摸着黑丑和林旺已经装好了石灰,黑老猪便带着毓秀和勤生他们离开了黄家。

黑老猪走后,伙计这才得以向东家说明情况。金彪爹终于明白,原来儿子玩的是声东击西。自以为老谋深算,没想到竟然被一个毛孩子捉弄了,金彪爹火冒三丈:"好你个逆子,乳臭未干竟然敢欺骗老子,这还了得!"他对伙计说道:"走,去私塾给我要回白石灰,不能就这么便宜了他们。"

金彪妈一把拉住丈夫:"别去了,因为一桶石灰,犯得着跟贵儿怄气么?贵儿能骗得了咱们,说明他聪明,心眼多,我们应该高兴才是。"

经老婆这样一说,金彪爹不由得开怀大笑:"哈哈哈……说得对,我家彪子聪明啊!"

等黄金彪他们几个到了毓秀家,黑丑和林旺早已经到了。看着满满一桶白石灰,黑老猪很是得意:"伙计们,我的计谋高不高?"

几个人齐声夸赞道:"高,真高!"

"这下你们服了吧!"

"服了,服了,真服了。"

再说小毓秀,虽然知道黑老猪是在帮自己的忙,可他对这位大哥哥的做法很是不满,便对林氏说道:"妈,大哥哥他不老实,他骗伯伯和伯母。"

"什么叫骗,那叫计谋!"黑老猪辩解道,"不用计谋能拿来石灰吗?"

听了两人的话,郭先生知道黑老猪肯定又耍了花招,他叫过勤生问道:"刚才是怎么回事?"

勤生只好把黑老猪如何骗过父母,然后让黑丑和林旺拿来白石灰的经过说了一遍。郭先生和林氏都觉得黑老猪这事办得不妥,林氏对黑老猪说道:"孩子,婶子很感谢你,可是你不能欺骗父母,你把石灰送回去,免得你爹妈生气,堵老鼠洞的事我们另想办法。"

"婶子,不用送,一桶白石灰对我家来说不是什么事,对你们家可是当务之急,我爹妈不会因此生我的气,不然他们早就找来了。"

郭先生觉得黑老猪的话在理:"既然已经拿来,就不用送了,回头我去跟金彪爹妈解释一下,实在不行我付钱就是了。"

郭先生这样一说,林氏也不好再说什么。

得到先生认可,黑老猪开始带着黑丑和林旺堵老鼠洞。他把白石灰分别倒在几个老鼠洞口,然后用木棍慢慢捅进洞内,接着找来一些尖利的碎砖头和石块堵在洞口,最后在外边堵上一个大块砖。

黑老猪的办法果然奏效,这天晚上,家里再没有老鼠出现。

看着地上再没有老鼠乱跑,毓秀心里舒畅极了,他喃喃自语道:"大哥哥真好!"

林氏搂着毓秀终于睡了个安稳觉。

十六

第二天早饭后,林氏忙着收拾秦氏拉下的脏污。毓秀嫌臭,捂着鼻子躲得老远。林氏见状叫过毓秀,语重心长地说道:"小时候奶奶为你擦屎擦尿,从来没嫌过臭。这会儿奶奶病了,我们为她收拾脏东西是应该的,你咋能嫌臭哩?"

懂事的毓秀不再嫌奶奶脏,过来帮着母亲一起忙活。收拾完毕,正准备为秦氏擦洗身子,门外有人问道:"兰州的在屋里吗?"

听声音像是毓秀本家二爷爷,打开屋门一看,果然是李二爷站在门外,身旁还站着一个街坊。这个曾经的常客,自李家遭难后一次都没有来过。知道他此时来不会有什么好事,林氏叮嘱毓秀在屋里陪着奶奶,自己跟李二爷来到门外说话。

李二爷首先客套道:"兰州的,大嫂的病好点了没有?"

林氏伤感地说道:"二爹,我妈的病一直不见轻,反倒是更重了。"

"哦,那你可要用心照料她。"

"我会的,二爹。"林氏知道二叔不会专为此事而来,他一定另有目的,于是问道,"二爹,您是有别的事吧?"

其实李二爷是来管林氏要钱的,怕自己一个人不好开口,叫了个街坊做伴。来之前已经想好了词,被林氏当头一问,反倒不好意思起来:"我……我也没有什么事,就是来看看大嫂。"

一起来的街坊提醒道:"你不是说来要钱的嘛,怎么说没事哩?"

被街坊一提醒,李二爷不再拐弯抹角:"兰州的,前几天埋永顺的时候,有不少人在我家吃饭,白面、油盐酱醋不说,我是又买菜、又买肉,还管大伙喝酒,花了不少钱。咱们本家本户的,本来不应该计较这些,可你二婶说家里最近花钱的地方太多,实在是入不敷出,所以……所以就让我过来……"

"二爹,您不用说了,花了多少银子请您记住,眼下家里实在是没钱还您,等将来有了钱一定还。"

"兰州的,你说话可要算话。"

"二爹,我有过说话不算数的时候吗?"

"有你这句话我就放心了,你忙吧,我走了。"

李二爷和街坊前脚刚走,李三爷两口子过来了。

李三爷开门见山道:"兰州的,前些日子我带人为咱家收谷子,没给大伙结工钱,这都有一些时间了,该了结此事了。"

李家大院鼎盛时,林氏对街坊邻居比较照顾,遇事能帮则帮,对李家族人更是格外关爱。每到地里的农活忙不过来时,林氏经常让李二爷和李三爷组织短工帮忙。两人不用干活,只在地头动动嘴,既摆了谱,又能挣到工钱,因而非常热心此事。林氏对管家吩咐过,乡亲们的工钱不必算得太细,能多给就多给点。另外,领头的李家两位长辈,除了正常开工钱外,每次干完活要额外给一些银子。林氏心里明白,李二爷这是趁自家忙乱之际想讹一些银子。要在往常,林氏也不会较真,给他就是了,可眼下实在是拿不出银子,她不解地问道:"三爹,短工的工钱从来都是日清月结,咋会欠下大伙工钱哩？"

"本来是要当日结清的，可我嫌麻烦，就告诉大伙干完活一起算，没想到咱家后来出了事，所以没有来得及结。"

"哦，是这样，一共欠几个人的工钱？"

"一共是十六个人。"

三婶在一旁纠正道："不是十六个人，你少算了一个人。"

"没算错，一共十五个短工，加上我十六个。"

三婶白了他一眼："还有我哩。"

李三爷实在觉得理亏："你……你又没干活。"

"我没干活咋啦，我跑前跑后的，当然应该算一个。"

"别争了，就按三婶说的数，十七个人，你们先记着，等将来有了钱一定还你们。"林氏说道。

"好，那我们走了。"

李三爷说完话刚要离开，妻子使劲捏了他一把，又挤挤眼睛，李三爷会意："这空口无凭的，你得给我留个字据。"

"三爹，家里既没纸又没笔，无法给您写字据，你们放心走吧，我说话算话。"

三婶一边走还不忘叮咛："你说话可一定要算数。"

送走了李三爷和三婶，刚想喘一口气，又有人敲门，开门一看，原来是绛州烧坊的刘二掌柜来了。林氏是明白人，她把刘二掌柜迎进屋里，没等他开言便抢先说道："刘二掌柜，家里出了大事，跟你们定的稻黍没能如约送达，实在对不起！"

"少奶奶，李家的事全绛州都知道，这事不怪你们。"

"谢谢，谢谢您能体谅我们！"

"我们两家合作多年，对李家的为人处世完全信得过，不会在这种时候为难你们。杏花村酒厂是大作坊，与他们合作那可是大买卖。当初杏花村酒厂来姬庄高价定稻黍，为了信守我们之间的承诺，你们全然不为所动，没有与他们签约，诚信之举令人敬佩。大东家为此非常感动，来之前他对我说，违约的事不再追究，只要把定金还给我们就行。"

林氏指着空荡荡的破屋子说道："刘二掌柜，李家已经被抄空了，这屋里连一件值钱的东西都没有，眼下是没有银子还你们了。"

刘二掌柜扫视了一遍家徒四壁的破屋子，摇摇头说道："没想到啊！李家竟然成了这个样子，那就算了吧，我回去跟大东家说一声。"

"刘二掌柜，这事不能算！你们当初把定金交到我手上，这个账我就要认。眼下我实在拿不出钱，只有拿我的耳环顶账，不够的话，等以后有了钱再还你们。"林氏一边说话一边摘下自己的金耳环。

刘二掌柜知道耳环是林氏眼下唯一值钱的东西，不禁为林氏的人品所感动："李少奶奶，难得有您这样的诚信之人，这耳环我们断不能要，你留着吧，不定啥时候会派上用场。定金的事我回去跟大东家说，以我们两家以前的交情，他一定不会说什么。"

"那就谢谢刘二掌柜，也请代我谢谢大东家，这笔账我会记在心里，等以后毓秀长大了让他还你们。"

"别，千万别给孩子加负担，说算了就算了。"

一旁的毓秀对这一切似懂非懂，可他相信母亲的话是对的，就顺着母亲的话说道："我长大了一定还你们。"

"这娃真懂事。"刘二掌柜摸摸毓秀的头，"好好培养他，长大了把李家重新撑起来。"

"谢谢刘二掌柜，我一定尽力。"

"李少奶奶，看你们家这个样子，以后的生活只能靠你了。你一个女人家，又做不来别的活，我想给你找点活路挣钱贴补家用，不知您愿不愿意干？"

"我正为生计发愁哩，只要能挣钱，我愿意干。"

"那我就不再客套。"刘二掌柜接着说道，"烧坊旁边有一个洗衣坊，我和店掌柜很熟，你以后可以到他的店里打打短工，活虽然辛苦，可多少总能挣点钱，不然你们一家可咋生活哩？"

林氏感激地说道："太感谢您了！只是我当下去不了，因为婆婆躺在床上动不了，我得伺候她，等以后腾出手来，我再去找您。"

"好，就这样说定了，告辞。"

送走了刘二掌柜，终于有时间为婆婆擦拭身子。林氏擦得很仔细，从上到下擦拭完毕，累得浑身冒汗。见母亲腾不出手，毓秀用面巾帮她擦擦额头上的汗珠："妈，我长大了也帮您擦身子。"

林氏高兴地亲了儿子一口："妈自己能擦身子，不要你帮忙，你有孝心就行了。"

毓秀瞪大眼睛问道："妈，啥叫有孝心啊？"

"孝心就是懂得对长辈好，比如我们为奶奶擦身子这就是有孝心。"

"那我也要有孝心。"

"不光要有孝心，还要讲诚信。"

毓秀又瞪圆眼睛问道："啥叫讲诚信？"

"讲诚信就是不坑人，不赖账，你要记住我刚才说过的话，长大了挣下钱要还人家烧坊的钱，还要还你二爷爷和三爷爷的钱，只有讲诚信，才能取信于人，才能在人前站得住脚，别人才会信服你。"

"妈，啥叫信服？"

林氏被问得没了词儿："信服……信服就是对你好。"

毓秀紧紧依偎在母亲怀抱里："妈，我一定听您的话，长大了做一个有孝心、讲诚信的人。"

十七

秦氏的病越来越重，三天后终于走完了人生路，含恨离世了。

婆婆一死，林氏头一下大了。要装殓，要挖墓，还要把老人送到墓地安葬，这一切都需要有人帮忙，可家里吃了上顿没下顿的，这丧事可咋办啊？

连一块像样的白布都没有，林氏只能把自己一件白色的旧衬衣撕成布条，在自己和毓秀头上各系了一条，然后带着儿子到私塾去找郭奇如报丧。

郭奇如经常帮村里人筹办婚丧事，处理这方面的紧急情况还是很有经验，他帮林氏出主意道："有两件事得赶紧做，一是买棺材，二是挖墓。买棺材的事我去办，你去请人帮忙挖墓，其余的琐事能省就省了吧。"

说到棺材，林氏突然想起来了，前几年已经在城里的棺材铺为婆婆订好了棺材，遂对郭奇如说道："婆婆的棺材已经订好，银子早就付过了，只要进城拉回来就行。"

"这就省了大事，我找人去城里拉棺材，你和毓秀去找人帮忙挖墓。"

林氏为难地说道:"连本家叔叔都不愿意理我们,挖墓这样的出力活谁肯来帮忙?"

"别进高门楼子,有钱人怕受连累,不愿意来。"郭奇如嘱咐道,"去找恓惶人,恓惶人同情恓惶人。"

"我家这会比恓惶人还恓惶,又有官府禁令,谁家敢帮助我们?"

"忘了前些日子一帮穷老婆家帮助你的事情了吗?恓惶人不会嫌贫爱富,你越穷他们越帮助你,也不会顾及什么官府禁令,只要态度诚恳,他们肯定会来帮忙。"

"好,我知道了。"

郭奇如把孩子们安顿好,随后往城里而去,林氏带着毓秀接着去报丧。她先来到香荷家,一进门就拉着儿子跪倒在地,额头点地的声音清晰可辨。毓秀见母亲哭得伤心,也跟着放声痛哭,这哭声谁听了也动心。香荷爹和香荷妈见林氏母子可怜的样子,不由得跟着一起掉泪。没等林氏开口,香荷爹便满口应承:"李少奶奶,我们家帮不了别的,出力干活还行。"他让香荷妈扶林氏起来,接着对妻子说道:"咱不到地里干活了,这就过去帮忙。"

林氏一边抹眼泪一边感谢道:"谢谢,谢谢了!"

就这样,一连走了十几家,林氏的膝盖磕头磕得肿了起来,毓秀的额头也在地上碰得渗出了血。所到之处,乡亲们均被林氏母子的诚心所感动,哪里还管什么官府的禁令,纷纷停下手里的活计,来到李家帮忙。

一帮穷乡亲陆续来到李家,这边郭奇如也从城里拉回了棺材。郭奇如和香荷爹对在场的人进行简单分工,大伙遂各行其是。忙活了两天,一切就绪,大伙儿商定第三天早上埋葬秦氏。

第三天早上,乡亲们早早来到李家,正准备把秦氏的灵柩往牛车上抬,忽然看见两个男人从巷子口走了过来。到了秦氏的灵柩跟前,两人扶着棺材哭号着:"姐姐啊,姐姐,我苦命的老姐姐!"

来哭丧的不是别人,是秦氏的两个娘家弟弟。

总算有亲戚来奔丧,而且还是长辈,林氏心里一阵感动。她像久别的孩子见到大人一样,满腹的憋屈一下子迸发出来,冲着两位长辈叫了声"大舅、二舅!"接着跪在秦氏的灵前号啕大哭道:"妈,你不该走啊,你走了我们孤儿寡母可怎么活呀?!"

林氏一哭,毓秀跟着也哭了起来,母子俩的哭声引得在场的人一起伤心落泪。原想着秦氏的两个弟弟会过来安慰林氏母子,不承想他们反倒不哭了,大弟弟冲着林氏吼道:"好你个兰州的,你懂规矩不懂?人都说绛州人过事①讲排场,李家是绛州有名的大户,人死了不放十天半月,至少也要过了头七,哪能三天就埋人?"

秦氏二弟弟跟着嚷嚷道:"这绛州'锣鼓之乡'名气在外,白事有白事的下数②,就算不请戏班子,不请吹鼓手③,在村里找几十个人敲敲锣鼓,这很容易吧?宁宁的④啥都没有,不像埋人的样子,就算我们不说啥,对得起'锣鼓之乡'这个名头吗?"

两位舅舅越说越来劲,大舅舅一把将林氏从地上揪起来:"让全姬庄人说一说,李家祖祖辈辈有这样宁宁埋人的么?你……你这个媳妇也太不孝顺了!"说着抡起胳膊就要打人。

毓秀见舅爷爷要打母亲,一把抱住他的腿:"谁说我妈不孝顺了,她天天跟我说要孝敬奶奶,您不能打我妈!"

大舅舅被毓秀突然一抱腿,不由得打了个趔趄,差点摔倒,他生气地说道:"你这娃就没教成样子,都说你克母,你没有克母,倒是把李家克散伙了。"

毓秀毫不示弱:"你胡说!我早就跟我妈说过,我不克母,我要孝敬我妈。"

听了大舅舅的话,林氏虽然十分生气,可又不便发火,她强压怒火拉过毓秀说道:"不能跟舅爷爷犟嘴。"接着向两位长辈辩解道:"两位舅舅,李家的事你们心里清楚,根本不管毓秀的事,你们不能是非不辨、胡言乱语,把脏水往孩子身上泼。再说葬婆婆的事,不是我不懂规矩,实在是因为没有这个能力,所以才决定一切从简。"说着说着不由得哭出了声。

眼前的一幕,令在场的乡邻们实在看不下去。城儿里二娃平日里就爱打抱不平,首先反驳两位舅爷道:"两位长辈,你们这是站着说话不腰疼,饱汉不知饿汉饥。人死了,多放几天少放几天没啥意思,为啥非要认这个理?说绛州人过事讲排场不假,可也不完全一样。有钱人家埋人讲究排场,棺材要用最好的,葬礼要看好日子,请吹鼓手打鼓,还要请戏班子唱戏,放十天半个月是常事,可恓惶人家埋人哪里讲究过排场?家境好一点的还能买一口薄棺材,更恓惶的只能用破席片卷起来埋掉了事,哪一家放过十天半月?活了这么大岁数,这个道理你们难道不明白?"

两位舅舅哪里肯服软,大舅舅反驳道:"我咋不懂道理啦?你说的那是穷人家,不是李家!李家是绛州有名的大户,不能丢那个人,不放十天半月,至少也要放七天。"

二舅舅也不依不饶道:"不请吹鼓手倒还罢了,请村里锣鼓队来,管两顿饭就行,又不用花钱,这总不算难吧?"

听了永顺二舅的话,香荷爹反问道:"毓秀母子两个连自己吃饭都是问题,能管得起锣鼓队一大摊子人吃饭吗?"

大舅舅蛮横地说道:"不管怎么说,没有锣鼓队送葬就是不行!"

二舅舅附和道:"对,没有锣鼓队绝对不行!"

上院里顺子见两位长辈不讲理的样子,生气地说道:"别理他们,两个外人凭啥管咱姬庄的事。"接着大声招呼大伙儿:"赶紧的,准备起灵。"

乡亲们应声来到秦氏的棺材旁准备动手,大舅舅一看大伙儿要来真格的,挺身挡在棺材前:"我今儿个把话撂在这里,没有锣鼓队送葬,休想起灵!"

二舅舅也学着大舅舅的样子挡在棺材前:"谁是外人?我们是永顺他亲舅舅,怎么能算外人?你们才是外人!"

面对两位跋扈的长辈,林氏实在是手足无措。听他们的话吧,自己显然没有那个能力,不听他们的话吧,好像又真说不过去。在这种时候如果有本家长辈为自己撑腰,事情就好办多了,可李家两位叔叔怕惹麻烦,没一个到场。自己一个做小辈的,有啥办法能说服两位舅舅?林氏从没有感受到如此的孤独与无助,她无奈地跪在地上,伤心的泪水顺着脸颊直往下淌,儿子毓秀在一旁不断地帮母亲擦拭眼泪。

在场的郭奇如一看下不了场,灵机一动,将计就计道:"顺子你说错了,两位舅舅确实是自家人,他们想得比我们周到。我看咱们就听两位长辈的,分别回家去拿锣鼓家具,顺便再多叫些人来,一起为老夫人敲几天鼓,有两位亲舅舅在,管饭的事有什么作难的,不就是花点银么,找自家人拿就是了。"说着话朝二娃眨眨眼。

二娃立时明白过来,大声招呼道:"大伙儿都听着,这两天没人管饭,干完活还要各自回家吃饭,今儿个干完活都不要走了,两位自家人管饭。"

听了两人的话,在场的人全都明白过来,一起跟着起哄:

"走,叫锣鼓队去。"

"多叫上几个人。"

"咱别着急,放上半个月二十天再埋人。"

有人干脆直接问两位长辈："中午吃啥饭呀？"

香荷爹伸手问两位舅舅："自家人，快把你们带的银子拿出来，我好安排人去买酒买肉。"

之所以找林氏麻烦，无非是为秦氏争点风光，耍耍长辈威风而已，没想到却为自己招来了麻烦。大伙儿一起哄，两位舅爷后悔不已，大舅舅说话磕巴了起来："……我，我没带银子。"

二舅舅也不再理直气壮，他嘴里嘟囔着："凭……凭啥要我们拿银子？"

顺子反问道："凭啥？凭你们是永顺的亲舅舅，凭你们是'自家人'，你们不拿银子，难道让我们这些外人拿银子？"

香荷爹接着说道："身为长辈，不体谅外甥媳妇的难处，非但不帮忙反而来添乱，有你们这样的长辈吗？"

两位舅爷不再嚣张，一起圪蹴到地上，脸红得跟斗鸡似的。

见两位舅舅不再言语，郭奇如赶紧给了他们台阶下："绛州人讲排场，更看重情义。李家到了这步田地，你们能亲自来奔丧，兰州的母子很感谢，乡亲们也都很领情。以李家眼下的实际情况，咱们一起平平安安把老夫人安葬好，这比什么都强，你们说是不是这个理？"

两位舅舅赶紧顺坡下台阶，大舅舅点头赔不是道："是这个理，我们刚才脑子热了，话说得不合适，请多包涵，请多包涵！"

二舅舅也顺着香荷爹的意思说道："乡亲们说得对，就按大伙儿的意思办。"

一场危机总算解除了，郭奇如一声吆喝："起灵！"

人们抬起秦氏的灵柩放到大车上，往墓地而去。

注：

①过事：绛州人把婚丧嫁娶、老人过寿、小孩过满月统称"过事"，故有红白喜事之说。

②下数：规矩或者样子的意思。

③吹鼓手：参与过事时乐队的职业乐手。

④宁宁的：没有动静的意思。

十八

第二天早上起来,林氏同儿子商量道:"毓秀,妈要去城里干活挣钱,不然咱们就没饭吃了。"

"妈,我跟您一起去挣钱。"

"你还小,干不了活,好好待在家里等妈回来。"

"妈,我一个人在家里害怕。"

一句话提醒了林氏,对呀,把孩子一个人留在家里怎么行？得找一个人帮着照看他,可谁能帮自己这个忙哩?

想来想去,只有找郭先生和香荷妈。对! 他们一定会帮这个忙。

林氏点燃灶火,煮了几个玉稻黍面坨坨,紧着让毓秀吃饱,自己随便吃了点,打开房门准备去找郭奇如和香荷妈。没想到一开房门,竟然发现两人同时向自家走来。原来两人都知道林氏要去洗衣坊,想着毓秀无人照看,便不约而同赶来要帮她照看儿子。

林氏赶紧打招呼:"郭大哥,香荷妈,我正准备去找你们哩。"

香荷妈依旧快人快语:"不用找了,我这不是来了么,让毓秀跟我走吧。"

郭奇如对香荷妈说道:"她婶子,你正在月子里,毓秀不麻烦你了，就放在我那儿吧，我这个孩子王干的就是看孩子的活，看一个也是看，看十个也是看，不多他一个。"

香荷妈倒也通情达理："行，放在我家只能管他吃管他喝，放在私塾里还能学点东西，就放你那儿吧。毓秀这娃聪明，您好好教他，说不定还能教出个'圣人'哩。"

没想到香荷妈一个普通农妇竟然一语成谶，李毓秀后来果然成了百姓心目中的圣人，当然这是后话。

这边还没等林氏开口，两个人倒商量好了，她感到莫大的欣慰。目送着毓秀随郭先生去了私塾，便动身往城里而去。

看到这里有读者会问，当时的社会，妇女时兴缠脚，林氏凭步行能走到城里么？这里需要说明的是，林氏的脚不是典型的"三寸金莲"，而是处于天脚与小脚之间的"半大脚"。前文讲过，林氏出生在甘肃兰州，当地回族人比较多。小时候，林氏常同回族女孩一起玩耍，见她们都不缠足，自己也就不想缠足了。到了裹足的年龄，父母找缠足师傅为她缠脚，她哭着闹着不让缠，父母心疼她，勉强为她裹了不长时间就又放开了。故而林氏的脚虽不是三寸金莲，但也不是纯粹的天脚，走起路来虽然比小脚方便，但还是比天脚走路费劲。以前出行时不是乘车就是坐轿，靠双脚丈量路程对林氏还是第一次。林氏刚走时没觉着什么，走了一段路之后，开始觉着两只脚不舒服，后来越走越疼，再后来每迈出一步脚趾头都钻心地疼。林氏咬牙坚持着，费了九牛二虎之力，总算来到绛州烧坊。刘二掌柜也真是够意思，他二话没说，带着林氏来到洗衣坊，把她介绍给了洗衣坊掌柜。

洗衣坊开在绛州城东南角的东天池边上，为的是洗衣裳用水方便。洗衣坊一帮女人，每人端一个大木盆，蹲到池塘边上洗衣裳。衣裳洗好后晾到架好的晾衣绳上，晾干后用烙铁烫平，将破损的地方缝补好,所有工作才算完成。

　　林氏原以为在洗衣坊靠辛苦赚钱,不会有烦心事,哪想到干苦力也有烦恼。早先在洗衣房干活的一帮女人在一起指指点点,好像故意刁难自己这个新来的。衣裳给最脏的,杵子给最不顺手的,洗衣盆给最重的。林氏百思不得其解,同是受苦人,为啥要跟自己过不去,难道是嫌抢了她们的营生吗? 自己这也是无奈之举,只要有一点办法,也不会来这里干这种粗活的,为啥就不近人情呢? 虽然感到憋屈,但初来乍到,无处倾诉,林氏只能忍气吞声、逆来顺受,低头闷声不响地干自己的活。

　　后半晌,晾干的衣裳要进行熨烫了。林氏见其他姐妹各自拿着烧好的烙铁开始熨衣裳,也照着样子拿了一把烧好的烙铁,来到自己叠好的衣裳跟前,准备熨烫。一群女人停下手里的活,聚在一旁挤眉弄眼。林氏弄不清那些人啥意思,只好装作没看见,拿起烙铁就要下手,边上的姐妹们"哇"的一声惊叫。林氏正在纳闷,身边一个叫梅芳的女人一把夺下她手里的烙铁:"靠边!"

　　只见梅芳把烙铁放在脸旁边略作停顿,又对着烙铁吐了口唾沫,烙铁喷出一团热气,并发出"咻咻"的响声。梅芳随即用烙铁在一旁的湿地上蹭了一阵,重新在脸旁边试了试,然后拿起她自己叠好的衣裳开始熨烫。

　　林氏觉得梅芳这是在欺负自己,委屈得眼泪在眼眶里直打转。

　　正难受着哩,只见梅芳烫完了她洗好的衣裳,转身来到自己跟前,一边帮自己烫衣裳一边说:"刚才烙铁那么热,你拿起来就烫,衣裳不被你烫出洞才怪哩? 这些衣裳随便烫坏一件,你就得赔上两个月的工钱。"

　　原来梅芳是在帮自己,林氏终于憋不住,眼泪一串串掉了下来。

"看你这人，有啥好哭的？以后有不懂的多问着点。"梅芳接着说道，"其实这里的姐妹人都挺好，大伙是怀疑你，想看看你是不是能吃得了这里的苦，不是有意跟你过不去。只要你能放下少奶奶的架子，和大伙儿搅在一起，有什么事大伙儿都会帮你。"

"李家已经到了这步田地，我还有什么架子可摆？我来洗衣房做工是真心的，今后还望姐妹们多关照！"

听林氏这样一说，姐妹们全都围了过来，向林氏问长问短，林氏又一次感动地流下了热泪。

干完一天的活，林氏向掌柜的预支了几天的工钱，到米面胡同买了二斤玉稻黍面，又到杂货铺买了点油盐酱醋，然后拖着疲惫的身子急匆匆往家里赶。

回家路上，两只脚更感到格外地疼。走着走着，林氏感到两脚黏糊糊的。一定是脚上的泡磨破了，她想停下来坐在道旁看一看，可大白天的把脚露出来，该多丢人？没办法，只有咬牙坚持。就这样，林氏忍着剧烈的疼痛往家里走，每走一步都要疼得咧一下嘴，到私塾门口时，两只脚已经完全麻木，感觉不到疼痛了。

见母亲回来了，毓秀高兴地一边跑一边喊着："妈，妈妈，您可回来了！"

林氏问郭奇如道："郭大哥，毓秀没给您添麻烦吧？"

郭奇如回答道："听话倒是听话，就是太客气了，不肯吃别人家的东西，你赶快带他回去吃饭吧。"

"是吗？"林氏既为毓秀的行为高兴又心疼孩子，"以后要听郭伯伯的话，要不你挨饿，妈在外边干活不安心。"

毓秀点点头："妈，我记住了。"

回到家里，林氏实在撑不住了，她一屁股瘫坐在炕头上，挣扎了几次都没能站起来。

见母亲龇牙咧嘴的样子,毓秀问母亲道:"妈,您怎么了,病了吗?"

"妈没病,走路多了,脚疼得厉害。"

林氏勉强把鞋脱了下来,可里边的袜子却脱不下来,因为血水已经把脚和袜子粘到了一起。她试着拉了几下未能成功,便对儿子说道:"毓秀,快帮妈脱一下袜子。"

毓秀试着帮母亲脱袜子,稍一使劲,林氏疼得直叫唤,眼泪都出来了。

毓秀心疼地问道:"妈,您疼得厉害吗?"

林氏擦擦眼泪:"不要紧,你再使点劲。"

毓秀的两手哆嗦着,半天下不了手,林氏鼓励他:"快点,使劲!"

"妈,我怕您疼。"

"脱下来妈就不疼了。"

毓秀闭着眼睛使劲一拽,一只袜子带着肉皮下来了,林氏强忍着剧烈的疼痛对儿子说道:"快点,这一只。"

毓秀再使劲一拽,另一只袜子也脱下来了。两只脚上大泡连小泡,已经分不出有多少个泡,有些地方的肉皮被袜子粘掉,露出血红色的嫩肉。林氏倒吸了一口凉气,眼泪再次流了下来。

见母亲的脚成了这个样子,毓秀心疼地一把抱住母亲哭道:"妈,您别去城里洗衣裳了,我不让您去。"

林氏帮毓秀擦擦泪:"不要紧,妈的脚用热水泡一泡就没事了。"

"妈,是真的吗?那我给您烧热水去。"

林氏拉住毓秀:"你有这份孝心妈就高兴了,你还小,点不了火,妈去烧水给你做饭。"

"妈,我不饿,先给您烧水泡脚。"

"憨娃,做饭不也要烧水吗?"

毓秀不好意思地摸摸自己的头:"哦,是这样。"

烧好了热水,林氏把双脚泡了泡,感觉轻松了许多。毓秀见母亲不再痛苦,也舒心地笑了。

吃过晚饭,林氏感到一阵困意,遂对儿子说道:"咱们不点灯了,妈累了,早点睡觉吧。"

"妈,我知道,咱要少点灯,要省油,可是您得给我讲故事。"

"好的,妈给你讲故事。"

自打懂事起,母亲每天晚上都要为毓秀讲故事。一般孩子听大人讲故事听着听着就睡着了,这毓秀不同于常人,他是越听越清楚,而且总会向母亲提出一些问题,直到母亲累了,没精神再讲下去,他才意犹未尽地睡觉。

像往常一样,林氏铺好被褥,搂着毓秀睡好,然后开始讲故事。

《司马光砸缸》《孔融让梨》《头悬梁锥刺股》《凿壁借光》《身在曹营心在汉》这些故事讲过好多遍了,毓秀要求母亲讲一个没听过的故事,林氏于是为儿子讲了《割股奉亲》的故事。母亲话音一落,毓秀便好奇地问道:"妈,郑兴割自己的肉他不疼吗?"

"疼,咋能不疼,他是为了给母亲治病所以不怕疼。"

"妈,您以后要是病了,我也割自己的肉给您吃。"

林氏心疼地摸摸毓秀的头:"做长辈的都希望后辈人好,并不希望后辈为自己做什么,妈只是给你讲个故事,才不舍得吃你的肉哩。"

"那为啥我老舅就不希望咱们好,还胡闹哩?"

"你老舅也不是胡闹,他们是为了把你奶奶葬得风光些,只是咱们家没钱,有些事情没法照他们的意思办。你长大了要好好学习,长点出息,多挣钱,有了钱咱们才能把想办的事情办好。"

"妈,您放心,我长大了一定好好学,长出息,要让您过上好日子。"

"好,那当妈的就知足了。"

林氏实在熬不住了,想竭力张开眼睛,但两个眼皮就是不听话,终于紧紧地闭住了。

毓秀心想,长大了一定要有本事,绝不让母亲再受苦,要让母亲享福。

想着想着,毓秀也睡着了。

十九

　　第二天,林氏照例到洗衣坊洗衣裳,毓秀又被送到郭先生的私塾。

　　私塾里一共有十几个孩子,年龄最大的黑老猪十三岁,是私塾里的孩子王。黑老猪皮肤黝黑,一对扇风耳,大嘴里翘出一对大门牙,朝天鼻子时常流着脓鼻涕,有事没事总爱抽抽鼻子,活像猪八戒,"黑老猪"的外号由此而来。

　　黑老猪家住在周庄城儿里,是黄姓家族里最有钱的一家。黑老猪上有两个姐姐,下有两个妹妹,是家里唯一的男孩子。旧时中国人几千年形成的习惯,普遍重男轻女,黑老猪父母在这方面更是比较极端。刚生下黑老猪两个姐姐时,两口子还比较喜爱,分别取名金子和银子。生下黑老猪后,就开始鄙视两个女儿,金子和银子在他们眼中变成了砖块、土块。再后来生下黑老猪的两个妹妹,两口子干脆连名字也懒得起,按出生顺序分别叫作"四儿"和"五儿"。当初为给黑老猪起名字,两口子颇费了一番心思。金彪妈觉得儿子金贵,便为他起名黄金贵,可金彪爹希望儿子彪悍一点,因而改名黄金彪。虽然有了黄金彪的官名,但他妈仍然习惯叫他"贵儿",他爹则叫他"彪子"，外人则根据长相叫他"黑老猪"，很少有人叫他的官名。随着年龄的增长，黑老猪的学问没多少长进，坏心眼却是越长越多，不仅在私塾里捣乱，还经常糟害乡亲们，成为人见人烦的祸害娃。可悲的是，对儿子的种种劣迹，其父母全不以为然，还常在人前夸黑老猪耳大有福气，嘴大吃四方，做事机灵有办法。

其实这黑老猪也不是生下来就坏，更不是一无是处，他除了读书不行，干其他事也不见得比别人差，尤其是擅长技能操作。比如周庄的孩子们喜欢玩一种游戏，就是用稻黍杆编器物。一般孩子也就是编一些诸如灯笼之类的简单物件，而黑老猪是编什么像什么，几乎是随心所欲、无所不能。再比如前面说到的堵老鼠洞之类的事情，他是既有点子又干得好。别看他长得傻乎乎的，其实也挺有心机，为了能让小伙伴们听自己的话，他常常用编好的器物笼络他们。如果发挥其特长，因势利导，黑老猪或许会成为人才。只可惜他出生在一个畸形家庭，遇到两个变态的父母亲，非要他搞学问，干自己最不擅长的事，而且还总是护短，这才使得他走上了歪路。

黑老猪不仅在外边坏，在家里也经常欺负几个姐妹，因为有父母护着，几个姐妹也拿他没有办法。十一岁那年夏天，黑老猪看见两个姐姐圆鼓鼓的乳房，突然有了想摸摸姐姐奶头的想法，金子和银子发现了他的企图，总是躲着他，使他无法下手。这一天，二姐银子到茅房撒尿，黑老猪突发奇想，要看看姐姐的下身。趁二姐如厕的工夫，黑老猪趴在地上偷看，正巧被路过的大姐看见，金子生气地对趴在地上的黑老猪拍了一巴掌，然后把他从地上拉起来，要带他去见母亲。黑老猪自知理亏，只好乖乖地跟着姐姐走。孰料一见到母亲，黑老猪立即号啕大哭，反诬告大姐打他。金彪妈不容女儿解释，破口大骂道："贵儿长这么大，我都不舍得动他一指头，你怎么就敢打他？反了你了！"

　　金彪爹听见儿子哭声也跑过来，大骂金子道："再敢打你弟弟，看我不剁了你的手！"

　　没法讲道理，金子只能委屈地和银子抱在一起流泪，黑老猪此后便越来越顽劣。

　　金彪父母送儿子进私塾，是希望他能出人头地，更希望他能金榜题名。然而，黑老猪的心思根本用不到学习上。在私塾的所有孩子中，黑老猪的学问最差，同样的功课，别的孩子最多一天就能背下来，他十几天都背不会。单是自己学不好倒还罢了，黑老猪还总是捣乱别人。仗着自己人高马大，只要先生不在，黑老猪就开始折腾，闹得其他孩子都学不成。为此，先生郭奇如伤透了脑筋，黑老猪也没少挨板子，可他一点不思悔改，仍然我行我素。为了不影响其他孩子学习，郭奇如多次找黑老猪的父亲，让他把黑老猪领回去。金彪爹是死活不肯领儿子回去，他愿意出双倍的束脩①，外带无偿为私塾干杂活，只求让金彪留在私塾，郭奇如只好无奈地把黑老猪留下来。

　　再说毓秀在私塾里无事可干，郭奇如便让他坐在自己身旁，看一帮大哥哥们背诵经典。这次要背诵的是《大学》中的"修身"篇，孩子们一个个拿着腔调认真吟诵："人之其所亲爱而辟焉，之其所贱恶而辟焉，之其所畏敬而辟焉，之其所哀矜而辟焉，之其所敖惰而辟焉。故好而知其恶，恶而知其美者，天下鲜矣！故谚有之曰：'人莫知其子之恶，莫知其苗之硕。'此谓身不修不可以齐其家。"

　　黑老猪念着念着睡着了，呼噜声搅得大伙无法念书。因为害怕黑老猪报复，没人敢报告先生。这情形被郭奇如身旁的毓秀发现了，他拉了一下先生的衣袖，然后指了指下边的黑老猪。郭奇如生气地拿起桌上的方尺，来到黑老猪身旁，在他头上敲了一下，黑老猪赶紧坐端正继续背书。郭先生转回身刚坐到椅子上不久，黑老猪又睡着了,毓秀看他睡觉的姿势可笑,不由得笑出声来,郭先生只好又拿起方尺敲了一下黑老猪的头。这样往复好几次,黑老猪终于发现是李毓秀在告状。他十分生气,心想你个小 X 娃子多管闲事,小心我黑老猪揍你。想归想,因先生坐在台上,黑老猪不敢轻举妄动,只能强打精神念书。

第二天早上,郭先生检查头一天的功课,孩子们挨个在先生跟前背诵"修身"篇。叫到的孩子全都背过,轮到黑老猪了,他抽抽鼻子,然后吭吭哧哧念道:"人之其所……所亲爱……爱……爱而……辟焉,之其……其……所……"黑老猪实在想不起下文了,郭奇如身旁的李毓秀脱口而出:"贱恶而辟焉。"

听毓秀背出后半句,郭奇如十分惊奇,他鼓励毓秀道:"接着往下背。"毓秀于是接着念道:"之其所畏敬而辟焉,之其所哀矜而辟焉,之其所敖惰而辟焉。"

以前只是听说过毓秀聪明过人,没想到他竟有这等惊人的记忆力,郭奇如一把抱起毓秀亲了亲:"下面的还会背吗?"

毓秀点点头,郭奇如高兴地说道:"接着背。"

毓秀乃顺利地背完了剩余部分。

郭奇如把黑老猪叫到跟前教训道:"毓秀这么小,他听都听会了,你昨儿个念了一天,连一句都不能利利索索地背下来。把书拿过来,站到边上念,啥时候背会啥时候再坐!"

黑老猪抽抽鼻子,然后拿过书本,很不情愿地站在旁边念书。

吃过早饭,村里一家人办喜事,请郭先生去写对联。郭先生遂安排孩子们继续背诵"修身"篇,他乃随来人而去。

私塾孩子大体分作两拨,以黑老猪为首的几个人为少数,以勤生为首的为多数。黑老猪一拨人高马大,属于不听话的捣乱派,勤生一拨属于听先生话的温顺派。捣乱派虽然人少,可因为有黑老猪领头,常常能左右大伙的行动,尤其是郭先生不在的时候,私塾简直就成了黑老猪的天下。郭先生前脚一走,黑老猪立马来了精神,他扔掉手里的书本,把黑丑、林旺叫到一起,抽抽鼻子说道:"上次说的事情一直没有干,这下有机会了,咱们走。"

黑丑和林旺以黑老猪"哼哈二将"自居,对他的话可谓言听计从,黑丑献计道:"头儿,得多叫几个人。"

黑老猪点点头:"对,你说得对,人多了先生打板子打不过来。"

林旺比黑丑更鬼,他冲李毓秀努努嘴,黑老猪会意,便威胁毓秀道:"不准告诉先生我们出去的事,不然小心挨揍!"说完让"哼哈二将"叫了几个人一起走了。

黑老猪要带人去干啥哩?原来他是想报复黄爷爷。

黄爷爷时年八十有余,人比较刻板。前些日子路过私塾,恰逢郭先生不在。他看见黑老猪坐在椅子上,让孩子们挨个向自己跪拜,嘴里还要高喊"愿听大帅调遣"。凡是听自己话的孩子,黑老猪每人送一个用稻黍杆编的孙悟空。见此情景,黄爷爷十分生气,他把这个事情告诉了郭奇如。黑老猪因此挨了板子,参与游戏的几个骨干也都跟着挨了板子,黑老猪因此怀恨在心,想要找机会捉弄黄爷爷。

怎样捉弄黄爷爷哩?黑老猪早就想好了点子。他知道黄爷爷上茅房时要拽住钉在茅坑边的木棍才能蹲下去,于是就想在木棍上做文章。来到黄爷爷家厕所旁,他指使"哼哈二将"把钉在茅坑边的木棍从地平处掰断,又轻轻扶正,然后一伙人在旁边藏起来,等着看热闹。

不一会儿,黄爷爷出来了。他一边走一边咳嗽着,颤颤巍巍来到茅房里,解开裤子,两手抓住木棍正要下蹲,木棍突然断开,黄爷爷一屁股坐在茅坑上,喘着气直喊救命。黑老猪一伙人看着黄爷爷狼狈的样子，心里好不快活，忍不住一阵大笑。总算报复了黄爷爷，黑老猪一声呼哨，一伙人一溜烟跑了。

回到私塾，黑老猪依然沉浸在"成功"的喜悦之中，他决定一不做二不休，索性再摆治②一下郭奇如。

黑老猪使劲抽抽鼻子，对"哼哈二将"说道："黄老头的仇报了，可咱们挨板子的仇还没有报，得想办法报这个仇。"

听说要摆治郭先生，哼哈二将有点犹豫。黑老猪抽抽鼻子："有我老黑顶着，不要怕，大不了我爹再多给私塾一些银子。"

迫于黑老猪的淫威，"哼哈二将"只好从命。黑老猪让手下把私塾的门开了个缝，然后把一簸箕尘土放到门的上沿。做好这一切，单等着郭先生进门出丑，黑老猪吓唬孩子们道："一会郭先生回来，谁都不许吭声，也不许告诉先生是谁放的簸箕，不然小心挨揍！"

为防止李毓秀告密，黑老猪把他抱到自己的座位边坐下，一只手死死扭住他的胳膊。

过了一会，郭先生办完事回来了。看见郭先生伸手要推门，毓秀急得满脸通红，可黑老猪紧捂着他的嘴，干着急发不出声音。

毫不知情的郭先生一推房门，一簸箕尘土兜头而下。

注：
①束脩：私塾弟子拜师时送给先生的礼物。
②摆治：整治、报复的意思。

二十

常言道:"家有隔夜粮,不做孩子王。"郭奇如乃绛州一名儒,文章名噪当代,所著《日知录》《仰思录》《学庸澹言》等脍炙人口。论学问,郭奇如在当地无人可及,可他为啥不去参加科考,甘心当教书匠哩? 这还得从他的身世说起。

郭奇如的父亲就曾经是绛州当地名儒,其学问在当地是无与伦比的。与天下所有士子一样,郭父也曾怀着勃勃雄心参加科考,但因官场腐败,主考官明索暗取,虽历经数年努力,然均未成功。此后便发誓不再参加科考,也不许后人参加科考。

郭奇如成人后,其学识远远超越其父亲,但他谨遵父亲遗训,不参加科考。后来,是妻子闵氏说服了他,才决定参加科考。凭借扎实的功底,郭奇如顺利考上了秀才,然而就在他准备参加乡试的时候恰逢妻子临产。到底是留下来陪妻子生产,还是赴省城参加乡试,郭奇如一时拿不定主意。关键时刻,妻子闵氏表现大度,坚决支持丈夫参加乡试。在妻子的一再督促下,郭奇如踏上了考取举人的乡试之途。

乡试完毕,郭奇如连夜往家里赶。然而,当他风尘仆仆赶到家里时，妻子闵氏却因为难产已经与他阴阳两隔。乡试的结果还没有揭榜，省会太原就被李闯王的大顺军占领了。受此打击，郭奇如发誓不再参加科考，他决心办一所私塾，把自己的知识传授给孩子们，让他们完成自己的夙愿。

之所以要在周庄办私塾，是因为看中了其优越的地理位置。周庄紧邻州城，消息比较灵便，既能随时把握信息，又便于学生参加考试。再者，当地自然条件比较好，家长有财力供孩子上学。有这些优越条件，郭奇如信心满满，想在有生之年教出一批高水平的弟子。

由于学识渊博，教学又十分尽心，附近村里不少家长都把孩子送到周庄念书，甚至连城里一些家长也把孩子送到郭奇如门下。为能教出好弟子，郭奇如可谓费尽了心血。然而，几年过去了，非但没有发现一个可塑的好苗子，反而遇见了黑老猪这个少有的顽劣孩子。为了能让黑老猪改掉恶习，郭奇如绞尽了脑汁。他崇尚"严师出高徒"的信条，对黑老猪非常严厉。可板子打过无数次，黑老猪却一点不思悔过，常常是前边刚教育过，后边就又犯错。这不，昨儿个刚挨了板子，今儿个就又犯浑，做出这等令人无法容忍的事。

郭奇如抖了抖满头满身的尘土，脑筋飞速旋转着，思考该怎样处理这件事情。他又一次产生了不要黑老猪的想法，可一想到金彪爹软缠硬磨的样子，只得打消了这个念头。郭奇如有点恨金彪爹，可反过来一想，他盼望儿子出人头地的愿望是不应该被指责的。看来自己以前的做法也有问题，仅凭严厉不行，得换一种方法，不能只治孩子们的毛病，要治他们的心病。

想到这里，郭奇如没有像往常一样发火，没有把肇事学生叫过来打板子，而是平心静气地对弟子们说道："尔等做出这样的事情，不怨你们，只怪我没有把你们教育好。"

干了坏事的一伙人早做好了挨板子的准备，没想到先生没有拿板子。大伙儿心里七上八下的，一点也没底，黑老猪琢磨着，莫非先生还有更狠的招儿？其他没有与黑老猪一起干坏事的孩子，也不理解先生的做法，你看看我，我看看你，都摸不透先生想干什么。

只听郭先生继续说道："你们还都是孩子，做错事在所难免，但是做错了事要改正，只要改正了，就是好孩子。今儿个的事只要老老实实承认，并保证以后不再犯，为师就不再追究，你们谁先说啊？"

黑老猪认定先生是在"套"自己，他暗自拿定主意，不管他说什么，绝不承认。其余几个参与者见"头儿"不吭声，也学着他的样子，低着头不吱声。

为打消孩子们的顾虑，郭奇如接着说道："我说话算话，只要承认错误，绝不为难你们。"

见先生如此诚恳，黑丑动摇了，想主动认错。然而，他刚准备站起来，见黑老猪狠狠瞪了自己一眼，便没敢再动。

郭先生心里明白，这件事情一定是黑老猪带头所为，他不想当众揭穿他，想让黑老猪自己说出来。但是，无论怎么启发，黑老猪就是不肯承认。无奈，他只好点出黑老猪的名字："黄金彪，今儿个这事是不是你带头干的？"

黑老猪一脸的无赖相："没有啊，先生您对我那么好，我哪能糟害您哩？"

"那你知道是谁干的吗？"

"不知道，我一直在念书，不知道谁干的。"

"往门上边放簸箕这么大动静，难道你会没看见？"

"我……我念着念着就睡着了……对，我睡着了，所以没看见。先生您是知道的，我念书的时候经常打瞌睡。"

这娃怎么是这个样子,明明是他干的,可就是死不认账。郭奇如差点又要发火,然而,他还是忍了忍没有发作:"黄金彪,为师多次教育你,说话做事要诚实,不能说假话……"

黑老猪抢着说道:"我知道,我说的都是实话,若有一句假话就让我的舌头烂掉。"

私塾的孩子们都知道黑老猪的特点,他说起谎来脸不红心不跳,今儿个的坏事明明是他干的,可就是不肯承认。大伙都想揭发他,可是又都怕他报复,因而只能保持沉默,任由黑老猪瞎说。

毓秀对黑老猪一伙作践郭先生的行为本就十分憎恨,又见黑老猪死活不肯承认,心里是又急又气。他趁黑老猪注意力不集中的机会,挣脱他的手大声说道:"郭伯伯,我知道这事是谁干的。"

这边黑老猪想重新控制毓秀已经来不及,只能在心里暗暗叫苦:坏了,准备挨板子吧。

郭奇如问毓秀道:"你说,是谁干的?"

毓秀指着身旁的黑老猪:"是他指使别人干的。"

郭奇如完全没有想到,小小的毓秀不仅聪明而且有胆识。教了这么多年私塾,终于发现了一棵好苗子。郭奇如心里一阵激动,他走到毓秀身旁,亲切地摸摸他的头,然后拉着他走上讲台,对台下的弟子们说道:"毓秀比你们小好几岁,可他比你们懂事,以后都跟他学着点。"郭奇如接着说道:"做了错事,自己不承认,要让一个小孩子指认,不觉得害羞吗?"

跟着黑老猪干坏事的几个人再也坐不住了,纷纷向先生承认错误,并且交代了捉弄黄爷爷的事情,说完一个个站到边上等着挨板子。

这伙人不仅祸害自己,还祸害黄爷爷,郭先生既生气又愧疚。然而,既然孩子们自己承认了错误,郭先生决定遵守承诺。他没有像往常一样打板子，而是语重心长地对黑老猪和几个做坏事的孩子说道："黄爷爷那么大年纪了，你们竟然那样捉弄他，心里不感到愧疚吗？"

黑丑赶紧认错道："先生，我们错了，您打我们板子吧。"

"我说过了，自己承认错误，不打板子。从今往后，无论谁再做错事，只要承认了错误，一律不再打板子。"

孩子们被先生的宽宏大量感动了，做错事的一帮人更是既愧疚又感动，一个个流下了悔恨的泪水。

郭先生见自己的方法产生了效果，心里说不出的高兴，他进一步启发孩子们："知道错了还不行，还得想办法改正错误。"

听先生这样一说，黑丑赶紧让一帮做错事的孩子站成一排，一起向郭先生鞠躬："先生，对不住您！"

"不是要你们向我道歉。"郭先生说道。

善于动脑子的林旺立马反应过来："先生，我知道了，我们这就去向黄爷爷赔罪。"

郭奇如高兴地说道："这件事我也有责任，我跟你们一起去，咱们一起向黄爷爷赔罪。"

"郭伯伯，我也要跟您一起去。"毓秀说道。

勤生和温顺派的孩子们也表示要一起去，郭先生觉得这是培养孩子们尊老爱幼人品的好机会，便爽快答应道："好的，一起去吧。"

大伙随即跟在郭先生后边，到城儿里去找黄爷爷赔罪。

黑老猪走在人群最后头，他的心里另有一番感受：哈哈，以后再也不用挨板子了！

二十一

二十四节气中的霜降就要到了,天气一天天变冷,空中开始有雁群飞过。

绛州是冬小麦产区,有地的农家都要种小麦。播种小麦有严格的时间段,必须要在霜降之前完成。由于河滩地里的水刚下去没几天,人根本无法下地,更别说种小麦。如果过了霜降还不能播种,就可能耽误一季庄稼,庄户人家心里火烧火燎似的,天天到地头观看,盼着能早一天下种。

这一天,终于有人发现能下地了,消息很快传遍了全村,有河滩地的人家于是全部出动,紧赶着用泥耧①在泥泞的河滩地里种小麦。刚浸过水的河滩地经不住牲口踩踏,拉泥耧的活只能由人力完成,通常是由两个壮劳力配合,一人在前边拉,一人在后边掌耧。

留给李家的二亩河滩地,如果年景正常,能打二百来斤小麦。林氏盘算着,二百斤小麦,留上一点过年过节,剩余的换成玉稻黍或者稻黍,差不多够母子俩一年的口粮。可眼下自家一没有种子,二没有工具,三没有劳力,该咋办哩?林氏为此心急如焚。

毓秀见母亲没有去洗衣坊,好奇地问道:"妈,您怎么不进城去,累了吗?"

"不是累了,妈是想到咱家的地里种小麦。"

听说要去种麦,毓秀高兴地说道:"我也要跟您去种小麦。"

毓秀的话让林氏眼前一亮,我跟儿子两个人拉耧,再找一个人摇耧不就行了么!想到这里,林氏立马带着儿子到私塾去找郭奇如。让林氏没想到的是,从没有对自己说过一个不字的郭奇如一脸难色:"不行,这活我干不了。"

林氏这才醒悟过来,郭先生一介书生哪干得了掌耧的活,自己这是强人所难啊!

郭奇如倒是有办法,他出主意道:"我虽然掌不了耧,可是拉耧应该还行。这会儿别人家都忙着下种,借不到泥耧。等吃过早饭,咱们去借一个泥耧,再找一个会摇耧的就行了。"

林氏感激地说道:"行,那就麻烦您了。"

毓秀跟着客气地说道:"郭伯伯您真好!"

"别总跟伯伯客气,回去吧,吃过饭在家里等我。"

吃过早饭,郭奇如安排好孩子们的功课,然后帮林氏借来泥耧和种子。壮劳力都到地里干活去了,郭奇如只好求半病子香荷爹帮忙摇耧。几个人一起来到李家的河滩地里,香荷爹掌耧,郭奇如驮着耧,林氏和毓秀在前边拉耧,几个人开始播种小麦。拉耧看起来简单,其实也是技术活,它要求驮耧的人身体弯曲,保持合适角度,走路时步子要平稳,不能左右摇摆。郭奇如从来没干过这种活,其难度可想而知。在泥泞地里行走,本来就十分困难,再想保持身体姿势和步履平稳很难做到,没走几步就被香荷爹叫停了。换林氏驮耧吧,更不行,没办法,只能凑合着继续往前走。

又走了没几步,林氏的右脚连鞋带袜子被粘了下来。她想拔出鞋袜,慌忙中一个趔趄,左脚的鞋袜也被带了下来,林氏下意识地抓了一把毓秀没抓着,一屁股坐到了泥地里。看着两只赤脚,林氏羞得满脸通红,不知所措。

见林氏害羞的样子,郭奇如赶紧背过脸,免得她尴尬。毓秀见状,赶紧帮母亲去拔鞋,可是使出全身力气,怎么也拔不起来。后边掌耧的香荷爹急了:"你们这些人就是爱面子,穷讲究。这泥地里干活,掉鞋是常有的事,有啥不好意思的。"他冲郭奇如说道:"你帮兰州的把鞋拔出来。"

经香荷爹这样一说,林氏与郭奇如才坦然了一些。郭奇如弯腰拔出鞋袜递给林氏,这才发现她的两只脚已经多处溃烂,简直就是千疮百孔。

"穿上鞋吧,以后不要去城里洗衣坊了,不然你的脚永远好不了。"郭奇如关心地说道。

毓秀也心疼地说道:"妈,看您的脚烂成啥样子了,就听郭伯伯的话,别再去洗衣坊了。"

"不去洗衣坊怎么行哩,指望这两亩烂地咱娘俩能活下去吗?"

郭奇如安慰林氏道:"你至少得休养一段,暂时别去洗衣坊了,生活上的事咱们另想办法。"

坐在冰冷的泥地上,伤痕累累的双脚再被湿泥一激,林氏感到冷彻骨髓、疼彻心肺,而郭奇如的话像一把火温暖了自己冰冷的心。面对这位好大哥,林氏不知道该说什么好,只觉得眼泪在眼眶里打转转。林氏感觉自己有点失态,遂赶紧穿鞋,以掩盖自己的窘迫。

"先种麦子,以后的事情回头再说。"林氏平静地对郭奇如说道。

"好的,先种麦吧。"

三个人拉着泥耧继续往前走,香荷爹在后边大声喊着:"腰往下弯,步子稳点!"

一趟还没到头,三个人已是气喘吁吁、满头大汗,身子也开始歪来扭去。郭奇如的两只手开始发抖,几乎要丢掉手中的耧把,香荷爹提醒道:"抓稳耧把,走直喽,别抖!"

脚上的湿泥越粘越多,每迈一步几乎都要使出吃奶的劲。走着走着,毓秀的两脚没撇清绊了一下,接着身子一歪倒在地上,林氏被他一绊也跌倒在地,本已摇摇晃晃的郭奇如躲闪不及跟着倒了下去。三个人滚在一起,半天爬不起来。

香荷爹赶紧扶正泥耧,一边用手抓起掉在地上的麦种,一边埋怨道:"唉!根本就不是干活的料。"见几个人倒在地上不起来,他半开玩笑半生气地说道:"快起来吧,还想在地上睡觉咋的?"

林氏和郭奇如不好意思地分开搅在一起的手,挣扎着从地上站起来,郭奇如顺手拉起毓秀。

看着几个人的狼狈相,香荷爹出主意道:"找人帮忙吧,你们就不是干这种活的人。"

"再试试吧。"郭奇如坚持道。

林氏跟着说道:"对,再试试吧。"

"不用试了,照你们这个样子,干活钱还不够买你们撒掉的种子哩。"

香荷爹这样一说,林氏犹豫了。小麦种子是跑了几家才借来的,万一真的不够了,再找谁家去借?郭奇如也意识到自己确实干不了农活,可眼下大伙都在忙自家的事,该找谁来帮忙哩?

这时只听有人大声喊着:"少奶奶,郭先生,我来了!"

循声望去,伙计老韩一瘸一拐地走了过来。

这个时候见到老韩叔,简直像遇见了救星一般,几个人心里好一阵激动,一起跟老韩叔打招呼。见到久别的韩爷爷,毓秀更是格外高兴,他一边叫着韩爷爷,一边拔腿向老韩叔跑去,刚跑了两步鞋就掉了,他顾不得穿鞋,继续跑向老韩叔。

老韩叔一把抱起毓秀,用长满胡子的嘴亲了亲他,毓秀甜甜地叫着:"韩爷爷!"

老韩叔应声道:"哎!好娃,想爷爷了吗?"

"想了,我可想您了!"

"好!想爷爷就好。"

好不容易有了插嘴的机会,林氏疑惑地问道:"老韩叔,您……您咋出来了?"

"我虽然在正骨堂治伤,可一直在打听咱们家的事。听说河滩地里能种麦了,心想着我得赶回来帮你们种麦。今儿个一早我试了试,能走动。正骨先生说时间短不让我离开,可我想,如果我不来,你们娘儿俩该有多难啊!这就趁先生不注意偷着跑了出来。"

林氏心疼地说道:"老韩叔,正骨先生说得对,您还不能走路。"

老韩瘸着腿在地上踏了几下:"咋不能走路,没问题。"

郭奇如接着说道:"老韩叔,常言道,'伤筋动骨一百天',您这才过了一个多月,还不能干活,您还是回去治伤吧。"

"我们受苦人没有那么金贵,能走路就能干活。再说当初给正骨堂留的银子已经花完了,我也不能再赖在那里。"

香荷爹跟着劝道:"老韩,您是知道的,这拉耧可是最重的活,您的腿还没好利索,我看您就别逞强了。"

林氏帮老韩叔擦擦额头上的汗珠:"老韩叔,大叔说得有道理,您就别逞强了,别因为这事落下残疾。"

"少奶奶,我这条命都是老东家救下的,一条腿算啥哩?!"老韩叔从郭奇如手里接过耧把对香荷爹说道,"趁着天气好,赶紧的,要是再下点雨,今年可就种不成了。"

香荷爹迟疑地问道:"老韩,真行吗,要不我来拉耧?"

"你一个半病子,我怎么说也比你强!"说着话拉起泥耧就往前走去,香荷爹只得掌着耧跟着往前走。

毓秀见韩爷爷一瘸一拐的,边追边喊:"韩爷爷,我跟您一起拉耧。"

"好的,跟爷爷一起拉吧。"

老韩叔虽然腿不得劲,但拉耧的动作远非郭奇如和林氏所能比。看着老韩、毓秀和香荷爹越走越远,郭奇如对林氏说道:"别愣着了,快回家做饭吧。"

"好的,我这就去做饭,中午咱们一起吃饭。"

"我得赶紧回私塾去,时间长了黄金彪那娃不定会惹出啥麻烦来,中午饭你们吃吧,不用等我。"

林氏一双大眼睛近似乞求地看着郭先生:"忙活了这么半天,您就跟我一起去家里吃饭吧!"

被林氏看得不好意思,郭先生躲开林氏的目光,看着远处说道:"以前不是常在你家里吃嘛,今儿个就不去了,以后日子长着哩,还怕没有机会?"

"那……您先回私塾去吧,我稍待一会再回去。"

"好吧,我先走了。"

郭奇如转身往私塾而去,林氏在地头待了一会,见老韩叔和香荷爹他们干得很顺利,这才放心地回家去准备午饭。

注:

①泥耧:在泥泞地里种冬小麦的工具。

二十二

　　林氏知道老韩叔爱吃油粉饭①,而自己只会吃不会做,便特意找到油粉饭高手勤生妈,向她请教了做油粉饭的步骤与要领。回家后经过一番准备,精心做好了油粉饭,等着老韩叔他们回来吃饭。

　　晌午过后,终于种完了小麦。老韩叔帮着香荷爹把泥耧送到主家,然后带着毓秀往家里走去。远远闻到一股油粉饭的香味,老韩知道这是林氏刻意所为,心里不免一阵感动。

　　进到屋里,林氏已经准备好了洗脸的热水。老韩叔洗完手脸,林氏开始舀饭。毓秀帮老韩叔搬来小凳子,三个人坐在一起开始吃饭。

　　老韩叔边吃边问林氏:"少奶奶,你还记着我爱吃油粉饭?"

　　"当然记得啦,我记得您曾经说过,这油粉饭与河南老家的烩面相近,但比河南烩面好吃。"

　　"这话你还记着哩?"

　　"记着哩,记着哩,您老是李家的功臣,您的话哪能忘了哩?"

　　"少奶奶你可别这样说,我对李家有啥功劳呢?"

　　"您对李家的功劳太大了,就说今儿个这事情,要不是您及时赶回来,我们几个还不知道如何下场哩。"

"这点小事是我应该做的,你别太往心里去。"

老韩叔心里高兴,狼吞虎咽地很快吃完了两碗饭,只觉得唇边留香,他由衷地赞叹道:"哇,真香!"

"老韩叔,我是临时跟勤生妈学的,怕不合您老的口味,感觉还行吗?"

"行!做得很地道,只是这辈子恐怕再也吃不上这么香的饭了。"

"老韩叔,咋能这样说哩,只要您想吃,我以后常做给您吃。"

老韩苦笑道:"你们母子俩连饭都吃不饱,咋能常做油粉饭?我原本计划干完活就走,能吃上一顿您亲手做的油粉饭,知足了!"

"走,您要去哪里?"林氏问道。

"我要回老家,自打逃难出来就没回去过,想回去看看。"

毓秀不解地问道:"韩爷爷,您这不是到家了嘛,怎么还说回老家?"

"好娃哩,这是你的家,不是韩爷爷的家,爷爷的家在河南。"

"河南在哪里呀?"毓秀好奇地问道。

"河南在很远很远的地方。"

"路那么远,您啥时候能走到呀?韩爷爷,您别走了,别走了吧,这儿就是您的家,我不让您走!"毓秀说着说着哭出声来。

老韩叔也忍不住掉下眼泪:"好娃哩,不走怎么行,家里就剩下那么点烂地,打的粮食还不够你们娘儿俩吃,爷爷再留下来,吃啥喝啥哩?没看见邻居家爷爷干完活直接回家了,他是为了给咱家省点吃的,别人都知道这样,韩爷爷难道不懂这点道理?"

毓秀越哭越伤心:"反正我不让您走,这家里有老鼠,我一到晚上就害怕。韩爷爷,您别走了,晚上给我做个伴好吗?爷爷!"

老韩叔不知该说什么，他把毓秀抱在怀里，老泪一滴滴洒在毓秀的头上。

林氏擦擦眼泪说道："老韩叔，您的腿伤还没有完全好，又没有盘缠，那么远的路可咋回呀？"

"没事，当年逃难来山西，光棍一条，身无分文，不也过来了嘛。"

"当年您年轻身体壮，这会儿不能跟以前比了。"

"不要紧，我的腿是硬伤，身板没有啥问题，能走回去。"

见老韩叔心意已决，林氏也不好再说什么，她摘下一个耳环对老韩说道："老韩叔，既然您决意回老家，我也就不再拦您，这个耳环您带上，万一被困住了可以救急。"

老韩知道耳环是林氏眼下唯一值钱的物件，他哪里肯要："少奶奶，这耳环您留下，将来哪个妮子看上咱们家毓秀，就把耳环送给她。李家败落了，不能像以前那样为新媳妇披金戴银，送上一副耳环，也算一点心意，您说对吗？"

"道理是对的，可那都是以后的事，眼下您就过不去，这耳环您还是收下吧。"

"不，我不能收！我就是饿死渴死在路上，也断不能要这耳环。"

"老韩叔，千万别说不吉利的话，您老为李家辛苦了一辈子，我不能看着您这样离开，这耳环您一定得收下，路上会有用的。"

老韩叔拨开林氏的手，轻轻放下怀里的毓秀，起身来到炕头上，揭开贴在墙壁上的一张旧年画，然后取下年画后边的砖块，一个小洞赫然在目。老韩叔伸手从洞里取出一个小布袋，他一边解口袋一边说道："这是东家多年来发给我的工钱，我估摸着官府的人找不到这个地方，还真让我猜对了。"

打开口袋，里边竟然是一些碎银子，林氏一阵惊喜："老韩叔，这些银子够你路上用了。"

"不,我用不着,你们孤儿寡母的没有个依靠,这些银子留给你们。"

林氏一边系好布袋一边往老韩叔的怀里揣:"老韩叔,这是您自己的辛苦钱,又不是李家的财产,我咋能要哩?"

"李家帮我捡回了一条命,这算是我对李家最后的报答,再说了,毓秀是我的干孙子,爷爷给孙子的银子,您咋能不要?"

老韩叔虽然说得诚恳,可林氏还是过意不去,她对儿子说道:"毓秀,跟爷爷说谢谢,我们不要爷爷的钱。"

毓秀赶紧对老韩叔说道:"谢谢爷爷,我们不要您的钱。"

"好娃哩,爷爷的钱咋能不要?您这不是伤爷爷的面子吗?"老韩接着对林氏说道,"少奶奶,我这次回来除了种麦,再就是取出这些银子给你们。以后的日子还长,这些银子对你们会有用的。"

不容林氏再说什么,老韩叔把口袋重新放回洞里,然后郑重地叮咛林氏:"毓秀这娃不是凡人,将来一定能成大事,这些银子一定要用在毓秀成才的路上。"

放好银子,老韩在墙洞外面重新遮上年画,然后抱起毓秀说道:"走,爷爷带你出去走走。"

老韩叔抱着毓秀前面走,林氏在后面紧跟着,几个人一起来到李家大院门口。自从李家被抄,林氏还没有来过这个伤心的地方。高大的门楼依然是那么阔气,两旁的石狮子依然是那么威武,只因两道刺眼的白色封条紧贴在大门上,阻断了昔日人来人往的热闹。巍峨高耸的望河楼静静地挺立在大院一角,不解地看着眼前的一切。老韩叔指着门楼对毓秀说道:"你记住了,这是咱们李家的门楼,将来一定要重新让它热闹起来!"

毓秀似懂非懂地点点头。

三个人接着来到私塾里。一群孩子正在背书,老韩对过来迎接的郭奇如说道:"郭先生,你跟永顺是好朋友,李家只剩下毓秀这根独苗了,希望您能教他学问,让他成才,我这里谢谢您了!"

"老韩叔您不必客气,我早就想为毓秀破蒙,既然您老说出来了,咱就把这事定下来吧。"他转身问林氏道,"毓秀这娃虽然小,可他记东西比大孩子还快,咱这会就为他破蒙,老韩叔也好做个见证,您看行吗?"

其实林氏早就想让毓秀正式拜郭奇如为师,只是考虑到家里拿不出束脩,一直不好意思开口,经郭奇如一问,她不好意思地说道:"那当然好了,只是……"

郭奇如打断林氏的话:"您不用说了,这私塾的房子当初就是李老东家出钱所建,李家后代上学有什么可说的,一切礼节皆免。"

"不能全免,拜师礼还是要有的。"林氏说道。

老韩叔接着说道:"对,拜师礼不能少!"

郭奇如想想也对,拜师礼是应该郑重点,于是就同意了两人的意见,开始为毓秀举行拜师礼。

听说要正式拜郭先生为师,毓秀高兴得又蹦又跳,林氏赶紧纠正道:"拜师要郑重,别乱蹦乱跳的。"

"妈,啥叫郑重?"

"郑重就是不胡蹦乱跳,对先生恭恭敬敬。"

"好,我能做到。"

林氏帮毓秀整整衣服,然后洗干净双手,带他来到至圣先师孔子的神位前,九叩首,然后对着坐在椅子上的郭先生三叩首,郭先生用朱砂在他的眉心小心翼翼地点上红点。拜师礼结束,毓秀正式成为郭奇如先生的弟子。

终于了却了心愿,老韩叔准备离开周庄。望着郭奇如和林氏,老韩叔有一句话憋在嘴边,可就是不好意思说出口。他搓了搓自己饱经沧桑的脸颊,意味深长地对郭奇如说道:"郭先生,您是永顺最可靠的朋友,以后要多关心这母子俩。"又转身对林氏说道:"我走了,以后有事要依靠郭先生。"

郭先生和林氏一起冲老韩叔点点头,又一起向对方望去,目光相遇的一瞬间,两人都觉得有一盆火从心里燃起,这火焰烧得浑身火辣辣的。郭奇如和林氏同时用手搓了搓发烫的脸庞,又同时望向老韩叔,一个念头同时从三个人的心头升起,可三个人都没有说出来。

老韩抱着毓秀,郭先生和林氏默默地跟在他身后,一起来到周庄村口。见韩爷爷真要走了,毓秀放声大哭,紧抱着老韩叔不肯松手。想想老韩叔这一去不知道还能不能再相见,林氏的眼泪像断线的珠子似的一串串滚落下来。

天眼看就要黑了,郭奇如只好以先生的口吻对毓秀说道:"快让韩爷爷走吧,不然他赶不到睡觉的地方了。"

郭先生这样一说,毓秀难过地松开双手:"韩爷爷,您回老家看看就回来,别待好多日子啊!"

"好的,过些日子我就来看你们!"

老韩叔再次亲了亲毓秀,擦了擦眼角的眼泪,一瘸一拐地走了。

看着渐行渐远的老韩叔,郭先生和林氏心里都感到沉甸甸的,两人一起默默地朝老韩叔挥着手。毓秀爬上路旁的上马石,眼巴巴地看着韩爷爷一步步向远处走去,眼泪不住地顺着小脸往下淌。一直到看不见韩爷爷的背影,毓秀还踮着脚看着他消失的地方。

看着毓秀失望的样子,林氏真不知道该说什么,她摸摸儿子的头:"爷爷走了,咱们回家吧。"

毓秀扑倒在母亲怀里,放声大哭:"妈,我想韩爷爷,我要爷爷,您为啥不留住他啊?！"

注：

①油粉饭：绛州特色面食。

二十三

　　入冬以后,洗衣坊的生意进入了淡季。来洗衣坊洗衣裳的散客没有了,仅剩下绛州烧坊和糕点坊等几家固定客户。林氏和姐妹们手头可洗的衣裳越来越少,只能每隔几天到洗衣坊取一次脏衣裳,洗好晾干后送到店里,然后再取一部分脏衣裳回来,这样挣的钱自然就少了许多。

　　没有过多的柴火烧热水,林氏只能在村中的池塘里洗衣裳。刚入冬时,池塘里的水虽然冰冷,但还勉强下得去手。数九过后,滴水成冰,无法再在池塘里洗衣裳。林氏只好把洗衣盆从池塘边搬到井台旁,从水井里打水洗衣裳。水井里打上来的水虽然不是太冰手,然而在寒气逼人的数九天,一般人也难以下手。为了生计,林氏只能咬牙坚持,她每天早早把毓秀送到私塾,然后端着洗衣盆到井台旁洗衣裳。

　　日子一天天过去,眼看就要过大年了,村里的热闹开始排练。踩高跷的、划旱船的、抬台阁的、舞龙的、舞狮的,各个队伍前都围满了看热闹的人。最热闹的当然还是人拉鼓车,一群年轻人拉着两面大鼓沿着城儿里外围的大路边跑边敲,围观的人群随着锣鼓的鼓点笑着闹着，孩子们追着鼓车跑着跳着。喧闹的锣鼓声一扫冬日的寒冷，让全周庄热闹了起来。

然而，欢快的锣鼓声没能给林氏带来丝毫的欢乐，她刚得到消息，老韩叔死了，他是被冻死的。老韩叔的死让林氏感到说不出的难受，心里活像装了一坨大冰块，比冰冷的井水还要冷。

原来老韩叔说回老家只是托词，因为他老家早已经没有亲人可投。离开周庄后，老韩叔并没有回河南，而是想找点活干养活自己。因为腿瘸，一直找不到活，只能靠乞讨度日。因怕林氏为自己的窘迫分心，老韩叔决定到别处去。他慢慢走出绛州地界，一路向东来到翼城县。数九之后，由于没有棉衣御寒，又吃不饱肚子，在一个寒冷的夜里，他冻死在了大路旁。知道这一切后，林氏后悔当初没有留住老人家，而让他一个人孤苦伶仃地离开周庄。想到老韩叔暴尸路旁，她决定到翼城去为老人家收尸。洗完了剩余的衣裳，林氏来到私塾找郭奇如商量。

听林氏说明老韩叔的情况，郭奇如也感到痛惜。考虑事情已经过去多日，况且路途遥远，郭奇如劝林氏道："姬庄到翼城那么远的路，你一个妇道人家怎么去哩？再说也没有老韩叔的确切消息，即便是去了翼城又奔哪里去找？"

"翼城不就是一个县城么，我一条街一条街地问，还怕找不着？"

"以老韩叔那样的性格，他不可能死在翼城大街上招人嫌，他一定是死在一个不起眼的地方了，你人生地不熟的，怎么可能找得到？"

"那您说该怎么办？"林氏问道。

"我有个朋友在翼城，我捎封信给他，让他想办法找到老韩叔的遗体，帮着掩埋一下。"

"行,那您等着,家里还有一些银子,我回去拿来给您,请转告您的朋友,好歹给老人家买上一口薄棺材。"

"哪里来的银子,是老韩叔留给你的那点碎银子吗?"

林氏点点头道:"是的,是他老人家留下的,正好派上用场。"

"银子是老韩叔特意留给你们母子的,寄托着他老人家对毓秀的殷切希望,如果你拿来为他买棺材,就辜负了老人家的一片心,老韩叔在天之灵是不会安心的。"

"可……可这钱不用在老韩叔身上,我花着也不安心啊!"

"你怎么就不明白哩?老韩叔当初把银子送给你的时候,难道没有想到自己会穷困潦倒?他是想用自己的生命来为毓秀的成长铺路啊!"

林氏终于想通了,她暗暗发誓道:老韩叔,您放心吧,我一定不会让您老人家失望!

多年来,周庄过大年的热闹全由李家与黄家两大家族筹办。两家族长先协商好热闹项目,然后本着有人出人,有钱出钱的原则,为本家族各家各户分配任务。老东家在世时一直担任李氏家族族长,所有闹热闹的银子由族长一户承担,李氏家族各家各户只要出人力就行。老东家去世后,李永顺接任了族长,他一直延续老东家的做法。如今李永顺不在了,李二爷担任了族长,李氏家族闹热闹的银子改由各家各户分摊。

为了份子钱,李二爷已经派人多次催过林氏。这一天,林氏正为老韩叔去世的事情暗自伤心,李二爷亲自找到井台边催要份子钱,他开门见山道:"兰州的,热闹份子钱我已经派人催过几次了,你什么时候能给?"

林氏赶紧擦干双手赔笑道:"二爹,我这会跟毓秀连吃饭都困难,哪里有钱给您,请您老免了我家的份子钱吧。"

"这钱怎么能免,你要不交钱,过年的时候就不能看热闹。"

原想着这句话能难倒林氏,没想到正中林氏下怀,她爽快地答应道:"行,我们不去看热闹。"

李二爷心想,你说了不看,到时候真要去看,谁会挡住你?退一步讲,就算你林氏能说到做到,毓秀一个小孩子,咋能管得住自己,到时候他跑去看热闹,谁又能看住他哩?李二爷后悔说出这句话,可话已出口,无法挽回,他只能很不高兴地叮嘱林氏:"那咱可说好,到时候不光你不去看,毓秀也不能去看。"

"您放心,没交份子钱,我们肯定不去看。"

"你说话可要算话!"李二爷撂下这句话,一脸不高兴地离开了。

总算卸去了份子钱的包袱,林氏不由得舒了一口气。

正月初一早上,毓秀早早醒了,他穿好母亲用旧衣裳为自己改做的"新"衣裳,拿起放在坑头上的一小串鞭炮就要出去燃放,林氏赶紧叫住他:"先别着急,等我煮好饺子,拜过了神灵再放。"

"嗯,妈您可快点啊!"

"好的,很快就好了。"

林氏煮好了饺子,摆上桌子,拉着毓秀一起拜过天神,又拜过祖先,这才让毓秀去放鞭炮,她叮嘱儿子:"不敢全点了,留下几个慢慢放。"

"嗯,知道了。"

按照母亲的吩咐,毓秀小心翼翼地从鞭炮串上摘下几个小鞭炮装入口袋,然后才来到屋外燃放鞭炮。

放完鞭炮,林氏对毓秀说道:"今儿个别出去了,就跟妈在家里玩,妈给你装火锅①,中午你去叫郭先生来咱家一起吃火锅。"

"妈,我一会儿还要出去看热闹哩,为啥不让我出去?"

"平日里你上私塾,妈老看不见你,今儿个不上学了,想让你在家里陪我。"

"可是……"想着小伙伴们都去看热闹,毓秀心里直痒痒,可又不能不听母亲的话,他勉强答应道,"好吧,我在家里陪妈。"

不一会工夫,锣鼓声响起来了,毓秀的心随着锣鼓声咚咚咚越跳越快,他忍不住来到屋门前,想隔着门缝看看外面。然而,自家屋子离跑鼓车的地方隔着几条巷子,隔着门缝啥也看不见。

又过了一会儿,锣鼓声越来越大,隐约还能听到人们的欢呼声。毓秀开始坐卧不安,他一会儿爬到炕头上,一会儿下到地上,一会儿摸摸脑袋,一会儿揉揉耳朵。见毓秀心急火燎的样子,林氏心里难受极了,一个几岁的孩子能如此听话,这得需要多大的定力啊?越是这样,林氏就越觉得对不起儿子,她一遍遍问自己,这样做对孩子是不是太残酷了?她把儿子拉到身边轻轻问道:"想去看热闹了吧?"

毓秀没有回答,委屈的泪水潸潸落下。

林氏的心碎了,她站起身来,想从老韩叔留下的银子中拿出一部分去交份子钱。当揭开年画的一瞬间,耳边突然响起老韩叔的声音:"这些银子一定要用在毓秀成才的路上。"想到这里,林氏重新坐了下来。

这时,私塾的一帮伙伴来叫毓秀,勤生隔着门缝喊道:"毓秀,快开门,咱们一起去看跑鼓车。"

毓秀再也忍不住,他下了炕准备去开门,林氏一把拉住儿子:"毓秀,听妈的话,咱不去看热闹。"

毓秀"哇"的一声哭了出来:"妈,为啥呀?"

林氏一把抱起儿子:"咱们家没交份子钱,所以不能去看热闹。"

"妈,您为啥不交份子钱啊?"

林氏忍不住掉下眼泪:"不是因为咱没钱么。"

"妈,那么多人看热闹,谁知道我去了没有?"

"毓秀,妈经常跟你讲,做人要讲诚信,说过的话就要算数。不管有没有人知道,妈既然说过不去看,咱就不去看。"

毓秀含着眼泪点点头:"妈,我懂了,我不去看。"

林氏擦干毓秀脸上的泪水,哽咽着说道:"好娃,真是妈的好娃!"

这时候只听又有人敲门,毓秀以为又是小伙伴们来了,他迟疑地看着母亲,不知如何是好。

正不知所措之时,只听郭先生在门外说道:"毓秀,快开门,是我。"

毓秀赶紧跳起来把郭先生迎进门,向着先生深深一鞠躬:"先生,过年吉祥!"

林氏也赶紧向郭奇如拜年:"郭大哥,过年吉祥!"

"过年吉祥!"郭先生说着拉起毓秀,"走,看热闹去!"

毓秀眼泪汪汪地看了看母亲,回头对郭奇如说道:"先生,我不去看热闹。"

林氏正不知该说什么,只听郭先生哈哈一笑:"走吧,我已经替你家交了份子钱了。"

毓秀高兴地一跳老高:"先生,真的吗,我真的可以去看热闹了吗?"

"当然是真的了。"

林氏感激地望着郭奇如,两行热泪滚滚而下,郭大哥真是贴心人啊!

"过年哩,高兴点儿!"郭奇如说道。

　　林氏一把擦干眼泪:"是哩么,得高兴点儿。"她转身对毓秀道,"走,和先生一起看热闹去!"

　　毓秀一只手拉着郭奇如,一只手拉着母亲,一边出门一边高兴地喊着:"走喽,看热闹去喽!"

注:

　　①装火锅:绛州火锅别有风味。它不同于四川和北京等地的火锅,不是涮着吃,而是把白菜、豆腐、粉条、海带、丸子、酥肉、红烧肉等食材分层放入火锅内,家境好的还可以放入鱿鱼、海参及各种山珍,这个过程叫装火锅。火锅装好后,点燃炭火煮熟,掀盖后撒上葱丝即可上桌,可谓色泽诱人、香味扑鼻。

二十四

十年过去了。

李毓秀由当初的稚童成长为风度翩翩的青年，而林氏经历了十年磨难，变得白发苍苍、步履蹒跚，看起来要比同龄人苍老许多。

十年寒窗的磨砺，李毓秀的聪明才智得以充分发挥，学识大为增进，成为郭先生最为得意的门生。同期的私塾伙伴们，李毓秀年龄最小，然而只有他一个人连闯数关成为童生，年龄最大的黑老猪县试的第一场就被刷了下来。私塾伙伴和家长们很羡慕也很佩服李毓秀，都希望他能继续通过乡试、会试、殿试。郭奇如更是为李毓秀的才华感到自豪和骄傲，他认为所有弟子中，唯李毓秀可堪大用，将来一定能在殿试中金榜题名。

为了照顾林氏，从前年起，郭奇如不再让私塾孩子各家各户轮流管饭，改由各家出钱出粮，由林氏在私塾做饭，按月付给她一份工钱。为了让孩子们有更多的时间学习，他们的中午饭也在私塾一起吃。有了这份做饭的活儿，林氏不再需要到洗衣坊辛苦挣钱，她深知这是郭大哥对自己的关爱，因此对做饭的事十分尽心。除了做饭之外，林氏一有空就将私塾内外进行打扫，生活上的事情尽量不让郭先生操心,这样一来,郭奇如就有了更多的时间教孩子们做学问。

近一段时间,为了参加童试,毓秀每天只睡很短的时间,吃饭也是匆匆来过,夜以继日地背经典、写八股。

明儿个就要到城里参加童试了,按照先生的要求,毓秀在对经典进行最后的背诵与理解消化。

晚饭时间到了,孩子们下了学,各自回家去吃晚饭。林氏为郭先生做好晚饭,照例准备带着毓秀回家吃饭,刚到私塾门口,郭奇如叫住她:"毓秀妈,今儿个晚饭就别回去了,咱们一起吃吧。"

"郭大哥,我还是回家吃吧。"

"做了这么多,我一个人反正也吃不了,就别走了吧。"

"这饭是给您做的,吃不了留给私塾的孩子们吃,我吃不合适。"

"明儿个要去考试,就破这一次例,吃完饭正好我还可以再教教毓秀。"

"这例不能破,要教毓秀吃过饭再让他过来。"

"那这顿饭就算我请客,从我的奉金里扣就是了。"

"郭大哥,那就更不行了,您这么多年照顾我们母子俩,又教给毓秀这么好的学问,我们不孝敬您已经够难为情了,怎么好意思再让您破费?!"

"这一切都是我愿意做的,也是应该的。"郭奇如一向利索的嘴巴变得结巴起来,"……毓秀妈,我一直把毓秀当儿子看待,我……我们……"郭奇如想对林氏说,我们做一家人吧,可他怎么也说不出口,而是磕磕巴巴说道:"我们之间还……还用分那么清楚吗?"

尽管没有直接说出那句话,可郭奇如还是感到浑身发热,脸色很不自在。

郭奇如的话让林氏陷入深思之中。

这么多年，郭奇如一直没有续弦，他的心思林氏何尝不懂？丈夫去世十年来，要不是郭奇如照顾，别说供毓秀上学，母子俩能不能活下来都不好说。十年来，郭先生待毓秀比亲儿子还亲，对自己的关爱更是无微不至。人非草木，孰能无情？更何况林氏知书达理、感情丰富又懂得报恩，对郭奇如的一片深情怎会熟视无睹？她曾经无数次幻想着能与郭奇如结为夫妻，憧憬着与郭奇如相亲相爱、相敬如宾，一家三口人在一起其乐融融的日子，更有多少次梦中与郭奇如洞房花烛，醒来时幸福的泪水染湿了枕巾。然而，李家虽然败落了，但自己毕竟是"高门楼子"里出来的大户人家女人，哪能不守妇道，再嫁第二个男人？林氏一次次强压心中升起的希望之火，把对郭奇如的爱慕之情深深埋在心中。

这样的时刻，面对郭大哥热辣辣的眼睛，林氏多么渴望得到他的爱。她闭上眼睛准备投向郭奇如的怀抱……突然，林氏的眼前闪现出李家长辈们一副副令人心惊的面孔，阎罗殿中小鬼使劲拉锯，二婚女人被锯开的血淋淋场面浮现在眼前，她的眼眶里涌出了泪水："郭大哥，您的心意我领了……我……我下辈子做牛做马报答您！"

郭奇如近乎恳求般说道："难道就……"

林氏怕郭奇如再说出自己无法拒绝的话，赶紧打断他："郭大哥，不说了。"

郭奇如茫然了。

做完功课，毓秀准备随母亲回家吃饭，来到私塾门口，正巧看到母亲拒绝郭先生的尴尬场面。毓秀的心里开始翻江倒海，他想了很多很多……

早在正式拜郭先生为师之初，黑老猪与他的"哼哈二将"就曾多次趁郭先生不在的时候羞辱他,骂他是没爹的娃,毓秀为此伤透了心。

记得有一次先生让背诵《中庸》第十三章中的一段:"所求乎子,以事父,未能也;所求乎臣,以事君,未能也;所求乎弟,以事兄,未能也;所求乎朋友,先施之,未能也。庸德之行,庸言之谨;有所不足,不敢不勉;有余,不敢尽。言顾行,行顾言。君子胡不慥慥尔。

第一个背下来的是李毓秀,他不仅背得快,而且一字不差,非常流利,最后剩下的自然是黑老猪和他的"哼哈二将"。最差的是黑老猪,他连一句也背不下来,总是把"所求乎子,以事父"鼓捣不清楚,要么念成"所求乎子,以事乎",要么念成"所求父子,以事父",引得大伙儿一阵发笑。

事情过后,黑老猪不从自己身上找问题,而是找毓秀发泄。趁郭先生离开课堂出门办事的机会,他冲李毓秀吼道:"没爹的娃显什么能? 害得老子净出丑,以后不准背那么快,不然小心挨揍!"

黑老猪人高马大,又有"哼哈二将"护卫,私塾里的孩子从来没人敢当面顶撞他。以往对于黑老猪的辱骂,毓秀虽然感到委屈,可是见那么多比自己大的孩子都不敢惹他,也只能选择忍耐。今儿个面对黑老猪又一次无端的欺辱,毓秀实在是忍无可忍,他不知道哪里来的胆子,竟然冲着黑老猪顶撞道:"背不会文章怨你笨,管我什么事? 我就背得快,你管不着!"

黑老猪平日里被"抬举"惯了,何曾被"下边"这样对待过,他脸红得跟斗鸡的冠子一样,使劲抽了抽鼻子:"你个没爹的娃,反了你,想挨揍了吧!"

毓秀丝毫没有退缩,他冲黑老猪说道:"谁是没爹的娃,我有爹!"

黑老猪从自己的座位上走了出来,一边向毓秀靠近,一边抽着鼻子:"哼,你有爹?"

毓秀委屈到了极点,眼泪在眼眶里不住地打转转,他强撑着不让眼泪掉下来。伙伴们全都紧张地站了起来,为李毓秀捏着一把汗,生怕他挨揍。毓秀多么希望自己真有爹,多么希望他这时候出现在自己身后啊!

正在这时,只听有人大声说道:"他有爹!"

转身一看,原来是郭先生回来了。孩子们全都坐了下来,黑老猪赶紧乖乖地回到自己的座位上,郭先生接着说道:"大伙儿记着,以后谁也不准再说毓秀是没爹的娃,我就是他爹。"

长期失去父亲呵护的李毓秀,仿佛遇到了靠山,委屈的泪水似开了闸的水一样,唰唰唰流了下来,他大喊一声"先生!"随即放声号啕大哭。郭先生走过来,把毓秀紧紧揽入怀中。望着先生慈祥的面容,毓秀真想喊一声爹……

揉了揉湿润的眼睛,毓秀从回忆回到现实之中。看着眼前的情景,他真想对母亲说:"妈,我们跟郭先生成为一家人吧!"

然而,自幼接受封建道德与伦理教育,长期苦读孔孟经典,毓秀也难以冲破世俗的羁绊,难以说出那句话。

与母亲四眼相望,两人又一起把目光转向郭先生。十年前老韩叔离别前的一幕又出现了:三个人目光相遇,眼神中都在表达同一个意思,可谁也没有勇气把这个意思说出口。世俗犹如巨大的深渊,郭奇如、林氏和毓秀三人深陷其中不能自拔,一种莫名的痛苦同时袭上三人的心头。

郭先生首先打破了僵局,他对林氏说道:"既然您不愿意留下来吃饭,我也就不勉强,您带毓秀回去,吃过饭让他赶紧过来,我再给他叮嘱叮嘱。"

"好吧,不会很久的,我很快就让他过来。"

林氏抹了一把快要掉出眼眶的泪水,跟着毓秀回家去了。

二十五

　　话分两头,且说河对岸的狄淮松一家,这些年日子过得也不算太顺。先是他弟弟利用汾河又一次涨水的机会,想趁着黑夜移动与邻居家地里的界桩,结果被洪水冲进漩涡丢了性命。接着三个儿子又先后患上一种怪病,虽四处求医,但最后还是死了两个。剩下一个虽然没死,可因为用药过猛,变成了半憨子。村里人背后纷纷议论,说狄家这是不干好事,遭了天谴。

　　自从与李家发生过节之后,因怕遭报复,狄淮松一直关注着李家的情况。开始时听说李家的财产被抄没,伙计和丫鬟各自回了家,剩下李永顺妻子带着幼小的儿子住进了场院中,狄淮松心里踏实了好一阵子。近几年,听说李家后代李毓秀拜了名师郭奇如,他聪明好学,学识过人,狄淮松的心里开始不自在。近一段时间,又听说李毓秀通过了府试,再过了童试就要成为秀才,狄淮松心里由不自在变为难受,进而妒火中烧。十年前凭着金条摆平了州官老爷,让李家倾家荡产家破人亡,这仇恨李家是不会忘记的。自家如今只剩下一个半憨子,能娶妻生子为狄家延续香火就算二十四成了,别的肯定指望不上。而李毓秀倘若中了秀才, 就有了步入仕途的台阶,他一旦金榜题名做了高官,狄家的日子就该到头了。想到此,狄淮松心头一凉:不行,不能让李家这小子考中秀才。

考秀才凭的是学识与文章,可这聪明脑袋长在李毓秀头上,他想考上咱能有什么办法哩?狄淮松为此愁得觉也睡不着,饭也吃不香。最后他狠了狠心,干脆把李毓秀的脑袋搬掉算了!

狄淮松叫来管家,悄悄说明自己的意图。饱经世故的管家分明知道这是个馊主意,但他没有直接表示反对,而是顺着狄淮松的意思说道:“东家,做这种事情得有合适的人。”

“怎么讲?”

“这个人既要对狄家忠诚,肯为狄家担当,又要胆子大,敢办此事,还要脑袋瓜聪明,办完事不留把柄。”

“那你给找一个合适的人,办成了少不了你的好处。”

“东家,为咱们狄家办事是我分内的事,怎么能图好处哩?只是我跟外边的人接触不多,没有这方面的合适人选。”

“那怎么办哩?”

“东家,您走南闯北的,人脉那么广,还愁找不出个合适的人?”

狄淮松知道管家这是在敷衍自己,可又不好对他发火,沉思片刻他问管家道:“伙计二憨对咱狄家那可是忠心耿耿,胆子又大,你觉得他怎么样?”

“东家,请恕我直言,二憨做这事不合适?”

“为啥?”

“这二憨虽然胆子大,但做事太鲁莽,一定会在现场留下把柄,他前边做完事,后边官府的人可能就找过来了。”

狄淮松将了将几根稀疏的胡子,焦急地问道:“那咋办,到哪里去找合适的人?”

管家这才出主意道:“东家,我觉得杀人是下策,不如另想办法。"

"嗯？有啥好办法赶紧说。"

"您可以去找韩师爷,他一定有办法。"

狄淮松使劲一拍脑袋:"对,对对,我咋就忘了这个茬?"

与管家商量好了办法,狄淮松怀揣银子直奔州衙,找到了老朋友韩一刀。

韩一刀一见狄淮松迎头就是一顿臭骂:"你小子死哪去了?没听说李家那小子要考秀才么?等到哪一天他参加了殿试,你小子等着挨刀子吧!"

"韩师爷您别发火,我正是为此事来的。"

"嗯?"听狄淮松这样一说,韩一刀眨巴着一双昏花的小眼睛,口气略为缓和了一些,"你真是为此事而来?"

"真是为此事来的。"

"你小子还算不憨。"

"那要看跟谁比,跟您韩师爷比我就是憨憨,一个大憨憨。"

"行了,你小子就会奉承我,不过也奉承不了几天了。"韩一刀咳嗽几声,眨眨小眼睛,"我老了,眼看就要告老还乡,再过两年恐怕就帮不上你的忙了,咱们能挡他一阵是一阵,挡他一年是一年吧。"

熟门熟路,狄淮松从怀里掏出银子递给韩一刀:"师爷,这事我不知道该从何下手,只能拜托您。"

韩一刀眨巴着小眼睛:"行,你不用管了,我想办法。"

再说李毓秀这边,他一早辞别郭先生和母亲,带着笔墨砚台起身往绛州城里去赶考。正低头走路,忽然听见路旁传来清脆的叫声:"毓秀哥,等一下!"

毓秀听出是香荷的声音,抬头一看,果然是城儿里的香荷妹子。

香荷红扑扑的脸上带着微笑，手里拿着两个熟鸭蛋冲毓秀说道："毓秀哥，这两个鸭蛋您带上。"

香荷时年已经出落成亭亭少女。她心地善良、聪明伶俐，渴望像男孩子一样到私塾读书识字，但因为家里穷，再说也没有女孩子在私塾读书，故而只能时常到私塾旁听郭先生讲课。在私塾中，香荷最崇拜的自然是聪明的毓秀哥。先生不在的时候，香荷总是向毓秀讨教，毓秀每次都会认真回答她的问题，两人关系十分要好。知道毓秀要去城里参加考试，香荷心想我得为毓秀哥做点啥才是。听人说吃了野鸭蛋能够心想事成，飞得高，看得远，于是前一天特地到河滩里转了好多地方，捡了两个野鸭蛋，早早煮熟了在村口等着他。

见香荷捧着两个鸭蛋，毓秀奇怪地问道："香荷，你哪来的鸭蛋？"

"这不是鸭蛋，是野鸭蛋，是我专门从河滩里为你捡的。"

知道香荷家里穷，她父亲又常年患病，鸭蛋对他们家太珍贵了，毓秀推辞道："我已经带了煮鸡蛋，这野鸭蛋留着给你爹吃吧。"

"没听说吃了野鸭蛋能展翅高飞吗？这野鸭蛋一定要给你吃，吃了它你就能高中秀才，飞黄腾达！"

毓秀心想这香荷小小年纪真有心计，难得她一片真心，于是接过鸭蛋："那就谢谢妹子了！"

"这点小事谢什么?!"香荷接着不无骄傲又不失时机地问毓秀道，"毓秀哥，您说我这'展翅高飞''飞黄腾达'用的是地方吗？"

毓秀不得不佩服香荷的聪明："你只是旁听先生讲课，竟然能遣词造句，好好学吧，将来一定能成为女状元！"

被毓秀这样一夸，香荷不好意思地说道："我成什么状元，只要你能考中状元香荷就高兴了。"

"我说的是真话,以你的聪明,确实具备考状元的潜质,只可惜你是个女娃。"

"我说的也是真心话,我只希望你能考上状元!"

"好,那你就等着听我的好消息吧!"

告别了香荷,毓秀脚步匆匆往城里而去。远远看见高高的龙兴塔,毓秀觉得它是那么的巍峨,那么的亲切。想着自己跟郭先生学了这么多学问,一定能考中秀才,将来还要考举人、考进士、中状元。想着想着,毓秀仿佛感觉自己高大了起来,高得像龙兴宝塔一样巍峨。来到贡院门口,因时间还早,贡院大门没有开启。参加考试的童生大都还没有到场, 只有一两个人靠在门前的石狮子上默默背书,毓秀也找了个地方坐下来,默念先生教过的经典。

过了一会儿,前来参加考试的童生逐渐多起来,人们开始往大门跟前拥挤。毓秀随着人群来到大门前,一伙人眼巴巴望着贡院的红漆大门,等着衙役开门。

过了好久,贡院大门终于开了, 几个衙役在大门口大声吆喝着,要大伙排好队进门。童生们排成一队跟在衙役后边,来到了贡院的二道门前,准备接受搜身检查。

进了二道门就是考场。按照要求,除了考试必需的笔墨砚台外,书本和纸张一律不准带入此门。进门前,童生们要把随身带的文具放到门口的桌子上,让监考官检查,而后伸开双臂,接受搜身。

搜查在有条不紊地进行着。

突然,监考官从一个童生身上搜出一卷纸张,打开一看,全是用蝇头小楷书写的经典名句。监考官正要发作,只见一位绅士模样的人走了过来,悄悄向在场的监考官每人塞了个小包,监考官随即对那位童生说道:"以后做事情小心点!"说完便放他进去了。

查着查着,监考官又从一位童生身上搜出一张纸片。监考官举着纸片对那位童生吼道:"这是啥东西，嗯，不知道考试不能带夹带？你他X的想挨板子了吧!"

童生被吓傻了,脸色一下子变得煞白,站在原地不停地哆嗦。

另一个监考官走过来吼道:"还杵在这里干什么，真想挨板子么？还不快滚!"说着照童生的屁股踹了一脚。

童生总算被踹醒了,拔脚就跑,监考官在后边吼道:"拿走你的烂东西!"一边说一边把他的东西扔了过去,童生慌慌张张从地上收起自己的笔墨砚台,狼狈地离开了。

目睹了这一幕,从来没有考试做过弊的李毓秀心里一阵紧张,仿佛这一切发生在自己身上似的,一颗心简直快要跳出胸膛。正在心慌之时,只见一个衙役走过来,对搜身的监考官说了些什么,监考官看了看自己,又点了点头。毓秀心里一阵紧张,莫非他们怀疑自己有夹带？这不可能! 自己一向遵循郭先生的教诲,考试靠自己的真本事,不搞邪门歪道。那他们为什么要指点自己哩？毓秀下意识地把自己的文具重新查看了一遍，又把全身的衣裳仔细摸了一遍,没有发现一点纸片。他反复问自己,还有哪儿没想到？对,还有鞋袜,他赶紧找个地方坐下,把鞋袜脱下来检查了一遍,确信连一点碎纸屑都没有,这才放下心来。他不敢再看周围的一切,闭着眼睛站在队伍后边静静等候。

总算挨到毓秀了,一个监考官大声吼道:"往前走! 挨上你了。"另一个监考官呵斥道:"都这会了,还睡得着？"

毓秀哪敢争辩,赶紧把自己的文具放到桌子上,接着张开双臂等着搜身。监考官先把毓秀全身仔细摸了一遍,又逐个翻开他的衣兜,然后让他解开衣裳扣子,把衣服缝隙所有针脚捏了一遍。毓秀自知没有任何夹带,搜得越仔细反倒越感到坦然,一颗紧张的心慢慢平静下来。搜身完毕,正准备离开,没想到负责检查文具的监考官突然大叫："有夹带！"

毓秀的脑袋"嗡"的一声蒙了，他定了定神朝自己的文具看去，只见那位监考官果然从砚台盒子里摸出一张纸条。

监考官举起纸条朝毓秀晃了晃："你好大胆，竟敢藏夹带，说！你上一次考试是不是也藏了夹带？"

毓秀又紧张又气愤，上下嘴唇哆嗦着，话不成句："大……大人，我……我……我没有夹……夹带，以前也……也没……没……没有夹带。"

监考官晃动着手里的纸条："铁证如山，你还敢抵赖，是想挨板子？来，打他二十板子。"

边上一位衙役踢了毓秀一脚："赶紧滚吧，等挨板子吗？"

另一位衙役随即拉着李毓秀来到贡院大门口，使劲把他往门外一推："滚滚滚，赶紧滚吧。"

毓秀被推了个狗吃屎，浑身是土，嘴角磕出了血。他挣扎着从地上爬起来，还没回过神，贡院的大门已经关上了。这一切来得太突然，毓秀不知所措，想要敲门，手举到空中却无力地落了下来。

出了贡院巷口，毓秀失落地顺着龙兴大街往北走，再瞅瞅远处高耸的龙兴塔，感到自己原来这么渺小。

二十六

再说林氏这边,目送着儿子前去考试,心里别提有多高兴。按照郭奇如的说法,他一定会有金榜题名、功成名就的一天。想着儿子顺利考秀才、考举人、中进士、做高官的情景,林氏心里好不舒畅。

回到屋里,林氏仍然无法抑制兴奋的心情。她思谋着,等毓秀当了大官,一定要赎回李家大院,不,要盖一座比李家以前更大、更好的院落,再为儿子娶个好媳妇,为自己生一大堆孙子……林氏像喝了一罐蜂蜜一样,心里甜滋滋的。

正想着心事,突然间房门咣当一声被推开了,毓秀灰头土脸走了进来。

"毓秀,你不是去考试了吗? 咋这么早就回来了?"林氏惊奇地问道。

毓秀两眼发呆,一句话也不说,林氏更急了:"毓秀,毓秀你说话呀,出啥事了?"

毓秀半天不吭声,突然,他抱住母亲"哇"的一声放声大哭。

见儿子这般伤心,林氏猜到他一定遭遇了天大的委屈,遂一边帮儿子擦眼泪一边问道:"到底出了啥事,快跟妈说。"

好半天毓秀才止住了哭,他断断续续向母亲诉说了在贡院的遭遇。

听毓秀说了事情经过,林氏百思不得其解。常言道,知儿莫若母,毓秀是何等人,林氏自然清楚,他不可能携夹带进考场。她好像在问毓秀,又好似自言自语地说道:"那砚台盒里的纸条是从哪里来的,难道是自己长出来的?"

"回家的路上我也在想这个问题,一直想不明白。笔墨砚台我提前都看过了,干干净净的啥也没有,不知咋的他们就搜出了纸条。"

林氏想来想去想不出个所以然,便对儿子说道:"这事也真是奇怪,要不你去问问郭先生,看看到底是咋回事?"

"妈,你跟我一块去吧,我不好意思去见先生。"

"你又不是真作弊了,有啥不好意思的,去吧。"

"妈,您还是跟我一起去吧。"

"好,那咱就一起去。"

林氏和毓秀两人一起来到私塾,毓秀向先生诉说了事情的经过,郭奇如十分肯定地说道:"这一定是有人做了手脚,陷害毓秀。"

"啊!原来是这样。"林氏恍然大悟,她指了指南边,"会不会是河对岸……"

"虽然不能确定是谁干的,但肯定与他们有关。"

"那我们该怎么办,毓秀的功名难道就完了吗?"

"完不了!只不过迟两年罢了,只要我们学问深,迟早会有机会。"

因怕影响毓秀的学业,林氏和郭奇如之前并没有跟他讲过狄家的事情,毓秀因而不知道母亲和先生说的事,他似懂非懂地问道："先生，我又没惹过人，为啥有人要害我？"

郭先生意味深长地说道："这世上的人五花八门，有的人不会因为你不惹他，他就不惹你，以后要学会应付各种人、各种事。"

"那我下一步该怎么办？"

"我原计划等你参加完乡试再带你去游学，看样子得改变计划，提前走这一步。出去走一走，你可以脱开为师的束缚，向更多的大家学习，这对你的成长是有好处的。"郭先生自信地望着毓秀说道，"等机会好了咱们再回来参加考试，相信你这块金子总有发光的时候！"

毓秀早就盼望着有机会跟先生出去走走，如今这愿望真要实现了，他却开始犹豫，因为他放心不下母亲。

见毓秀犹豫不决的样子，林氏自然知道他在想什么，便鼓励儿子道："去吧，跟先生出去长长见识，对你有好处，妈还年轻，一个人生活得了，不用你担心。"

就这样，毓秀跟着郭先生开始了自己的游学之旅。两年里，他跟着郭先生走遍了晋南各县，见识了各阶层人士，对社会有了较为深刻的了解。通过游学，不仅学到了郭先生的知识精髓，对人生的认识也有了飞跃，并逐渐与郭先生趋于一统。

两年之后，又要举行童试了。

河对岸的狄淮松死了，苍天为李毓秀扫清了功名路上的一道障碍。

狄淮松咋死的？还真是苍天有眼，真应了那句"善有善报，恶有恶报"的谚语。

当初李永福的尸体从河里捞回来之后，为了掩藏尸体，狄淮松颇费了一番脑筋。经过反复考虑，他想到了一个自认为绝密的地方。支走了所有人，只留下伙计二憨，两人把尸体抬到自家后院，扔进红薯窖子里，窖子口用一块废弃的石磨盘盖上，此后再没有用过这个窖子。

事有凑巧，半年前，狄淮松的憨憨娃在窖子口玩铜钱，一不小心铜钱从磨盘中间的小孔掉进了窖子。这憨憨也怪，给别的铜钱他一概不要，非要掉进去的那一枚。因主子有交代，任何人不准动石磨盘，下人只好去请示狄淮松。狄淮松虽然横，可对憨憨娃却是百依百顺。为不被人发现，狄淮松支开下人，自己把磨盘移开，下去为儿子取铜钱。其实狄淮松下窖子还有另一个目的，就是想看看李家老二的尸体是否已经烂掉，果真那样，他也就少了一桩心病。

因红薯窖子长期废置不用，加上李永福尸体长期烂在里边，窖子里瘴气熏天。狄淮松下到窖子里，立时就没了知觉，等到家人发现时，他已死去多时。因为心里有鬼，狄家对外只说是狄淮松患急病死了，而后匆匆埋掉了事。

打听到狄淮松已死，郭先生赶紧带着李毓秀赶了回来，希望他一举成功，考上秀才。

有了上次的教训，林氏决定亲自送儿子去贡院参加考试。她天不明就和毓秀吃过早饭，然后相跟着到私塾去跟郭先生道别。到了私塾一看，郭先生早就做好了进城的准备，他也想送毓秀去考试。见两个人都要送自己去考试，毓秀心里过意不去，便对母亲和郭先生说道："我长这么大了，能管得了自己，你们两个都别去了，就在家里等着好消息吧。"然而，不管毓秀怎么说，两人都坚持要跟着去城里，毓秀拗不过母亲和先生，三个人于是相跟着一同往城里而去。

贡院大门打开了，童生们排成一队开始进入考场。林氏和郭先生站在贡院大门口，眼瞅着毓秀一步步进了大门，然后向二道门走去。

大门口挤满了家长,一个个翘首相望,想看看自家孩子进入考场的情景。所有家长中只有林氏一个女人,在一群拥挤的男人堆里她是那么的瘦小,根本看不到大门里边的情形。林氏紧拉着郭奇如的手,试图借他的力量站得高一点,能看看儿子。只可惜所有人都是一个想法,都想站得更高一点,林氏再怎么努力,也只能看见一个个后脑勺,她焦急地不断问郭奇如:"郭大哥,毓秀进去了吗?"

郭先生一脸的焦虑,一遍遍回答林氏:"还没有哩。"

终于,郭奇如的脸上露出了笑容:"进去了,进去了!"

"是吗?您看清了吗?毓秀真进去了?"

"看清了,真进去了。"

毓秀总算顺利进了考场,郭奇如这才发现林氏的手冰凉冰凉的,像是刚从冰天雪地里归来一般。林氏瞥了郭奇如一眼,发现他的脸上渗出一层细密的汗珠。

童试结果出来了。

李毓秀凭借扎实的知识功底,又有着游学的丰富人生阅历,文章出奇得好,在所有参加考试的童生中名列第一,成为四邻八乡人人羡慕的秀才。

获知毓秀中秀才的确切消息,林氏突感一阵从未有过的困意,她一头栽倒在炕上睡着了。

过了许久,林氏被一阵嘈杂声惊醒。睁眼一看,郭先生和一帮街坊邻居挤满了屋子,一帮年轻人正在门外燃放鞭炮。林氏赶紧从炕上爬起来招呼大家坐下。大伙儿都夸毓秀聪明,夸他为周庄争了光,说他下一步一定能考中举人。城儿里二娃打断大伙的话:"照毓秀这聪明劲,何止中举人,他一定能考中进士。"他问身旁的郭奇如:"郭先生,您是毓秀的先生,我说得对吗?"

郭奇如回答道:"依他的才学,中状元也完全有可能。"

　　郭先生的话令乡亲们一阵兴奋，私塾的伙伴们更是为毓秀高兴，勤生惊叹道："哇！我们姬庄要出状元了，出大官了！"

　　文良拉着毓秀叮嘱道："你要是当了大官，我们都去你手下做事。"说着话似乎想到了什么，只见他在人群中瞅了一遍，没发现黄金彪，这才接着说道："想当初黑老猪欺负你，我们可是向着你的，你可不能忘了我们。"

　　毓秀谦虚地说道："当什么大官，那都是没影的事。"

　　香荷爹纠正他道："怎么能说是没影的事，一定能成！"

　　乡亲们也都附和着，说毓秀一定能中举人、中进士，能当大官。

　　郭先生深为自己当初慧眼识才之举感到庆幸，他叫过毓秀叮嘱道："考中秀才只是第一步，后面的路还很长，记住，'吃得苦中苦，方为人上人'，下一步要更加努力才能成功。"

　　毓秀恭敬地回答道："先生，我记住了，我一定会加倍努力，不会让您失望。"

　　事情常常是一顺百顺。因看中毓秀的人品，邻村侯庄陈家甘愿不要聘礼把自家姑娘嫁给他。想起老韩叔当年说过的话，儿子结婚是一辈子的大事，不送给陈家一点聘礼实在过意不去，林氏把自己的一副金耳环送给了陈家姑娘。

　　毓秀的新婚妻子名叫陈凤英，出身书香之家，受家庭熏陶，粗通文墨，能赋诗作画。她不仅人长得漂亮，而且聪明贤惠，两人的新婚生活十分甜蜜。

　　婚后不久，李毓秀便跟着郭先生继续研习学问，准备考取举人。凤英不仅在生活上对毓秀百般照顾，还与他一起研习诗词文章。这样一来，李毓秀的学问提高得更快了，郭先生和林氏都为毓秀找到这样的好媳妇而高兴，对毓秀的前程更加充满信心。

二十七

李永顺屈死多年,郭奇如一直没有忘记朋友的托付,把为他申冤的事情记挂在心头。

作为一个有思想的学者,郭奇如从一开始就对清朝皇帝强行推广满族文化的行为有看法。让中原男人穿长袍马褂,留辫子,让中原女人梳满族头饰,还让汉人学习满文,太不可理喻了。什么"留头不留发,留发不留头",更是野蛮至极。在那样的社会环境下,全国不知造成了多少冤案。李永顺被冤枉,虽然有恶徒陷害,但如果不是当时的社会氛围,也形不成那样的奇冤。要想保持国家长治久安,朝廷不能再强推满族文化,而应把满族文化融入汉族文化当中。好友李永顺在世时,郭奇如就多次同他一起交换过看法,准备联名上书朝廷言明此情,可惜他冤死了。

李家冤案发生后,更坚定了郭奇如上书朝廷的决心。他开始酝酿写上诉书,决心利用手中的笔,为好朋友申冤,为所有被无辜迫害与残杀的汉族士子申冤。花了很多精力,逐段推敲,字斟句酌,几易其稿,终于完成了此事。在上诉书中,他详述了李家蒙冤的经过,并列举了大量被冤屈的汉族士子的事实,希望能够帮助朝廷纠正错误,为被冤屈者平反昭雪。因上诉书直陈朝廷弊端,有犯上的嫌疑,郭奇如决定先把它藏起来,当社会环境适合时再向官府呈送。为保险起见,他把上诉书交由林氏保管。

写上诉书的事情尽管做得十分隐秘,但还是有人知道。是谁?这个人就是黄金彪。

多年前的一天,黑老猪趁郭先生外出的机会,一个人悄悄溜到先生房间里转悠。本来想偷点碎银子,没想到拉开抽屉后没有找到银子,却发现了郭先生所写的上诉书。出于好奇,黑老猪把上诉书浏览了一遍,虽然学问不好,但其中的意思大概还看得懂。上诉书内容令黑老猪惊奇,好你个郭奇如,竟敢同情罪犯,抨击朝廷?这事要是让官府知道了,肯定是谋反罪,是要株连九族的。他心里琢磨,我得把这东西偷走,以后先生再打我板子,就用这事吓唬他。正准备下手,恰巧勤生来先生房间取东西,黑老猪赶紧合上抽屉,假装没事一样离开了。等到他再次找机会到郭先生房间时,上诉书已经不见了,但这件事在黑老猪的脑子里留下了深刻的印象。

连着参加了几次考试,黑老猪始终考不出个名堂,他爹也不再对他参加科举抱啥希望,便决定让他早点成家,延续黄家香火。为了早得孙子,也为了能管得住浪荡儿子,金彪爹托媒婆找了一个比黑老猪大三岁,又五大三粗的胡家女子给他做媳妇。两人结婚后,妻子胡氏虽然彪悍,然总不能老跟着黑老猪,他仗着家里有钱,经常在外边寻花问柳、偷鸡摸狗,乡间甚至还有他暗中勾结土匪,打劫钱财的传说。

李毓秀结婚时,黑老猪的儿子已经好几岁了,他恶习不改,且愈演愈烈。见毓秀的新娘子陈凤英又漂亮又贤惠,黑老猪越发感到自己的妻子丑陋无比。别人娶个漂亮媳妇也就罢了,偏偏这个当初总与自己过不去的李毓秀,家里穷得叮当响,竟然有那么可心的美人能看上他,黑老猪打心眼里羡慕嫉妒恨。他做梦都想着对凤英图谋不轨,只可惜没有机会下手。日思夜想,黑老猪想到了郭奇如当初为李家写上诉书的事,一个罪恶的阴谋在他淫邪的胸膛里形成了。

李毓秀啊李毓秀,你的妻子知书达理,应该知道谋反罪的轻重,只要上诉书到了我手里,她岂敢不听我摆弄?!

黑老猪思谋着,对,就这么办,尽快找到上诉书。

上诉书这么隐秘的东西,郭奇如把它藏到哪里了?

黑老猪绞尽脑汁,仔细分析了一番。私塾人多眼杂,不是藏上诉书的地方。毓秀结婚后,林氏晚间睡在私塾的柴房里,那里边啥家具都没有,应该也不会藏上诉书。看来只有一种可能,上诉书藏在李家那两间破屋里。想到此,黑老猪心里一阵窃喜。李家就鸡窝大那么一块地方,要想找到上诉书应该比较容易,只要有机会去李家,一定能如愿。此后,他经常在李家周围转悠,伺机进入屋内行窃。

近一段时间,因为乡试临近,李毓秀经常与郭先生在私塾内通宵达旦研习学问,黑老猪感觉时机到了。

这一天,眼见得李毓秀出门往私塾方向而去,又看见林氏和儿媳陈凤英端着洗衣盆出了门,应该是到村内的池塘洗衣裳去了。估计他们一时半会回不来,黑老猪便悄悄撬开李家房门,溜进了屋子。

李家并没有什么像样的家具,黑老猪很快就把屋里翻了个底朝天,可惜并未找到他想要的东西。黑老猪急得猴急火燎一般,一双贼眼骨碌碌在屋内扫视,想看看还有什么地方可以藏东西。突然,他发现炕头边墙壁中间挂着一幅年画,上前轻轻一掀,发现后边的砖块是活动的。拿开砖块,有一个小方洞,洞内有一个小木盒子,还有一个小布袋。稍作思索,黑老猪估计上诉书应该在盒子里。他按捺着心头的激动,从洞里取出小木盒,打开一看,上诉书赫然在目。本来还想看一下布袋里有啥东西,却听见门外有动静,黑老猪赶紧躲在了门后边。

这时,有人来到李家屋门前,原来是陈凤英回家取东西。到了家门口,她发现房门虚掩着,心里不由得一阵紧张:莫非家中有贼人光顾?凤英赶紧推门进屋,果然发现家里一片狼藉。还没等凤英回过神来,突然听到身后有人说话,她差点被吓得背过气去。回头一看,一个陌生男子站在身后,凤英惊慌地问道:"你是谁,来我家干什么?"

贼人晃动着手中的上诉书,一双淫邪的眼睛瞪着陈凤英说道:"哥自我介绍一下,我叫黄金彪,跟毓秀原来在一个私塾上学,听说我那个小同窗的老婆人长得漂亮,特地来看看到底是真是假。"说完一阵浪笑。

黑老猪的笑声让凤英毛骨悚然,她硬着头皮说道:"既然是同窗,就应该懂得做人的道理,怎么能在朋友不在时擅入别人家?请你把东西放下,赶紧走人,不然我可要喊人了。"

黑老猪并不慌张,他冷笑道:"哼哼哼,放下东西走人?休想!"接着抖抖手里的东西:"这盒子里放着什么你应该知道。"黑老猪提高了嗓门:"上诉书!居然敢抨击当今朝廷,这可是株连九族的死罪,这罪证如今落到我的手里,你说,该怎么办?"

婆婆林氏曾叮嘱过上诉书的事情,凤英心里明白,这事一旦报官,李家将面临灭顶之灾。想到这里,她只好同黑老猪周旋道:"上诉书只不过是想为李家的事情鸣不平,何谈抨击朝廷?请你看在同窗的份儿上,把东西放下赶紧离开,我也不报官说你偷东西,咱们两不相干。"

"你想得也太轻松了。"

"那你想要干啥？"

黑老猪色眯眯地望着凤英："干啥？你陪哥睡一觉，我保证不把这事说出去，咱们就算两清了。"

听贼人说出这样无耻的话语，凤英顿感又羞又恨，她气愤地说道："你大白天偷人家东西，还说出这样没有廉耻的话，就不怕造孽吗？"

"我造什么孽啦？我这是帮助朝廷捉拿反贼，这东西要是报到知州衙门，官府会奖励我，我就是朝廷功臣。"黑老猪一副得意的腔调，"到时候我发大财，你们全家可就倒霉喽！"

想想上诉书交给官府的后果，凤英心里一阵紧张，半天说不出话来。

见凤英沉默无语，黑老猪知道自己的话起了作用，遂接着逼凤英道："这要是放在别人，求我都不答应，可是……哥对你就不一样了。"他抽抽鼻子："怎么样，这买卖能做吧？"

怎样才能赶走恶徒，自己又能全身而退？凤英苦苦思索着对策。

黑老猪语气咄咄逼人："你快表个态，跟我睡觉行不行？不行我就走人，回头你再找我可就不好办了。"见凤英不言语，他上前一步接着说道："怎么样，想好了吧！"边说边拉住了凤英的手。

凤英气愤之极，趁黑老猪分神之际，一把夺下小木盒，怒斥黑老猪道："你这个恶贼，痴心妄想！"

黑老猪没想到凤英会来这一招，赶紧上前抢夺木盒。陈凤英哪里肯给他，两手把小木盒紧紧抱在怀中，任凭黑老猪怎么用力也掰不开她的手。这时，隐约听到林氏在远处喊凤英的名字。黑老猪急了，从怀中掏出尖刀，对着凤英胸口猛刺一刀，凤英尖叫一声倒在地上,鲜血染红了小木盒。

看见鲜血从凤英胸口喷涌而出,黑老猪知道闯了大祸,心里一阵紧张。三十六计走为上,赶紧逃吧。就在跨出门槛的一瞬间,黑老猪忽然想到,这上诉书得拿走,万一将来吃了官司,肯定会有用处。

对! 一定要把它拿走。

黑老猪返身回来,奋力掰开凤英的手,取出小木盒夺门而逃,临走还不忘扯下凤英的一对金耳环。

二十八

话说黑老猪急匆匆逃回家，迎头撞见了母亲韩氏。

见儿子急匆匆的样子，又见他身上喷溅的斑斑血迹，韩氏料定他又闯了祸，遂赶紧把他拉进卧室细问缘由。黑老猪自知杀人理亏，官府一旦追究下来，恐怕小命难保，赶紧跪在地上一把鼻涕一把泪说明事情的经过，并求母亲救救自己。

听金彪言明情况，韩氏觉得事关重大，赶紧带他到客厅找丈夫商量。金彪爹一听儿子做出这样的龌龊事，气得两眼冒火，他脱下脚上的鞋照着黑老猪打去，一边打一边骂道："你个不要脸的东西，咋就这么不争气？你没老婆么，嗯？为啥还要偷别人的老婆？"

黑老猪一边躲闪一边不知羞耻地辩解着："你给我娶的那是啥老婆，又黑又粗又不识字，哪比得上人家凤英，聪明、漂亮又识字，能帮着男人做学问。"

金彪爹一听更加生气："你上了那么多年私塾，大字识不了几个，还嫌老婆不识字，娶老婆是要她给你缝衣做饭生孩子，不是要她教你认字的。"

黑老猪腿快脚快，金彪爹哪里追得上，他扬着一只鞋挥来挥去,怎么也打不到黑老猪。越是打不到,金彪爹就越是生气,越生气就越想打到黑老猪。顽劣的黑老猪哪里肯让爹打到自己,左躲右闪就是不让他靠近。就这样,黑老猪在前边跑着躲着,他爹在后边骂着追着,两人在房间里玩起了猫捉老鼠。韩氏见丈夫越打越来气,赶紧拉住他道:"他爹,你这会打他有什么用,别再吵吵嚷嚷地让邻居听见。"

金彪爹想想也是,便不再大声叱骂。他穿好鞋子,生气地瞪着黑老猪。黑老猪见爹不再追打自己,反倒硬气起来:"事情已经做下了,你们看着办吧,大不了官府把我抓去,杀头抵命。"

"你……你……"金彪爹又要发作,韩氏一把按住他:"别再跟他较劲了,赶紧想办法吧。"

金彪爹嫌儿子碍眼,怒气冲冲地骂道:"快你妈 X 滚开!"

黑老猪灰溜溜地走了,金彪爹同妻子商量道:"事到如今,能有啥好办法? 只有你去求他舅舅,看看该咋办。"

"老去求我哥,我都不好意思了。"

"不好意思也得去找,谁让他是娃的亲舅舅哩。"

"这一次不同以往,贵儿杀了人,这可是死罪,万一他不肯帮这个忙哩?"

"你先说好话,若肯帮忙啥也不说,万一他不肯帮忙,你就把他跟狄淮松的事情说出来。"

"咱家的事还完不了哩,说人家的事干啥?"

"说他家的事是为了办咱们家的事。"

韩氏一脸茫然,不解地问道:"啥意思?"

"你跟他说,如果不肯帮忙,就去上边告他和狄淮松的事。"

"你胡说!"韩氏反驳道,"那样我哥就完了,金彪也完了,我们两家都完了。"

金彪爹埋怨道："你咋就不明白哩，是让你吓唬他，又不是真去告他。"

韩氏终于醒悟过来："哦，明白了，就这么办。"

事不宜迟，金彪爹赶紧套好轿车，拉着韩氏去找金彪舅舅。

这黑老猪舅舅不是别人，正是州衙师爷韩一刀。来到州衙门口，金彪爹没有进去，只让妻子一人去找大舅哥。

韩一刀听妹子说明来意，气得浑身哆嗦，一双小眼睛眨巴得更快了："你生的这是什么娃，就不能让人省一点心！我老了，眼看就要告老还乡，管不了你们家的事了，你自己想办法吧。"

韩一刀一阵咳嗽，坐在椅子上喘着粗气。

韩氏赶紧帮哥哥捶捶背："哥，贵儿他再不好也是您的亲外甥不是。"

韩一刀余怒未消："亲外甥咋了，少跟我说这些，我不愿意听！"

"哥，这全绛州的人都知道您能耐大，有事都找您帮忙，您帮了别人那么多忙，这亲外甥的忙总不能不帮吧？"

"少给我戴高帽子！这回你家的事我是真管不了。"

韩氏见说不动哥哥，急得直掉眼泪："哥，我就这么一个宝贝儿子，他要是被抓起来，那肯定是死罪，那……那我还有什么活头，我……我……您要是真不管，我就吊死在您这儿。"

韩氏还真是动了真情，说着话她开始在韩一刀的房间里找绳子，想以死要挟亲哥哥。

原以为这一招能感动哥哥，没想到韩一刀根本不为所动："要死回家去死，别脏了这地方，绳子有的是，我立马让人给你送去！"

韩氏近乎绝望地哀求道："哥，您的心难道就这么硬，就不能帮一帮亲妹子？"

"你们家的破事我管的还少吗？你那个不争气的儿子三天两头

惹事,不是跟人打架,就是撩逗人家大姑娘小媳妇,再不就是偷人
摸人,害得我三天两头为他擦屁股。单是这些倒还罢了,他还和土
匪勾结糟害良民百姓,这些话都传到我耳朵里了。"韩一刀越说越
来气,"就说这一次,他又犯浑,自己有老婆,为啥要干那让人不齿
的事?吁……气死我了!"

"哥,您说的这些我都知道,我们全家都记着您的好处哩。话说
回来,这一切不都因为我们是亲兄妹嘛!人常说'亲不亲,骨肉亲,
打断骨头连着筋',哥,贵儿的事您要是不管,他肯定是死罪,您就
再帮亲妹子一次,救救贵儿吧!"

韩一刀闭着眼睛有气无力地说道:"过去他惹了那么多的事,
我都帮他摆平了,可这次他犯的是杀人重罪,这个忙我帮不了。"

见哥哥软硬不吃,韩氏只好按照事先和丈夫想好的招数出牌,
她试探道:"哥,这样的忙你也不是没帮过,为啥到自己家人身上就
不行了?"

韩一刀自以为精于算计,做事情不会留下破绽,他稳稳地靠在
太师椅上,闭着眼睛问道:"这话从何说起,我帮了谁家的忙了?"

"河对岸的狄家。"

韩一刀坐不住了,他坐起来问韩氏:"你……你听谁说的,这纯
属子虚乌有!"

"我一点都没有胡说,当初狄家的人打死了李永福,狄淮松送
了你金条,你才帮着他说话,把白的说成黑的,黑的说成白的,致使
李家倾家荡产、家破人亡。"

韩一刀原以为这一切神不知鬼不觉,没料想连自己的妹子都
知道得这么详细,只惊得浑身冒出了虚汗,他赶紧捂住韩氏的嘴:
"别说了,快别说了。"

韩氏挣脱韩一刀的手:"为啥不说,我就要说!你帮狄淮松的忙

还不是因为他给了你金条？要是嫌我没送你东西,就请明说。"韩氏从怀里掏出儿子抢来的金耳环往韩一刀面前的桌子上一拍:"这是李家祖传的宝贝,给你!"

韩一刀判断,这耳环一定是赃物,他拿起耳环一把塞到韩氏手里:"这我可坚决不要!"

"怎么,你是嫌少?那我这就回去卖房子卖地,换金条给你!"

"你……你……"韩一刀的嘴变得不利索了,"我……我不是这个意思!"

"那你是啥意思?"韩氏见这一招起了作用,于是一不做二不休,打出了撒手锏,"好,你既然不仁,妹子我只能不义,我要到上边去告你,要不我把这事告诉李毓秀,等他将来当了大官找你算账。"

韩一刀彻底软了下来,他扶韩氏坐到自己的椅子上:"我的姑奶奶,你别说了好不好,哥帮你还不行吗?"

"您要早这么说不就得了,何必让我多费口舌哩?"

韩一刀担心地问道:"狄家的事,除了你还有谁知道?"

"这事四邻八乡都传遍了,老百姓都知道,只有李家的人被蒙在鼓里,不知道详情。"

"他们是怎么知道的?"

"还不是您那个好朋友狄淮松自己说的嘛,他不说谁会知道?"

韩一刀眨巴着小眼睛:"狄淮松这个坏尿,真不是个东西,得了便宜还卖乖,早知道他是这样的人,说啥也不会帮他的忙。"

"我就说嘛,帮忙还是要帮自家人,自家人啥时候也不会胡说。"

韩一刀庆幸道:"真是办了一件蠢事,好在狄淮松那小子已死,死无对证,这是老天爷在帮你哥的忙啊!"

"哥,这么说那事是真的啦?那……"

韩一刀打断韩氏的话："这种话以后不准再说，尤其是不能让李家的人知道，再有人说起这事，就说那都是没影的事，是瞎猜测。李毓秀已经考中秀才，以后做啥官还未可知，要是让他知道了详情，那可不得了。"

"哥，我知道这事该怎么做，刚才我是被您逼急了才那样说的。"

韩一刀嗔怪道："你就是个小冤家，我这辈子算是欠下你的了。"

"哥，那贵儿这事……"

"金彪在李家除了杀人，还拿了些啥东西？"韩一刀问道。

"还有两个金耳环，再就是这个木盒子。"韩氏递上金彪偷来的小木盒，"他爹说要想撇清贵儿，这东西应该有用。"

韩一刀打开小木盒，上诉书赫然在目。看完上诉书，他心里有了主意，接着对韩氏如此这般交代一番，让她立马回家，尽量装出若无其事的样子，其余的事情由自己处理。

"千万记住，一定要把金彪染血的衣服烧掉。"韩一刀最后叮咛道。

"知道了，我的亲哥。"

韩氏匆匆与哥哥告别，快步出了州衙大门。

这边金彪爹早已等不及了，赶紧向老婆打问结果。韩氏简单向丈夫讲了事情的经过，两人会意地笑了。待韩氏上车坐好，金彪爹鞭子一扬，两人乘着轿车回周庄而去。

二十九

且说林氏差凤英回家取东西,左等右等不见回转,心想媳妇可能有什么不便,就自己回家来看。到了离家不远的胡同口,她一边喊着凤英的名字,一边往家里走。没有听见媳妇应答,却看到一个男人慌慌张张向远处跑去。从背影看,这个人像是黑老猪,想着他的为人,林氏心头一紧:该不会出什么事吧?

紧走几步来到屋门口,眼前的惨状让林氏两眼一黑,昏倒在地。

这边李毓秀和郭先生听到邻居报信,说家里出了事情,慌忙放下手头的事情,急匆匆赶到家里。

眼见着妻子染血身亡,李毓秀叫醒母亲:"妈,您醒醒,这是怎么回事,谁干的?"

林氏浑身哆嗦着:"我……我看见黑老猪那个畜生急匆匆地跑走了,估计是他干的。"

听说黑老猪杀死了陈氏,郭奇如长叹一口气:"唉!为师无能,教学无方,才出了这样的孽障啊!"

李毓秀从案板上拿起菜刀:"这个畜生,我去杀了他!"

郭先生一把抱住毓秀:"孩子,你一个文弱书生岂是黄金彪那恶棍的对手,找他拼命等于去送死。"

"送死也要去,我一定要为凤英报仇!"

看着炕头边壁柜洞开,郭先生分析,上诉书肯定被黄金彪偷走了。他心里想,一旦黄金彪动用其舅舅韩一刀的关系,对上诉书借题发挥,后果将不堪设想,想到此他劝毓秀道:"君子报仇十年不晚,仇是要报的,但不是现在。"

林氏忍不住问道:"那现在我们该干什么?"

眼下这问题太棘手了,该如何处理,郭奇如一时难有主意:"……你让我想一想。"

郭奇如的心里掀起了波澜。

如果跟黄金彪一家打官司,李家当年的悲剧就会重演,其结果非但追究不到黄金彪的罪责,恐怕还要贴上自己和李毓秀一家人的性命。自己死不足惜,如果再搭上李家母子的性命……他不敢再往下想。

想到此郭奇如心如刀绞,他长叹一声:"唉!事到如今,只有这样了。"打定主意,郭奇如对林氏和毓秀说道:"我们先把凤英送了吧。"

毓秀怒气难消:"凤英的后事先搁一搁,我要先去官府告他黑老猪!"

郭先生指了指墙上的壁柜说道:"别光顾着生气和难过,看看墙上,上诉书被黄金彪偷走了,他舅舅韩一刀在州衙做事,上诉书这会肯定到了他手上。他那支刀笔无端还能杀人,如今被他掌握了把柄,定会借题发挥。如果我们告黄金彪,非但官司打不赢,还会招来灭顶之灾。"

毓秀急切地问道:"打又不能打,告又不能告,那该怎么办?"

"办法只有一个,息事宁人。"

"怎么个息事宁人法?"林氏不解地问道。

"我去州衙投案自首,把责任揽在我身上,这样他们就无法再追究你们母子的责任。"

听说郭先生要去自首,林氏哪里忍心:"郭先生,您咋能想出这样的主意? 多亏了您的帮助,我和毓秀才能撑到现在,我们就是肝脑涂地也难报万一,你……你……"

林氏激动得几乎喘不过气来,她定了定神接着说道:"您不能去自首! 为我家的事让你去坐牢,这办法万万使不得!"

毓秀愤愤不平地说道:"杀人偿命是自古以来铁定的王法,我们不去告,岂不便宜了那个畜生。再说了,我们不去告他,他们也未必会善罢甘休。"

"可让你说对了。"郭先生耐心解释道,"'证据'到了韩一刀手里,我们躲还躲不及。如果去跟黄家打官司,他肯定会以谋反罪反告我们,结果即使黄金彪被法办,也会搭上你们母子的性命。我们不能干这种玉石俱焚的事情,你李毓秀有着光明的前途,以你的命换他一个无赖的命不值得。"

"那该怎么办哩?"毓秀焦急地问道。

"所以我才要去自首,权衡再三,只有这一条路可走。"

"您去自首,他们岂会轻饶您?"林氏担心地问道。

"上诉书的事,我只是替别人鸣不平,这件事说大也大,说小也小,我去自首了,谅他们也不会把我怎么样,大不了在牢房里待上一年半载。而黄金彪杀人是铁的事实,他们心里有愧,我们不追究,等于给了他们台阶,韩一刀不是傻子,自然会顺着下坡。等将来有了机会,我们再澄清事实,申冤报仇。"

林氏心疼地问道:"您这样的身子骨,能经得住监牢生活吗?"

"我的身子骨没问题。"郭先生对林氏说道,"倒是你的身体让我放心不下。"

望着林氏虚弱的几乎要被风吹倒的样子,郭先生动情地扶住她的肩膀道:"我走之后,您可要保重啊!"

十几年寒来暑往,数千个日落日出,郭先生和林氏虽然相互心生爱慕,但一直把爱深藏在心中。当此危难之际,郭先生一双手扶在肩上,林氏仿佛靠在了一座大山之上,禁不住热泪洒满前胸:"郭大哥,不能让您一个人去坐牢,我跟您一起去自首,是死是活我们都要在一起。"

"看你说的,坐牢又不是做官,何必要赔上你哩?我一个人去才能撇清你们的责任,你去了不但于事无补,还会牵连到毓秀。"

见林氏还想说什么,郭先生双手紧握了一把她的肩膀:"听我的,就我一个人去,你们好好待在家里,好好活着。"

"那我就等您回来。"林氏再也顾不上诸多的清规戒律,顾不上人们说三道四,她下了决心,"不管您在牢里待多久我都等着您,回来后我们一起好好过日子,再也不分开。"

终于等到了这句话,郭奇如激动得流下了幸福的泪水。两人相互动情地望着对方,四只手紧紧握在一起:"再也不分开!"

一旁的毓秀为两人能敞开心扉而高兴,他觉得自己待在跟前不合适,想出屋去暂时待一会,不料刚一迈步便被郭奇如叫住:"毓秀,你别走,在这里陪着你妈,我去私塾拿点东西。"

不一会工夫,郭先生手里拿着纸和笔墨回来了,他把东西交给林氏和毓秀说道:"我判断,官府的人很快就会光顾。他们来后,我去应付,你们躲在屋里,不叫别出来。"

林氏点点头:"好的,一切都听您的。"

话刚说完,就听见门外有人大声问道:"这是李毓秀的家吗?"

郭奇如打开房门，只见韩一刀骑着马，身后跟着四名衙役。见韩一刀下马走来，郭奇如赶紧迎了上去："韩师爷，久违了。"

韩一刀眨了眨小眼睛："郭先生，别来无恙。"

郭奇如把韩一刀拉到一旁，避着衙役悄声说道："韩师爷，咱们做一个交易怎么样？"

"什么交易？"

"上诉书的事情是我一人所为，责任由我一人承担，我可以跟你们去州衙监狱，要杀要剐任由处置，不可再找李毓秀母子的麻烦。"

韩一刀眨巴着小眼睛问道："那我能得到什么？"

"黄金彪的事情不再追究。"

"空口无凭。"

"立字为证。"

郭先生从怀里掏出提前写好的字据，只见上面写着：

那一日，我从李家门前路过，看见一个陌生歹徒持刀杀死了李毓秀之妻陈凤英。

见证人：郭奇如

韩一刀此行的目的并非真的要捉拿"罪犯"，而是替外甥黄金彪开脱罪责。目的既已达到，韩一刀伸手就要从郭先生手里拿字据，郭先生收回字据："慢，做买卖要公平。"

"怎么个公平法？"

"你也得给我写一张字据。"

韩一刀眨巴着小眼睛："写啥字据？"

郭先生从衣兜里掏出写好的另一张字据，上面写着：

今查明，李家上诉书为郭奇如一人所为，李毓秀一家并不知情。

查案人：韩亦道

郭先生问韩一刀："没有异议的话,请照着抄一遍。"

既撇清了外甥的罪责,又没有伤及自己,韩一刀自然没有意见。郭先生回屋里拿出纸和笔墨,韩一刀迅速抄完,接着两人交换了字据。做完这一切,郭先生这才叫林氏母子出来,他当着众人的面重新念了一遍手里的字据,然后交给林氏收藏好。

这一桩买卖做得真不错,既达到了目的,还有了意外收获,押解一个谋反的罪犯回州衙,可以领一笔赏钱,韩一刀心里美滋滋的。他让衙役把自己扶上马,然后对郭奇如说道:"郭先生,事情办完了,咱们该走了。"

"走,这就走。"

郭先生叫过李毓秀:"我要走了。"他抹了一把涌出眼眶的泪花:"你跟了我这么多年,为师的心思你应该知道,一是希望自己的弟子能够进士及第,二是希望能写一部书。这进士及第的愿望只能寄托于你,写书的事为师原计划同你一起完成,现在看来也只能托付你一个人了。"

"先生,我哪有那个本事?等您回来,弟子帮您打下手,咱们一起完成这部书。"

"不,不能再指望我,就要你来完成。"郭奇如接着说道,"人世间为什么会发生这么多不平事,是因为有人不守做人的规矩。只有人人守规矩,天下才能祥和平安。你要写一部规范人们行为的书,一部有关道德修养的书。教书不能只教知识和学问,更重要的是要教弟子们如何做人,为师教了这么多年的书,才悟到这个道理,才想到写这本书,请你一定帮为师完成这个心愿。"

"好吧,我一定照办。"

"你在为师面前发个誓。"

先生对自己说过的话向来没有怀疑过,但这次竟然要自己当面发誓,毓秀不解地看着郭先生,不知该说什么。

知道毓秀不理解自己的意思,郭奇如耐心地讲道:"还记得游学期间我跟你说过的话吗?科考能否成功,有多种原因,仅凭个人的高深学问难以为之。而写书靠的是个人的学识、修养、意志和毅力,只要个人尽心尽力就能完成,所以为师才要你发誓。"

郭先生对自己恩重如山,他的话岂能不照办?毓秀郑重地跪在郭奇如面前发誓道:"弟子李毓秀发誓,不完成先生的愿望誓不为人!"

郭先生满意地点了点头:"有你这句话我就放心了。"他接着对林氏轻轻说道:"您多保重,我去了。"

林氏动情地帮郭奇如整了整衣衫:"我等着您!"

郭奇如与林氏深情地对望着,幸福的泪珠同时从两人的眼角溢出。

韩一刀在马上催促道:"别耽搁了,赶紧走吧。"

郭奇如最后望了一眼林氏母子,回头向韩一刀走去。到了韩一刀跟前,他突然从衙役的刀鞘里拔出钢刀抹颈自刎。

原想着抓郭先生回去领赏,没想到他突然来了这么一手,韩一刀懊丧至极,他气急败坏地对几个衙役呵斥道:"记住,罪犯郭奇如畏罪自杀!"说完领着衙役们回州衙而去。

望着韩一刀离去的背影,新仇旧恨一起涌上心头,林氏真想追上去活吞了他。奈何他骑着高头大马,顷刻之间就不见了踪影。林氏只能伤心地匍匐在郭奇如血淋淋的尸体上放声大哭,在场的乡亲们也不由得痛哭失声。

毓秀终于明白了,郭先生是用自己的性命来换取自己和母亲的平安,他扑通一声双膝跪地:"先生啊,毓秀誓死也要完成您的心愿!"

三十

　　硬撑着料理完郭先生和凤英的后事,林氏再也支撑不住,她病倒了。一连几天昏睡不起,浑身滚烫,迷迷糊糊说着胡话。毓秀守在母亲身旁,一刻也不敢离开。

　　这天早上,师兄勤生来家里看望母亲,毓秀赶紧让他去济仁堂请谢先生。谢先生看了林氏的五官及体态,又认真把过脉,然后对毓秀说道:"你母亲属于长期劳累悲伤,又饮食不周所引起的气虚症,虽不能说病入膏肓,但已很难治愈。"

　　毓秀只觉得脑袋嗡的一声,他怀疑自己的耳朵听错了:"先生,您说什么?我妈的病没治了吗?"

　　"不是说没治,是说很难治好,因为她的病是长期劳累所致,已经伤到元气。"

　　毓秀哀求道:"先生,您可得想办法救救我妈,学生求您了。"

　　"能救的病人我自会尽力相救,但也只是尽力治病而已,并不能保证救活她的命。"

　　"先生,那就请您尽心医治,学生定当铭记您的大恩大德。"

　　"你母亲的病不是急症,静养是第一位,用药是第二位,需要尽心护理,当务之急是先退烧。"谢先生从药箱里取出两服药叮嘱毓秀道,"这两服药留下,煎好后让你妈服下,注意要多喂她喝水。慢慢调理,或许能够延续些时日,要想康复,除非奇迹出现。"

遵照谢先生的嘱咐,毓秀喂母亲喝了汤药,之后日夜陪伴在母亲身旁,不时喂她喝水,并不停地用湿布为她擦拭额头,希望母亲能够早日康复。

乡试的日子日益临近,参加乡试的秀才们早已经到了省城,可毓秀还待在家里没有出发。勤生和私塾的伙伴们都为毓秀着急,想帮他照看母亲,以便他能脱开身子到省城应考。然而,尽管朋友们一再劝说,但毓秀仍不忍心离母亲而去。

这一天早上,林氏终于醒了过来。看看身旁围着一帮人,知道他们都在为自己忙活,林氏吃力地伸出右手食指,冲勤生微微动了动,勤生赶紧把耳朵凑到她嘴巴跟前。

"勤生,今儿个是啥日子?"林氏有气无力地问道。

勤生轻轻对着林氏耳朵回答:"婶子,是八月初五。"

林氏的声音大了起来:"八月二十不是要乡试的吗,毓秀怎么还没有动身?"

"婶子,我们这几天一直在催他赶紧走,可他看您病得这么重,不忍心离开。"勤生转身对毓秀说道,"您看看,婶子也是这个意思,你赶紧走吧。"

看着母亲病弱的样子,痛苦的往事一桩桩、一件件涌上毓秀的心头。想着母亲多年来为自己成长所付出的辛苦与艰辛,毓秀哪里舍得离开母亲:"妈,您病成这个样子,我得陪着您,考试的事情以后再说吧。"

"妈有勤生他们照看就行,你赶紧动身去参加乡试!"

"妈,参加乡试要紧,还是您的身体要紧?"

林氏的声音虽小，但字字千钧："参加乡试要紧！"

"妈，咋能这样说哩？"毓秀握着母亲柔弱的手说道，"儿子宁可不去参加乡试，也要留下来照顾您。"

"孩子，这可万万使不得，你一定要去参加乡试。"

"妈，功名乃身外之物，我不能因为个人功名而耽误为母亲治病。"

林氏心里明白，乡试每三年才进行一次，如果错失这次机会，就要等到三年之后才能参加考试。她理解毓秀眼下的心情，也为儿子的孝心而感到欣慰，但她绝不愿意因为自己而耽误儿子的仕途。她想坐起来说话，可试了几试，非但身子动不了，还引起一阵咳嗽。毓秀赶紧帮母亲捶捶背，勤生端来一碗热水让林氏慢慢喝下，她才慢慢缓过劲来。自觉生命的蜡烛已到尽头，林氏想用最后一点光照亮儿子的前程，她语重心长地对毓秀说道："孩子，要不要功名不是你一个人的事……"

又一阵咳嗽，林氏喘了喘气继续说道："你知道我们娘儿俩为啥会住在这破柴房里吗？"

林氏无力地指了指旁边高大的李家大院："看看那宽敞的大院，再看看大院中那高高的望河楼，那原本是我们的家啊！"

林氏从顺治年间汾河发大水开始讲起，断断续续向毓秀讲了狄家为抢稻黍打死二叔李永福，又花钱买通韩一刀反诬父亲李永顺谋反，再指使衙役在行刑时故意伤人致李永顺冤死狱中，后又罗织罪名抄没李家财产，致使祖母气绝身亡，最后害得李家家破人亡，剩下孤儿寡母过着食不果腹的悲惨日子。

这么多年了，毓秀与伙伴们虽然隐隐约约听到一些传言，但并不知道李家的具体冤情。听着林氏的叙述，勤生和文良几个人全都忍不住哭了。毓秀的眼泪像开闸的河水一样滚滚而下，他问母亲道："妈，这么多年了，您为啥不早告诉我这些事？"

"妈是怕你陷入仇恨之中不能自拔,影响学业。如今你要去参加乡试,妈告诉你这些不是让你去报仇,而是想激励你发奋努力,一心一意考取功名。"

毓秀终于明白,母亲这么多年含辛茹苦是为了什么。他跪倒在母亲跟前,望着母亲瘦削又苍白的脸庞,不知该说什么,止不住的热泪滚滚而下。

勤生擦了一把眼泪,对毓秀说道:"听婶子的话,去参加乡试吧,家里有弟兄们,照顾婶子的事不用你操心。"

一直插不上话的香荷见毓秀还在犹豫,不由得急红了脸道:"毓秀哥,你一定能中举人的,怎么能不去考试呢?不去就枉费了你一肚子的学问!"

在场的人见香荷都出面说话,纷纷劝毓秀去省城应考。

林氏伸出干瘦的手帮儿子擦了擦眼泪:"记住,你的功名不是一个人的事,它连着李家大院老老小小几十口人,连着你身旁的这些朋友,也连着全姬庄的乡亲们。"

毓秀点点头:"妈,我明白了。"

"等你功成名就,要把李家大院赎回来,让李家重新兴旺发达。那样,你奶奶、你爹、你永福叔在天之灵才能得到安慰。"

林氏让毓秀揭开墙壁上的年画,拿出老韩叔留下的银子。她接过装银子的布袋在嘴边吻了吻,神情凝重地交给毓秀:"这不是普通的银子,是老韩爷爷的心血,你带上它,作为乡试路上的盘缠。"想起老韩叔宁可自己瘸着腿讨吃要饭,也要把银子留给毓秀,想着他老人家因冻饿而惨死异乡,林氏握着布袋的双手在发抖:"老韩爷爷用自己的命为你铺路,你可不要辜负了他老人家的一片心。"

再一阵咳嗽,林氏不得不停止说话。稍作喘息,她用尽全身的力气说道:"郭先生一肚子学问,当年参加乡试无果而终,他生前一直心有不甘,因此才把希望寄托在你的身上,希望你能帮他圆了这个梦。这么多年,他既是你的先生教给你学问,又像父亲一样对你百般呵护,你不能辜负他的期望啊!"

"妈,您别说了,我知道该怎么做了。"

林氏欣慰地笑了,她指了指衣柜对毓秀说道:"你把衣柜顶上那个折叠桌拿下来。"

毓秀踩着凳子取下折叠桌,小心翼翼擦拭干净递给母亲。林氏抚摸着书桌语重心长地说道:"这是郭先生当年参加乡试时用过的桌子,他生前特意叮嘱送给你赶考时用,带上它就好比先生在督促着你,就好像母亲在陪伴着你。"

"妈,我记住了,我这就走。"

想着自己这一走要好多天才能回来,毓秀托付勤生和几个朋友道:"几位长兄,我这一走最少也得一个多月,照顾母亲的事就拜托各位了!"说着话李毓秀跪倒在地。

朋友们扶起毓秀:"放心去吧,我们一定尽全力照顾好婶子。"

毓秀含泪说道:"那就谢谢众位兄长了!"

时间紧迫,容不得再有丝毫耽搁,朋友们紧着帮毓秀做好了行前准备。匆匆告别母亲与众亲友,毓秀准备踏上艰难的乡试征程。林氏在勤生和文良的搀扶下吃力地坐起来,强打精神送毓秀出了门,看着他一步步向官道走去,又昏迷过去。

乡试在省城太原举行,从绛州到太原有近千里之遥。这么远的路程,要想在十几天里靠脚步丈量,连邮差也很难做到,更何况李毓秀一介书生。

望着远方的路,毓秀牢记母亲的嘱托,怀揣着为李家申冤的壮志,背负着郭先生、韩爷爷及众亲友的殷切期望,决心完成这几乎不可能做到的事情,按期到达省城太原。

三十一

眼瞅着毓秀出了门,林氏心里一松,又昏迷了过去。勤生与文良几个商定,为让毓秀省心,每天由一个人带着自己的媳妇到毓秀家照看林氏。

这一天,轮到勤生接班,他和媳妇早早吃过早饭,相跟着往毓秀家走去。正走着路,迎面看见韩一刀进了村。哎呀!这夜猫子进宅,一定没有好事。勤生暗自思忖,韩一刀干啥来了,是不是去找黑老猪?想到这里,他让媳妇先去往毓秀家,自己悄悄跟在韩一刀身后,想看看他到底去哪里。结果不出所料,韩一刀果然进了黑老猪家。

韩一刀到黑老猪家干啥来了?他可不是因赋闲来串亲戚,而是要找妹夫商量大事。金彪爹和妻子韩氏见韩一刀亲自来访,知道一定有要事,遂赶紧把他迎到客堂里。

刚一落座,韩一刀便眨巴着小眼睛说道:"我是为李毓秀的事情来的。"

金彪爹和韩氏以为黑老猪杀人的事情败露了,心里一阵紧张,韩氏哆嗦着问韩一刀:"哥……李……李毓秀怎么了,莫非贵儿的事情有……有变？"

韩一刀见两人紧张的样子，生气地说道："你们就能看到眼前那点事，难道就不能看得远一点？"

金彪爹和韩氏一时摸不着头脑，金彪爹不解地问道："哥，啥……啥意思？"

"简直就是两头猪！"韩一刀生气地骂道，"你们成天跟李毓秀住在一个村里，难道没听说他去省城考试的事吗？"

"听……听说了。"金彪爹回答道。

"听说了为啥不告诉我？"

韩氏还是没有弄明白："他去考试怎么啦？"

"怎么啦？等着他将来中举人、中进士、当大官，然后再来找你们，那时候你们会有好果子吃！"韩一刀气得半天喘不上气来。

金彪爹与韩氏终于明白过来，韩氏一边帮韩一刀捶背一边问道："哥，那您说该咋办哩？"

"咋办？不能让李毓秀那小子顺顺利利地参加乡试，要想办法阻止他。"

"哥，这两条腿长在他身上，他想去考试，我们能管得住吗？"金彪爹接着说道，"当初你不想让他参加童试，他不也参加了吗？"

韩一刀气急败坏地说道："那不是因为我老了嘛！要是早几年，衙役们会不折不扣照我的意思去做，如今眼看我就要告老还乡，那帮衙役对我的话是表面上听从，暗地里敷衍。狄淮松一死，没人肯出银子，就更没人为咱卖力做事，这才让李毓秀那小子钻了空子。他考中了秀才，绝不能再让他中举人。这次要做到万无一失，不能再相信别人，咱们自己干。"

韩氏点头道："哥，您说得对，我们听您的。"

"您说咋办，我们照做就是了。"金彪爹跟着说道。

韩一刀压低声音："不能让李毓秀到太原，要让他消失在途中。"

金彪爹一惊："莫非要杀了他？这……这杀人的事可不是闹着玩的，让……让谁去呀？反正我不敢去。"

"你咋就那么笨哩？为啥要亲自杀他，难道就没有别的办法？"

"哥，您有啥好办法？"金彪爹问道。

"李毓秀已经走了五天，估计快要到霍州，过了霍州就要进入灵石一带的山区，眼下正是暴雨季节，这是我们成事的绝好机会。"

金彪爹听不懂韩一刀的话："哥，啥意思？"

韩一刀没有直接回答金彪爹："你去把金彪叫过来。"

黑老猪很快来到客厅，韩一刀对他说道："你整天在外边作祸，又会骑马，这会可以派上用场了。"

"舅舅，要我干啥您明说，我保证做好。"黑老猪问道。

"你与灵石一带的土匪有没有交际？"

"有，我认识刘三麻子，他是石膏山有名的土匪。"

"那好，你这就去找他。"

金彪爹吃惊地问韩一刀："你是让彪子去杀毓秀么？他……他……他不能去。"

韩一刀生气地回道："谁说让他亲自去杀人了？"

"那……那您让他找土匪干啥？"韩氏问道。

韩一刀瞪了金彪妈一眼："成事不足败事有余，别打岔！"

见妹子和妹夫不再吭气，韩一刀对着黑老猪耳语一番，黑老猪一边听一边点头。接着，韩一刀又让金彪爹取出银子交给金彪，一切准备停当，黑老猪叫过自家伙计四娃，两人各骑了一匹快马奔官道疾驰而去。

眼见着黑老猪和伙计四娃骑着快马出了村，勤生感觉有事，赶紧叫上温顺派中几个有主见的人到毓秀家，告知了韩一刀来村里及黑老猪骑马出村的情况，他问大伙道："你们说黑老猪骑马干啥去了？"

智多星文良分析道："他应该是追毓秀去了。"

"追毓秀干啥，是不是捣乱毓秀去了？"炮筒子元元着急地问道。

老好人五斗接着说道："不一定吧，作为学长，他已经够对不起毓秀了，再去捣乱，他心里能过得去吗？"

老成的勤生不无担忧地说道："单单捣乱倒好了，我怕他会在路上害毓秀。"

"啊！"元元吃惊地问道，"那可咋办哩？"

文良建议："得赶紧弄清情况，再想办法救毓秀。"

"我也在想这个问题，你们说说，怎么才能弄清楚哩？"勤生问大伙道。

几个人一阵沉默。

文良忽然双手一拍："我有办法了！"

几个人异口同声道："啥办法？"

"黑老猪他妈信佛，每个月的十三都要到村北的菩萨庙拜佛，到时候……"文良把自己的意思说了一遍，大伙儿都觉得可行，于是留下勤生夫妻两个照看林氏，其余几个人去帮助文良实施他的计划。

且说韩氏送走黑老猪之后，想起今儿个正是自己拜佛的日子，遂赶紧吩咐丫鬟准备檀香与果品。一切准备就绪，韩氏由丫鬟搀扶着前往村北的菩萨庙拜佛。

进了大殿，随来的丫鬟点燃檀香递给韩氏，韩氏手举香火拜过菩萨，然后把香火插到香炉里。丫鬟取出果品放到供桌上，而后站到大殿外边听候。韩氏掌心向上翻转,额头着地,虔诚地跪在蒲团上开始祷告。

这时,忽听得菩萨开口说话道:"韩氏,你一向潜心向佛,却为何心行不一?"

突然听见泥菩萨说话,韩氏吓了个半死。她想叫丫鬟进来,刚要抬头,便听到菩萨威严地斥责道:"嗯,你敢不信佛祖吗?"

韩氏赶紧把头紧贴在蒲团上,哆哆嗦嗦说道:"我……我一向信……信佛,有啥过错,请……请佛祖明示。"

"你儿子黄金彪干啥去了?"

"儿子他……他没干啥?"

"嗯?你们所做的一切,佛祖全都看得一清二楚,念你一心向佛,本想救你出苦海,不想你竟然当面说谎,这是自绝于佛。"只听佛祖一声喊,"众罗汉。"

罗汉齐声应道:"有!"

"准备惩处恶徒。"

"是!"

韩氏吓得心惊肉跳,她赶紧哀求道:"佛祖原谅,我再也不敢说假话。"

"那就再原谅你一次,你说,黄金彪到底干什么去了?"

"贵儿他……他去了灵石。"

"……嗯,他去干伤天害理的事,这些佛祖心里明明白白,无须你再费口舌,你得赶紧赎罪才是。"

韩氏早乱了分寸,不知道该怎样称呼菩萨:"佛祖爷爷,不,佛祖奶奶,不……不不,佛祖爷爷,请告诉我该怎样赎罪?"

"你迅速去被害人家里,送去三两三钱银子,并向被害人磕三个头以示谢罪,否则……"

韩氏赶紧应承道："佛祖爷爷，我这就去办，这就去办。"

"记住，这事不能让第二个人知道，否则你们家将遭遇灭顶之灾。"

"是，是是，我一个人去，谁都不让知道。"

"这就去吧！"

韩氏赶紧起身，连滚带爬出了大殿，带着丫鬟回家去了。这边文良几个从菩萨后边钻出来，匆匆往毓秀家而去。

勤生见几个人回来了，赶紧问道："问出什么了吗？"

文良回答道："怕她起疑心，具体情况不便细问，从她的言语中基本可以断定。"

"那我们下一步该干什么？"

"咱们先出去待一会，等着韩氏。如果她来毓秀家，那就可以肯定，如果她不来，咱们再另做打算。"

按照文良的意思，几个人一起离开毓秀家，躲在墙后边等着韩氏。

不一会工夫，只见韩氏蹑手蹑脚来到毓秀家门口，她试探着问道："家里有人吗？"

听听无人应答，再看看周围空无一人，韩氏推开房门进了屋。片刻工夫，韩氏出了屋门匆匆离去。勤生进屋一看，发现林氏身旁放着一个包裹，打开一看，果然是一些碎银子。

"看来黑老猪确实是害毓秀去了。"勤生分析道。

元元急了："那咱们还等什么，赶紧去追黑老猪，不能让他的阴谋得逞！"

"你说得不错，可灵石那么远，我们没有快马。"一向被弟兄们奉为智多星的文良也感到为难，"再说我们几个都不会骑马，怎么去追哩？"

　　勤生问文良道：“你点子多，再想想还有啥好办法？”

　　文良似在回答勤生的问话，又似在祷告：“毓秀他不是一般人，福大命大，黑老猪害不了他！”

　　听了文良的话，几个人面面相觑，一阵茫然。

三十二

乡试路上,李毓秀饥餐渴饮,晓行夜宿,不敢有丝毫懈怠。

为了赶时间,毓秀每天很晚才住店,匆匆吃过晚饭,然后打开折叠桌研习功课,实在坚持不住了才睡觉。第二天总是天不亮就起床,随便洗漱一下就匆匆上路。

这一天,毓秀行至灵石山区。本已是精疲力竭,举步维艰,又逢天降暴雨,山洪暴发,大路被冲断,只好改走山间小路。他顶风冒雨,冒着随时掉下悬崖的危险,手脚并用在山间小道上艰难前行。在一个拐弯处,毓秀遇见了一个背着相同行囊的年轻人,此人自称姓戴,要到太原参加乡试。暴雨中的山道上遇到同路人,毓秀心里格外高兴,他与戴生相互搀扶着,高一脚低一脚地走在石膏山崎岖的山路上。走着走着,戴生脚下一滑,身子摇晃着眼看就要掉下山崖,毓秀慌忙伸手去拉,没承想被戴生的手臂一碰,自己反而掉下陡峭的山崖。半空中,毓秀感到背上的折叠桌被树枝挂了一下,接着就什么也不知道了。

等毓秀醒来时,他已经躺在一户山民的家里。原来毓秀从悬崖上跌到谷底,昏倒在山谷中,所幸遇到了好人搭救。山民马老汉采药归来,发现跌下山崖的李毓秀。看着小伙子身旁摔碎的桌子,马老汉感叹道:"这后生真幸运,多亏身上的桌子被树枝挂了一下,不然肯定没命了。"

从毓秀身上所带的物品分析,马老汉判断这是一个参加乡试的秀才,遂赶紧把他背回自己家里。马老汉家里除了老伴,还有一个同毓秀差不多年纪的儿子,一家三口都是热心人。见马老汉背着一个素不相识的人回来,老伴赶紧烧水做饭。马老汉取下毓秀身上的行囊放在一边,又脱下毓秀身上的湿衣裳让儿子拿到火边去烤,自己亲自查看毓秀的伤势。马老汉把毓秀全身摸了一遍,发现他只有一些皮外伤,并没有伤着骨头,禁不住感慨道:"从那么高的山崖上摔下来,竟然没有伤着骨头,这后生命大,他大难不死,将来必成大事。"

稍倾,水烧开了,马老汉让儿子舀了一碗开水过来,慢慢喂毓秀喝下去。昏迷中,毓秀断断续续说着胡话:"走……赶紧走……赶紧走。"

听毓秀说出这些话,马老汉猜着他急于赶路,遂同老伴商量:"这后生一定是急着去省里参加乡试,咱得尽量帮他的忙。"

老伴是个不爱多说话的人,听了丈夫的话,她点点头表示同意。想着毓秀饿了,她来到院里的鸡窝旁,伸手掏出两个鸡蛋,想给毓秀做两个荷包蛋。

饭做好了,可毓秀依然昏迷不醒,根本不张嘴吃饭。老伴着急地问马老汉:"他一直醒不来,这可咋办?"

马老汉常年在山上采药,略懂一点医术,他对老伴说道:"他没什么大问题,不张嘴就先别喂他吃饭,你去把药锅拿来,我给他煎点药,他会清醒的。"马老汉接着对儿子说道:"木娃,你明儿个清早到官道上去,看见有顺路的马车给拦下来。"

"拦马车干啥？"儿子问道。

"你这娃咋这么木哩？"马老汉指着躺在炕上的毓秀说道，"捎他去太原。"

儿子木娃随了母亲，不大爱说话，听了父亲的话，他"嗯"了一声，算是回答。

当天晚上，雨越下越大，马老汉家的茅草屋顶漏雨了，屋里几乎没有了干地方。马老汉和儿子冒着雨把院子里的木板抬进屋里，放在仅有的一块干地方，让毓秀睡在木板上，自己一家三口挤在一起，头上顶着破衣裳挨到天明。

第二天清早，雨依然下个不停，木娃头上顶了一件破衣裳，怀里揣了个窝窝头，冒雨去了官道。毓秀依旧昏迷不醒，马老汉和老伴守在他身旁，不时地喂他喝药喝水。

一直到晚上，木娃才回到家里，看着他垂头丧气的样子，不用说，没有拦着马车。

"这鬼天气，一辆经过的马车也没有。"木娃懊丧地说道。

马老汉想，也难怪，下这么大雨，谁会冒雨赶路哩？他安慰儿子道："别灰心，明儿个再去，肯定能遇到赶车的。"

第三天清早，雨终于停了。木娃怀里揣了个窝窝头继续到官道上去拦车，马老汉守在毓秀身旁等着他醒来。半晌午的时候，毓秀醒过来了，马老汉叫老伴赶紧去做饭。

毓秀抬眼望望陌生的屋子，奇怪地问道："请问大叔，我这是在哪里？"

"你掉下山崖摔昏了，我路过时发现了你，就把你背回了家，你已经昏迷两天了。"

毓秀想起来了，自己在山崖上赶路，跌下了山崖，后边的事就不知道了，敢情是这位好心的大叔救了自己，他感激地说道："大叔,谢谢您救了我,学生永不忘您的大恩大德。"说着话想爬起来向大叔磕头,可是全身疼痛,所有的肌肉都不听使唤,挣扎了几次也没能够坐起来,马老汉赶紧按住他:"不用起来,你起不来。"

"大叔,我要起来,我还要赶路。"

"我知道,你是急着到省城参加乡试对吧?"

毓秀点点头。

"就你一个人吗?"马老汉问道。

"就我一个。"毓秀想了想不对,接着说道,"我还跟着一个去太原乡试的伙伴,我看他眼看要滑倒,想去扶他,结果被他撞下了山崖。"

"哦,这么说你是为了救人才掉下山崖的。"

"看见别人有危险,伸手拉一把是应该的。"

"嗯,你这后生是个好人,看来没白救你。"马大叔接着问道,"要考试为啥不早点走?冒雨走山路多危险。"

"大叔,我家里出了点事情,耽误了行程,所以我得紧着赶路,不然就赶不上乡试了。"

马老汉摇摇头:"不行啊后生,你虽然没伤着骨头,可毕竟摔得不轻,一时恐怕难以走路。"

"那可咋办哩?"想到母亲在家里望眼欲穿的情景,毓秀差点哭出声来,"我得走啊!"

"后生,你听我说,你连站都站不起来,走路肯定不行?要走得想办法?"

"大叔,您有啥好办法?"

"我让儿子木娃到官道上拦车去了,让顺路的马车捎你一程。"

"谢谢您,谢谢大叔,您想得太周到了!"

一会工夫,老伴做好了荞麦面剔尖,还放了两个荷包蛋。面对大婶递过来的饭碗，毓秀禁不住热泪直流，他和着眼泪吃完了剔尖。

刚吃完饭，木娃回来了，他一边推门一边说道："快走快走，有马车了。"

马老汉赶紧拿过行囊，让毓秀检查少了啥东西。毓秀翻了一遍所带物品，发现东西都在，唯独少了装银子的布袋和折叠桌，找来找去不见踪影，毓秀急得像丢了魂似的。

听毓秀说少了两样东西，马老汉说道："桌子我看见了，已经摔碎了，银子布袋没看见，可能是掉到山沟里了。"

毓秀难过地哭了："这两样东西可不一般啊！"

马大婶在一旁说道："桌子救了你一命，也算值了。"她问马老汉道："那布袋怎么办？咱们赶紧去找吧。"

"人家马车等着哩，哪里来得及，再说那地方树多草密沟又深，也不一定找得到。"

"那怎么办？"老伴着急地问道。

马老汉顾不上回答老伴，他从箱子底拿出一个小布袋："后生，家里就这么点铜钱，全都给你，够你到太原的花销了，回来的路上你再想办法吧。"

毓秀感动得失声痛哭："谢谢了，谢谢大叔大婶！"

"快别说感谢的话了。"马老汉接着吩咐儿子，"木娃，你过来背着他。"木娃过来背起毓秀就往外走，马老汉拿起毓秀的行囊跟着出了门，马大婶叮嘱儿子："路滑，小心点！"

来到路边，果然有一辆车在等着，这是一辆从霍州往平遥送货的马车。马老汉对车把式说道："老伙计，这后生要到太原参加乡试，您行行好，捎他一程。"

车把式爽快地答应道："行，没问题。"一边说着话一边安排毓秀在马车上躺好。

马老汉夸奖道:"老伙计,你是一个好人,将来一定有好报。"

车把式哈哈一笑:"报不报的,常在路上跑,帮人总比害人强。"说完鞭子一扬,马车往太原方向而去。

车离开了,毓秀突然发现自己连好心人的名字都不知道,他竭力撑起身子大声喊道:"大叔,我该怎么称呼你?"

"我姓马,叫我马老汉就行。"

毓秀吃力地伸出右手,轻轻挥了挥,马老汉一家三口也挥手向毓秀告别。看着他们一家人热心朴实的样子,毓秀的眼睛模糊了。

三十三

　　且说黑老猪与伙计四娃一路策马疾驰，第二天便赶到了灵石的石膏山。

　　到了土匪刘三麻子的山寨口，两人下了马，由小土匪在黑老猪和四娃的眼睛上蒙上黑布，然后押着两人往山寨而去。来到"聚义厅"门口，四娃被留在门外，黑老猪一人去见匪首刘三麻子。进了聚义厅，来到匪首的宝座下，小土匪这才为黑老猪取下黑布。黑老猪拜过刘三麻子，然后说明来意。刘三麻子没有说话，他冲身旁的军师干咳了两声，军师把黑老猪叫到一边问道："你要我们做的可是大活，怎么犒劳弟兄们？"

　　黑老猪自然知道土匪的规矩，他从怀里掏出一包银子递给军师："一点小意思，不成敬意，请笑纳。"

　　军师掂了掂分量，感到还比较满意，于是来到刘三麻子跟前对匪首说道："这活可以干。"

　　"那好，你这就去安排。"

　　军师领命，立马开始行动。他向黑老猪打听了李毓秀的相貌特征及所带物品，然后派出几股土匪到各个路口打听。很快有一股土匪回报,说是发现了李毓秀的行踪。刘三麻子成天杀人越货,对杀人的事早已习以为常,其军师更是诡计多端。两人一商量,决定让一个小土匪打扮成秀才模样,在必经路口等着毓秀。于是便有了毓秀遇到同路人,并被他撞下山崖的一幕,只可惜老实的毓秀没有看出破绽。

派去杀毓秀的小土匪是石膏山土匪中有名的快手,不仅杀人的活干得干净利索,窃取别人随身携带的银两也是快如闪电,常令失窃者没有任何反应。本来说好让他在合适的地方用匕首捅死毓秀,然后把尸体推下山崖。然而,冥冥之中,似乎有老韩爷爷的英灵在护着毓秀。就在小土匪下手的一瞬间,他看到了毓秀装银子的布袋,因而临时改变主意,没有杀他,而是在拿走银子的同时把他推到了峭壁下。办完事后,小土匪随手往自己兜里塞了一些银子,然后拿着装银子的布袋回来交账。

小土匪回报,把毓秀推下了悬崖,军师见他还额外抢回来一些银子,遂对他大加赞赏。

黑老猪见小土匪这么快就回来了,怀疑他糊弄自己,提出要去现场看看。军师于是让小土匪带路,带黑老猪一起到毓秀坠崖的地方查看。黑老猪仔细看了现场的情况,断定毓秀确实被推下了山崖,这才回到山寨向匪首告别,而后带伙计四娃骑马回家。

刘三麻子的军师本就对黑老猪没有好感,他的疑心更激起了军师内心的恶意。黑老猪前脚刚出匪窟,军师便对刘三麻子说道:"当家的,这小子不是什么好人,不能让他这么轻松地离开。"

"那依你的意思……"

"他身上还有不少银子,不能让他带走。"

刘三麻子一阵高兴:"对,这银子是得留下,反正那小子也不是什么好鸟,银子在他手里也干不出好事。"

"还有,他那两匹坐骑也是好马,也得留下。"

"好,你去安排,干利索点,注意不要让他认出咱们的人。"

"好嘞,您就放心吧,保准让他永远认不出咱们的人!"

话说黑老猪出了山寨,与伙计四娃骑上马,一路往山下赶。忽然,马蹄子不知被啥东西绊了一下,两人连人带马摔倒在地上。还没明白过来是怎么回事,黑老猪就感到有人在自己眼睛里撒了一把东西,两只眼睛顿时感到钻心般疼痛,他不由得闭上双眼,接着被两个人使劲摁在地上。四娃从马上摔下来,打了几个滚,刚想爬起来救主子,也被两个人死死摁在地上动弹不得。又过来几个人分别在黑老猪和四娃身上仔细搜了一遍,搜走了黑老猪身上所有的银子,还有他脖子上的玉佩和手上的金扳指,连四娃身上仅有的几个铜钱也被搜走了。见两人身上再没有值钱的东西,一伙人放开黑老猪和四娃,牵着两匹马迅速离开。

感觉抢自己的人走远了,黑老猪才敢睁眼睛,想看看是什么人抢了自己。奋力瞪了瞪眼睛,发现什么也看不见,他着急地问四娃:"我的眼睛咋了,怎么啥也看不见?"

四娃赶紧扶黑老猪起来,帮他拍拍身上的土。只见黑老猪的两只眼睛肿得老高,血红血红的像要滴出血来。四娃惊叫一声:"啊!少东家,您的眼睛怎么成了这个样子?"

黑老猪急切地问道:"啥样子?"

"您的眼睛肿得怕人。"

黑老猪试着又揉了揉眼睛,再看看周围,漆黑一片,啥都看不见。他明白了,刚才那伙人一定在自己的眼睛里撒了毒药,眼睛被毒瞎了。

突然间成了瞎子,黑老猪把一腔怨气都发泄到四娃身上,他抡起巴掌将四娃打翻在地:"X你妈的,刚才干啥去了,让他们把老子害成这个样子？"

黑老猪觉得还不解气，想再打四娃，可看不见四娃在哪里，他恶狼般咆哮着："过来，快你妈X过来。"

四娃从地上爬起来，无奈地走到黑老猪跟前，黑老猪抬脚猛地向四娃踢去，四娃扑倒在地，正好被一块小石头垫了一下膝盖，疼得他两眼流泪，趴在地上半天起不来。

黑老猪仍然不解气，歇斯底里般在空中乱踢乱打，一边嘶叫着："让你个龟孙子来照顾老子，你把老子照顾成了瞎子，起来，快起来帮老子揉眼睛。"

四娃知道金彪是想拿自己出气，他挣扎着站起来，总是离黑老猪几步远，让他打不到自己。黑老猪出不了气，便威胁四娃："让你躲，等回去了让人把你绑起来，看老子不活剥了你的皮！"

想想平日里在黄家的遭遇，本就十分伤心，又听见黑老猪说出这样恶毒的话，四娃禁不住后背发凉。他拍了拍身上的土，决定不跟黑老猪走了，不再回黄家。黑老猪循着声音又打了过来，四娃一边躲一边说道："少爷，你不用费事打我，你打不上我。"

黑老猪一听四娃的话更加来气，挥舞着双手气势汹汹打过来，四娃一把抓住他的手："黄金彪！从今后你走你的阳关道，我过我的独木桥，咱俩互不相干。"

黑老猪感觉不对："怎么，你……你要离开我？"

"对，我不回姬庄了，你一个人回去吧。"

一听四娃要离自己而去，黑老猪急了。想想自己身无分文，眼睛又看不见，这一路上如果没人照料，即使不掉下悬崖摔死，也会被饿死。黑老猪倒是一个能屈能伸的主儿，他立马变了一副模样，可怜巴巴地哀求道："四娃，咱们一起来，还要一起回去，你可不能撇开我自己走！"

见四娃没有应声，黑老猪进一步欺哄道："四娃兄弟，你跟我回去，我保证再也不像从前那样打你骂你，我一定会对你好的。"

多年来黑老猪从未把自己当人看，稍不顺意不是打便是骂，四娃哪里肯相信他的话，他冷冷地看着黑老猪一声不吭。

黑老猪也真会演戏，他跪下求道："四娃，我的好兄弟，刚才那些话是当哥的眼睛疼糊涂了才瞎说的，你可千万别当真。"

四娃哪见过黑老猪这般模样："你快起来，主人向仆人下跪，让别人看见多不好。"

四娃的话提醒了黑老猪，他决定恩威并施，给四娃一点压力："咱们两个一起出来，要是不一起回去，不知底细的人还以为我不顾主仆情义，半路解雇了你。"

听了黑老猪这句话，四娃犹豫了。他虽然老实木讷，但很重情义，不想落下弃主人于危难之中的名声。见四娃不再说话，黑老猪知道自己的话起了作用，于是接着说道："从今以后我会像对待亲兄弟一样对待你，我把黄家的家产分一半给你。"

四娃终于说话了："我没有分你家财产的想法，只要你能像别的东家对待伙计那样对待我，就十分满意了。"

"不，要分你财产，咱兄弟俩你一半，我一半。"黑老猪说着话假装在身上找纸，"你若不信，我写个字据给你。"

四娃拉住黑老猪的手说道："少东家，你不用找了，就算有纸，也没有笔和墨，再说了，我又不认识字，你写了我也不认识。"

"这么说你信我了？"

"我信了。"

"好，那咱就不写了。"黑老猪拍着胸脯信誓旦旦说道，"你放心，我说话算话，回去一定分给你财产。"

"少东家，分财产的话不用再提了，你只要不再像从前那样糟践我就行,咱们回家吧。"

"不,咱先去找刘三麻子借点银子去,不然那么远的路,咋个回法?"

"行,听你的。"

四娃搀扶着黑老猪原路返回,到了刘三麻子的寨门前,黑老猪向守门的小土匪说道:"各位爷,请通报一声,说绛州黄金彪求见。"

黑老猪之所以要返回土匪山寨,其实是怀疑是刘三麻子的手下抢了自己,他想借机弄明真相。

土匪这边早有安排,听了黑老猪的话,看门的小土匪哈哈一笑:"啥黄金彪黄银彪的,头儿说了,绛州人一律不见。"

"我跟你们大当家的是多年的老朋友,刚才不是刚从山寨出来的嘛,请给点方便,让我们进去。"

"跟大当家的是老朋友?别他妈的拉大旗作虎皮!不让你进山门,这就是大当家的命令,快滚吧!"

果然猜对了,黑老猪心里暗暗骂道:"好你个刘三麻子,算你狠,等哪一天有了机会,老子非收拾你不可!"

虽然对匪首恨之入骨,可也只能在心里骂骂而已。进不了山门,黑老猪只能在四娃的搀扶下,深一脚浅一脚地向山下走去。

三十四

话分两头,这边毓秀辞别马老汉一家,搭着送货的马车赶往省城。路上闲着无事,车把式和毓秀聊起了家常,他问毓秀道:"要参加乡试就该早点走嘛,为啥这会儿还在赶路?"

"大叔,说来话长啊!"毓秀接着含泪讲述了自己的遭遇。

听了毓秀的叙述,车把式从心底里同情这个命运多舛的年轻后生,决定尽力帮帮这个穷秀才。

本来是到平遥送货,为了送毓秀,车把式一直把大车赶到太原城外。他从怀里掏出自己的钱袋子塞给毓秀:"年轻人,太原城到了,这点钱你留着用,咱们后会有期。"

"大叔,马大叔已经给了我钱,够我用了,不用再给我钱了。"

"看你说的,参加考试花钱的地方多了,既要吃饭住店,还要打点考官,还怕钱多?"

见毓秀还在犹豫,车把式硬把布袋塞进他的怀里:"带上吧,出了门钱就是胆,钱多好办事。"

毓秀感激地说道:"大叔,那就谢谢您了!都说这车户里边没好人,大叔您就是一个大大的好人!"

"看你说的,车户里边怎么会没好人？还是好人多！"

"对,还是好人多。"毓秀高兴地说道。

拜别了车把式,毓秀一瘸一拐进了太原城门,问明了考场所在地,急匆匆往考场赶。走着走着,忽然感到被什么人撞了一下,回头一看,只见有个人影一闪,进了附近的巷子里。毓秀来不及多想,只顾继续赶路。

这时,路边一位大叔提醒道："后生,丢东西了吧？"

毓秀在身上一摸,果然发现装钱的布袋不见了,心头不觉一阵冰冷。想去追那个绺娃子,自己一瘸一拐的,不可能追上他,再说也没时间去追,毓秀只能继续赶路。

这位大叔倒是个热心人,他见毓秀丢了钱都顾不上追讨,再看看他身上的行囊，猜着他一定是去赶考，便紧走几步追上毓秀问道："是去参加乡试的吧？"

"是的大叔,我是急着去赶考。"

"你路不熟,又瘸着腿,我送你去考场,不然你恐怕赶不上考试。"

一番话让毓秀冰冷的心又热了起来："大叔,我们素不相识,怎么好意思麻烦您？"

"怎么不认识,我送你到考场,我们不就认识了嘛！"

"大叔,您贵姓,我不会忘记您的。"

"我姓郝,但你不必记住我,你一到太原就被人偷了钱,正好被我撞上,你若记住我,就会联想起那件令人生气的事,岂不等于自寻烦恼？所以你最好忘掉我。"

"郝大叔,这是两码事,我咋会好坏不分哩？"

"你只要记住这省城太原有好人就行,记不记得我没关系。"

"郝大叔,那就麻烦您这个好人送我一程,学生谢谢您了。"

"不用谢,我正好也是顺路。"

就这样,在郝大叔的搀扶下,毓秀一瘸一拐、歪歪扭扭地赶到了贡院。还未到贡院门口,远远看见外帘官在关大门。两人心想,坏了,就差这一步。

郝大叔拉着瘸腿的毓秀紧着往大门口跑,毓秀一边跑一边大喊:"大人,大人,请稍等!"

两个外帘官或许没有听到毓秀的喊声,或许压根就没有顾及他的喊声,合力关上了大门。

毓秀气喘吁吁地跑到贡院门口,对把门的两位衙役恳求道:"大人,我是从绛州赶来的秀才李毓秀,请您打开大门让我进去吧。"

衙役一脸严肃:"要考试为啥不早来?"

"大人,家里出了点事,不得已才来得晚了些,您行行好让我进去吧。"

"哼!家里出了事,家里的事能比科举的事大吗?连这都不懂还考什么试,这样的人就是让你考也考不中。"

"大人,我能考中,一定能考中。"

衙役看看李毓秀:"绛州那是个人杰地灵的地方,怎么会出你这样的狂徒,口出狂言,你一定能考中?"

毓秀自信地拍着胸膛说道:"大人,只要让我进去,我真的能考中!求您了,让我进去考吧?"

"我让你考,我有那本事吗?快离开吧,别在这儿烦人!"

郝大叔见衙役听不进毓秀的话,赶紧上前帮着说话:"两位大人,这后生大老远从绛州赶来,腿都瘸了,实在是不容易,请你们给点方便。"

"看他说话那个狂妄劲,一点规矩都不懂。"一个衙役说道。

郝大叔赶紧从怀里掏出一些碎银子递上去："两位大人，这娃不是不懂规矩，他刚进大南门就被人偷走了身上的银两，这些银子算我替他孝敬大人，求两位给点方便。"

一个衙役伸手想接郝大叔的银子："我这个人好说话，要是碰上个难说话的，你们就难办了。"

另一个衙役过来挡住他："我就难说话，啥钱也敢接，这事能办吗？"

郝大叔赶忙拉住难说话的衙役，硬把银子塞进他的怀里："大人，银子不多，只能算是一点心意，请务必赏光。"

听郝大叔说话的口音像是当地人，难说话的衙役不屑地回道："考试这么大的事，那点银子就想糊弄我们？"他审视着郝大叔："他的银子被偷了，你这个亲戚难道也被偷了不成？"

"大人，我跟他不是亲戚，我们素不相识，我只是看他可怜才出手相帮的。"

"真是这样？"难说话的衙役问道。

"真是这样，没有半句假话，我确实是在帮一个素不相识的人，也请你们做点好事帮他一把，万一他将来功成名就，你们不是也有一份功劳吗？"

难说话的衙役紧绷的脸松了下来："你早这样说不就对了么。"

郝大叔赶紧回话："对对对，是怪我，怪我没说清楚。"

难说话的衙役从怀里掏出银子还给郝大叔："我不是嫌钱少，是这事不好办，这点银子根本不管用。"

毓秀可怜巴巴哀求道："大人，久病的老母亲盼着我能高中，请您行行好，让我进去吧！"

难说话的衙役心软了："看你这后生挺可怜的，我进去试试。咱可说好了，这事决定权不在我们，说好了别太高兴，说不好也别不高兴。"

留下好说话的衙役看门,难说话的衙役进门去了。片刻工夫,他转了回来:"上边说了,任何人不能再进去。"

毓秀几乎哭出声来:"大人,我母亲已经病入膏肓,她硬撑着要等我的消息,如果知道我连考场都没进,会要了她老人家的命,求您老行行好,再进去一趟,把我家的情况报告给考官大人,我求您了!"

两个衙役不再说话,脸绷得比贡院的朱漆大门还要紧,任凭李毓秀好话说尽,他们连嘴都没再张一下。

毓秀伤心极了。这样无果而回,该如何面对母亲,面对乡亲们?

"回去吧后生,考场看样子是进不去了,赶紧回去照看你妈吧。"郝大叔帮毓秀擦擦眼泪,"先到我家吃点饭,歇息歇息,我再给你拿点盘缠。"

"郝大叔,不麻烦您了,我得尽快回去照顾母亲。"

郝大叔感慨道:"你这后生还真是个孝顺娃。"他掏出身上仅有的银子,"既然这样,你就赶紧走吧,这点银子拿着,路上可以贴补点。"

"谢谢,谢谢郝大叔!"

刚要转身离开,一个陌生人拦住了毓秀:"这是你的银子,分文不少还给你。"

"你……这……"毓秀不解地望着陌生人。

"后生,我就是刚才偷你钱的人。"

陌生人缓缓说道:"不瞒你们说,我是太原城里的惯偷,从事这行当已经十几年了。"陌生人一脸的伤感:"十几年前,我也是来省城参加乡试的秀才。"

听陌生人说出这样的话,郝大叔与毓秀一脸惊诧。

郝大叔不解地问道:"既是读书之人,为何要干这不齿之事?"

陌生人哭了:"我们家在一个偏远山区,几代人受官府欺压。我这一代兄弟六个,我排行老三,父母见我人比较聪明,就把我送进私塾,指望我能步入仕途改变家庭的命运。为了供我读书,父母带着众兄弟在煤窑拼命干活,父亲累得吐了血,两个兄弟先后被砸死在煤窑下。"

陌生人泣不成声:"我好不容易考上了秀才,可因为家里一摊子事情耽误了行期,考试来晚了……"他抹了一把眼泪:"同这位后生一样,赶到贡院时大门刚刚关闭。"

郝大叔和毓秀不免为陌生人的不幸遭遇而伤心,毓秀更有同病相怜之感,他含泪问道:"结果怎么样?"

"看门的衙役说帮我打通关节,拿走了我身上所有的银子,结果再也不露面。我无脸回家,从此浪迹太原街头,以偷窃为生。"陌生人顿了顿继续说道,"我恨透了官府的人,恨他们为富不仁,也不屑那些参加科考的人,嫌他们趟黑暗的官场这潭浑水,所以我专偷官府的人和参加科考的秀才。"

"既然这样,那你为何要还我的钱?"

"之所以要还你的钱,是因为在你们身上,看到了人间的善良与美德,二位的行为着实令我感动啊!"

"这话从何说起?"郝大叔问道。

"我刚才一直跟在你们身后,想看看事情如何发展。没想到同样的故事,同样的情景,同样的开头,结果却大不一样。"陌生人不胜感慨道,"这位后生没有像我一样自暴自弃,而是急着回去看母亲,这是孝;郝大叔对后生全力相帮,这是仁;那位衙役虽然没有办成你们的事,可他尽了力,还退回来你们的银子,这是义。这几点我都没做到,真是枉活几十年啊!"

"这么说你已经好久没回家了？"毓秀问道。

"是啊，也不知道家中的父母兄弟过得咋样了！"

郝大叔拍了拍陌生人的肩头："那你得赶紧回去看看，父母家人一定在惦记着你。"接着语重心长道："没有考取功名不要紧，但不能忘了向父母尽孝。"

"是，我是该回去了。"陌生人转身对毓秀说道，"我得向这位后生学习，回去侍奉年迈的父母。"

来省城一趟，虽然没有达到目的，但遭遇了这一切，毓秀觉得值了，他从怀里掏出郝大叔的银子："郝大叔，我的银子找回来了，这银子您自己收着吧。"

郝大叔推回毓秀的手："穷家富路，你还是带上吧。"

"大叔，您的恩情后生日后定当报偿！"毓秀转身紧握住陌生人的手，"咱们回家！"

陌生人满含热泪："回家！"

三十五

故事再回到周庄,话说韩氏从毓秀家回来,想想刚才的事情,越想越不对劲,便把往毓秀家送银子的事告诉了丈夫。

金彪爹一听破口大骂:"你哥说你是猪脑子,我看你比猪还笨,哪有菩萨会说话的? 一定是被人给骗了。"

"那咋办哩,要不我去拿回咱的银子。"

"算了吧,这事不敢再提,若有人问起来,就说没这回事,要不然彪子的事就败露了。"

"哦,对对对,知道了。"

这一天,黑老猪终于回来了。看着儿子的狼狈相,金彪爹倒吸了一口凉气。韩氏的心里如刀割般难受,她一手擦着自己的眼泪,另一只手掏出手绢轻轻擦拭黑老猪肿胀的双眼:"贵儿,你这眼睛是咋啦?"

黑老猪没好气地嚷嚷着:"别问了! 赶紧做饭,炒肉、炒鸡蛋,老子饿死了。"

听说丈夫回来了,胡氏带着大狗、二狗两个孩子来到厅堂,关心地问道:"娃他爹,你走的时候好好的嘛,这是咋啦?"

"别你妈 X 问了。"黑老猪没好气地骂道,"快滚吧!"

胡氏不敢再吭声,拉着大狗、二狗站到一旁,韩氏赶紧吩咐儿媳:"快去让厨房做饭,做点好吃的。"胡氏答应一声带着孩子出去了。

金彪爹把四娃叫到一边问道:少爷这是怎么啦?"

四娃不知该怎样回答主子的问话,哼唧了半天说不出一个字来。

金彪爹气坏了,冲着四娃一顿臭骂:"让你去保护少爷,你干啥去了,嗯?咋能把少爷弄成这个样子?"说着话就要打四娃。韩氏一把拉住丈夫:"还有话没问哩,你急着打他干啥? 先给他留着这顿打。"

韩氏转身问四娃道:"交给你们的事办得如何? "

"听少爷说办妥了。"

"具体是咋办的,花了多少银子?"韩氏问道。

"我不知道,一切都是少爷亲自办的,您去问他。"

金彪爹在一旁骂道:"嗯,你就是个白吃饭的主儿,啥你也干不了! "

从四娃这里问不出个所以然,韩氏便来问儿子:"贵儿,事情办得咋样了? "

黑老猪一脸的不耐烦:"等老子吃了饭再说。"

韩氏讨了个没趣,又不敢惹宝贝儿子,只好耐着性子等。

片刻工夫,厨房端上了饭菜,黑老猪大声嚷着:"酒,老子要喝酒! "

金彪爹赶紧让管家拿来绛州烧酒,黑老猪一边紧着往嘴里扒拉着饭菜,一边扬起脖子往嘴里灌着酒。

韩氏一旁心疼地说道:"慢点吃,小心噎着了。"

"少你妈 X 管老子,"黑老猪骂道,"老子噎死也比当饿死鬼强。"

待黑老猪吃得差不多了,韩氏才又重新向儿子打听毓秀的情况。

黑老猪手一扬:"那小子被推下山崖摔死了!"

"摔死了,可靠吗?"金彪爹问道。

"绝对可靠。"

"那你说说,事情是咋做成的?"韩氏问道。

"刘三麻子让一个小土匪扮成书生,毓秀那书呆子也真是好骗,竟然就相信了小土匪的话。两人一起结伴而行,到了一个山崖旁,土匪假装要跌倒的样子,那呆子赶紧上前去扶,结果被小土匪推下山崖摔死了。我亲自去现场看了,山沟深不见底,估计那呆子临死都没有弄清楚咋回事。"

韩氏小心翼翼地问儿子道:"那你的眼睛这是怎么啦?"

"刘三麻子那个土匪不是人,他为了抢银子把我的眼睛毒瞎了。"黑老猪愤愤不平地说道,"当老子有了机会,非捣了他的匪巢不行!"

得到李毓秀掉下山崖的准信,夫妻俩心里总算得到些许安慰。韩氏赶紧进城,把消息告诉了哥哥,韩一刀眨巴着小眼睛:"你那浑儿子的话可靠吗?可别过些日子李毓秀平安回来,可就开了玩笑。"

"我跟他爹反复问过贵儿,他说得很肯定,应该不会有问题,只可惜贵儿的眼睛被土匪给毒瞎了。"韩氏回答道。

韩一刀捋了捋稀疏的花白胡须:"真要那样,我们就高枕无忧了,金彪的眼睛也算没有白瞎。"

黑老猪瞎眼的消息很快传遍了全村。这一天,勤生把几个朋友叫到毓秀家里,商量怎样才能弄清楚毓秀的情况。

智多星文良出主意道："得想办法找到四娃，从他那儿可能问出一些真相。"

"四娃是黄家信得过的伙计，又是黑老猪的干兄弟，他不会跟咱们说实话，问也是白问。"炮筒子元元说道。

"咱眼下没有别的办法，只能试一试。"勤生接着说道，"他那个兄弟也就是挂个名而已，有名无实，我们好言相劝，或许能问出实话来。"

"我平时跟四娃还处得来，我去找他。"和事佬五斗自告奋勇道。

勤生使劲在五斗肩膀上拍了一巴掌："这时候就用到你这个老好人了，赶紧去吧。"

"好，我这就去。"

再说四娃一路护着黑老猪，千辛万苦回到黄家，非但没有得到好处，反而被黑老猪父母一顿臭骂，还差点挨了打，四娃一肚子委屈无处诉说。

这一天，四娃出了黄家大门，想到河滩散散心，藏在墙角边的五斗赶紧跟了上去。

到了没人的地方，五斗叫住四娃："兄弟，请等一下，我有话说。"

四娃停住脚步："五斗哥，有事吗？"

五斗拉四娃在土坎上坐下："四娃兄弟，当哥的问你一件事，你可得跟哥说实话。"

一听五斗的话，四娃立马警觉起来："你是说我跟黑老猪去外边的事吗？"

"对，正是这事，你们干什么去了，黑老猪的眼睛为啥看不见了？"

"这……"一层细密的汗珠从四娃的脸上渗了出来。

老实木讷的四娃，内心十分矛盾。有心把黑老猪所做的缺德事告诉五斗，可金彪爹临走有交代，嘴一定要严实，如果把陷害毓秀的事说出去，就打烂自己的嘴，四娃哼哼唧唧半天说不出一个字。

"既然你不便回答，我也不为难你，我只问你，你和黑老猪出去是不是和毓秀有关？"

"这……"犹豫了一阵，四娃终于点了点头。

"那毓秀他？"

四娃的脸色一下子变得煞白，他捂住脸哭了起来。

再问什么，四娃只哭不吭声。五斗分析，看来弟兄们分析得没错，毓秀凶多吉少，这消息得赶紧告诉弟兄们，遂离开四娃，转身往毓秀家跑去。

听五斗说了与四娃见面的情形，大伙都认为毓秀确实被害了。

元元气愤之极："黑老猪杀死凤英，没有得到惩罚，如今又害死了毓秀，再不能让他逍遥法外，得去官府告他！"

五斗接着说道："我们这就写状子，去州衙击鼓告状。"

勤生冲两人摇了摇头："这状不能告。当初永顺叔去告状，非但没有赢了官司，还搭进去李家财产和自己一条命。凤英的事情，郭先生也是考虑告不赢才不去告。"勤生接着说道："有事实的官司都打不赢，如今我们只是猜测黑老猪害了毓秀就去告他，这官司能打赢吗？"

文良也深有同感："这事确实不能去官府告状，到时候我们拿不出证据，韩一刀再一歪嘴，我们可就犯了诬陷大罪。"

听两人这样一说，元元也不再坚持告状，只有五斗不服气，他埋怨几个朋友道："你们也像我一样，学会做和事佬了？这事不能和稀泥，得去告他黄家。"

文良捅了五斗一把:"不要再拧了,就听勤生的吧。"他接着问勤生:"你说咱们下一步该咋办?"

"还能咋办?"勤生说道,"婶子一直昏迷不醒,毓秀又不在了,咱们要像亲儿子一样照顾好婶子,让她尽快好起来。"

也真是奇怪,勤生的话刚说完,林氏忽然清醒过来,她问身旁的勤生:"毓秀去省城多少时间了?"

"婶子,有一个多月了。"

林氏喘着粗气说道:"你扶我起来,我要出去。"

"婶子,你出去干啥哩?"文良问道。

"毓秀要回来了,我……我去村口接他。"

"毓秀他……"元元话一出口。五斗赶紧打断他:"毓秀他就是回来,也用不着您亲自去村口接,我们几个去就行了。"

"不,我要亲自……去接他。"

林氏一再坚持,几个人拧不过她,只好扶她起来,挽着她颤颤巍巍往屋门口走去。没走几步,林氏就上气不接下气,她缓了缓,挣扎着继续往屋外走。勉强走到屋门口,林氏无力地将身子倚在门框上。她一边喘气一边竭力睁大眼睛向远处观望,勤生和媳妇一边一个挽扶着。

且说李毓秀离开太原之后,拼命往家里赶。连续多日奔波,这天终于到了绛州地界。毓秀脚步匆匆,过了十里铺①,下了哺饥坡②,直奔周庄而来。远远地已经看到东头、城儿里和上院的轮廓,毓秀更加紧了脚下的步子。周庄的轮廓越来越清晰,渐渐地可以看到李家高高的望河楼,毓秀的脚步却慢了下来……他两腿无力,双脚似乎有千斤重。

不知是谁轻轻说了一句,好像是毓秀过来了,几个人同时揉揉眼睛往远处看,果然是毓秀回来了!

啊,毓秀没死!

勤生高兴得声音有点发颤:"婶子,毓秀回来了。"

"真的吗?毓秀……真的回来了,他……他在哪里?"

勤生指了指远处:"您看,那不是毓秀么!"

"我就说嘛,这毓秀命大福大,黑……"文良话没说完见五斗瞪了瞪自己,没再往下说。

说话间毓秀已经到了跟前,他扑通一声跪倒在地:"妈!"

林氏抱着毓秀的肩头,眼泪一串串滴在他的头上:"毓秀,你……你考中了吗?你……一定考中了!"

本不想让母亲知道真相,怕她虚弱的身体经受不住打击,可从未在母亲面前说过假话的毓秀实在不好意思骗她老人家,只能如实相告:"妈,我没有考中,我……我……"

"啊!你……"病弱的林氏像一片枯干的树叶,无力地掉在地上。

看着母亲圆睁的双眼,那浑浊的瞳孔中分明透露出无尽的遗憾,毓秀帮母亲合上双眼:"妈!我没有尽到孝道,我对不起您老人家!"

注:

①十里铺:绛州城往北十里远,古官道旁的高大土堆,相当于现在的里程碑。

②哺饥坡:春秋时晋国赵盾舍饭救灵辄的坡道,在周庄北边三里远的侯庄村西边。

三十六

乡亲们都在忙林氏的丧事,毓秀却病倒了,他全身滚烫,迷迷糊糊地躺在炕上,不时地说着胡话。

朋友们见毓秀的状况和林氏差不多,不免心里害怕。大伙儿商量,必须尽快请谢先生为毓秀诊病,勤生遂匆匆往城里而去。

谢先生很快随勤生来到毓秀家。他看过毓秀的五官,又精心为他号过脉,然后说道:"他属于虚火攻心,因过度劳累和忧心所致,虽然病得不轻,但无生命之忧,只需喝几服药,再静养一段时间就会痊愈。"

谢先生这样一说,勤生他们才放下心来,朋友们一边忙林氏的丧事,一边照顾着重病的毓秀。

林氏下葬后的第二天,毓秀总算清醒过来。听说母亲已经入土安葬,毓秀既感到愧疚,又十分感动,想起身向朋友们表示感谢,可浑身酸疼无力,挣扎了几次都没能起来。

一旁的勤生赶紧按住他:"你起来干啥,安心在床上躺着,等病好了再起来。"

毓秀含泪说道:"勤生哥,母亲的丧事没有出一点力,我心里有愧啊！"

"你病成那样,有啥愧的哩?"

"要不是你们帮忙,要不是乡亲们帮忙,我家还不知道成了啥样子,我从心里谢谢几位当哥的,谢谢乡亲们!"

"人只有在困难的时候才需要帮助,这种时候不出手相帮那还叫朋友? 客气话就不要说了。"勤生说道。

"不,我要说,我确实得谢谢几位当哥的!"

"这话就此打住吧。"勤生接着说道,"这么多天了,一直没有机会问你到省城参加考试的情况,都快把人急死了。大伙儿分析,以你的学识,应该能顺利考中举人,可为何没有考中,这中间到底发生了什么事? 你快跟大伙儿说说。"

"真是一言难尽啊!"毓秀于是把如何夜以继日地赶路,如何掉入山崖并获马老汉一家相救,又如何搭乘好心人马车,千辛万苦赶到太原,却没能踏进考场的经过讲了一遍。

这可真是奇怪? 五斗已经问过黄家伙计四娃,他虽然没有直接承认,但从他的言谈和表情分析,黑老猪外出肯定是去害毓秀。可从毓秀讲述的过程看,他并没有遇到黑老猪,难道黑老猪并没有加害毓秀?

几个人百思不解,到底怎么回事哩?

正在这时,四娃慌慌张张跑进屋里,他开口就说:"毓秀,黑老猪买通土匪刘三麻子,让小土匪把你推下山崖……"刚说到这里,就听金彪爹在门外大声喊道:"四娃,快回来,有要紧事!"

听到主人的喊声,四娃撂下一句"以后再说",随即匆匆跑出屋外。

四娃为啥要对毓秀说这番话? 原来自那一日五斗打听情况后,他就有了深深的负罪感,心里一直平静不下来。后来听说毓秀回来了，四娃心想，这一定是老天爷在帮助毓秀，不然他咋会掉下山崖摔不死哩？既然老天爷肯帮助毓秀，那老天爷一定知道黑老猪做的坏事。不能再帮黑老猪抗了，一定要找机会把他伤天害理的事告诉毓秀，告诉乡亲们，不然自己也是作孽。

再说黄家这边，自毓秀回来之后，金彪爹和韩氏可谓惶惶不可终日，生怕陷害毓秀的事情败露。他们心里清楚，这事情除了自家人，只有四娃一个人知道，只要他不说出去，就不会有人知道。

怎样才能封住四娃的嘴哩？

韩氏出主意道："趁黑夜把四娃扔到河里喂鱼算了。"

金彪爹反驳道："胡说！害死他容易，他死了，以后家里的农活指望谁干？"

"那你说该咋办哩？"韩氏问道。

"你再去城里一趟，找你哥商量，他会有好办法。"

韩氏觉得丈夫说得在理，便依着他的主意去州衙找韩一刀商量。韩一刀果然有点子，他对着韩氏一阵耳语，韩氏微笑着点点头，然后回到周庄。

这一天午饭时间，韩氏让厨房提前备好了酒菜，约莫着四娃干完活该回来了，金彪爹亲自去场院找四娃。他看见四娃放下手里的家具，出了场院门，径直往东头而去。因生怕四娃去毓秀家，金彪爹便在后边紧紧跟着他。转了几个弯，果然发现四娃进了毓秀家的门，金彪爹一想不好，便赶紧喊四娃回家。

回到黄家，四娃原本以为要挨一顿打，没料想韩氏坐在饭桌旁满脸堆笑等着自己。正不知所措时，金彪爹笑着说道："四娃，今儿个高兴，特意让厨房炒了几个菜，咱父子俩喝几杯。"

四娃推辞道："叔，要喝您自己喝吧，我一个当伙计的，哪能和您在一个桌子上吃饭？"

"看你这娃,咱们是一家人,不能这么见外。当初留你在咱家,说好了是让你给彪子做弟弟,如今你年龄也不小了,该找媳妇了。我和你妈商量过了,等忙过了这阵子,托媒人给你说个媳妇。"

"我一个人就挺好,说啥媳妇哩?"

韩氏一边把四娃往椅子上推一边说道:"人长大了就要说媳妇嘛,哪能总是一个人过哩?快坐下,先和你爹喝几杯,娶媳妇的事咱们随后再仔细商量。"

黄家夫妻为何说出这般话?原来四娃无爹无妈,是一个孤儿。十五岁那年,他只身一人讨饭来到周庄,金彪爹见他年龄虽不大,但已经长成了成年人的身板,心想这娃将来一定是一块干活的好料,于是便把他留了下来,说是要给金彪找个弟弟。其实金彪爹心里早就打好了如意算盘,自己只有黑老猪一个儿子,他万一有个好歹,四娃可以为自己养老送终,假如儿子安然无恙,四娃就成了不用付工钱的伙计,岂不两全其美?

来到黄家多年,四娃吃住和其他伙计在一起,干最重的活却从来不给工钱。黑老猪是个浪荡子,地里的农活从来不干,金彪爹也是只动嘴不动手的主儿。自从有了四娃,地里活全由他带着其他伙计忙活,一年四季,春耕秋收,黄家的样样农活儿都需要四娃安排。他整天丢下耙子捞扫帚①,从没有个消停的时候。尽管这样,从来也得不到主人一个好脸,金彪爹总是嫌这嫌那,埋怨四娃干得不好。

黄家夫妻从未有过的热情让四娃头脑发蒙,莫非他们真的发了善心,要为自己找媳妇?细一寻思,怎么可能?他们肯定是怕自己不安心在黄家干活,借此话题糊弄自己,想到此四娃回话道:"叔,婶子,我只求有一口饭吃就行,从没有想过找媳妇,这事就不麻烦你们了。"

韩氏满脸堆笑道:"看你说的,年龄大了找媳妇是应该的嘛,哪能不想哩？"

"婶子，我说的是真话，我光棍一条，身无分文，拿什么找媳妇哩？"

"聘礼的事不用你管，我和你妈操心就是了，咱们坐下喝酒吧。"金彪爹说道。

四娃越发不理解："叔，你们为我操心说媳妇，咋能还让你们破费？"

"你是彪子的弟弟，破费是应该的。"金彪爹把四娃按到椅子上，"怪我没说清楚，这顿饭其实是为了感谢你。"

"感谢我啥哩？"

金彪爹一本正经地说道："这回要不是你，彪子怕是得饿死在路上了，这么大的事不应该感谢你吗？再说了，你彪子哥的眼睛看不见了，以后咱这家里就更得靠你打理，当爹的不得犒劳犒劳你吗？"

金彪爹一席话说得确实在理，四娃再无话可说，只好规规矩矩坐了下来。金彪爹一使眼色，韩氏把赶紧早已斟好酒的酒杯递到四娃手里。

好大的一杯酒，平日里从不饮酒的四娃看着有些害怕。

金彪爹举起同样的酒杯说道："来，干杯！"说完扬起脖子一饮而尽，

韩氏在一旁撺掇道："快快快，你爹都干了，你年轻人还犹豫啥？"

主人的豪爽与热情让四娃有所感动，他闭上眼睛，扬起脖子将一大杯酒一股脑灌了下去。

酒一下肚，四娃觉得有点不对劲。虽然从未喝过酒，但四娃觉得那应该是好东西，不会太难喝，可自己喝下去的显然不是什么好

东西,不然咋就这么辣,像一团火在喉咙里燃烧。他离开酒桌,一溜烟跑到院子当中的水缸前,舀了一瓢凉水一口气喝了下去,想凉凉喉咙。一瓢凉水下肚没起一点作用,喉咙里依旧像火烧一样,他返身跑回客厅,见金彪父母稳坐在椅子上,脸上露出一丝让人看不懂的笑意。

四娃想问他们这酒咋就这么难喝,可是用了很大的劲,却发不出一点声音……

注:

①丢下耙子捞扫帚:忙这忙那,不肯停手的意思。

三十七

再说这头，四娃被金彪爹唤走之后，勤生仔细琢磨他说的话，好像悟出了什么，他问毓秀道："你是怎么掉下悬崖的？"

"同路的戴生滑了一下，身子摇摇晃晃眼看就要掉下山崖，我赶紧去扶他，没想到他一个趔趄，胳膊一甩把我撞下了山崖。"

"我明白了，这黑老猪没有直接上手，他是买通土匪谋害毓秀，怪不得毓秀说没有遇到他。"勤生肯定地对毓秀说道，"那个戴生是土匪假扮的，他佯装摔倒，骗你上钩，借机把你推下山崖。"

毓秀将信将疑："看他的样子文绉绉的，说话也挺和善，不像土匪啊？"

"哪个坏人头上刻着字哩？他要是装得不像就骗不了你。"

毓秀终于回过神来："我当时还为遇到同路人好一阵高兴哩，原来是个圈套。"

"好你个实在的小师弟，你总算明白了。"

毓秀懊悔地说道："岂止是实在，我这简直就是愚笨，土匪设那么个圈套，我咋就没看出一点破绽？"

"孤单单一个人，冒着大雨在崎岖山道上行走，遇到同路人，高兴还来不及呢,谁会想到他是土匪假扮? 除非你自己也是土匪,经常干那种事,否则不可能识破土匪的计谋。"

"你说得对,我总是把人往好里想,对坏人缺少防范。"

"这件事我们不能就此罢休,有机会让五斗再问问四娃,弄清楚具体细节。"

"这有啥好问的,黑老猪想害我没害成,我还因此结识了马大叔一家,这不是好事吗?"

"亏你想得开! 但这事不能就这么算了。"勤生接着说道,"黑老猪给了刘三麻子多少银子? 还有,他的眼睛是怎么瞎的? 这些都需要弄清楚。"

"咱管他给了多少银子,他没害死咱,银子就等于白花,至于他眼睛怎么瞎的,那是报应! "

"不,这些情况必须问明白。"

"问明白了干啥?"毓秀问道。

"问明白了,我们就可以到官府告他黄家。"

一听说告状,毓秀的头摇得像拨浪鼓似的:"告状的事就不必了吧?"

勤生长吁一声:"唉! "

面对善良的小师弟,勤生有千言万语要说,可又不知从何说起。他稳了稳自己激动的情绪对毓秀说道:"婶子太善良,你也被教成了大善人,那黑老猪当初杀死了凤英,如今又设计害你,虽说阴谋没有得逞,可害得你误了乡试,黄家与李家可谓有血海深仇,这深仇大恨难道你就不想报吗?"勤生越说越激动:"就算你能咽下这口气,弟兄们也咽不下这口气! "

"勤生哥! "毓秀一把抱住勤生,两人一起放声大哭。

少顷,听到有人敲门,两人赶紧擦干眼泪,毓秀示意勤生去开门。

打开房门，元元气喘吁吁闯了进来，嘴里大叫着："不好了，四娃不会说话了。"

勤生和毓秀异口同声道："怎么回事？"

元元回答道："我路过黄家门口，听见有吵闹声，凑近一看，四娃在院子里又哭又闹，叫过他家另一个伙计一问，才知道他突然不会说话了，心里着急，才在院里闹腾，这就赶紧过来告诉你们。"

"这一定是黄家下的黑手。"勤生气愤地说道，"这黄家也真够狠毒的。"

元元一时弄不明白："你这话是啥意思？"

勤生回答元元道："四娃刚刚来过，只说了一句话就被金彪爹叫走了，一定是黄家怕四娃说出什么，才下此黑手。"

"啊！"毓秀吃惊地说不出话来，"真……真会这么恶毒？"

"怎么不会！"勤生反问毓秀道，"你以为所有人都像你一样善良吗？"

元元也觉得勤生说得对，他分析道："这黄家尽干些伤天害理的事情，他们肯定是用毒药毁了四娃的嗓子。"

想想四娃一个孤儿，也挺可怜的，毓秀问勤生道："四娃是个恓惶人，要不要去找一下他，让他不要再待在黄家，另外为他找一户主人。"

勤生回答道："这年头，全欢人①都不好找主家，他一个哑巴哪里有人肯要？"

毓秀伤感地说道："那四娃这下可惨了，说不了话，只能一辈子为黄家做牛做马了。"

听两人说到这里，元元突然急了："黑老猪害毓秀的事还没有问清楚，四娃不会说话了，这下可咋办？"

"他们谋害毓秀的事，四娃其实已经说明白了，是黑老猪买通土匪把毓秀推下了山崖,只是细节还不大清楚。"

元元问毓秀道:"土匪把你推下山崖,你就没有摔着?"

毓秀感慨道:"哪里的话,我又不是铁打的,我被摔昏了,多亏了马大叔一家相救,要不然我可就命归深山了。"

元元庆幸地说道:"你大难不死,将来必会大富大贵。"

"我这一生不求大富大贵,只求平平安安。"

"是的哩,只要你平平安安弟兄们就放心了。"勤生问毓秀道,"你的病也好得差不多了,病好了之后打算干啥哩?"

"勤生哥,你说我该干啥哩?"

"还是以前说过的话,你有满肚子的学问,以你的实力,中举人、中进士,甚至中状元完全都不是问题。"勤生满怀希望地说道,"弟兄们商量过了,等你为婶子守孝期满,正好到了下一次乡试的时间,我们都希望你继续参加科考。"

"勤生哥,以后的路该怎么走,我得好好想一想,等想好了再告诉你们吧。"

"那好吧,你一边养病一边思考。"

一个多月过去了,毓秀的身体总算恢复过来。养病期间,他想了很多。从狄、黄两家与李家的恩怨,到州衙韩一刀与贾仁义的贪赃枉法,从自己少年时候的苦难日子,再到几次参加科考的经历。自私的狄淮松、狡诈的韩一刀、贪婪的绛州知州、刁蛮的黑老猪、无辜的父亲、善良的母亲、忠厚的老韩爷爷、乐善好施的马老汉一家和车把式、仗义相助的郝大叔、肝胆相照的朋友们,这些形象不时在眼前闪现。

狄淮松之所以要强抢别人家的东西以至于后来发展到杀人灭口,黑老猪之所以长期胡作非为,韩一刀之所以屡屡制造冤案错案,绛州知州之所以对韩一刀言听计从,都是因为这些人过于自私,过分贪婪,所谓"己所不欲勿施于人",他们完全忘记了儒家做人的规矩与信条,有他们在,这世道就永远不得安宁。

然而,这世上还是好人多。

老韩爷爷用生命诠释着对主人的忠诚;马大叔一家与郝大叔尽全力救助素不相识的人;朋友们、乡亲们无视权贵,对自己一家倾力相帮,他们都是大好人,因他们的存在,人世间才充满了温情。

要从根本上消除人间的不平,就必须要有一个做人的规范,让天下人做事有规可依,有范可循。继续参加科考,即使如愿步入仕途,官场如此黑暗,又能有啥作为? 就算自己不随波逐流,做一个清明的好官,最多也就是造福一方,而不能保障天下永久的和谐与安宁。孔、孟两位老夫子,之所以被后世尊崇为"圣贤",不是因为他们做过什么大官,而是因为他们的思想与著作。在历史上,就算李白、杜甫这些被尊为"诗圣""诗仙"的天才,尽管他们"读书破万卷",尽管他们自认为"天生我材必有用",然而,虽"朝扣富儿门,暮随肥马尘",却难免"残杯与冷炙,到处潜悲辛",并没有做成什么大官,倒是他们的诗词成为后世宝贵的精神财富。想到此,毓秀终于彻底明白了郭先生要自己发誓著书的原因。他发誓不再参加科考,不去趟官场那一潭浑水,要留在家乡办学,以便有更多的精力完成郭先生的遗愿,写一本规范天下众生行为的书。

听说毓秀要放弃科考,朋友和乡亲们纷纷前来劝说,都希望他能继续参加科考。年届耄耋之年的黄爷爷让儿孙们搀扶着来到毓秀家,语重心长地说道:"毓秀啊,想当初你妈冒着九死一生的风险生下你,为了让你长知识、有学问,她受尽了人间的苦难;郭先生为了保护你们孤儿寡母,搭上了自己的性命;伙计老韩为了让你出人头地,不惜豁出自己的老命;你中了秀才,全村男女老少都为你高兴,希望你能继续高就。你不去参加科考,且不说埋没了满肚子学问,能对得起那么多为你铺平成才之路的人吗?"说到激动处,黄爷爷昏花的眼睛里流下了惋惜的泪水。

送走了黄爷爷,毓秀犹豫了,莫非自己的决定错了?

正在他举棋不定的时候,突然听见门外吵吵嚷嚷的,原来是本家的二爷爷和三爷爷过来了。自从被官府抄没家产后,两位长辈与自己很少来往,他们这会干啥来了?

只听李二爷吵吵着:"毓秀,你肚子里那么多学问,不去参加科举考试,这合适吗?"

正不知该怎样回答李二爷的话,李三爷说道:"你得去考举人、考进士、做大官,咱李家人还指望沾你的光哩!"

原来他们的目的在这里,毓秀冷冷地回答道:"两位爷爷,谢谢你们的关心。今后的路该怎么走,我自会安排,无须两位长辈费心。"

注:

①全欢人:肢体健全的人。

三十八

　　李家两位长辈的到访,从反面刺激了李毓秀,更坚定了他放弃科举考试的决心。他发誓远离功名,踏踏实实做学问,尽全力完成郭先生的遗愿。

　　既然毓秀铁心不再参加科考,众乡亲和亲朋好友也就转而支持他办私塾。在筹备办学的日子里,毓秀决定先进行精神与知识储备。他辛辛苦苦走了近百里路,来到绛州西北部的姑射山,到老子当年讲学的"清廉洞"拜谒,望着洞中的老子塑像,《道德经》的字字句句回响在耳边;他风尘仆仆来到位于绛州城以北二十多里的荀国都城遗址,拜谒荀况老夫子,面对荀国古城墙的残垣断壁,"劝学篇"的警句名言在眼前不断闪烁;他恭恭敬敬来到绛州城内的文庙,拜谒孔老夫子,在高大的大成殿内,面对孔圣人塑像,《诗》《书》《礼》《乐》《易》《春秋》一卷卷经典在胸中翻腾。毓秀心里盘算着,一定要为儒家经典宝库增砖添瓦,自己的书虽不敢奢望与先贤们的鸿篇巨制相比,但要对后人有所启迪。他暗暗发誓,不求个人流芳百世,但求著作惠及终生。

　　做足了功课,接下来要选办学地址。毓秀想在郭先生的私塾原址办学,朋友们怕他触景生情,心里不愉快,主张他离开周庄,到别处去办学。毓秀觉得利用原址可以省去许多麻烦,更重要的是只有留在原址才能时刻不忘先生嘱托,完成先生的遗愿。他说服了朋友们,在郭先生的私塾原址开始了自己的教学生涯。

香荷其时已然是妙龄少女,身材修长、皮肤白皙,一双大眼睛闪烁着善良与聪慧,两个小酒窝总透着三分笑意。生长在贫寒之家,香荷没有富贵人家小姐的妖媚,却多了几分农家的纯洁与朴实,果真人如其名,恰似一朵含苞待放、芳香四溢的荷花。郭奇如在世时,香荷常常来私塾听大哥哥们念书。日积月累,在毓秀和大哥哥们的帮助下,认识了不少字,也会背一些经典诗文。听说毓秀哥当了私塾先生,香荷既好奇又高兴,想看看这位大哥哥讲课的模样。这一天,香荷剜野菜回来,路过私塾门口,见李毓秀正在讲课,便大胆走了进去。

看见香荷进来,毓秀示意她坐在后边的凳子上,香荷没有客气,找了个空位子坐了下来。没想到毓秀讲课的神态是那么的潇洒,香荷被他深深地吸引住了。

毓秀一口气讲了两个时辰,香荷则聚精会神地听了两个时辰。见毓秀停下来,香荷想着他一定渴了,想给他倒一碗热水。来到灶台边,才发现冰锅冷灶,哪里有热水。勤快的香荷赶紧点燃柴火,烧了一锅开水,她舀了一碗水递过去:"毓秀哥,您渴了吧,请喝水。"

接过水碗,毓秀感激地说道:"谢谢你,妹子。"

"这么点小事,谢啥哩?"说完话,香荷提起篮子回家去了。

这之后,香荷每逢路过都要进私塾来看看,不失时机地帮毓秀干些杂活。见香荷聪明伶俐、手脚勤快,又考虑到她家境不好,出于报恩的目的,毓秀同香荷父母商量,让香荷在私塾帮工,每月给她一定的报酬。女儿在私塾帮工既能学知识,又能挣钱补贴家用,香荷爹妈十分高兴,逢人便说,毓秀这娃懂得报恩,是个有良心的娃。

　　私塾生活步入了正轨,教学之余,毓秀一直在思考写书的事情。根据郭先生生前的意思,这本书主要用于孩子们的启蒙教育。为此,毓秀确定了以儒家思想为著书的基本原则,以道德规范和行为准则为内容,以《训蒙文》为书名。确立了书名和基本的写作原则,毓秀开始考虑提纲。铺开纸张,胸中似有滚滚波涛在汹涌,过往经历一幕幕在眼前飘过……母亲在困境中服侍奶奶的一幕仿佛就在眼前,郝大叔"没有考取功名不要紧,但不能忘了向父母尽孝"的话语犹在耳边,毓秀提笔写下了"孝悌"二字。对,这是做人最根本的信条,应该作为《训蒙文》的第一章。毓秀感到要说的话太多了,他接着写道:谨信、爱众、学文。

　　"孝悌、谨信、爱众、学文",这些字眼里无不透射着毓秀对人生的深刻认识。仔细端详八个楷书大字,五味杂陈一起涌上心头。看着看着,毓秀突然有了一种幸福感,他觉得以往那些痛苦经历无疑是一笔无价的财富,是上天对自己的恩赐。他从心底里感谢上天的慷慨与大方。

　　列好了提纲,才发现写书远不像自己想得那么简单,这《训蒙文》该用什么文体,李毓秀首先为这个问题犯了难。怎样才能把《论语》《大学》《中庸》等深奥的儒家理论变成通俗易懂的语言,让孩子们既听得懂又记得住,并使之成为人们的日常行为规范?诗词歌赋,散文小说……各种文体毓秀都考虑过了,似乎都很好,又似乎都不合适。

　　转眼到了来年的春天,半年过去了,李毓秀竟然一直无从下笔。为此事他日思夜想,吃不下饭,睡不着觉,人也消瘦下来。

　　自从到私塾帮工以来,香荷总是以最快的速度干完各类杂活儿,以便有更多的时间听课。不仅如此,她还时常跟着李毓秀练习写字。因为悟性好,又有先前的功底,香荷进步很快,远远超出了粗通文墨的水平。见毓秀成天盯着《训蒙文》提纲下不了笔,香荷也跟着着急,想帮他出主意。

忽然有一天,聪明的香荷有了灵感。她拿不准自己的点子到底行不行,想让毓秀自己体验一下。等到孩子们散了学,香荷飞快地收拾完杂务,然后去找毓秀。到了毓秀的房间,只见他手握毛笔,眉头紧锁,正低头思考问题,香荷轻轻拍拍桌子:"先生,先停一停。"

抬头一看是香荷姑娘,毓秀嗔怪道:"跟你说过多少遍了,不要叫我先生,叫我大哥。"

"好的,大哥先生。"

"看你?"

"哦!"香荷用手堵了一下自己的嘴,"李大哥!我知道你为啥发愁。"

毓秀一愣:"嗯,你知道我为啥发愁?"

香荷自信地说道:"对,我知道。"

"那你说说,我为啥事情发愁?"

"你是因为《训蒙文》下不了笔而发愁,对不对?"

"对,我确实为此事发愁,你赶紧走吧,我正愁着哩。"

"你不用发愁,我有点子了。"

毓秀一阵惊喜:"噢,快说说!"

"你跟我出去散散步。"

毓秀失望地看着香荷:"这妮子,难道这就是你的点子?"

"对,这就是我的点子。"香荷说道。

"这叫啥点子,纯属瞎捣乱!"毓秀生气地说道,"赶紧走开,别耽误我时间。"说完继续低头沉思。

香荷一把夺过毓秀手里的毛笔,恳求道:"跟我出去转转么!"

"我哪有心思出去转,快把毛笔还给我,不然我可真生气了。"

毓秀把毛笔藏在身后:"就不还你,你跟我出去转一转,回来您就会写了。"

香荷硬拉着李毓秀出了私塾,来到村子南边的汾河滩里。

道路两旁,五颜六色的野花争奇斗艳,粉色的野菊花、金黄的野海棠花争相开放;无边的麦苗似绿色的海洋,随风飘来甜丝丝的清香;荷塘里盛开着娇艳的莲花,一群春燕在水面上飞来飞去,青蛙不失时机地展示着嘹亮的歌喉;一株株柳树像婀娜的少女,微微扭动着身躯,似在向路人展示美丽的绿装;几只黄鹂站在柳树枝头,鸣唱着春的希望。

毓秀和香荷徜徉在田野的美景之中,不觉已经来到了汾河岸边。

在河边的沙滩上,一群孩子正在玩"开麻城"的游戏。只见孩子们分作人数相等的两队,两队各站成一排,然后先通过"石头、剪子、布"的形式决定哪一队进攻,哪一队防守。进攻时防守一方队员相互紧拉着手,进攻一方派出一名伙伴冲击对方阵营,如果冲开防守方紧拉的手,就算进攻胜利,胜利者随即带一名队员回自己的队伍。如果冲不开对方的阵营,就算进攻失败,失败者就要留在对方的队伍里。一轮"战斗"结束后,再按照之前的流程进行下一轮比赛,最后人数多的一方获胜。

被孩子们热烈而欢快的游戏氛围所吸引,毓秀和香荷站在旁边,饶有兴致地看他们玩耍。

比赛开始了,两个阵营各选出一名代表来到阵前。孩子们念着一首古老的儿歌,阵前两人代表各自一方进行"石头、剪子、布"的比赛,以决定哪一家先进攻。

孩子们念的儿歌是这样的:

三姬庄,

两娄庄,

顶不了侯庄一崖上。①

决定了首先进攻的一方,正式"战斗"开始了,甲乙两队分别念着下面的儿歌开始进攻与防守:

甲:急急令。(进攻方)

乙:开麻城。(防守方)

甲:麻城开。

乙:快给老子送兵来。

看着看着,毓秀的注意力不知不觉转移到孩子们的儿歌之中,他细细品味着那充满稚气的声音:"三姬庄,两娄庄……"

念着念着,毓秀豁然开朗:三字诀就是最适合孩子们吟诵的形式,从小学习《三字经》,怎么就没有悟出这一点?

看看身边的香荷,她正笑吟吟地看着自己,毓秀这才悟到她带自己来河边的真正用意。哎呀! 这姑娘可真是有心,她可是帮了自己的大忙。

李毓秀高兴得忘记了自己的先生身份, 在沙滩上跑着跳着喊着:"有点子啦,有点子啦! "

见毓秀高兴的样子,香荷知道自己的想法被毓秀大哥接受了,心里不禁一阵激动,为自己能帮上大哥的忙而感到自豪。

要不是香荷这个点子, 自己还不知道要憋到猴年马月才能想出主意,毓秀感激地对香荷说道:"谢谢你,太感谢你啦! "说完转身往私塾跑去。

待香荷气喘吁吁地来到私塾,李毓秀早已经铺开纸张开始书写,香荷就近一看:

弟子规,

圣人训。

首孝悌,

次谨信。

泛爱众,

而亲仁。

有余力,

则学文。

注:

①这是当地一个传说。因周庄由三部分组成,所以称"三姬庄",与周庄相邻的娄庄由两部分组成,故称"两娄庄",与之相邻的侯庄由崖上、沟里等部分组成。相传古时候有一个小贩挑着担子卖豆腐,走过了三个姬庄,又走过两个娄庄,一共没卖出去几块豆腐。走到侯庄崖上,适逢一个当官的家里办事,买下了小贩剩余的所有豆腐。小贩于是感慨道:"三姬庄,两娄庄,顶不了侯庄一崖上。"此后这句话便在当地迅速流传。

三十九

有了合适的文体,毓秀即刻投入了第一章"孝悌"的创作中。提起笔来,心中有太多的话要说。毓秀突然觉得,老天爷让自己来到人世,好像就是专门来写《训蒙文》这本书的,之前的痛苦经历,似乎是为写书而准备的素材。他文如泉涌,笔下生风:冬则温,夏则清,晨则省,昏则定……

香荷除了尽力做完私塾的杂活,帮着毓秀洗衣做饭之外,还帮毓秀整理和誊写稿子。她办事细致入微,总是能把毓秀杂乱的书稿誊写清楚,而后整理得有条有理。有了香荷的帮助,毓秀的创作顺手多了。

一段时间过去了,第一章初稿终于完成。毓秀逐字逐句仔细琢磨着,脸上露出舒心的微笑,他自信地问香荷:"你是第一读者,感觉这第一章写得如何,是否还满意?"

香荷每天誊稿子,对其中的句子,甚至比毓秀还要熟悉,她不好意思说出直接的感受,只能顺着毓秀的意思说道:"还算满意?"

听出香荷话里有话,毓秀急切地问道:"莫非你还有不满意的地方?"

"让我说假话还是说实话？"

毓秀坦然回答："就我们两个人，当然希望你说实话。"

"那我可真说了啊？"

"你这妮子，啥时候变得这样磨磨叽叽的？有话就直说，跟我还需要客气吗？"

"你这第一章主题意思说得很明白，遣词造句也没有问题。"

"那问题在哪里？"

"问题在于篇幅太长，一个问题，你写了这么多，足足有上万字，这样不行。"

"我心里要说的话太多，篇幅短了，表达不完我的意思。"

"写书虽然是在表达自己的心声，但书的内容是给别人看的，不能不顾及读者的感受，只管尽情发泄自己的情感。"

毓秀似有所悟："嗯，你说得有道理，请接着说。"

"这本书的目的是给人们一个行为规范，教人们如何做人，书中的每一句话都要让人记得住，只有记住了才能照着做。你写那么长，谁能记得住哩？"

"好不容易写了这么多，删除哪部分都觉得可惜。"

"这就需要动脑子进行修改，删除那些多余的部分，尽量做到字字珠玑，一句多余的话都不说，一个多余的字都不要写。"

看看面前的书稿，再想想香荷的话，毓秀彻底服了。他又一次从心底里表示感谢，感谢上天为自己送来香荷这个天使，她的到来似乎就是为了成全自己，就是为了帮助自己完成《训蒙文》的写作。

又是半年过去了，按照香荷的意思，李毓秀对《训蒙文》第一章进行了瘦身。反复斟酌，几易其稿，终于顺利完成。看着桌子上厚厚的一摞手稿，毓秀和香荷心里舒畅极了。

这一天散了学，毓秀继续埋头写作。香荷忙活完杂务，想想毓秀洗好的大褂后背有个洞,决定为他缝补一下。纫好针线,香荷开始修补破洞。缝着缝着,一个想法涌上姑娘的心头:要能一辈子服侍照顾毓秀哥该多好啊! 思想一分神,手里的针一下子扎中了手指,香荷不由得"哎哟"一声。

听到叫声,毓秀停下手里的笔问道:"怎么啦?"

"没事,不小心被针扎了一下。"

"看你,小心点嘛!"毓秀一边说一边抓起香荷的手,"不要紧吧?"

"不要紧,针扎一下,没事的。"

"扎得这么厉害,咋不要紧哩,这两天先不要挨水,小心发①了,要洗东西我自己来。"

"我哪有那么娇气,安心写你的书就行了,别的事不用你管。"看着手中的大褂,香荷接着说道,"毓秀哥,这件褂子太破了,已经补了好几次,该换一件新的了。"

"私塾刚办起来没多久,手里也没有积蓄,换啥新的,能穿就凑合着穿吧,只是辛苦你了,老得费事缝补。"

"辛苦啥,我愿意帮你补衣服。"香荷红着脸看看毓秀,"我愿意一直帮你补衣服。"

"不能让你一直补,等将来有了钱,就换一件新的。"

香荷忽然一阵莫名的难受:"毓秀哥,有了新褂子,你不会不要我了吧?"

"哪能哩,等有了钱,不仅我自己买新褂子,还要给你买一身新衣裳,把你打扮得漂漂亮亮,出去了让别人看见都眼馋。"

"我不要你买新衣服,只要能永远跟着你就行。"

"那当然好,我还怕你离我而去哩。"

"大哥,才不会哩!"

毓秀高兴地说道:"不会就好。"

缝完褂子,香荷照例帮着毓秀誊写稿子。

过了一会儿,毓秀突然想起一件事,再有两天就是中秋节了,应该去城里买点月饼。他瞥了一眼香荷,见她的手指被毛笔压出一道深深的红印子,便心疼地问香荷道:"手疼不疼? 疼就停下来歇一歇。"

"大哥,你写书都不怕疼,我誊稿子有啥哩,一点都不疼。"

毓秀夺下香荷手中的笔,拉过她的小手在嘴边哈了哈:"手指压了这么深的沟,咋能不疼哩? "

"大哥,真的没事,不疼。"

"还是停一下吧! "

"大哥,我真不疼。"香荷说道。

"你得歇一歇,攒攒劲,有件事得你去办。"

"什么事呀? "香荷问道。

"咱们的墨锭快用完了,后儿个是中秋节,你明儿个进城去季文斋买几锭墨,然后再去任远兴买点月饼回来,中秋晚上咱们一起赏月。"

"我当什么事哩,不就是进城买东西么,这还需要攒劲? 我有的是劲。"

"那好,你把银子带上,明儿个清早就不用来私塾了,直接到城里去吧。"

"我这会不带银子,明儿个清早再来拿,省得丢了。"

"你那么细心的一个人,怎么会哩,我去拿银子,你这会就带上。"

"不嘛,我明儿个清早过来取,也不在乎这么点时间么。"香荷拧着说道。

近一段时间,香荷说话做事跟以前大不一样,对自己更加关心体贴,又处处表现出害羞的样子。尽管忙于写书,没有精力考虑其他事情,但作为过来人,毓秀还是发现了香荷的变化。他心里明白,香荷这是对自己有了心思。然而,想想自己一个一事无成的穷秀才,且曾经娶过妻子,而香荷是一个人见人爱的黄花闺女,自己不配娶她为妻。毓秀暗暗告诫自己,要把握好分寸,不能接受姑娘的感情。见香荷坚持要第二天来取银子,毓秀自然知道她的用意。他不好意思凉了姑娘的心,只能顺着香荷说道:"那就照你说的办,明儿个清早过来取银子。"

同毓秀的表面冷漠相反,香荷是借一切机会表达自己的心意:"毓秀哥,都说买月饼是为了供奉广寒宫中的嫦娥,是真的吗?"

"当然是真的。"

"那你说嫦娥真能吃到月饼吗?"香荷问道。

"能,天下人都在供奉她,肯定能吃到。"

"那我买的月饼嫦娥也能吃到?"

毓秀哈哈一笑:"能吃到。"

"能吃到就好,她一个人在广寒宫太寂寞了,要是有个人陪伴她就好了。"

"那你去陪伴她吧。"

"我一个人不行,我要跟你一起去,我们两个一起陪伴她。"

"好,等我写完了《训蒙文》,咱们一起去天上陪伴嫦娥。"

"那太好了,我们天天在一起,陪嫦娥吃饭,陪嫦娥散步,陪嫦娥……"香荷突然看着毓秀不说话了。

怕香荷再说出更动情的话,毓秀赶紧把她从幻想中拉出来:"快回去吧,记着明儿个进城的事。"

"好的,明儿个见!"

毓秀把香荷送到私塾门口,刚要说什么,香荷抢着说道:"我明儿个一早就过来取银子,到城里买月饼。"

注:

①发:感染的意思。

四十

　　有一段时间了,香荷一会儿见不到毓秀大哥,心里就感到空落落的,每天清早起来她急匆匆地赶往私塾,晚上离开时总有点依依不舍。因为惦记着买月饼的事,第二天香荷比平时起得更早,她脚步轻盈地来到私塾,找毓秀拿上银子,提着篮子匆匆往城里而去。

　　香荷边走边想着心事,毓秀哥那么有学问,人品又那么好,要是能嫁给他该多好啊!可毓秀哥好像不喜欢自己,要不然他怎么老是不正面看我哩?他为啥不喜欢自己,是我长得不好看吗?不是呀,别人都夸我长得好看。那是为啥哩?香荷一时想不明白,也许是自己哪些地方做得不周到吧,那我以后干活可要更加勤快点。

　　不觉间一半路程过去,来到了田野间,路两旁全是高过头顶的庄稼。正低头走路,忽然有人招呼道:"香荷妹子!"

　　香荷被吓了一跳,抬头一看,原来是瞎子黑老猪站在路中央。香荷不想搭理这个有名的恶棍,想从他身边绕过去。

　　黑老猪伸出手里的木棍挡住香荷,可怜巴巴地说道:"香荷妹子,你这是要进城去吧,我也想去城里转转,麻烦你带一下路。"

　　"你一个瞎子,去城里干什么?"

"我老待在家里闷得慌,想出去散散心。明儿个是中秋节,我想去城里买点月饼,求你带我一程。"

听说黑老猪也要去买月饼,又见他那副可怜的样子,善良的香荷的心软了,她拉起黑老猪的木棍说道:"行吧,我拉着你。"

见香荷答应了自己,黑老猪的脸上露出了一丝不易察觉的冷笑。

自从被土匪刘三麻子弄瞎眼睛之后,黑老猪因为行动不便,闷在家里老实了一阵子。后来,他慢慢适应了瞎子的生活,学会了用拐棍探路,埋藏心底的毒芽重新开始滋长。近一段时间,听人们议论城儿里出了个好妮子,长得又高挑、又水灵,便动起了歪心。黑老猪知道香荷家比较穷,父母之所以让她抛头露面在私塾帮工,无非是想让她挣点银子贴补家用。他盘算着,干脆让父母出点聘礼,把香荷娶过来做妾得了。知道母亲不会阻止自己,妻子那里也好说,唯一不好办的是父亲。黑老猪于是死皮赖脸地拉着母亲一起去求父亲,果然被父亲一顿臭骂:"你个败家子,家里的银子快被你折腾光了,哪里还有钱为你纳妾?再说你一个瞎子,娶那么一个如花似玉的妮子,她会安心跟你过日子吗?我们花了银子,还不等于为别人娶了媳妇?你就好好在家里待着,别你妈胡思乱想!"

被父亲堵死了纳妾的路,黑老猪非但不死心,占有香荷的念头反而更加强烈,他对着父亲的背影暗暗骂道:"你个老不死的,出这点银子都不肯?哼!不给银子老子也有办法。"之后连续几天,他一直在私塾附近瞎转,试图寻找下手的机会。

这天后晌,他又在私塾附近转悠,等了好半天,没见香荷出来。刚要离开,忽然听见毓秀和香荷的说话声,他赶紧躲到一边偷听。他听着毓秀送香荷出了门,临走还说第二天要进城买月饼,黑老猪心里好一阵高兴:机会来了!

第二天一早,黑老猪早早动身,提前来到香荷进城的必经路口等着。这个路口前后全是一人多高的玉稻黍,黄家的玉稻黍地就在附近,黑老猪因此对这一带地形十分熟悉。过了一会儿,香荷提着篮子走了过来,黑老猪便假装路遇,要她带自己进城。香荷不知就里,还以为真是路遇,就拉着黑老猪向城里走去。

刚走了几步,黑老猪突然说道:"妹子慢着,我走得急忘了带银子,你看看咱们前后有没有进城的人,我想借点银子。"

单纯的香荷果然中计,她朝前后一望:"前后都没有人,就咱们两个。"

黑老猪心里一阵窃喜,真是天助我也! 他假惺惺对香荷说道:"妹子,那就请你先借给我一点银子。"一边说话一边顺着木棍抓住了香荷的手,香荷以为他要抢自己的银子,便用另一只手死死护住装银子的衣服口袋:"我这是李大哥买月饼的银子,不能借给你!"

黑老猪抓住香荷的手使劲一拽,把她拉到自己怀里,接着抱起香荷往旁边的玉稻黍地走去,一边把自己臭烘烘的嘴往香荷脸上乱拱。香荷这才发现上了当,一边大呼"救命",一边拼命挣扎。

事有凑巧,四娃一大早就被金彪爹打发到村西的玉稻黍地里锄草。正低头干活,忽然听到有人喊"救命",顺着声音赶过来,发现黑老猪正欲对香荷图谋不轨。一时间,怒从心头起,恨自胆边生,四娃飞起一脚,狠狠照黑老猪踢去。

黑老猪正想着好事,冷不防被四娃踢了个仰面朝天。香荷赶紧从地上爬起来,她整整衣衫,躲在四娃身后委屈地哭起来。黑老猪发现坏自己好事的是自家伙计,气急败坏地说道:"四娃,你少管闲事,赶紧离开!"

自从被药酒毁了嗓子之后,尽管金彪父母假惺惺表示关心,推脱说可能是四娃不善饮酒造成的,还假惺惺抓了两服药,说是要给四娃治嗓子。而四娃心知肚明，肯定是黄家对自己下了毒手。有心离开黄家，但因孤身一人无处可去，只能暂时留在黄家做牛做马。如今见黑老猪做下这等下流事，真是气不打一处来，他高举着锄头，脸憋得通红，嘴里发着"嗯嗯嗯"的声音，分明是在说，我恨不得一锄头打死你！

听到这边有异常动静，附近干活的乡亲们纷纷围了过来，过路人也赶过来看热闹。

耳听着周围的人越来越近，黑老猪心里害怕，想支开四娃溜之大吉，他以主人的口气吓唬道："四……四娃，我再说一遍，你赶紧走开，不然就别想在我家待了。"

没想到这句话彻底激怒了四娃，他抡起锄头照着黑老猪打了过来，一边打一边"嗯嗯"着，黑老猪疼得在地上打滚，发出猪一样的嚎叫。城儿里二娃第一个来到现场，看见黑老猪挨打的狼狈相，又见一旁香荷伤心欲绝的样子，他当即明白了是怎么回事，遂一把揪住黑老猪的衣服领子："你小子从小就不是个好尿，尽干坏事！"接着甩开巴掌左右开弓一顿猛抽，只打得黑老猪鼻青脸肿，围观的人一起喊："打得好！"

见有人管事，四娃把锄头一扔，对着大伙儿作作揖，嘴里"嗯嗯"了几声，转身离开了。当天晚上，黑老猪家发生了一场大火，黄家大院被烧了个精光。韩氏和金彪老婆赤身裸体抱着大狗和二狗逃了出来，金彪爹舍不得柜子里的银子，出来得晚一点，被烧成重伤，黑老猪因为香荷的事情没好意思回家，侥幸躲过一劫。有人说那场大火是四娃放的，不过此后再没人见过四娃，放火的事也就成了谜。

再说二娃出完了气，接着把黑老猪从地上拉起来，扭着他向村里走去。来到私塾门口，香荷先一步哭着跑进门里。毓秀正在教孩子们读书,见香荷哭哭啼啼跑了进来,正要问明情由,只见二娃扭着黑老猪进了门,后边还跟着一群看热闹的人。

二娃指着黑老猪气呼呼地对毓秀说道:"香荷差点被这个坏尿糟蹋了,我把他带来了,你说,怎么处治他?"

围观的乡亲们义愤填膺,一致建议把黑老猪送官府法办。

二娃看看毓秀说道:"韩一刀已经告老还乡,没人帮他歪嘴说话了,要我说就把这坏尿送到官府。"

金彪妈和香荷妈闻讯,先后赶了过来。听说要报官,金彪妈央求道:"乡亲们,贵儿他一个瞎子,大伙儿不要跟他一般见识,千万不要送他去官府,求求大伙了!"说完还假惺惺掉了几滴眼泪。

二娃根本不为所动:"不行,黑老猪干的坏事太多了,不能让他再祸害乡亲们,一定要报官!"他看看毓秀:"你说哩?"

毓秀还未来得及表态,就见香荷妈一把拉住二娃:"报官报官,还嫌知道的人少吗?"

"不报官咋办哩?"

"这又不是什么好事,吵得一亩二分宽①,香荷还找婆家吗?这事咋说都不能报官!"

听香荷妈这样一说,在场的人都没了脾气,金彪妈趁机拉着自己的浑儿子离开了私塾。

毓秀本就拿不定主意,见乡亲们不再坚持报官,也只能强压怒火,来到房间里好言安慰香荷。他恨自己考虑事情不周,让香荷一个人进城,才使她遭此惊吓。从此之后,他不再让香荷一个人单独外出办事。

注:

①一亩二分宽:四处张扬的意思。

四十一

　　几年过去了,《训蒙文》完成了"孝悌""谨信""亲仁"三章,只剩下"学文"一章还没有写完。虽然全书还没有完成,但前三章的内容已经在坊间广为传诵,李毓秀遂成为绛州大地的知名人物。慕名而来的孩子越来越多,私塾的房子被挤得满满当当,到了人满为患的地步。

　　《训蒙文》内容之所以能提前流传开,功劳主要还在香荷。原来,《训蒙文》每完成一部分,香荷都要先让私塾的孩子们诵读,以便检验其是否顺口,是否容易被孩子们理解和记忆,然后再把孩子们诵读中间出现的问题反馈给毓秀。因为私塾中的孩子来自周围各村,还有一部分来自绛州城里,经孩子们口口相传,《训蒙文》还未正式出书,内容便提前在民间传开了。人们十分认同《训蒙文》,对李毓秀大加赞赏,希望他尽快写完全书。

　　看到私塾越办越兴旺,听着人们对《训蒙文》的赞誉,幸福与自豪感从香荷心里油然而生。综合反馈回来的信息,香荷又有了灵感。这一天晚上,她思考了整整一夜,第二天一早便向私塾走来,想把自己的想法告诉毓秀。

看见站在私塾门口的李毓秀,香荷快步跑过去:"毓秀大哥,我有一个好点子,想知道吗?"

"有啥好点子,快说!"

香荷故意卖关子道:"我告诉你,怎么犒劳我?"

"那这样吧,吃过早饭为孩子们放半天假,中午我带你到城里的饭馆吃饭,你看行不行?"

见毓秀哥动了真格,香荷反倒不好意思起来:"毓秀哥,我只是跟你开个玩笑,你还当真了?"

"我早有这个意思,《训蒙文》已经完成了大部分,咱们到饭馆吃顿饭,庆贺庆贺。"

"那也不用到饭馆,中午咱就在家里吃,你想吃啥我做。"

"天天辛苦你做饭,今儿个就不麻烦你了,咱们去饭馆吃。"

香荷着急地说道:"我昨儿个想了一晚上,要赶紧告诉你嘛,这……"

见香荷着急的样子,毓秀故意逗她道:"急什么,有多少羊赶不到山里①?吃完饭我带你去逛龙兴寺和绛州三楼②,到时候再说不迟。"

听毓秀这样一说,香荷心里一阵高兴:"毓秀哥,等以后有了空闲,你带我去姑射山转一转,听说那地方很有意思。"

"怎么了,龙兴塔冒烟天下一奇,绛州三楼全国闻名,难道没意思吗?"

其实香荷是想借观景的机会,趁山间小路人少时向毓秀表达自己的爱意,她央求毓秀道:"不是说这两个地方没意思,是我想亲自到姑射山,体验一下'姑射晴岚'。"

"那好,等《训蒙文》写完,我不仅带你去姑射山,还要带你去看'三林春晓',去看'佛窟晨钟',带你把绛州八景逛一遍。③"

"毓秀哥,等《训蒙文》写完,不仅要逛绛州美景,我们学孔老夫子,你带我周游天下,咱们把《训蒙文》传遍神州大地。"

"哈……"毓秀忍不住笑出声来,"你这个小妹点子真多,只是我一介凡夫,咋能跟孔圣人比。"

香荷舒心地笑了,她笑得是那样的爽朗,那样的甜。

吃过早饭,毓秀和香荷一起进了城。绛州不愧是水旱码头,"七十二行样样精"的确是名副其实。放眼望去,龙兴大街两旁商铺林立,一派繁荣景象。任远兴百货、祥盛魁票号、积文斋笔墨、罗文泰钻石、德信堂中药、俊德堂家具、宝善堂玉器等久负盛名的老字号铺列玑珠、货物琳琅。澄泥砚台、各种皮货、香火蜡烛、云雕漆器、木版年画、棉布燃料、农副产品、各味调料等数不胜数。货物之多,品种之全,可以说只有你想不到的,没有买不到的。此外,还有卖小孩玩具的、卖小吃的、卖窗花的、卖头饰的、剃头的、磨刀剪的,有的提着篮子,有的背着包袱,有的手举着货架,有的肩挑着担子,一个个喜形于色,叫卖声此起彼伏。耍猴的、玩杂耍的、卖艺的、献唱的各显其能,大街小巷随处可闻《走绛州》的歌声。

毓秀带着香荷一路走来,一边走一边为她讲述绛州各种产品的特点与特色,讲述各个商号的逸闻趣事。

看着两人亲密无间的样子,路人不免指手画脚:"这一对小夫妻可真够大胆,在大街上就这么亲热。"

还有的悄悄议论:"这新媳妇竟然不挽髻④,他们是不是外地来的? 可真让人开了眼界。"

不知是哪个说了一句:"这不是姬庄的李秀才嘛。"

边上有人问道:"哪个李秀才?"

"就是写《训蒙文》的那个李毓秀。"

"哇,这就是李毓秀!"

一听李毓秀的名字,路人纷纷向毓秀和香荷围了上来,一边热情地向毓秀打招呼。

有的问:"李先生,你是怎么想到写《训蒙文》的?"

有的说:"李先生,您的书写得太好了!"

一位瞎眼老爹分开众人来到毓秀跟前问道:"哪位是李毓秀,哪位是李秀才啊?"

李毓秀赶紧打拱道:"老爹,在下正是李毓秀。"瞎眼老爹颤巍巍地拉住毓秀的手:"李秀才,我得感谢你啊!"

"老爹,咱俩又不认识,您感谢我啥呀?"

"你不认识我,我知道你。我住在木匠巷,有五个儿子,我把他们一个个都教成了好木匠。可如今我年岁大了,眼睛瞎了,干不了活,成了累赘。儿子们原先都不赡养我,看了你写的《训蒙文》,邻居们纷纷指责几个儿子不孝,他们这才认识到自己不对,开始管我吃,管我喝,所以我得感谢你。"

"老爹,儿子们有孝心就好,这是您的福气,不必感谢我。"

"不,我是沾了你书的光,我从心底里感谢你!"

老爹刚说完,一个学究模样的老者挤进人群对毓秀说道:"李秀才,你的书确实写得好,既好懂,又实用,人们都争着抄写传阅。"

老先生的话让毓秀感到无比舒畅,他问老先生道:"先生,您说的这些是真的吗?"

"是真的,是真的,我一点也没有夸张,人们都说,你干了一件大事,你是在造福天下!"

毓秀向老者拱手道:"先生,您过誉了。"

"你的《弟子规》将成为天下人做人处世的规范,你得赶紧写完,尽快出书,人们眼下是翘首以盼,等着看你完整的大作哩!"

"先生,我一定尽全力而为,尽早把书写完,不过学生写的这本书叫《训蒙文》，不叫《弟子规》。"

"哦，对对对，是叫《训蒙文》，不叫《弟子规》，人们都这么传，我说惯嘴了。"老者不好意思地说道。

"先生，不要光说好的，希望您能对拙作提点意见和建议。"毓秀谦虚地说道。

老先生哈哈一笑，接着冲香荷说道："你身旁有这位大才女相助，何须我们这些凡夫俗子再提意见。"

听老先生这样夸自己，香荷不好意思地低下了头。

人多了，说啥的都有，有不明就里的指着香荷问毓秀道："李先生，这是你的新娘子吗？长得可真水灵！"

边上有人立即附和道："是呀，李秀才这新娘子真漂亮！"

毓秀和香荷不约而同红了脸，而两人内心感受却完全不同。香荷虽然感到害羞，可心里比吃了蜜都甜，路人的话更坚定了她要嫁给毓秀，一辈子和毓秀永不分离的决心。毓秀则是另一种情形，虽然对香荷有好感，可在众人面前被说破，他感到格外别扭。读书人特有的矜持，使毓秀无论做什么事都要考虑合不合儒家规范，他心里明白，香荷与自己是主仆关系，而主人是不能跟仆人有男女之情的。再说了，就算两人相爱，也得有人做媒才行，不能这样不明不白地在一起，这种行为会被天下人耻笑。想到这里，李毓秀感到心跳加快，浑身发烫。本想带香荷到饭店好好吃一顿饭，听了人们的议论，只得临时改了主意。他拉着香荷挤出人群，快步走进饭店，想随便点两道菜，匆匆吃完便带她回家。

这是绛州城最有名的饭店"十间门面"。两人刚坐下，没想到被店掌柜认了出来，他快步走了过来，热情招呼道："李先生，来小店吃饭怎么也不提前打个招呼？"接着吩咐店小二："快告诉大厨，再加几道菜。"怕小二没有理解自己的意思，店掌柜进一步叮嘱道：

"加几道咱们的招牌大菜。"

听了店掌柜的话,毓秀赶紧起身道:"掌柜的,我们只是随便吃点便饭,您可千万别麻烦厨师。"

"哪能呢,您李先生好不容易来小店吃一次饭,怎么能随便哩?这顿饭算我请客,不收您的银子。"

毓秀一听更不好意思了:"掌柜的,这可不行,我吃饭是要掏钱的。"

"怎么啦,难道连这个面子都不给?"

"不是不给面子,是我吃过饭还有急事。"

"再急也得吃饭么!听我安排,好好吃饭,吃完饭要去哪里我让伙计赶车送你们。"

说话间,店小二已经把菜端了上来。有酱牛肉、熟肚片、熟肝片、莲菜片,还有清蒸汾河鲤鱼、红烧汾河鲶鱼、生氽丸子、红焖肘子、合儿茄子、合儿藕、大碗滑肉、大碗酥肉,当然少不了绛州最有名的木炭火锅。

见店掌柜上了这么多的菜,毓秀不好意思地说道:"掌柜的,菜太多了,就我们两个人,吃不了。"

"不多不多。"店掌柜举起烫好的绛州烧酒,"来,李先生,敬您一杯!"

"掌柜的,对不起,我不善饮酒,请您原谅!"毓秀客气地说道。

"哪里的话,这杯酒您一定要喝,喝下这杯酒,我有事相求。"

"掌柜的,酒我是真不会喝,就别勉强了。我一个穷秀才能有啥本事,值得您如此盛情款待?有啥话尽管讲,只要我能帮忙一定尽力而为。"

听毓秀说确实不会饮酒,店掌柜不再勉强,自己喝干了杯中酒:"李先生,喝了这杯酒,算我敬您了,我可以说事了吧?"

"好的，您说吧。"

"我有一个小儿子，已到了破蒙年龄，想送到先生门下读书，请您一定收下他。"

毓秀一听是这事，不由得面露难色："掌柜的，在下的私塾不大，已经坐满了孩子，实在是没地方了。再说城里这么多塾馆，贵公子何必舍近求远？"

"李先生，城里的塾馆虽多，但都不如您的塾馆办得好。您那里的孩子有《训蒙文》课程，别的塾馆没有，孩子在您门下学几年，就算考不上功名，但只要学会了做人的规矩，他这一生也就够受用了。"

"可我那儿真是人太多了，教不过来。"

"我正是看中了您那里弟子多，才要让孩子到您那里读书。您的私塾办得像个书院，氛围好，孩子们在您那里能学到真东西，您教不过来不要紧。"店掌柜指了指香荷说道，"听说您身边这位助手也是满腹经纶，您教不过来让她教也行。"

店掌柜这样一说，香荷赶紧起身回道："掌柜的您过奖了，我只是帮先生干干杂务、看看孩子而已，哪里教得了贵公子。"

"教得了，教得了！您帮助李先生写《训蒙文》的事坊间早就传开了，都夸您是个才女，您就别谦虚了。"店掌柜接着求毓秀道，"李先生，就给我这个面子，收下我们家儿子吧。"

店掌柜一番盛情，毓秀实在不好意思推辞，只得勉强应允道："既然您这么信得过李某人，我就收下贵公子。"接着转身对香荷道："回去把孩子们的座位挤一挤，想办法腾出一个位置来。"

"好的，我想办法。"香荷答应道。

见李毓秀答应了自己的请求，店掌柜十分高兴，一再表示谢意。

吃过饭，毓秀问店掌柜道："掌柜的，您店里有现成的红肘子吗？"

"红白肘子是咱绛州各饭店的看家菜,当然有了。怎么,您是没吃好,还想吃红肘子吗？"

"不是,你上了这么多菜,我已经吃得饱饱的,哪里还吃得下？我是要去看一个老人,他老人家年纪大了,咬不动别的菜,我想带一份肘子给他。既然有现成的,就请您给打好包,我一会带走,连带这顿饭,一共多少银子我照付就是了。"

见李毓秀要付银子,店掌柜哪里肯要。他非但分文不收,还吩咐伙计迅速准备红肘子,顺便还拿了些点心和"油炸鬼"⑤一并打好包,接着让伙计套好轿车,要送两人去办事。

毓秀赶紧推辞道:"不麻烦车马送了,我们两个腿脚都还利索,自己走就是了。"

店掌柜哪里肯罢休:"能伺候您李先生是我的福分,要去哪里就让伙计送到哪里。"

话说到这个份上,再推辞显得不太恰当,毓秀只好答应道:"不去哪里了,就麻烦送我们回姬庄吧。"

"不麻烦,反正以后要天天接送孩子,就当是让伙计认一下路。"

两人上了店掌柜家的马车,香荷提醒毓秀道:"哥,我们不去逛龙兴寺了吗？"

"不去了,没听见人们都说等着看我们的书吗？赶紧回去吧。"

见毓秀态度坚决,香荷虽然心有不甘,也只能答应道:"好的,那就回去吧。"

待两人坐稳,小伙计鞭子一扬,马车往周庄而去。

注：

①有多少羊赶不到山里：绛州当地俚语，意为某件事终究能办好，不必着急。

②龙兴寺和绛州三楼：均为著名景点。龙兴寺宝塔每遇天下大事塔顶冒烟，绛州三楼依地形而建，其特殊格局天下绝无仅有。

③姑射晴岚、三林春晓、佛窟晨钟：均为绛州八景。从宋代开始，古绛州始有八景之称。

④挽髻：旧时已婚女子把头发挽起来，称挽髻。

⑤油炸鬼：油条。出于对卖国贼秦桧的仇恨，绛州人把油条做成人形，称作"油炸鬼"，暗喻油炸秦桧。

四十二

一路上，香荷本来有好多话要说，碍于赶车人，她不好意思说什么，只能随便跟毓秀聊一些无关紧要的话。

回到姬庄，辞别了饭店伙计，毓秀与香荷一起去看望了黄爷爷，把从"十间门面"带回的吃食留给了老人家。回到私塾，香荷再也抑制不住内心的激动："毓秀哥，大街上人们都说啥你还记得不？"

"记得，都说咱们的《训蒙文》写得好，还说你是大才女。"

"不是说这个。"

毓秀问道："那说的是啥？"

香荷有点说不出口，她支吾道："他们说……说……"

"他们说啥啦？"

香荷害羞地捂住自己的脸："都说咱是两口子。"

"香荷，快别说了，这话传出去不好。"

香荷移开双手："为啥不好啦？"

本想跟香荷仔细说说两人的事，但因惦记着写书的事情，毓秀只能搪塞道："我一时跟你说不清，以后有机会再跟你细说。"

“不,我就要你这会儿说。”

“这会儿不行,我得赶紧写书。”

香荷嘴一噘:“难道就没有比写书更重要的事情?”

“你这个香荷,哪里还有比写书更重要的事情?赶紧的,准备研墨。”

本想着借这个话题把自己的心事说开,可毓秀哥一门心思要写书,香荷的心里很不是滋味。莫非毓秀哥真不喜欢自己?不对呀,感觉他挺喜欢自己的,那他为什么连自己表白的机会都不给?本来还想再说什么,见毓秀着急的样子,香荷知道他应该有了灵感,遂赶忙帮他铺好纸张,研好墨汁。

毓秀稍一凝神,提笔写道:不力行,但学文,常浮华,成何人……

本来要说出自己的好点子,没来得及;想去逛龙兴寺和绛州三楼,没有成行;想说说心里话,也没有机会。看毓秀认真的样子,一时半会怕是抽不出时间和自己说话了。香荷心里很不爽快,正好孩子们不来上学,便一个人出了私塾,想出去散散心。

香荷一边走一边想着心事,不觉间来到城儿里东门外的大槐树下边,这是毓秀和香荷常来的地方。大槐树上有好几个喜鹊窝,每当《训蒙文》写出好段子,或是有了空闲的时候,香荷都会陪毓秀来大槐树下散步。每次来到树下,听着树上的喜鹊叫声,心里都会有一种少有的快乐。然而,今儿个的情形却不同以往,听着喜鹊“喳喳喳”的叫声,香荷感到十分烦躁。莫非这不是喜鹊的声音?往树上一看,确实是喜鹊在叫,那为什么听着不对劲哩?香荷自言自语道:“真奇了怪了。自己跟毓秀哥到底能不能成为夫妻?这事得问问别人,问谁哩?”这时,香荷想起了“天仙配”中大槐树做媒的故事,于是红着脸小声问大槐树:“槐树爷爷,您给我跟毓秀哥当媒人好吗？"

大槐树轻轻摇动着枝头，毫不理会香荷的问话。

唉！槐树又不是人，它怎么会说话哩？我得找个真人问问才对，香荷心里琢磨着，干脆去找人算一卦。

姬庄和侯庄之间有一座道观，听人说那里的道士算卦比较灵验，香荷决定去道观一趟。

脚步匆匆来到道观，香荷焚香祷告并求了签，然后找道士解签。道士仔细看过竹签，又打量了一下香荷，接着问道："请问女施主，可是预测婚姻？"

被说破了心事，香荷对道士越发虔诚，她红着脸说道："大师，您算得真对，小女子来道观确实是为了预测婚姻。"

"哦，你的八字不好，命苦，不过你又很幸运，命中注定会遇到贵人。"

香荷急切地问道："师傅，我遇到的贵人在哪里？"

道士微微一笑："当然就在你的身边。"

就在自己身边……香荷暗自思忖，这一定是毓秀哥，她急切地问道："请大师明示，您所说的贵人能否成为我的丈夫？"

"天机不可泄露，事在人为，好自为之吧。"

原指望算卦能解开自己心中的疑团，没想到听了道士的话，更加深了心中的疑虑，看来求神仙也不灵，还是得求人。从道观出来，香荷急匆匆往勤生家赶，她决心解开心中的疙瘩。

见香荷推门进来，勤生猜着一定有事，便问她道："香荷，你不在私塾里待着，出来干啥？"

"勤生哥，我想同你商量个事。"

"啥事情你直接问毓秀就行，何必舍近求远跑来问我？"

"这事必须得同你商量。"香荷说道。

"啥事情,是关于《训蒙文》吗？"

香荷不好意思直接说出自己的心事,只能随口答道:"是的,我有一个想法不知道合适不合适,所以来同你商量。"

"啥想法,你说。"

"我想让毓秀哥把《训蒙文》改称《弟子规》,这样孩子们更容易理解。"

"其实我也有这个想法好久了,只是觉得拿不准才没有跟毓秀说。既然你也这样认为,那就说明这个主意是对的,你去跟毓秀说吧,就说我也是这个意思。"

香荷心里一阵高兴:"勤生哥,这么说我的点子没错？"

"不仅仅是没错,而是十足的好点子！"勤生接着感叹道,"你这个小妹真是个才女,点子真多。只可惜你长了个女儿身,不然你一定会成为大人物,毓秀身边有了你,可真是他的福分。"

香荷心里一动:"勤生哥,你……你说什么？"

勤生重复道:"我说有了你是毓秀的福分！"

"勤生哥,那你说我跟毓秀哥合适吗？"

勤生一时没反应过来:"啥合适不合适？"

香荷的脸唰地一下红到耳根:"就是……就是……"

见香荷害羞的样子,勤生立时明白了,他高兴地对香荷说道:"我再说一遍,有了你是毓秀的福分,你们两个挺合适的。"

"勤生哥,你可别逗我,得跟我说实话。"

"哥啥时候跟你说过瞎话？"

"可是毓秀哥好像不喜欢我。"

"哪里的事,他很喜欢你。"勤生肯定地说道。

"我刚才去道观算了卦,道观里的大师说我命不好。"

"别听和尚道士胡说,能遇上毓秀这样的心上人,就说明你命好!"

香荷还是有点不自信:"毓秀哥一个大秀才,我一个穷家女,我嫁给他真的合适吗?"

"你不仅模样长得俊,而且识文断字,不说绛州,天下又有几个你这样才貌双全的妮子?再说你跟毓秀无论性格、人品,还是处事、为人,各方面都比较相近。你在私塾这些年,帮着他做事,帮着他写《训蒙文》,彼此间又十分了解,你们是最般配的一对。这不是我一个人的意思,我问过文良他们,都说你嫁给毓秀合适。"

这时只听门外有人说道:"谁说合适啦?我就说不合适。"只见炮筒子元元一边说话一边走了进来。

听元元这样一说,香荷的脸羞得通红,她赶紧退到旁边,两眼尴尬地看着元元。

勤生一把拉住元元进了里屋,香荷悄悄来到门边,侧着耳朵仔细听着屋里的动静,只听勤生问元元道:"我正跟香荷谈她和毓秀的事哩,你咋来得这么巧?"

"我要是迟来一步,你是不是就要去给他们当媒人?"

"我要是会当媒人早就去了,咋啦?"

"咋啦?毓秀如今成了绛州名人,找一个有闲话的妮子做老婆,让他的面子往哪里放?"

勤生生气地说道:"混账话!香荷有啥闲话?黑老猪那个坏尿想干坏事又没干成,还被四娃叔打了一顿,二娃叔他们当时就在现场,这情况你是知道的,怎么能说她有闲话?"

"我知道这事不假,可村里人都说她有闲话,连不少外村人都知道,我们总管不住别人嚼舌根子吧?"

"别人爱怎么嚼就让他们嚼,我们自己心里清楚就行。"一向稳重的勤生也不免激动起来,"香荷妹子家里穷,从小受苦,这两年在私塾总算舒心了点,没想到又发生那档子事。香荷为此十分痛苦,我们应该呵护她才对,你元元的心难道就那么硬,要往她的伤口上撒盐?"

元元被问得哑口无言,勤生接着说道:"他们两个相处这几年,不只是香荷看上了毓秀,其实毓秀的心里也有香荷,只不过他有顾虑,没有明说而已,这一点你难道没有看出来?"

"看是看出来了。"元元说道,"我只是怕毓秀娶了香荷,别人会说三道四。"

"你只考虑毓秀,就不考虑香荷?香荷除了家里穷,若论身材、相貌,那可是十里八村数得着的,论学识在你我之上,性格又善良,这样的好妮子哪里去找?她这几年一直不愿意找婆家,就是想嫁给毓秀,如今她年龄大了,加上你所说的闲话,还能找到啥样的男人?再说毓秀,他再有名也不过是一个穷秀才而已,香荷配他是绰绰有余。我早就看出来了,他们两个是真有情意,假如成不了夫妻,不仅香荷心里难过,毓秀也会难过一辈子。"

元元终于明白过来:"勤生,你说得对,他们两个是挺合适,咱们得找机会跟毓秀说一下这件事。"

"这就对了嘛。"

打开房门,见香荷在旁边站着,元元对香荷说道:"我们两个商量过了,都支持你嫁给毓秀。"

香荷顺势求两位道:"勤生哥,元元哥,我刚才算卦的时候,大师告诉我,说事在人为,这是啥意思?"

"事在人为,就是说你要自己主动。"元元回答道。

勤生补充道:"你成天跟毓秀在一起,这事你自己先跟他说开,我们再从旁烧火,自然就水到渠成了。"他示意香荷到自己跟前,然后对着她一阵耳语,香荷高兴地不断点头,随后与两位大哥告别道:"元元哥,勤生哥,你们聊吧,我回去了。"

四十三

香荷回到私塾的情况暂且不表,回过头来说说香荷父母。眼见着女儿大了,想为她找婆家,可因为玉稻黍地风波,很少有人上门提亲,两人为此十分着急。香荷妈不止一次跟女儿商量此事,可香荷似乎并不着急,每次提到找婆家的事都被她用别的话题岔开。

不觉间香荷已过了最佳年龄,前来提亲的越来越少。偶尔有媒婆上门,提的男人不是缺胳膊少腿就是不大够数①,再不就是家里穷得揭不开锅。对这些人,连香荷父母也看不上,更别说香荷。奇怪的是,虽然到了这个地步,香荷似乎一点也不着急,反而整天乐呵呵的。近一段时间,有风言风语传到香荷父母耳朵里,说香荷和毓秀好上了,一开始香荷父母不大相信。后来话越传越多,有人还说得有鼻子有眼,说两人那个亲密劲,简直就是小两口。为了一探究竟,香荷爹让香荷妈悄悄跟踪香荷,看看这事是否属实。

经过一段时间的观察了解,香荷妈终于弄清楚,女儿确实是看上了李毓秀。回到家里一说,香荷爹火冒三丈:"这不行!香荷一个黄花妮子,咋能嫁给他一个二婚男人?绝不能让她嫁给毓秀,得赶紧为她找婆家。"

此后,香荷父母便加紧了为香荷找婆家的步伐。然而,尽管四处托人,但因为香荷年龄偏大,又有闲话,找来找去总也找不到合适的主儿。

得知父母紧锣密鼓为自己找婆家,香荷虽然不乐意,可又不敢明着反对,只能在心里默默祷告:可不敢有人上门提亲。

然而,老天偏不遂人愿,香荷担心的事情还是发生了。

这一天,远近闻名的大媒婆周氏上门提亲。香荷父母一见有人上门,夫妻双双笑脸相迎,香荷妈扶着周大媒婆进了家门。

周媒婆要为香荷找的这个婆家可谓远近闻名,他便是邻村娄庄铁罩院子里的郝大财主。郝大财主名叫郝家盛,家有良田千亩,在绛州城里还有几处商号,仅伙计丫鬟就有几十人。郝家盛有三个儿子,他为每个儿子各建了一座砖包到顶的四合院,三座院子自东向西排成一溜。为防止盗匪,三座院子的屋檐上全都罩着铁罩,铁罩院子的名声可谓远近闻名。铁罩院子里的老大、老三皆已成婚,分别住进自己的院子里,只有老二因智力缺陷,二十多了未曾娶妻。郝家老二人称"郝二爷",小时候因为发烧,牛黄喝过了头,所以成了憨憨。兄弟们结婚后,常有人逗他,说哥哥、弟弟都娶了媳妇,只有他没媳妇,这是爹妈偏心眼。郝二爷经不住逗,一逗就找爹妈要媳妇。其实郝二爷根本不懂男女之事,不知道娶媳妇是咋回事。有人逗他取乐:"郝二爷,你要媳妇干啥哩?"郝二爷傻笑着回答:"娶媳妇能看热闹,能吃好吃的。"又有人逗他:"娶了新媳妇要吃你的好吃的。"郝二爷一脸的认真:"那……那我就不要娶媳妇了。"

郝家盛夫妻俩为二儿子的事可谓费劲了心机,他们四处托人说媒,并许愿,只要有谁家妮子愿意嫁给二儿子,给三倍的聘礼,并重谢媒人,可惜没有哪个妮子肯嫁给憨憨,他们的一次次努力全都落空。

周媒婆早就谋上了郝家的酬金,只是一直找不到合适的主儿。也算是功夫不负有心人,周媒婆打听到香荷有闲话,成了难以嫁出去的老妮子,还打听到香荷爹长年患病,家境不好,两个小子二十多岁了还讨不到媳妇。她思谋着,以香荷家这样的条件,只要肯出银子,这媒一定能做成。打定主意,周媒婆满怀信心来到香荷家提亲。

香荷父母把周媒婆迎进屋里,香荷妈递上一碗热水:"她婶子,您来我们家这是要说媒吗?"

"好妹子哩,我一个寡妇,就靠为人说媒挣点银子过活,我来不说媒还能干啥?"

香荷妈按捺着激动的心情问道:"她婶子,您是为我们家儿子提亲还是为我们家妮子提亲?"

"我来是为你们家妮子提亲的。"周媒婆接着说道,"不过我给你家妮子提的这门亲事如果能成的话,可能连你们家儿子的婚事都解决了。"

香荷爹妈一听这话,立时来了精神,香荷妈迫不及待地问道:"她婶子,你给我们家香荷提的是哪一家?"

周媒婆故意卖关子道:"我提的这家可是远近有名的大财主,你们猜猜,是谁家?"

"您周媒婆人缘那么广,我哪里猜得着?"

香荷爹插话道:"她婶子,您就别卖关子了,快说,他是谁家娃?"

"好,那我可就说了,这娃是铁罩院子里的老二。"

香荷爹妈同声惊呼:"啊?"

铁罩院子的名气太大,郝二爷的情况香荷爹妈自然知道。郝家有钱有势,妮子嫁过去肯定不愁穿不愁吃,可一想到憨憨那个样子,香荷爹妈心里感到别扭,两人看着周媒婆不住地摇头。

周媒婆心里明白,让自家妮子嫁给一个憨憨,搁谁都难以接受。要让香荷爹妈同意这件事,还需要下点功夫,于是搅动三寸不烂之舌说道:"香荷爹,香荷妈,二少爷是有点儿不机灵,但也没有外人传的那么邪乎,他其实啥事情都能做,只是人老实点,没有太多鬼心眼而已。这事在你怎么看,有人喜欢心眼多的人,可大多数人不还是喜欢老实人嘛!"

好不容易有人登门提亲,香荷爹妈不好意思驳周媒婆的面子,因而不便作声。见两口子没有反驳自己,周媒婆继续说道:"要想过好日子,光靠自己干不成,靠的是老先人留下的财富。郝家那么大家业,香荷嫁过去那肯定是吃穿不愁。这常言说得好,'嫁汉嫁汉,穿衣吃饭',只要他管咱吃、管咱穿,管他憨憨还是精精哩?!"

香荷妈终于忍不住开了腔:"她婶子,你不用说了,我们家香荷嫁到铁罩院子不合适。"

"咋就不合适哩?"周媒婆转身问香荷爹,"香荷他爹,你的意思哩?"

香荷爹摇摇头:"不合适,不合适。"

"咋不合适,不就是嫌郝二爷有点憨么?要我说这不是问题,憨又咋了?"周媒婆以攻为守,"这十里八村的,精精多着哩,可一个个家里穷得揭不开锅,妮子嫁给他们只能跟着受穷。你们家两个小子不精嘛,咋二十多岁了找不到媳妇?"

香荷爹妈被戳到了痛处,一时无话可说,周媒婆继续揭短道:"这天底下哪有十全十美的人,郝家二少爷有缺点,你们家香荷不是也有闲话吗?"

"她婶子,黑老猪那个恶棍作孽啊!可他并没有得手,四娃把他打跑了。"香荷妈辩解道。

"不管得没得手，反正十里八村传得是一亩二分宽，要不你们家妮子香荷这么大了咋还没有找到婆家？"

"我们这不是正在找吗？"香荷爹辩解道。

"找，找到啥时候？也就是这一半年还有人上门，再过一两年，你们就是八抬大轿抬，也不会有人来提亲，到时候你们两口子可别后悔。"

周媒婆的话点到了要害处，香荷爹妈一阵沉默。

周媒婆见自己的话起了作用，便趁热打铁道："我来的时候郝家盛说了，只要答应这门亲事，他们除了多给聘礼还要资助亲家银子。"周媒婆一双眼睛滴溜溜地在香荷爹妈身上转着，想看看从谁身上能找到突破口。她似乎看出香荷爹有点犹豫，便转脸对他说道："除了铁罩院子，谁家肯这么大方？"周媒婆加重了语气："嫁一个妮子你们家就成了富人，过了这个村，还到哪里去找这么合适的店？"

不管周媒婆说什么，香荷妈态度仍然很坚决："不要说了，我们家香荷不嫁铁罩院子。"

没料到，被穷日子压得抬不起头的香荷爹却有点心动："铁罩院子能给多少聘礼？"

周媒婆一见有门，使了个眼色给香荷爹，两人来到里屋。周媒婆打开一个包裹，亮出白花花的银子："香荷他爹，这是十两银子，如果肯听我一句话，这银子就是你们家的啦。"

活了大半辈子，香荷爹从来没见过这么多银子，他抚摸着银子说道："你说吧，我听着哩。"

周媒婆把银子塞到香荷爹手里："这只是郝东家给你看病的钱，彩礼随后送来，这彩礼是别人家的三倍。"周媒婆怕打不动香荷爹的心，接着说道："郝东家还说了，以后成了亲戚，啥时候需要银子尽管说。有了银子和聘礼,你们家还会受穷？两个小子还怕找不到媳妇？"

若真如周媒婆所说,不仅妮子有了下家,两个小子娶媳妇的彩礼钱也有了着落,香荷爹真动了心,他问周媒婆道:"铁罩院子真有这样的话？你可不能哄我。"

周媒婆大包大揽道:"我咋能哄你？若要不信,我明天就把聘礼如数送来。"

"咋不信哩,我信,我信。"

见香荷爹松了口,周媒婆赶紧逼他咬牙印:"你给我表个态,同不同意这门亲事？"

香荷爹稍稍犹豫了一下,接着表态道:"我同意。"

"那你出去说说香荷妈。"

"行。"

两人走出里屋,香荷爹对妻子说道:"就答应郝家吧,妮子大了,嫁给谁不是嫁哩？"

香荷妈知道丈夫一定是看上了铁罩院子的银子,她生气地说道:"不能因为一点银子就让妮子嫁给憨憨,我不同意!"

周媒婆见状故意激香荷爹道:"家有千口,主事一人,香荷爹,你们家谁当家哩？"

被周媒婆一激,香荷爹顿时来了劲:"当然是我当家,你去回郝家,我同意这门亲事。"

香荷妈又气又急,眼泪止不住流了下来:"你不能这样,不能把娃往火坑里推,妮子是我身上掉下来的肉,我不同意这门亲事,死都不同意!"

见两人说不到一起,周媒婆怕夜长梦多,赶紧催香荷爹道:"你是一家之长,这事到底咋办？"

香荷爹回答道:"你去回铁罩院子,这事就这么定了。"

"好,我这就去回话,明儿个就把彩礼送过来。"说完转身而去。

香荷爹去送周媒婆,香荷妈一个人进了里屋抹起了伤心泪。

第二天早饭一过,郝家果然派人送来大宗彩礼,并定了成亲的日子,彩礼多得让周围邻居都眼热。

注:

①不够数:意为智力低下。

四十四

话说香荷兴冲冲跑回私塾,见毓秀还在忙着写作。本想夺下他手中的笔说说心里话,然而,看着毓秀全神贯注的样子,香荷实在不忍心打扰他,便耐着性子去准备晚饭。

吃过晚饭,毓秀照例秉烛写作。想起年老体衰的黄爷爷,又联想起可怜的母亲,他翻开《训蒙文》第一章,加上了"亲有疾,药先尝。昼夜侍,不离床"几句。反复阅读这段文字,毓秀感慨道:"孝乃做人之根本,孝得有个样子啊!"

香荷把毓秀的草稿收集到一起,码放得整整齐齐。看着桌子上高高的几摞书稿,香荷的心里充满了成就感,她动情地对毓秀说道:"毓秀哥,您这会已经是绛州名人,等书写成了,咱们一定要'周游列国',一起传播《训蒙文》,您将会名闻天下,流芳千古!"

"我出不出名的无所谓,只要天下人认可《训蒙文》就行。"

"何止是认可,大伙都喜欢您写的书。"香荷越说越激动,"将来后人研究历史,知道你身边还有我这个痴心妮子,那该多好啊!"

"那是一定的,后人肯定不会忘记你,《训蒙文》写成了你应该记头功。"

香荷不好意思道:"哪里的话,《训蒙文》是您写的,跟我有什么关系。"

"怎么没有关系,这《训蒙文》哪一章、哪一段没有你的心血?!"毓秀满怀感激地说道,"想当初我想不出合适的文体,要不是你提醒,说不定到现在我也下不了笔。要不是你帮我整理和抄写书稿,我写作没有这么顺利。要不是你帮我洗衣做饭照看孩子们,我哪有这么多精力写书?要不是你提前让孩子们吟诵,得不到那么多反馈意见……总之,这《训蒙文》处处浸透着你的心血。"

毓秀的话让香荷信心陡增,她觉得是时候说出自己的心里话了:"毓秀哥,我的点子这会可以说了吧?"

毓秀这才想起早上的话,很不好意思地说道:"妹子,对不起,我把这事给忘了,你说吧,啥好点子?"

真是好事多磨,香荷正要说话,忽然听见有人敲门。开门一看,原来是勤生家儿子小福子。他手里提着个小食盒,恭恭敬敬来到书桌前,一双胖胖的小手把食盒放到桌子上:"香荷姑姑,我爹说了,我骂二狗确实不应该,你对我罚站是对的,我保障今后不再欺负二狗。"

看着小福子认真的样子,香荷抚摸着他的头说道:"有错就改,这就是好娃。"

毓秀问香荷道:"你们说的是哪家的话?"

"昨儿个孩子们挨个背诵《训蒙文》,等二狗念到'泛爱众,而亲仁'一句时,小福子让二狗停下来,接着对大伙说,二狗爹是坏尿,不能爱二狗。二狗说要告先生,小福子就骂二狗是瞎子的儿子,还要动手打二狗。正好被我看见,我就说了小福子,告诉他不能欺负二狗,还对他进行了罚站。"

这里说的二狗是黑老猪的二儿子,人长得又瘦又小,比起又胖又高的小福子差了整整半个头。当初毓秀办私塾时,黑老猪想送大儿子来读书,可他没脸找毓秀,所以没敢来。到了二狗入私塾的年龄,因为香荷的事情,黑老猪更没脸踏进私塾大门。无奈,金彪妻子胡氏只能厚着脸来找毓秀,毓秀觉得黑老猪虽然坏,可孩子是无辜的,便接收了二狗。因为黑老猪的问题,小福子一直对二狗有看法,总想找他的碴儿。昨儿个的事本来就是小福子的不对,可听二狗说要找先生告自己的状,便挥着拳头大声叱骂二狗,弱小的二狗吓得直哭。这事幸好被香荷撞见,要不然二狗肯定挨小福子的揍。

问明了情况,毓秀不禁为香荷的大度而感动,他夸香荷道:"你一个女流之辈,能有如此宽广的胸怀,当哥的为你高兴。"

"毓秀哥,我这都是跟你学的。"

"跟我学的?"

"当然是跟你学的,你刚刚写的'恩欲报,怨欲忘'不就是这个意思吗?"

"哦,是的,是这个意思。"

"黑老猪对李家那是罪恶滔天,我知道你对他有多么仇恨。当初从黑老猪老婆手里接下二狗的时候,看见你的手在不住地发抖,我知道这抖动意味着什么。二狗在私塾的这些日子里,你像对待其他孩子一样对他,还经常教育孩子们不要歧视他。如果你没有仁者肚量,能做到这些吗?"

没想到香荷这么有想法,她可真是难得的知音啊!毓秀激动地说道:"妹子,人要有仁爱之心,这种仁爱包括所有人。那些做坏事的人固然可恨,可我们不能记恨与他们相关的人,更不能记恨他们的后代,比如黑老猪的妻子,她常年受欺负,其实也挺可怜,再比如二狗,娃有啥罪哩?"

"大哥,难道你就从来没想过要为李家报仇的事?"

　　"倒不是没有想过,只是后来我的想法变了。经过那么多风风雨雨,我明白了一个道理,人世间的冤仇,当你刻意要报的时候,往往达不到目的,所以世人才有'冤冤相报何时了'的感慨。那些品行不端的人,那些做坏事的人,你就是不找他报仇,他也不会有好下场。河对岸的狄淮松坏事做尽,最后兄弟两个都没有好死,三个儿子死了两个,剩下一个还成了憨憨;韩一刀在任期间做了那么多坏事,如今告老还乡了,总有人找他的麻烦,听说已经疯了;再说黄家,一把火烧得片瓦不留,黑老猪瞎了,他爹残了,这都是老天的报应!"

　　"哦,我明白了,这就是'见人恶,即内省',对吧?"

　　"对,你理解得很到位。"想起前面的话题,毓秀问香荷道,"说了这么半天,还没说你的好点子哩,快说吧。"

　　"毓秀哥,我觉得《训蒙文》的名字得改一改。"

　　"为什么呀?"

　　"《训蒙文》内容已经被传开了,这第一句不是'弟子规,圣人训'嘛,所以人们习惯叫《弟子规》,而不叫《训蒙文》,上次在大街上你不也听老先生那样说吗?"见毓秀在思考,香荷接着说道:"书是写给孩子们看的,也是教给普通人做的,应该好念、好懂、好记,《训蒙文》不如《弟子规》通俗易懂,我看就按人们的习惯,叫《弟子规》吧?"

　　毓秀被说服了,他高兴地说道:"你的点子很好,就叫《弟子规》。这《弟子规》确实不只是让孩子们看的,也是让全天下人看的。对于儒家伦理这个大课堂,我们永远是弟子,天下所有人也永远是弟子,无论何人,啥时候也得按规矩来。"

　　"毓秀哥,那就这样定了?"

　　"就这样定了!"毓秀深为眼前这位才华横溢的妮子所折服,他感叹道,"同样的事情,我咋就不开窍哩? 还是你有灵气,你是真有才啊!"

"毓秀哥,看你说的……"

毓秀取下《训蒙文》封面,重新写了"弟子规"放在书稿上面,两人一起端详着"弟子规"三个大字,心里好不舒畅。

"《弟子规》,这书名好,真好!"李毓秀满意地说道,"等《弟子规》写完,我们把私塾正式改为书院,书院的名称我已经想好了,叫'敦复斋',到时候我们一起向绛州人,向天下人讲授《弟子规》。"

两人越说越投机,越说心贴得越近,完全忘了身边的小福子。

小福子等不及了,他指着食盒说道:"姑姑,我妈说食盒里放着好吃的,我爹说让我送给先生和姑姑。"

"哦,是吗?"香荷不好意思地对小福子说道,"实在对不起! 姑姑光顾了说话,忘了小福子。你回去告诉爹妈,就说先生和姑姑谢谢他们。"

"好的,那我走了。"小福子说完朝两人各鞠了一躬,然后离开了私塾。

想起勤生哥说过的话,香荷猜到了食盒里装着什么。她拉着毓秀来到小福子送来的食盒跟前,轻轻打开食盒,眼前的景象令毓秀眼睛一亮。

哇! 好漂亮的鸳鸯馍。

香荷问毓秀道:"哥,知道鸳鸯馍是干啥的吗?"

"这你都不知道吗?"毓秀解释道,"男女定亲的时候蒸鸳鸯馍,媒人把鸳鸯馍送到女家,女家把馍从中间切开,一半留给未来的新娘子吃,一半给未来的新郎吃。"

"哈哈哈……"香荷一阵爽朗的大笑,"我知道。"

毓秀嗔怪道:"你这妮子,知道还问我?"

"毓秀哥,你说勤生哥和嫂子送咱们鸳鸯馍是啥意思？"

"啥意思？ 莫非……"

"毓秀哥,难道你真不明白？"

"……明白,明白! "毓秀脸红了。

香荷从厨房里拿出菜刀,将鸳鸯馍一切两半,她拿了一半,把另一半递到毓秀手中:"毓秀哥,我们一起吃好吗？"

"好,一起吃! "

两人同时咬了一大口,鸳鸯馍是那么的香,那么的甜。香荷深情地望着毓秀,忽然不说话了。

看着香荷忽闪着一双会说话的大眼睛,毓秀突然感到耳根发热,他赶紧低下头来,不敢再直视香荷。

熊熊燃烧的爱情之火烧掉了少女的羞涩,香荷双手捧起毓秀的头,炯炯有神的大眼睛凝视着他:"毓秀哥,我好看吗？"

毓秀发现香荷的一双凤眼是那么的美丽, 丰满的脸颊是那样的白皙。看着看着,他看到香荷的瞳孔里似有一团火焰在燃烧,毓秀动情地说道:"妹子,你好看,你真好看! "

猛然间,毓秀觉得自己的眼睛里也有一团火焰在升起,这团火与香荷眼中的火交织在一起,整个大地被火焰照得光灿灿的。火光里,毓秀搀扶着香荷缓缓步入洞房……

香荷再也顾不得害羞,她大声说道:"毓秀哥,我要嫁给你! "

毓秀没有想到香荷会这么大胆,他情不自禁地拉住香荷的手:"妹子,我喜欢你,我要永远和你在一起。"

被毓秀的大手一握,香荷只觉得浑身一抖,一股暖流传遍全身。她幸福地闭上眼睛,就势倒向毓秀宽厚的怀抱,红润的小嘴向着毓秀凑过来。毓秀闻到了含苞待放的花朵那独有的芳香,感受到了少女酮体那撩人的热气,这热气仿佛一股滚滚的热浪沁人心脾。

毓秀有了跃跃欲试的冲动,他真想跳进滚滚的浪花之中,让热浪融化自己的躯体。然而,就在即将跃入水中的一刹那,毓秀止住了脚步。圣人的教诲犹在耳边,古人尚能坐怀不乱,我李毓秀岂能乱了读书人的分寸?

这时,窗外传来香荷妈的声音:"香荷,时间不早了,回家吧。"

毓秀松开香荷的手,从怀里掏出手帕,轻轻擦去她眼角溢出的幸福泪花:"你妈来叫你,回去吧!"

"毓秀哥,这手帕送给我好吗?"

"这手帕用过了,待改日买一方新的送给你。"

"不,我就要这一方。"香荷深情地说道,"上边有你的气息,我喜欢!"

"好吧,那就送给你!"

香荷接过毓秀的手帕,放在唇边轻轻一吻,含情脉脉地说道,"毓秀哥,我回去了,明儿个见!"

"明儿个见!"

四十五

香荷家有三间坐北朝南的破瓦房,还有两间狭小的东厦。北房隔成了三部分,香荷爹妈住东屋,香荷住西屋,当中一间堆放杂物,东厦既做厨房又是香荷两个哥哥的住处。

离开私塾,香荷依然沉浸在幸福之中,她迈着轻盈的步子回到家里,一头扎进自己的房间。

见香荷回来了,香荷爹把妻子拉到院子里,悄声说道:"与铁罩院子定亲的事你去告诉香荷一声。"

香荷妈生气地说道:"你办的好事,要说你去说,我不去。"

"哪有当爹的向妮子说这种事的?"

"我压根就不同意这门亲事,是你看上了铁罩院子的银子才同意的,你不去说谁去说?"

"不是我看上了银子,你说香荷不嫁给铁罩院子,还能嫁给谁?"

"嫁给谁也比嫁给憨憨强。"

"嫌憨憨不好,那你给她找一个精精去,你去呀!"

"……这,这……"香荷妈一时无话可说。

见妻子回答不上来，香荷爹似乎找到了理由："香荷已经过了合适的年龄，除非是二婚，要不然到哪里去找女婿？"

"找个二婚也比找个憨憨强。"

"你以为二婚就那么好找吗？你给找一个来。"

香荷妈顺口说道："我看李毓秀就挺好。"

香荷爹反驳妻子道："早先你也不同意他嫁给毓秀，这会怎么同意了？"

"早先是早先，这会是这会，早先我不同意，这会我同意了。"

"你同意也不行，我已经人前说了一句话，哪能不算数哩？"

"你去跟周媒婆说，我们反悔了。"

"呸！亏你说得出口，我们是正经人家，从来没做过说话不算数的事情。"香荷爹一副认真的架子，"再说已经收了郝家的聘礼，说好的事情反悔，能丢起那个人吗？"

"丢人就丢人，反正我不同意让妮子嫁给憨憨。"

"要是让我在村里丢了人，我就休了你，你回河南老家去吧。"

"你这会就休，我早就跟你过腻了。"

香荷爹眼睛一瞪，抡起拳头骂道："X你妈的，我看你是皮痒了！"

香荷妈一头撞过来："你打，你打，你不就是觉得我这个外路人好欺负吗？我也跟你过够了，你打死我算了！"

香荷爹一阵咳嗽，他喘着气求妻子道："河南家，不是我跟你过不去，是咱眼下这日子过不去。咱们家穷，我治病要花钱，两个小子娶媳妇也要花钱，你说咱这日子往后咋过哩？"

"咋过？有钱就富过，没钱就穷过。"

"话是这么说，可咱们家明明就过不去嘛。两个小子二十多岁了找不下媳妇，你心里难道就不急？就算不为我想，总该为他们想想吧？"

见妻子终于无话可说，香荷爹越发可怜巴巴地说道："不是我心硬，非要把妮子嫁给憨憨。"说到痛心处，香荷爹哭出了声："要是咱有钱给娃娶媳妇，为啥要贪图铁罩院子的银子？我病成这个样子，还不知道能活几天，你说咱还能指望啥？"香荷爹又一阵咳嗽，他圪蹴到地上，蜷缩成一团，半天喘不上气来。

见丈夫可怜的样子，香荷妈心软了，可她还是说不过自己的心："我看香荷是真喜欢毓秀，咱要是能给娃找一个差不多的女婿还好说，让娃嫁给一个憨憨，这话可咋跟娃说哩？"

"毓秀虽然有才，可他没钱，你就跟香荷说，给他找了一个有钱的主，她会同意的。"

"香荷不是那样的人，娃不喜欢钱财，娃就喜欢毓秀的才气。"

"你咋知道哩？"香荷爹问道。

"当妈的我能感觉到。"

"哪有不喜欢钱财的人，娃在私塾里帮工，不也是为了挣钱吗？你把两家的情况比较一下，看她愿不愿意嫁给毓秀？"

"她肯定愿意嫁给毓秀！"

"我不信，你这会就去问？"

以往听惯了父母的争吵，香荷一开始没太在意他们吵什么，后来隐隐约约听到母亲说自己愿意嫁给毓秀，又听到爹让问自己愿意不愿意，她一把推开房门："不用问了，我愿意嫁给他。"

见女儿这个态度，香荷爹十分高兴："我就说嘛，她咋会不愿意哩？"他接着问香荷道："看来你是喜欢他？"

香荷满心欢喜道："对！我喜欢他。"

"喜欢就好，这人常说'嫁汉嫁汉，穿衣吃饭'，你这一辈子是吃穿不用愁了。"

"爹,看你说的,我是看上了他的人品与才华,又不是看上了他的钱财。"

香荷妈一脸疑惑,郝家老二傻乎乎的,谈什么人品与才华?她问香荷道:"你……你看上了他的人品与才华?"

"嗯,是的哩。"

见女儿说得如此肯定,香荷妈越发不解,莫非女儿真看上了铁罩院子的钱财?

香荷爹嫌香荷妈说不到点子上,便打断妻子的话对女儿说道:"香荷,你这样说,爹妈也就放心啦。"他端起灯碗,拉着香荷来到外间,指着郝家送来的包袱说道:"你婆家已经把聘礼送来了,看看满意不?"

刚才进门时光顾了高兴,根本没有注意房间里的东西,听爹这样一说,香荷才发现地上有不少包裹,她疑惑地问道:"聘礼,哪来的聘礼?"

"你妈刚才问你,你不是说同意这门亲事的吗?"

香荷转身问母亲道:"妈,爹说的这是哪家的话?"

香荷妈这才明白香荷误会了,她只能实话相告:"周媒婆给你提亲,说的是铁罩院子里的二公子,你爹他……他同意了。"

香荷急了:"爹,郝家老二是个憨憨,难道你不知道?"她转身一把抓住母亲的肩头:"妈,你难道也同意让我嫁给憨憨?"

"我本来是不同意的,可你爹他硬要同意。事到如今,铁罩院子的聘礼也送来了,迎亲的日子也定了,说啥也晚了。"

"你们把聘礼退了,我死也不嫁给那个憨憨!"

香荷坐在炕头上,伤心地抽泣着。香荷妈心疼地抱住香荷,两人哭在一起。

见妻子和女儿伤心的样子,香荷爹缓缓地对女儿说道:"爹知道你喜欢李毓秀，他对你也有心思，可他毕竟没有托媒人上门提亲，谁知道他是不是真心哩？"

"我这就去找毓秀大哥，让他托媒人上门提亲。"

"好娃哩，你小点声！妮子家自己要别人提亲，这话让邻居听见还不得笑话死咱？"

"我不怕笑话，我这就去找他。"

香荷爹犹豫了，他想退掉郝家的聘礼，可想想家里的窘境，他终于决定还是答应郝家："你不怕笑话也不行，铁罩院子正大光明托媒人到咱家提亲，要是退了聘礼，左邻右舍会骂咱不守信义，那咱家以后还怎么在村里活人？"

"咱一不偷人，二不抢人，咋就没法活啦？"

"活是能活，只是活不成个样子，你看看咱眼下过的这是啥光景？"说到这里香荷爹动了真情，"爹身患痨病不能干活，还要常年吃药花钱，咱家一直就没个宽展的时候。就因为穷，你两个哥哥二十多岁了没钱娶媳妇，要娶媳妇，就只能指望铁罩院子的聘礼。李毓秀虽然人品出众，可他一个穷秀才，办私塾的钱够他自己吃喝就不错了，能拿出银子贴补咱们家吗？"香荷爹一把鼻涕一把泪，"你别怨做爹的狠心，我是没有办法才让你嫁给郝家。你是个孝顺娃，从小就听话，爹妈养你一场不容易，你要为这个家想想啊！"

香荷没再说什么，她进了自己的房间，一头扎进被窝放声大哭。

香荷爹本来还想让妮子吃鸳鸯馍，见香荷难过的样子，哪里还敢提这事。他拉着妻子从女儿房间退出来，打发她回了自己的房间，自己来到东厦里，对两个儿子叮嘱道："你们两个晚上不要脱衣服睡觉，留心香荷，别让她出门去。"说完咳嗽着回房去了。

二更天，四周一片寂静，香荷侧耳细听，父亲的咳嗽声渐渐停了下来,她悄悄爬起来,蹑手蹑脚出了房门,想到私塾去找毓秀。刚要伸手打开院门,没想到一只手按住了门闩,抬眼一看,两个哥哥挡在前边。

香荷明白了,一定是父亲让哥哥们监视自己,她对兄弟两个说道:"哥,你们走开,让我出去。"

"深更半夜的,你出去干啥?"香荷大哥问道。

事到如今,也没有什么需要藏着掖着了,香荷平静地回答道:"我要去见毓秀。"

"你见毓秀干啥?"大哥问道。

"哥,我喜欢毓秀,我要嫁给他!"

"爹说了,你不能嫁给他。"香荷二哥说道。

香荷哭了:"哥,爹要我嫁给铁罩院子那个憨憨,难道你们也忍心让妹子往火坑里跳?"

见香荷可怜的样子,大哥心软了,他松开手,想放香荷出去,二哥赶紧用手按住门闩:"爹说了,没他的话不能放你出去。"

香荷急了,她跪倒地上哀求道:"二哥,你放我出去吧!"

见妹子向自己下跪,香荷二哥也犹豫了,可一想到错过这个机会,自己就可能一辈子打光棍,他硬着心肠说道:"香荷,我不能放你出去。"

香荷大哥对弟弟说道:"老二,你起开,让香荷出去!"

没想到老二也哭了:"爹不让香荷出去,大哥你想想,爹他容易吗?"

见二哥死活不开门,香荷找了根绳索,转身来到院子中间的枣树下,把绳子往树枝上一搭,准备自尽。

两个哥哥一见香荷要上吊,赶紧过来撤下绳索,这时身后传来父亲大声的咳嗽声。香荷爹不知啥时候来到了跟前,他近似哀求地对香荷说道："爹不识字，认不得你帮毓秀写的《弟子规》，但我听说那是一本教人守孝道的书。答应爹，嫁给郝家，就当是孝敬爹妈吧！"说完竟然向香荷跪了下来。

两个哥哥见状一起向香荷跪了下来。

看着半病子父亲和两个哥哥的可怜样，香荷心软了。

唉，这莫非是自己的命？！

四十六

第二天早上,香荷没有像往常一样来私塾。毓秀以为她可能是身体不舒服,也没十分在意,胡乱咬了几口馍馍,赶紧忙着准备孩子们的功课。一上午忙着讲课,也没有多想。到了下午散学的时候,香荷依旧没来。毓秀觉得不对劲,赶紧打发小福子去香荷家打听。

小福子很快回来了:"先生。香荷姑姑不再来私塾,她要出嫁了。"

"啊?"毓秀一愣,"她要嫁给谁?"

小福子摇摇头:"我不知道。"

这突如其来的消息犹如当头一棒,只打得毓秀两眼发黑,浑身似散了架一般,他一屁股坐在椅子上,脑子里一片空白……

香荷与铁罩院子定亲的事很快在周庄传开了。

勤生听说了香荷的事,紧忙赶往私塾,想问问毓秀到底是咋回事。半道上,他顺便叫上智多星文良,两人一起往私塾而来。进了私塾,已经有不少人先一步到了,还有些接孩子的家长留下没走,都想为毓秀出点主意。

只见毓秀一动不动地坐在椅子上,一句话不说,连眼睛也一眨不眨。

勤生走到近前,轻轻拍拍毓秀的肩头:"别发愣了,香荷到底是怎么回事?"

毓秀猛一激灵,这才发现勤生和文良站在旁边,他不解地摇摇头:"我也不知道怎么回事,昨天晚上她高高兴兴离开了,谁知道今天就有了这档子事。"

"一定是香荷爹看上了郝家的银子,背着香荷为她定下了亲事。"勤生懊悔地说道,"怨我办事疲沓,要是早点找他爹妈提亲就好了。"

毓秀无奈地望着勤生:"勤生哥,事到如今,你说我该咋办?"

勤生望了望文良:"你说呢?"

"我看咱们赶紧找一个媒人,到香荷家为毓秀提亲。"

"铁罩院子已经送了聘礼,连成亲的日子都定了,咱再去提亲,别人会不会说咱是破亲?"毓秀心事重重地说道,"老百姓祖祖辈辈都憎恶破亲的人啊!"

在场的人七嘴八舌,有的说应该去提亲,有的说不应该去。事情紧急,勤生赶紧打断大伙的话:"嘿嘿嘿,别嚷嚷了,文良的话是对的,应该尽快去为毓秀提亲!"接着冲毓秀说道:"你这人什么都好,就是太呆板,啥事情都要循规蹈矩。你也不想想,香荷那么有才的妮子,让她嫁给憨憨,那不是作践她吗?破亲咋啦,有些事不能完全按规矩来,该破就得破。"

文良接着说道:"破它一个烂亲,成就一门好亲,这亲该破!"

听两人这样一说,在场的人终于明白过来,转而全都支持尽快去香荷家提亲。

虽然大伙众口一致,但毓秀仍难以冲破世俗的桎梏。自己写《弟子规》为的是教人们守规矩,难道自己可以不守规矩?他犹豫地问道："让我再好好想一想，这事到底能不能办？"

见毓秀还在犹豫，一向稳重的勤生急了："我的书呆子，这事得赶紧办，不然就来不及了。你跟香荷的事大伙早就认可了，只是没有托媒人去提亲而已。咱找个媒人上门，跟香荷爹妈挑明这件事，保准能成。"

毓秀迟疑地问道："事情这么紧，到哪里找媒人？"

文良回答毓秀道："这事好办，让小福子妈当媒人。"他转身问勤生："我看你媳妇挺会说话，你说行吗？"

这时门外有人搭话："不行！"

只见五斗急匆匆进了门，他也是为香荷的事来找毓秀的，听说让勤生媳妇去提亲，当即表示反对："勤生媳妇当媒人不合适。"

在场的人一愣，文良赶忙问五斗道："我们好不容易商量好了，你这个一贯的和事佬，怎么能说不合适？"

"香荷已经定亲了，我们再去提亲，这话本来就不好说，我们一个做小辈的就更难办，没等你说完话，估计就让香荷爹妈给打发出来了。"

"你说得也对。"文良问道，"那依你该咋办？"

"要我说，这事得找一个长辈去说。"五斗回答道。

"那让谁去说哩？"勤生问道。

五斗想了想说道："我看让顺子婶去说，她跟香荷妈关系比较好，兴许能说得通。"

这时又听见门外有人说道："她一个人不行！"

循声看去，只见顺子叔和二娃叔两人走了进来，他们也是为香荷的事来的。

"她一个人不行，我跟她一起去。"顺子叔补充道。

二娃接着顺子的话说道："顺子叔说得对，香荷妈做不了主，主事人是香荷爹,他去了才能说得动,万一不行我也去,我们一起跟他说。"

有了长辈们的支持,勤生几个十分高兴,他问毓秀道:"秀才,这下你该同意了吧?"

毓秀终于松了口:"既然两位叔都说行,那就照你们说的办。"

"好,那咱就这么定了。"顺子接着对在场的人说道,"我立马回去跟屋里说,让她准备。大伙也别闲着,赶紧分头去筹备银子,没有银子咱们办不成事。香荷家眼下的光景,老子患痨病,两个儿子拿不出聘礼娶媳妇,真的是缺银子。"

众人刚要出门,二娃叔拦住大伙道:"先别忙着走,这银子得多筹备点,要比铁罩院子多,不然香荷爹那儿怕是通不过。时间这么紧,如何才能筹到更多的银子,大伙得合计一下。"

勤生一拍手道:"这事好办,在场的能拿多少拿多少,剩下的我们几个年轻人分头找孩子家长去借。"

二娃禁不住为年轻人的点子叫好:"还是年轻人有点子,这办法好,就这么办。"

这办法倒是能筹到钱,可毓秀心里十分过意不去,他问勤生道:"为自己的事向家长借银子,这合适吗?"

"你平时对孩子们那么用心,家长不会有意见的,再说我们是借,又不是要,等有了银子还他们就是了。"勤生转身对在场的文良和五斗说道:"咱们分头去找家长,重点是那些赶马车接孩子的家长,问他们借银子。"

大伙都说勤生说得对,劝毓秀先考虑香荷,别想太多;毓秀终于被说服了,不再说什么。

在场的人统一了意见,刚要出门,炮筒子元元风风火火跑了进来,他开门见山对二娃和顺子两位长辈说道:"叔,你们准备去香荷家为毓秀提亲吗？"

"是的，怎么啦？"二娃叔回道。

"怎么啦，这都啥时候了？还想着找媒人去提亲，还没等你们上门，郝家的迎亲队伍就到了。"

顺子赶忙问元元："那你说该咋办？"

"这事得这么办。"元元胸有成竹道，"今儿个晚上，我们几个去香荷家，想办法把她约出来，然后让毓秀和香荷一起远走高飞。"

"你是说让他们两个私奔？"二娃叔问道。

"对！"

"……啊？"毓秀惊得半天说不出话来。

元元瞪着毓秀道："你啊什么？事到如今，只有这个办法还来得及，除此之外能有啥好办法？"他转身问二娃和顺子道："两位叔，这儿只有两位年龄大，你们说我说得对不对？"

顺子和二娃稍做商量，觉得二娃说得有道理，遂对大伙说道："我看这样，咱们两条腿走路，一方面准备提亲，另一方面准备私奔，先礼后兵，提亲不成就私奔。"见毓秀张了张嘴，顺子叔没容他说话，接着吩咐大伙道："元元去筹划私奔的事情，其他人赶紧去筹备银子。"

大家伙刚要离开，就见黄爷爷被两个儿子用椅子抬着进了屋。他老人家已经走不动路了，由于没牙，连话也说不大利索，但脑筋还算清楚，他也是为香荷的事来的。

常言道，人老是一宝，莫非黄爷爷有成全毓秀与香荷的好主意？大伙屏声静气等着老人家发话。

黄爷爷喘息了一阵，这才哆哆嗦嗦冲毓秀说道："毓……毓秀，听说你要去香荷家提亲，这可是破亲，你是读书人，又身为人师，这……这样的事，你……你可不能做。"

没想到黄爷爷是来唱反调的,在场的人一阵茫然,毓秀更是不知道该怎样回答,只能顺着老人家的意思说道:"黄爷爷,我……我听您的。"

黄爷爷喘喘气接着说道:"世上的女人多哩,咱……咱可不能因为一个女人,坏……坏了自己的名声。"

"话……说完了。"黄爷爷对儿子说道,"走,送我回去。"

两个儿子一边抬着他往外走,一边小声向毓秀解释道:"人老了,想法不及年轻人,他的话你可别放在心上。"

黄爷爷毕竟是周庄最有名望的长者,上一回参加科考的事没有听他的,这一次呢,要不要听老人家的话? 毓秀又没了主意,他问二娃和顺子叔道:"叔,我们到底还要不要去香荷家提亲?"

"老糊涂了,别听他的!"二娃叔回答得很干脆,"世上女人是多,可谁能比得上香荷哩? 咱还是照顺子叔刚才说的办,两条路同时走!"

事不宜迟,炮筒子元元再次放炮:"叔,时间这么紧,要我说咱就别两条路了,就一条路,私奔!"

大伙仔细一琢磨,都觉得元元这一炮放得对,顺子叔当即拍板道:"就按元元说的办!"接着对毓秀道:"你收拾一下,准备走吧。"

"我走了,私塾的孩子怎么办?"毓秀忧心忡忡地问道。

元元回答道:"孩子们好办,我和勤生他们先帮着照看,等过了这阵风,你回来再接着教他们,实在不行就让他们到别处去上学。"

"家长把孩子交给我,是相信我李毓秀,那样做我愧对他们。"

"这事你不用管,我们几个跟家长解释,相信他们会理解。"勤生说道。

"孩子又不只是我们一个村的,附近几个村都有,还有城里的,你们难道能一个个向家长解释? 就算家长能理解,因为自己的事耽误孩子们的命运前程,有违为师之道,这样的事我李毓秀不能做。再说《弟子规》还没有写完,这是郭先生托付的事,是我此生最大的事,我岂能半途而废？"

见毓秀一直拿不定主意,连老好人五斗都急了:"说了这么多,孩子们有我们管,写书的事等过了这一阵还可以做,你怎么还不放心哩,别再磨蹭了,赶紧走吧！"

"香荷爹妈在我家最艰难的时候出手相帮,二老对我有恩啊！"毓秀心事重重地说道,"假如跟香荷一走了之,我李毓秀岂不成了不仁不义之人？"

元元急得直跺脚:"都什么时候了,还这样婆婆妈妈？"

文良劝毓秀道:"眼下的当务之急是救出香荷,别的管不了那么多了。"

一方面舍不得香荷,另一方面又放不下学生,正在毓秀犹豫不决的当儿,一群孩子家长急急忙忙走了进来,大伙都是知道了香荷的事,想来为毓秀解困。

"十间门面"饭店掌柜把一包银子放到桌子上:"李先生,这是十两银子,您收下,一定要把香荷姑娘争回来,银子不是个事,需要多少吭气,随后给你送来。"

其他家长也纷纷拿出银子要给毓秀,有的还把为儿子娶媳妇准备的聘礼拿了来,要送给毓秀。

面对慷慨相助的众多家长,毓秀感动得热泪盈眶,一个想法随即在胸中形成,他抱拳对家长们说道:"谢谢,谢谢诸位的好意！银子我已经不缺了,请各位拿走自己的银子。"

不是说等着用银子,怎么又说不缺银子？在场的人一个个丈二和尚摸不着头脑,莫非当初抄家时毓秀藏了银子？不对呀,抄家时他那么小,不可能私藏银子,这到底是咋回事？

二娃叔不解地问毓秀道:"怎么,你自己有银子?"

毓秀摇摇头:"我没有银子。"

"你这是要按我的意思办,私奔?"元元急切地问道。

毓秀以丝毫不容置疑的口气回答:"不!我要留下来,我不能愧对自己的学生!"

四十七

再说铁罩院子这边，傻儿子终于找了个媳妇，郝家胜与妻子心里说不出有多高兴。他们紧忙着安排手下人杀猪宰羊，购买东西，准备老二的婚礼。忙活了一天，晚上回到卧室，却发现自己的傻儿子不见了。郝家胜夫妻心里别提有多着急，赶紧安排人外出寻找。

郝家老二去哪里了？

前面说过，郝家二小子是憨憨，整天就知道吃，根本不懂娶媳妇的事。听说父母要为自己娶媳妇，郝二爷心想不能让新媳妇抢我的好吃的，不能让她欺负我，得赶紧逃跑才对。就这样，他出了铁罩院子，一个人漫无目标地向远处走去。见不少人都朝着一个方向走，他就跟在人群后边，走着走着，来到了绛州大街上。

哇！这么多好吃的。郝二爷高兴极了，他伸手在一个货摊上拿了一块点心，一把塞进嘴里。看摊的伙计拿起木棍照他的手敲了一下，郝二爷哭了："我要吃好吃的嘛，为啥打我？呜呜呜……"

看摊的伙计骂道："讨吃鬼，这是你家的东西吗？想吃就随便吃？要吃点心掏钱买，再随便拿看不打断你的手！"

见郝家老二挨了打，一个常年在绛州大街上行乞的叫花子赶紧走过来，拉着他离开了。这叫花子也没什么正经名字，人们都叫他小六子，来到僻静处，小六子问郝二爷道："看你的穿戴也不像我们同行，倒像个衣食无忧的富家子弟，为啥要干那偷窃之事？"

郝二爷听不懂，傻傻地看着面前的陌生人。

小六子继续问道："叫啥名字，哪里人？"

这下郝二爷听懂了，可他不知道自己是哪里人，傻乎乎地回答道："我叫郝……郝二爷。"

"郝二爷？"

这应该是娄庄铁罩院子里的郝家老二，他一定是跑丢了。小六子寻思着，铁罩院子丢了人一定很着急，如果把郝二爷送回去，郝家肯定会酬谢自己。看看天色已晚，小六子决定先把郝二爷带回自己的住处，等明早儿再送他回家。想到这里，他问郝家老二道："饿了吧？"

郝二爷点点头："嗯。"小六子于是带着他来到位于绛州城东北角的北窑上。

北窑上是绛州城里叫花子的聚集地，小六子来到自己住的窑洞，拿出讨来的吃食给郝家老二吃，接着找到丐帮大哥吴瘸子，想跟他讨教如何去娄庄领赏。

吴瘸子身为丐帮老大，长着一副侠肝义胆。平日里，吴瘸子很注意呵护自己的丐帮兄弟，他的腿就是当初为保护小六子而被豪门的狗咬伤致残的。吴瘸子在丐帮中很有威信，丐帮弟兄们遇事都愿意同他商量，小六子更是一直感恩吴大哥，大事小事都不忘讨教他。

本计划与大哥一起发一笔小财，没想到他不同意自己的意见。"这事不能这么办。"吴瘸子说道，"咱就是再恓惶也不能挣这钱。"

小六子不解地问道："为啥到手的银子咱不要？"

"你没听说过李毓秀写《弟子规》的事吗？"

"知道啊,这绛州城里大小人都知道,我咋会不知道哩？"

"知道就好。"吴瘸子接着说道,"李秀才是个好人,全绛州人都敬仰他,可这个憨憨想抢走他相好的妮子。"

"那又怎么样？"

"我们要帮帮李秀才。"吴瘸子说道。

"怎么个帮法？"小六子问道。

"你把憨憨带到这里有人看见吗？"

"没人看见。"

"那就好。"吴瘸子托着下巴思谋了一会,接着对小六子一阵耳语,小六子听了不住地点头。

天黑下来了,郝家老二想要回家。小六子和吴瘸子轮番哄他,可郝二爷见窑洞又黑又脏,还是嚷嚷着要回家。正不知该咋办,两个衙役进了窑洞,乞丐们一脸茫然,不知衙役们所为何事。

叫花子们平日里想挨衙役的边都难,这次之所以被关照,原因出在刘领班。

闻听李毓秀因为写《弟子规》的事出了名,李家后人虽然没有步入仕途,却成了一代名人,刘领班嫉妒的邪火不由得在胸膛里升腾。得知郝家老二被一个叫花子带走了,刘领班转动花花肠子:既要让郝家找到傻小子,否则就等于帮了李毓秀的忙,又不能白白便宜了铁罩院子。反复琢磨,一个歪点子终于在头脑中形成。

打定主意后,刘领班指派手下前往北窑上寻找郝二爷,衙役们很容易就找到了小六子的住处,不容分说,把几个人一同带回了州衙。

见衙役带回了郝家老二和两个叫花子,刘领班冲吴帮主和小六子吼道:"无端扣押良民百姓,还有王法吗？嗯,你们想干什么？"

　　小六子见问话的是过去丐帮的老相识,赶紧讨好道:"刘大哥,我们没有扣押人,这个人是我捡到的,你……"

　　小六子的话无形中揭了短,让刘领班很没面子,他不容小六子继续说下去:"浑蛋!谁是你大哥?真他妈的嘴贱,掌嘴!"边上的衙役过来就是几巴掌,只打得小六子眼冒金星。

　　刘领班接着呵斥道:"老实交代你们的罪行,否则小心狗头!"

　　小六子被吓蒙了,扑通一声跪倒在地:"刘……刘大人饶命,我……我老实交代。"

　　本来也就胡乱咋呼一下,见小六子吓得直哆嗦,刘领班看出其中有猫腻,便虎着脸说道:"快说!"

　　"我在大街上遇到了铁罩院子的郝二爷,本来想送他回去得点酬劳,可是吴大哥说他抢了李毓秀的相好,说要帮帮李秀才。"

　　"嗯,怎么个帮法?"

　　"吴大哥说,一个憨憨娶啥媳妇?不……不如把他藏起来,到了成亲的日子,郝家找不到人,自然就……就得退亲,李……李秀才就能和他相好结婚了。"

　　刘领班心想,多亏自己发现及时,不然这帮家伙还真就帮了李毓秀的忙,他接着喝问:"就这些吗?"

　　"吴……吴大哥还说,等过了这阵子,再把人送到郝家,既帮了李秀才,还……还能领到赏金。"

　　看来吴瘸子是主谋,这家伙还真是不次尿,刘领班全然不顾昔日老大的面子:"吴瘸子,这一切是否都是你的主意?"

　　吴瘸子不愧是丐帮帮主,颇具大将风度,看着昔日的丐帮小喽一副小人得志的样子,他不屑地回答道:"哼,是又怎样?"

　　"你们这纯属敲诈勒索!"

　　"笑话,谁敲诈勒索了?"吴帮主怒目圆睁反驳道,"不要以为你当了领班就可以仗势欺压百姓！”

　　原本想着用大话唬住两个叫花子，打发他们走人，而后再实施自己的发财美梦。见吴瘸子凛然不可侵犯的样子，刘领班改了主意，他大声吼道：“来人，把这两个人捆起来。”

　　按照刘领班的意思，衙役们安顿好郝家老二，然后由一高一矮两个衙役押着吴瘸子和小六子，趁着黑夜悄悄走出州衙，又出了南城门，来到汾河边上。大个子衙役正要动手把两人往水里推，小个子衙役伸手拦住他：“这事不能干。”

　　“为啥？这可是头儿的意思，咱们岂能不听？”大个子衙役问道。

　　“头儿的啥话都听吗？有些歪话就不能听。”

　　见大个子衙役一副不解的样子，小个子衙役接着说道：“没听吴帮主说嘛，他与李毓秀非亲非故，之所以想帮助他，完全出于对李秀才的敬仰，实属仗义之举，我们难道还不如叫花子？”

　　大个子衙役终于醒悟了：“对对对，这是两位义士，不能伤害他们。”

　　小个子衙役对着大个子衙役一阵耳语，大个子会意地点点头，两人遂解开捆绑在小六子和吴瘸子身上的绳索，小个子衙役问两人道：“会水吗？”

　　吴瘸子和小六子点点头。

　　小个子衙役说道：“看在你们敬仰李毓秀的份儿上，我们放你们走，但你们要离开绛州，走得远远的。”说完话把两人推入河中，转身回去交差。

　　再说铁罩院子所有人整整忙活了一晚上，到第二天吃早饭的时候，各路人马纷纷回报，都没有找到郝二爷。郝家盛急得火烧火燎的，在院子里不停地转圈圈。

　　见丈夫着急的样子，妻子牛氏出主意道：“一直这么找不是个事,不如找个大师给算一算。"

郝家盛觉得妻子的话有道理,便问妻子道:"到哪里找人算卦?"

郝妻回答道:"找一般算卦的不行,得到寺庙里找一个高僧给算一算。"

"去哪个寺庙?"

"当然是去候庄哺饥坡下边那个寺庙,那是咱们这一带最大的寺庙,住持大师水平超高,肯定能算出咱们家老二的去向。"

"行,我这就去。"

"多带上点银子,给得少了和尚不认真。"郝妻叮咛道,"算完卦顺便到寺庙对面的灵辄庙给我拜点药回来,我这胸口疼得厉害。"

郝家盛骂道:"这里急得火烧火燎的,哪有工夫为你拜药!"

郝妻讨了个没趣,不敢再吭声。

事情紧急,郝家盛连早饭也顾不上吃,吩咐伙计赶紧套车,怀里揣上银子就往候庄赶。

候庄寺庙这边,刘领班早就跟住持密谋好了,单等着郝家人上门。

眼见着郝大东家进了寺庙门,住持亲自到门口迎接。到了大殿中,还未等郝家盛说话,住持先开口道:"请问郝施主,可否为了找人才来本寺?"

未曾开口,住持竟然知道自己来的目的,郝家盛心里暗暗佩服,赶紧回道:"大师果然高明,我确实是为找人而来的,请您给算一算。"

"请在功德箱放五两银子,若算不对,分文不取。"

郝家盛赶紧取出银子放在功德箱里。

住持掐指一算:"您要找的是二儿子。"

"对对对,是二儿子,请问他可否平安,身在何方?"

"请再放五两银子。"

郝家盛又取出五两银子放在功德箱里。

住持再次掐过手指,然后对郝家盛说道:"您家二少爷眼下平安无恙,所处位置在本寺的南方。"

"请大师说具体点。"

"应该在州城里边。"

郝家盛心里一阵高兴:"大师,您能不能说出准确位置?"

住持让郝家盛又往功德箱里放了十两银子,然后说道:"来来来,我来告诉你。"

住持对着郝家盛耳语一阵,郝家盛的脸上露出了微笑。

出了寺庙,郝家盛上了轿车直接往州城而去。到了州衙下边,他让伙计在下边等着,自己一个人上了衙坡,转身来到钟楼前。照着寺庙住持的吩咐,他闭着眼睛绕着钟楼左转了三圈,右转了三圈,然后用手轻轻撞了十下大钟,接着默数数字。数到一百时,郝家盛慢慢睁开眼睛。往远处一看,有个人正慢慢走来,果然是自家老二。郝家盛心想,这住持要的银子虽然多了点,可他的卦确实灵验,看来只要有了银子,啥事都能办成。

四十八

且说郝家盛费了老大的劲，终于找到了傻儿子，可带着傻儿子回到家里，还未来得及高兴，夫妻俩又愁了起来。

郝大东家夫妻为啥发愁哩？

原来这绛州人办婚事比较讲究，新郎须懂得诸多礼节。最难做到的是磕头、作揖等动作要和着喜庆的音乐进行，所有动作都要卡在音乐节拍上。音乐快动作快，音乐慢动作慢，故新郎得经过专门练习才能胜任。

郝大东家两口子正是为此事发愁。二小子连日常生活都要靠别人帮助，短时间内要让他学会娶媳妇的礼节，这事该怎么办哩？

夫妻俩经过商量，决定找一个高手调教憨儿子。

事情紧急，郝家盛急忙叫来管家问道："知道咱们这儿娶媳妇的司仪一天给多少银子吗？"

"东家，一般司仪给二三钱银子，最好的把式也就给五钱银子，一些烂把式连银子都不用给，完了给两个大馒头①就打发了。"管家回答道。

郝家盛吩咐管家道："你去找一个高水平的司仪，给他五两银子,让他教老二娶媳妇的礼数。"

"东家,给得太多了。"

"不多! 二小子啥也不会,咱得多下点本钱。"

"怎么着咱也得随大流吧,别坏了规矩。"

"什么规矩?规矩都是人定的。"郝家盛接着说道,"一般人学磕头作揖这些事一天足够,二小子恐怕得三天才能学会,所以咱得多给点银子。"

"就算三天,一天一两银子足够他偷笑了,怎么能给五两呢?"

"我知道,咱不是为了老二能学得快一点嘛! 多花点银子不怕,只要他能教会老二就行。"郝家盛叮嘱管家,"你告诉师傅,五两银子是给他教老二的,娶媳妇那天的银子单另给。"

"好,我这就去办。"

管家很快从城里请来高姓司仪,就迎亲的各个程序对郝二爷进行训练与指导。

高司仪之前曾经教过无数新郎官,这中间有聪明的,也有笨蛋。笨蛋教起来虽然费劲,一般都会多给一些银子,高司仪也就乐得接受。来之前听说郝二爷是个憨憨,高司仪本不想接这个活,但架不住郝家给的银子多,心想郝二爷既然敢娶媳妇,再憨终归还是个人,总比教一条狗容易吧?! 我无非多费点心,多出点力而已,所以就应下来了。

高司仪随管家来到铁罩院子里,郝家盛问过基本情况,得知他曾经教过无数新郎官,心里还比较满意,随后叮咛道:"师傅,你费心教,只要教会我家二小子,酬金还可以加。"

一听说还可以增加银子,高司仪满心欢喜,信心满满回答道:"郝东家您就放心吧,我保证让他做到有模有样。"

听高司仪这样一说,郝大东家满心欢喜,对高司仪客气道:"那就辛苦您了！"接着吩咐管家："告诉厨房,好酒好菜招待师傅。"

"好的,我这就去安排。"

那边管家去厨房安排饭菜,高司仪这边对郝二爷的训练开始了。

先从磕头的姿势开始教起,高司仪一边哼唱着音乐,一边大声喊道："先迈左腿！"

仅仅一个迈腿动作,郝二爷总是做不对。一会儿迈左腿,一会儿迈右腿,要不就两条腿同时下跪。改教作揖吧,郝二爷记不住哪个手在上边。稍稍发一点脾气,郝二爷就可着嗓子哭喊着叫妈。说狠了,干脆趴在地上不起来,高司仪好话说尽,才能哄郝二爷起来。一天过去,高司仪喊哑了嗓子,郝二爷还是分不清左腿和右腿,记不住哪个手在上哪个手在下。

眼见着傻儿子学东西这么费劲,郝家盛怕高司仪失去信心,吃晚饭时,特意吩咐厨房多加了几道菜,他端起酒杯敬高司仪道："老二学东西太慢,辛苦师傅了,还望明儿个教他时多费点心！"

高司仪本想说,你家这娃比狗都难教,可是看着郝家盛热情的样子,只能敷衍道："郝大东家客气了,我会用心的,只是你家二少爷太难教了。"

"这我知道,所以才到城里请你这个高手嘛！"郝家盛接着给高司仪戴高帽子,"常言道,名师出高徒,你好好教,一定能教会。"

高司仪本来想打退堂鼓,经郝家盛这么一说,他为难了。

继续教吧,太难了,不教吧,好像有损自己的盛名,怎么办哩?想想曾经教过的一个笨蛋,不妨用教他的方法试一试,高司仪遂向郝家盛建议道："你们家二少爷学东西太慢,明儿个不如找一家婆媳妇的,让他现场跟着新郎做,那样可能学得快一点。"

郝大东家一想这倒是个好主意,于是满口答应："行,就照你说的办。不过,跑过来跑过去的可就辛苦师傅了!"

"只要二少爷能学会,辛苦点没啥。"高司仪客气道。

郝家盛叫来管家:"打听一下, 看看咱村里或者附近村里明儿个谁家过事?"

管家迅速回报,本村有一户翟姓人家明儿个娶媳妇。郝家盛心里好不高兴,遂对高司仪道:"师傅吃过饭早点歇着,明儿个领二小子去现场学习。"

高司仪来了信心:"我不累,吃过晚饭我再教二少爷练一会。"

"好,那就辛苦您了。"

晚饭后,高司仪辛辛苦苦带着郝二爷练了半天,还是没有任何长进。想再练,郝二爷不耐烦了:"我……我要睡觉了……睡觉了。"高司仪只得作罢。

第二天吃过早饭,高司仪领着郝二爷早早来到翟姓人家候着,想让他看着样子学。高司仪心里想,要让郝二爷做到有模有样、和乐按拍是肯定不行了,只要他能记住流程,跟着做下来就行。

迎亲仪式开始了。

在乐队的导引下,新郎首先来到本家家庙里,向祖宗三代行跪拜礼。高司仪赶紧哄着郝二爷跟在新郎身后,让他注意观察。翟家这位新郎倒是十分聪明,他的动作不仅规范飘逸,而且与乐队的音乐十分合拍, 每一个关键动作都在点儿上。高司仪轻声嘱咐郝二爷:"记住,首先祭拜祖宗,磕头动作要慢。"

郝二爷哪里有心思记这些,他嚷嚷着:"我要好吃的。"

高司仪急忙捂住他的嘴:"小点声!"

郝二爷哪管高司仪说什么,奋力挣脱他的手:"我……我要好吃的。"

好在郝家盛懂得自己的儿子,提前有准备。高司仪从随身的褡子里拿出一块点心塞到郝二爷的嘴里,他才算不嚷嚷了。

拜完祖宗,新郎回到家里,向父母亲行跪拜礼。高司仪叮咛郝二爷:"记住,跪拜父母,磕头动作稍快一点。"

拜完父母,迎亲队伍收拾停当出了大门。高司仪悄声提醒郝二爷,接下来要演奏的是上马音乐。郝二爷根本不听高司仪说什么,自顾傻笑着看热闹。

翟姓新郎官踩着上马石跨上高头大马,往新娘家而去。高司仪赶紧带着郝二爷登上自家的马车,跟在迎亲队伍后边,一起去往新娘家。

来到新娘家村口,那边看热闹的人早做好了准备,他们用板凳挡在路中央,迎亲队伍被迫停了下来。

说到这里可能有人要问,这板凳挡路是什么意思?原来在绛州这个锣鼓之乡,迎亲乐队表演锣鼓是必不可少的程序。在迎亲队伍的行进路线上,人们可以随时随地用板凳挡路,鼓手们把锣鼓放在板凳上进行表演,挡路的人满意了会送给乐手们大馒头,然后撤掉板凳放行。挡路的人有自发的,也有女方组织的,但送给乐手们的大馒头统统由女方提供,这是一个约定俗称的规矩。挡路的次数越多,人数越多,说明女方家越有人气,越有人缘。绛州人个个懂锣鼓,人人能打锣鼓,却看不起吹鼓手的行当,就像喜欢看戏却鄙视戏子一样。挡路的观众对锣鼓表演十分挑剔,挑剔到近乎刻薄与刁难,这不能不说是绛州人的一个怪癖。要想应付频繁挡路的观众,吹鼓手们必须有过硬的演奏技术,表演时一丝不苟,还要有几手绝招,否则就会过不去。一旦出现过不去的情形,不仅鼓手丢人,迎亲的主家也丢人。

吹鼓手把为婚丧大事奏乐称"跑事",吹鼓手因而也被称为"跑事的"。跑事的并不都住在一个村子里,乐队人员的组成因而也不固定。谁家有事时,需要有一个人负责组织联络,把鼓手们约在一起组成一个完整的乐队,跑事的把这个组织者称为"揽头"。揽头不仅自己要会演奏,还要能说会道,协调各方面的关系,主家有什么要求,挡路的有什么要求,都要揽头协调沟通。揽头虽然辛苦,但赚得也多,因而吹鼓手们都争着当揽头。跑事赚到的大馒头由揽头统一接受,之后再分给吹鼓手。挡路的次数多了,虽然辛苦一点,但可以挣到更多的大馒头,鼓手们自然乐意而为之。运气好的时候,跑一天事挣的大馒头够鼓手们全家吃好几天。

翟家迎亲乐队的鼓手个个是好把式,一个鼓手出场表演了锣鼓曲"十面锣",另一个鼓手接着表演了"十样景",一双鼓槌在他们的手里左右回环、上下翻飞,鼓声时而缓、时而疾,时而强、时而弱,时而抒情、时而欢快,直看得大伙眼花缭乱,引来观众阵阵喝彩。尽管这样,看热闹的仍不满意。揽头最后亮出拿手绝活,唢呐吹奏"洞房花烛",他一会儿用嘴吹,一会儿用鼻子吹,一支唢呐模仿众多人物,个个惟妙惟肖。

看热闹的人群总算满意了,女方家办事的拿过大馒头递给揽头,撤掉板凳准备放行。没想到揽头刚要把大馒头装进布袋,郝二爷大叫道:"我要吃大馒头!"揽头不觉一愣。

高司仪一把没拽住,郝二爷跑过去跟揽头争夺起来。

郝二爷是"名人",看热闹的不少人认识他,有人起哄道:"郝二爷,你们家缺大馒头吗?"

众人一阵开心的大笑:"哈哈哈……"

高司仪尴尬极了,慌忙过去拉住郝二爷,递给他一块点心:"咱们有的是好吃的,不敢抢别人的东西,大伙笑话!"

郝二爷扔掉点心:"我要吃大馒头!"

揽头认识城里这个高司仪,不解地问道:"师傅,这活你也敢揽,是想英名毁于一旦吗? 教憨憨学礼数,气不死你算你命大! ”

边上一个看热闹的跟着说道:"李毓秀的事传得那么宽,你难道就没听说? 教这个郝二爷,不怕遭众人骂吗? ”

高司仪无话可答,只能回之以尴尬的一笑。看样子自己揽的这是一个十足的次尽活,不光跟着憨憨丢人现眼,还有可能与他一起臭名远扬。他叫过郝家的轿车,带着郝二爷回铁罩院子而去,准备向郝大东家辞行。

郝家盛见两人早早回来了,猜着肯定是高司仪想打退堂鼓,没容他说推辞的话便热情招呼道:"师傅,回来了啊! ”

"嗯,回来了。”

"回来好,回来好,跟着迎亲队伍,吃吃不上,喝喝不上,咱何必受那个苦呢? ”

"我回来是想……”

没等高司仪说出下面的话,郝家盛抢着说道:"我知道,你是想在家里练。这好办嘛,咱就在家里练,渴了有茶水,饿了有点心,该多方便! ”

郝家盛接着买哄道:"辛苦了半天,我得好好犒劳犒劳你,完了让厨房准备好酒好菜,中午饭咱们好好喝上几杯。”

郝大东家一阵甜言蜜语,让靠嘴皮子吃饭的高司仪变得口吃了起来:"我……我……”

见高司仪还在犹豫,郝家盛进一步采用激将法:"二小子虽然笨,可你是谁? 你是绛州城里最有名的司仪,还有你教不会的人? ”

被郝大东家一激,高司仪不好意思再推辞,只能硬着头皮留下来继续教郝二爷。

总结了之前的教训,高司仪改变了原先的做法,想集中精力教郝二爷磕头。他不惜力气,一遍遍为郝二爷做示范,可郝二爷依旧不买账,一会儿喊累,一会儿要吃东西。高司仪虽然又气又急,但也无计可施,只能又哄又骗,又拉又拽,直到天大黑,连午饭都没有顾得上吃。直磕得高司仪膝盖肿了起来,肚子气得鼓鼓的,郝二爷还是不明白哪条腿是左腿。

高司仪心想,这活坚决不能再干了!再继续教下去,恐怕自己不被气死,也得气成憨憨。更为可怕的是,李毓秀在民众中的人气那么高,郝二爷要抢他的心上人,教憨憨娶媳妇,岂不等于助纣为虐?

厨房准备好了丰盛的晚餐,郝家盛坐在饭桌旁等着高司仪吃饭。高司仪假借回房间拿东西,掏出郝家给的银子放在桌子上,并留下一张纸条偷偷跑掉了。

郝家盛左等右等不见高司仪来吃饭,打发管家去看,这才发现他走了。打开纸条一看,上面写着:

郝大东家:

您给的银子如数奉还,如果觉得不合适,本人愿意加倍还您,只求别再让我教贵公子。

注:

①大馒头:这里指的不是一般意义上的馒头,每个馒头至少要用一斤面,多的用几斤面,甚至十几斤面做成,制作工艺十分讲究,是古绛州的特色食品。

四十九

　　高司仪不干了，郝家盛无计可施，只好求教足智多谋的本家族长。郝家族长是个十分正直的人，对憨憨娶媳妇的事情并不赞成，非但没有为郝家盛出主意，还把他训了一顿："有两个钱烧的！你以为有钱就啥事都能办得了吗？找个司仪教憨憨磕头，能学会吗？咱郝家是远近闻名的大家族，做事要经得起众人评论。"

　　郝家盛被训得说不出话来："我……我……"

　　"我什么我？姬庄那个写《弟子规》的李秀才人人敬仰，他和那个才女结合是珠联璧合、相得益彰，不要让你那个憨小子抢他的心上人，免遭众人骂！"

　　在族长那儿碰了一鼻子灰，郝家盛并没有死心，一边往家里走一边想着下一步该怎么办。妻子见他灰头土脸地回来了，知道族长不支持，于是向丈夫建议道："我看咱们去找找周媒婆，说不定她有办法。"

　　听了妻子的话，郝家盛一阵激动："你个骚X，咋不早说哩？"

　　"我这不是刚想到嘛，你那么有能耐怎么也没想到哩？"

　　郝家盛吩咐伙计迅速套好车，急匆匆去找周媒婆。

　　周媒婆确实见多识广，听说郝大东家为儿子不会磕头的事情发愁，她哈哈一笑，轻松地说道："这有啥作难的，你们家几个小子，挑一个顶替老二去迎亲不就得了。"

　　听周媒婆这样一说，郝家盛立时笑逐颜开。回到家里，他吩咐妻子马上照做。妻子牛氏叫来大儿子，对他说道："老二的婚期到了，可他那个憨样子，没法去迎亲，我跟你爹商量，让你顶替老二去把新媳妇迎回来。"

　　自从郝二爷与香荷定亲后，街坊邻居都认为郝家的做法不妥，不应该为憨憨找媳妇，尤其是抢了李毓秀的心上人，更让大伙感到不爽，街谈巷议全都是郝家的不是。郝家大儿子是一个守规矩的实诚人，听了村里人的议论，心里很不是滋味，对父母的做法十分不满。有心想劝父母放弃这门亲事，可又不敢扫父母的兴，尤其是不敢惹蛮横的父亲，只能把不满憋在心里。听母亲说让自己顶替憨憨迎亲，当即生气地回绝道："人家妮子根本就不同意嫁给老二，你们这么做简直就是糟贱人，干脆退了这门亲事算了。"

　　"退亲，说得倒轻巧！你自己娶了媳妇又有了儿女，可你弟弟还是光棍一条！难道就让他永远打光棍？"牛氏问道。

　　"憨成那个样子，连磕头都学不会，不怕人笑话？"

　　"正因为他学不会，这不才让你去顶替他吗？"牛氏开导大儿子道，"只要把媳妇娶回来，谁管老二憨不憨哩？"

　　"他连吃饭穿衣都照顾不了自己，娶回来媳妇要咋哩？"

　　牛氏半骂半劝道："你这个娃简直就是个木头，你是娶过媳妇的人了，你说娶媳妇要咋哩？"牛氏耐着性子哄不开窍的大儿子道："他们住到一起，过上一两年，生个一男半女，老二将来就有了指望，不然他老了谁去养活他，你去养活吗？"

　　"我宁肯养活他，也不替他去迎亲。"

"常言道,'亲不亲,骨肉亲,打断骨头连着筋',老二他再憨也是你弟弟不是,你就帮他一把吧,就算妈求你了!"

牛氏连哄带劝带骂,大儿子就是一句话"不去"。

一旁的郝家盛见大儿子死活不去,气冲冲骂道:"白你妈X养了你这么大,连这点道理都不懂!你和老三都娶了媳妇,有了自己的儿女,剩下老二没有媳妇,我和你妈熬煎得连饭都吃不下去,你难道就不能体谅爹妈这一点?"

见父亲生了气,大儿子低头不再吭声。

郝家盛耐着性子说道:"让你去顶老二迎亲,又不费什么事,权当骑着马去姬庄游玩一趟。"

"不去,不管怎么说我都不去,不去丢那个人!"郝家老大执拗地说道。

郝家盛火了:"好你个不孝顺的兔崽子,连老子的话都敢不听,反了你了!"说着话就要脱鞋打人。

牛氏一边拉住丈夫,一边哄大儿子道:"看你爹气成啥样子了,你就答应了吧。"

郝家老大没辙了,只能违心地答应替憨弟弟去迎亲。

常言道,好事不出门,坏事传千里。郝二爷抢了《弟子规》作者李毓秀的心上人,靓女嫁给憨女婿的消息很快传遍了全周庄及四邻各村。

香荷出嫁的日子到了。

不少人出于好奇,想看看憨憨怎样娶媳妇。更多的人出于对李毓秀的敬仰和对香荷的同情,怀着复杂的心情赶了过来,只为多看香荷一眼。

早饭过后,迎亲队伍过来了。

铁罩院子果然是大派头,灯笼、火把全都是双套人马。一般人家的鼓手班子只有两支唢呐,而郝家的鼓手由四个班子联合组成,八支大唢呐一起吹响,声音可谓震天动地。基于同情李毓秀的原因,没有人途中用板凳挡道,郝家的迎亲乐队空有豪华的阵容,可惜没有表现的机会。

新郎穿戴整齐、披红挂花,骑着高头大马走在队伍中间。迎亲队伍来到香荷家院子里,围观的人群很快让出一个圈子,司仪导引着新郎叩拜祖先和香荷爹妈。

人们原以为憨女婿会当众出丑,都等着看笑话,没想到新郎举止有度,彬彬有礼,磕头作揖动作规范,围观的人们议论纷纷:

"谁说人家郝二爷憨?这不挺精的嘛。"

"这新郎官也算一表人才,就是老面了些。"

"虽然年龄大点,可人家总还是童男,比嫁给老头子做小强多啦。"

"香荷算是嫁对了,一辈子肯定不愁吃不愁穿。"

"这新郎看起来一点都不憨,该不会是假扮的吧?"

"这事情还真不好说,让别人顶替迎亲的事又不是没有过。"

一个年轻人大声起哄道:"嘿,新郎官,你不是顶替别人来的吧!"

城儿里二娃和上院里顺子及勤生、文良一帮人站在一起。虽然都对香荷出嫁表示遗憾,但却又十分无奈,只觉得满肚子的气无处撒。听有人说出这样的话,二娃虎着脸制止道:"起什么哄!还嫌香荷不难过吗?"

顺子接着说道:"真是看热闹不嫌事大,香荷这会不知道该有多难受,竟然还跟着起哄。"

年轻人不服气地说道:"这妮子找了个有钱的主,高兴还来不及哩,你怎么知道人家难受?"

"简直就是你妈 X 没心没肺！香荷嫁给郝二爷那是被爹妈逼的,她怎么会高兴？再说我扇你的嘴！"二娃生气地说道。

勤生和文良几个也纷纷指责年轻人,他赶紧缩下头不再吭气。

行礼完毕,司仪带着新郎和迎亲队伍到旁边的邻居家,一些看热闹的跟着到了邻居家,年轻人开始划拳喝酒,打起了酒仗。同情毓秀和香荷的人们无心再待下去,一个个怀着沉重的心情离开了香荷家。

姬庄是个小村子,故一般家庭办喜事几乎是全村人都参加。以香荷爹妈的人缘,帮忙的人应该很多,但因大伙嫌香荷爹妈让妮子嫁给郝二爷,所以来的人不是很多。香荷爹本来心里就有愧,见邻居们大都没来帮忙,因而决定嫁女的事情一切从简。

香荷的眼泪已经哭干了,她面无血色,神情呆滞地坐在炕头上。开脸①的大妈拿着丝线已经站了好半天,然而,无论大伙怎么劝,香荷始终像木头人一样,一句话也不说,更不让人碰自己。

再说私塾中的李毓秀,一晚上辗转难眠。第二天弟子们晨读的时候,他硬撑着过来领孩子们读书,可一张嘴好像不听使唤似的,接连读错句子。读着读着,毓秀感到眼前发黑,两腿发软。他赶紧坐在椅子上,两手捂住眼睛,生怕自己在孩子们面前失态,但眼泪还是顺着指缝流了出来。懂事的孩子们理解先生的心情,一起围到毓秀身边,陪着他流泪。

过了一会,小福子擦擦眼泪说道:"先生,您不用管我们,去看看香荷姑姑吧。"

听了小福子的话,毓秀擦擦眼泪对孩子们说道:"今儿个晨读就到这儿吧,你们早点回去吃饭,吃完饭不用来了,明儿个再来。"

孩子们走了,毓秀没有心思吃早饭,他一个人出了私塾门,往河边走去。走着走着,看见两只鸳鸯在荷塘中游弋,他赶紧停下脚步,习惯性地叫道:"香荷,快看,鸳鸯!"

没有听到往日清脆的应答声,毓秀这才发现身旁空荡荡的并无香荷相随。望着荷塘中那一朵朵粉白相间的荷花,仿佛看到了香荷婀娜的身姿。香荷啊香荷,你果真人如其名,恰似这盛开的荷花。你有着荷花的芳姿,娇艳而柔美,你有着荷花的品格,高贵而典雅,人都说荷花出淤泥而不染,可如今……

毓秀的心碎了。他沿着荷塘边的小道继续前行,水中的鱼儿没有像往日那样翻腾跳跃,不再追逐嬉戏;路旁的垂柳没有了往日的飘逸,一株株低垂着枝条,静静地没有一点声息;树上的小鸟一只只静卧枝头,停止了往日让人心旷神怡的声声鸣啼。

毓秀漫无目的地走着,不觉间来到了河岸边。

急急令,开麻城……

那难忘的一幕仿佛就在眼前,毓秀的眼睛模糊了。他百思不得其解,这世间的事情咋就这么不遂人意?望着脚下滚滚西去的汾河水,他真想跳入其中。这时,耳边突然响起一个熟悉的声音:"先生!"

转头一看,小福子和两个孩子不知啥时候站在自己身边。原来,勤生担心毓秀发生意外,就叮嘱小福子随时跟着毓秀,一刻也不要离开他。这小福子也真够机灵,他叫了两个伙伴一起远远地跟着先生,注意着他的一举一动。见毓秀来到河岸边,小福子赶紧跑了过来,他瞪着一双小眼睛说道:"先生,你不去看香荷姑姑吗?"

是啊,是得去看看香荷,他拉着小福子和两个孩子的手:"走,我们去看看香荷姑姑。"

一路上,毓秀默默无语,只想着一定要见香荷一面。然而,到了离香荷家不远的地方,他却没有勇气再继续往前走。远望着从香荷家院子里进进出出的人们,毓秀悄悄对小福子说道:"你进去想办法找到香荷姑姑，就说我在外边。"

小福子让两个伙伴陪着先生，自己快速向香荷家跑去。

万念俱灰的香荷，心里只有一个念头，一定要见毓秀大哥一面。可是，身旁始终围着一群人，别说是见毓秀，连门都出不了。正感到百般无奈时，突然发现小福子挤了进来，香荷知道他一定是毓秀大哥派来的，于是佯装上厕所出了屋门。小福子也算聪明，紧跟着香荷来到厕所旁等着。香荷掏出毓秀给自己的手帕，咬破手指在上面写了两个字。出了厕所，香荷把手帕往小福子手里一塞，悄悄叮嘱道："交给先生。"

小福子出了香荷家大门，快步跑到毓秀身边，从衣兜里掏出手帕递给他。毓秀赶紧打开手帕，只见上面写着"东门"两个字，毓秀立时明白，香荷这是让自己在东门外边等她。

城儿里姑娘家出嫁，一般是出南门。香荷之所以要出东门，毓秀深知其用意，一是香荷经常与自己在东门外约会，在那里相见别具意义，二是为了躲开更多看热闹的人，便于同自己说话。毓秀把手帕揣进怀里，快步来到东门外的大槐树下等候。

乐队的唢呐声开始奏响，花轿终于出了香荷家大门。李毓秀睁大眼睛注视着远方，只听远处有人喊道："过来了，过来了，花轿过来了。"

大部分人按照习惯在南门外等着花轿，东门外看热闹的人因而并不太多。花轿来到大槐树旁边停了下来，新娘子突然冲出轿子，直奔路边的李毓秀而来，她一把抱住情哥哥："毓秀哥，我好看吗？"

"好看，你真好看！"

香荷双手捧着李毓秀的头："毓秀哥，您好好看看我！"

"妹子，我看着哩，看着哩，你真好看！"

"毓秀哥，好看的香荷只属于你一个人！"

话一说完,香荷伸手在自己两个脸蛋上狠狠抓了两把,瞬间,鲜血从十道抓痕中流出,香荷完全变了模样。

好一个重情重义的烈女子!

在场的人哪见过这般情景,迎亲队伍一个个大眼瞪小眼,不知所措。倒是周媒婆饱经世故,首先反应过来,一边气急败坏地喊道:"赶紧把她拉回轿子里。"一边掏出手帕擦拭香荷脸上的血:"哎哟,这可是破了相啊,这么漂亮的脸蛋,多可惜啊!"

郝家迎亲的人终于回过神来,一起过来拉香荷上轿。香荷一边挣扎一边喊道:"毓秀哥,《弟子规》写好了要先拿给我看,一定,一定啊……"

看着郝家的花轿越走越远,想想香荷就要掉入火坑而自己又无力相救,毓秀后悔自己没有听元元的话,他大叫一声:"香荷!"随即向身旁的大槐树撞去。

再说勤生和文良几个学长,看着迎亲的轿子出了香荷家的门,心里有说不出的失落与无奈,老成的勤生建议道:"赶紧跟上毓秀,别让他想不开再出点什么事。"

经勤生提醒,几个人于是一直紧跟在毓秀的身后。听见他喊香荷,赶紧往跟前跑,然为时已晚,毓秀一头撞到树上,昏倒在地不省人事。

文良见毓秀满脸是血,一边慌忙从他怀里掏出手帕按住他头上的伤口,一边招呼大家赶紧绑好担架,几个人迅速抬着毓秀往城里跑去。

注:

①开脸:古时绛州一带姑娘出嫁时,长辈们要用丝线拔掉其脸上的汗毛,称为开脸。

五十

铁罩院子里,人们忙忙碌碌,进来出去,正在准备郝二爷的婚礼。黄昏时分,看着迎亲队伍进了院子,郝家盛和着迎亲曲摇头晃脑,牛氏眉飞色舞地与亲朋们说着笑着,两人心里好不高兴。

婚礼仪式开始了,乐队高奏着欢快的乐曲,郝家盛和妻子高坐在正位上,兴致勃勃地等着接受新郎新娘的跪拜。这时候,迎亲队伍中一个打灯笼的伙计走过来,对着郝家盛夫妻悄声说着什么。听着听着,郝家盛的脸一下子由晴转阴,进而变得像猪肝一样青紫,牛氏的脸也是青一阵白一阵的。伙计话一说完,郝家盛一下从椅子上弹起来,冲司仪喊道:"停,停下来!"

司仪亲历了新娘子半路冲出轿子的一幕,知道郝大财主的火因何而发,他一把摁住郝家盛,用小而坚决的声音说道:"这时候不能发作,不然就丢大人了。"没容郝家盛辩驳,也不管新郎新娘有没有做到位,司仪只管做完自己的程序,快速喊道:

"一拜天地!"

"二拜高堂!"

"夫妻对拜!"

"新郎新娘携手入洞房！"

婚礼草草收场，新郎搀着新娘入了洞房。

见郝家盛夫妻怒气冲冲的样子，司仪过来劝说两口子道："这种事不宜张扬，再生气也得忍一忍，等看热闹的人走了再说。"

郝家盛哪顾得了许多，他大声骂道："真是不要脸，铁罩院子的脸都让她丢尽了，要不是老二憨一点，立马休了她。"

牛氏也嚷嚷着："以后要时刻提防着点，看住这个不要脸的，不能再让她败坏铁罩院子的名声。"

周媒婆自觉理亏，只能尽量圆场："顺顺利利把媳妇娶回来了，应该高兴才对，生啥气哩？"

牛氏一腔怒火正无处发泄，见周媒婆过来说话，便一股脑向她撒去："给了你那么多银子，你办的这是他妈 X 啥事？找了这么个不要脸的东西！"

饱经世故的周媒婆想想软下去也不是个事，遂反守为攻道："就你家那个憨憨，能娶到这么标致的媳妇算是二十四成了，不要再挑三拣四啦，实在不行我真把她送回姬庄，明儿个把你家的彩礼退回来！"

周媒婆这样一说，郝家盛夫妻立时软了下来，周媒婆见好就收道："我就说嘛，她只是和别人抱了一下，这有啥哩？"

听周媒婆这样一说，牛氏不由得来了气："看你说得多轻松，就只是抱了一下吗？她自己把脸抓破，成了丑八怪，你以为她遮着盖头我就不知道？"

"这是好事嘛，你生啥气哩？"

"怎么是好事？"

"你咋就不明白这个理？"周媒婆开导牛氏道，"你们家老二那个憨劲，媳妇太俊了容易招惹是非，她破了相难道不是好事？"

牛氏想想这话虽不顺耳,但很顺理,便不再发火。

周媒婆接着对她耳语道:"赶紧安排你们家老二晚上的事吧。"

一句话提醒了牛氏,她把郝家盛拉进里屋,悄声说道:"周媒婆说得对,咱得赶紧考虑晚上的事。"

"对对对,是得赶紧安排这事,你去把老二叫过来。"

牛氏打发下人叫来了郝二爷,郝家盛对憨儿子说道:"老二,老大和老三晚上都跟自己老婆睡,今儿个晚上你也去跟新媳妇睡。"

郝家老二摇摇头:"不,我才不去哩,我要跟我妈一起睡。"

牛氏哄憨儿子道:"你以前没媳妇跟妈睡,如今有了媳妇就要跟媳妇睡。"

"我才不跟她睡哩,她抢我的好吃的咋办哩?我就要跟你睡。"

好说歹说,左哄右哄,郝家老二就是不肯去跟新媳妇睡觉。牛氏寻思,新媳妇这么"疯",大白天就敢出轿子与男人搂抱,如果老二不能与她圆房,以后指不定会做出什么丢人现眼的事情来。一番苦思冥想,牛氏终于有了主意,她对着丈夫一阵耳语:"……看来只能这样。"

"这……这合适吗?"郝家盛问道。

"有什么不合适吗? 如果不破了她的身子,她以后跑出去与人幽会,我们能丢起那个人吗?"

"嗯,行,行,就这样,你去跟老大说,我去找老三把听房的人赶走,这事传出去不好。"

牛氏找来大儿子,悄悄说道:"我跟你爹商量了,你既然顶替老二把媳妇娶了回来,就好事做到底,一会儿顶替老二和他媳妇圆房。"

老大连连摇头道:"我不能做这事,这是乱伦。"

"你跟老二是兄弟,辈分又不乱,咋就叫乱伦?"

"辈分对就不是乱伦？"老大反驳道，"少让我丢那个人！"

"丢啥人哩？你爹已经找老三去了，让他把听房的年轻人都赶走，不会有人知道的。再说了，你把蜡一吹，谁知道你在里边干了啥？"

"人在做，天在看，就算别人不知道，老天也知道。"

"你这娃咋就这么死心眼哩？你跟她圆了房，将来生下孩子那是铁罩院子的，总比她跟别的男人生下野种强吧？"

"让我顶老二去迎亲，这事本来就够荒唐，还让我办这种龌龊事，我良心上过不去，让我以后怎么在村里活人？"

"有啥荒唐的？顶替兄弟迎亲的事咱又不是第一家，这事多哩。有些恓惶人掏不起聘礼，兄弟几个娶一个媳妇不也过得好好的吗？咱花了那么多银子娶她，不是买来看的，不能就这么便宜了她，你一定要把这事给办了。"

见儿子还不愿意，牛氏只好打出底牌："要不让你爹来，他怕是不能像我一样好好跟你说了。"

想想跛扈的老爹，老大只能违心地点头同意。

郝家盛本来想把所有看热闹的人都撵走，可牛氏不同意："你难道不知道咱这儿的风俗？没有人听房，鬼就会来听房，要是把鬼引进来，咱家以后还有好日子过吗？"

牛氏这样一说，郝家盛也只得同意，最后商定由郝家老三找几个人听房。牛氏之所以坚持让人听房，其实主要原因并不是怕鬼，而是怕大儿子不听话，想让老三监视他。

看热闹的人先后走光了，郝家老大无奈地进了新娘子的房间。望着坐在床边的香荷，老大想掀掉她头上的盖头，可扬了几下手，终究没有去碰。

郝家老三是个十足的下流坏子，见老大进了洞房，他和几个要好的挤在窗户边等着看热闹。等了半天,老大并没有掀新媳妇的盖头,他只是在新媳妇对面的椅子上坐了一会,然后走出新房,径直向牛氏的房间走去。

见儿子过来了,牛氏赶紧上前问道:"事情办了?"

老大不置可否地"嗯"了一声,然后回自己房间去了。郝家老三赶紧凑过来:"妈,他根本就没办事,连新媳妇的盖头都没掀。"

"这个没用的东西!"牛氏骂道。

见老大放着这样的好事不做,郝家老三心里直骂老大次尿,他厚着脸皮对牛氏说道:"妈,老大不听您的话,我听您的!"

这可真是"踏破铁鞋无觅处,得来全不费工夫",牛氏心里直埋怨自己,真是老糊涂了,咋就忘了这个不规矩的老三?

她当即应允:"行,你去办。"

郝家老三高兴地一蹦老高:"我这就去!"

"去你妈X哩!"

应声望去,原来是郝家老三的老婆,她一把抓住正在兴头上的丈夫骂道:"你个不要脸的东西,摸揣别人家女人还没丢够人吗?还要对自家嫂子下手,这么缺德的事你也肯做?你不怕丢人,我还怕丢人哩。"

"憨哥哥不行,我这是帮他干活哩,丢什么人?"

"呸!"老婆照着丈夫啐了一口:"真你妈X不要脸,帮你哥干活?亏你说得出来。"

一旁沉默的郝家盛终于忍不住了,冲着老三媳妇骂道:"真你妈X无法无天,当着老子的面就敢这么骂你男人?"

一看公公发了火,老三媳妇不敢再嚣张,她辩解道:"爹,这是缺德事,老三他不能去呀!"

郝家盛大声嚷嚷着:"他该不该去不是你说了算,是老子说了算。"

"爹,他又不是没老婆,我成天在家里候着他哩,他不能再找别的女人,跟老二媳妇干那事是真不合适啊!"

"真你妈X一个大醋罐子,有老婆就不能找别的女人啦?有钱人娶三房四妾是常有的事,再这么说,老子明儿个就给老三娶一个小妾回来。"

"爹,你……"老三媳妇气得说不出话来。

"有老子在,男人的事轮不着你来管,能过就过,不能过让老三写封休书给你,我重新再给他娶一个黄花闺女,老子有的是银子。"

郝家老三高兴坏了,冲着老婆挤眉弄眼道:"赶紧收起你的醋罐子吧,不然小心老子休了你。"

郝家老三眼瞅着老婆哭着离开了,连蹦带跳进了新房,一口气吹灭了蜡烛……

五十一

再说勤生他们抬着毓秀一路小跑到了城里，急匆匆来到济仁堂。谢先生揭开毓秀头上的手帕一看,不由得大吃一惊:"这是要往死里撞啊! 亏你们来得及时,再晚来一步,他就没命了。"

几个人心里一阵紧张,勤生求谢先生道:"您可要尽心为他医治, 李家那么大一家子, 如今就剩下这根独苗, 千万不能再有闪失。"

"李家的情况我清楚,我自会尽力。"谢先生一边说话,一边迅速准备好了药物和器械,并吩咐手下赶紧去煎药。

谢先生不愧绛州第一名医,他手疾眼快,很快为毓秀清理完伤口,并敷上了止血消痛散,接着在他的主要穴位上进行了针灸。

文良帮谢先生擦擦额头上的汗珠,担心地问道:"先生,他不要紧吧?"

"命算是捡回来了。"

听谢先生这样一说, 几个人的心总算放在了肚子里。过了一会,药煎好了,谢先生让勤生把毓秀扶起来,亲自灌他汤药。片刻工夫,毓秀醒了过来。几个人越发佩服谢先生的医道,文良感激地说道:"先生,都说您妙手回春,真是名不虚传啊!"

谢先生谦虚地说道:"他能这么快醒过来,其实是你们来得及时,如果再迟一会,就算是神仙也救不了他。"

见毓秀一直在流泪,谢先生知道他心里难受,轻轻安慰他道:"事已至此,要想开点,别跟自己过不去。"他接着问毓秀:"感觉如何?"

"没啥,就是头有点涨。"

"嗯,撞得那么厉害,这很正常。"谢先生转身对勤生几个说道,"他不要紧了,我开几服药,带回去让他服完就没事了。"

带着谢先生开的药,勤生几个抬着毓秀回到了私塾。

第二天早上,勤生和文良早早来到私塾,想帮毓秀照看孩子们读书。然而,毓秀坚持要亲自上讲台。香荷冲出轿子的一幕一直萦绕在脑海中,毓秀想借讲学来冲淡痛苦的回忆。两位师兄理解小师弟的心情,只好扶着他上了讲台。

到了散学时间,弟子们陆续回了家。没了事做,毓秀立时有一种从未有过的寂寞感。香荷临别时的情形一遍遍在眼前闪烁,说过的话一遍遍在耳边回响:"毓秀哥,《弟子规》写好了要先拿给我看,一定,一定啊……"

《弟子规》之所以耗时多年,是因为它充满人生哲理,不同于一般的叙事性小说或者戏剧作品。既然是为人生订立规矩,内容取舍就十分耗神。有时候耗时费力几个月写好了一段,毓秀与香荷当时都觉得十分必要,赶紧加进去。孰料过几个月回头再看,才发现这段内容是不适宜的,只得删除掉。因此,从创作《弟子规》第一章开始,几年来一直在"加、减、增、删"的圈子里转。

想想香荷的悲惨遭遇,毓秀拿出《弟子规》书稿,研好墨汁,铺好纸张,提笔删掉"父母命,媒妁言……"一段,接着低头凝思,继而奋笔疾书。他要尽全力完成书稿,尽早拿给香荷看。

师兄们知道毓秀的心事所在,几个人排好班,每天按时给毓秀送饭,并帮他照看孩子们读书,以便他有更多的时间进行写作。

这一天早上,毓秀终于完成了《弟子规》最后一章。他顾不上吃早饭,怀揣着《弟子规》书稿出了私塾,匆匆往娄庄赶去。

还未到铁罩院子,远远听见一阵哀乐传来。毓秀突然有了不祥之感,他紧走几步来到铁罩院子跟前。只见郝家门前挂满了白色的旌旗与纸幡。大门两旁,分别站着一班僧人和一班道士,两班人马各自敲敲打打,大声吟诵着经文。

毓秀问旁边的街坊道:"铁罩院子有人去世了吗?"

"是的,二少奶奶不在了。"

李毓秀心里一惊:"啊!她年纪轻轻的怎么会死?"

"人有了病就会死,管你年纪大还是年纪小哩。"

"她得的是什么病?"

"什么病?心病!一个如花似玉的妮子,又识文断字的,嫁给一个憨憨能不怄心吗?"

另一个街坊补充道:"单是嫁给憨憨倒也罢了,听说郝家老三还顶替憨憨跟新媳妇睡觉,谁受得了那样的羞辱,那日子怎么过哩,搁上谁都要怄死。"

毓秀的心简直要碎了,他强忍悲伤问道:"郝家请这么多和尚道士干什么?"

"这二少奶奶原本有心上人,就是姬庄写《弟子规》的那个李秀才,可她爹贪图银子硬让她嫁给了郝家的憨憨。出嫁的当天,她跑出轿子和心上人搂在一起,郝家嫌丢了自家的脸,一直对她心怀不满。加上她嫁过来没多长时间就死了,因此不让她进祖坟,想把她埋在乱坟岗,请和尚和道士可不是为她超度,而是来驱邪的。"

这时,和尚和道士的诵经声突然大了起来,众人的目光一起朝向大门口。只见有人用胳膊夹着一具尸体出了大门,来到大门边的马车旁,像扔东西一样往车厢里一扔。在车上等候的车把式鞭子一扬,大车往村外而去。

看热闹的有人议论道:"这铁罩院子那么有钱,人死了不买棺材也罢,连个席片都不给卷,太过分了。"

另一个人接过话茬道:"郝家就没把她当自家人看,要不怎么会把她扔到乱坟岗?"

"当自家人?他铁罩院子不配!"又一个人愤愤不平地说道,"李毓秀是什么人?那是圣人!看着吧,他郝家亏了李毓秀,以后的日子好不了!"

果然如这位路人所说,铁罩院子没过多少年便败落了,人们纷纷传说,郝家那是遭了报应。

再说毓秀,他顾不得人们说三道四,只随着看热闹的人流,跟在马车后边往前走。到了村口,和尚和道士们停下脚步,站在原地念着咒语。看热闹的人也都停了下来,毓秀问身旁的人道:"这马车上拉的是什么人?"

"这还用问吗?铁罩院子的二少奶奶。"路人随后纠正道,"说错了,郝家早就不认她了,应该说是个没人要的女人。"

"不,她有人要。"

路人不解地看看毓秀:"谁要,你要?"

毓秀没有与路人争辩,也没有像其他人一样停下脚步,他紧跟在马车后边,继续向远处走去。

马车一路颠簸,到了乱坟岗停了下来。

土坑早已经挖好,郝家两个伙计抬起香荷的尸体就要往坑里扔,毓秀上前一拱手:"两位大哥,这人不麻烦你们埋,把她交给我吧。"

两个伙计疑惑地看着李毓秀,半天没有作声。见两位不明白,毓秀接着说道:"我要把她带走。"

年长一点的伙计有点不相信自己的耳朵:"带走?你想要这个死女人?"

毓秀点点头:"是的。"

年轻一点的伙计说道:"一个荡妇,一个烂女人,主人都不要她,你要她做啥哩?"

年长伙计碰了碰年轻伙计:"那是东家的话,你怎么也跟着胡说!人家妮子只是不愿意嫁给憨二爷,哪里坏啦?"

毓秀接过年长伙计的话说道:"这位老兄说得对,她不是荡妇,更不是一个烂女人,她是一个好妮子。"

看着文质彬彬的毓秀,年长伙计有所醒悟,眼前这位应该是那位私塾先生,他问毓秀道:"你是否就是那位李秀才?"

"是的,在下李毓秀。"

听说面前站着的果真是李毓秀,年长伙计十分激动:"李先生,以前虽然不认识你,但你写《弟子规》的事我们都知道,《弟子规》的内容邻里间早就传开了,乡亲们都夸你写得好,说得对,说你是当今的圣人。听说你的书还没写完,你可要尽快把那本书写好。"

"圣人实在是不敢当!"毓秀诚惶诚恐道,接着从怀里掏出书稿递给年长伙计,"这就是《弟子规》书稿,已经写完了。"

两个伙计虽然认识的字不多,但他们手捧书稿如获至宝,小心翼翼地翻看着。翻完书稿,年长伙计十分恭敬地还给毓秀:"这可是一本好书啊!"

毓秀接过书稿伤感地说道:"我今儿个来娄庄,本来是想把这本书拿给香荷看,哪想到她已经不在人世了,我的心痛啊!"说着话眼泪扑簌簌流了下来。

两个伙计不由得跟着掉下眼泪，年长伙计说道："看来你真是个有情有义之人，可这妮子已经死了，人死不能复生，你想开点！我看你也别要她了，抱一具尸首回去有啥用啊？"

"不！"毓秀态度十分坚决，"我不能让她一个人孤苦伶仃躺在这里，我要把她带回去，埋到我家祖坟上。"

"又不是你家的人，埋到你家祖坟上，这合适吗？"年轻伙计问道。

"合适！生前我没有能娶她，死后我要把她当自己的妻子看待。"

"既然这样，你把她带走吧。"年长伙计说道。

年轻伙计感觉这事不妥，他问年长伙计道："哥，让他把尸体带走，我们回去怎么跟东家交代？"

"他们家反正也不要了，回去就说已经埋了。"

见年轻伙计不再说什么，毓秀赶紧道谢："那就谢谢两位兄弟！"

"我们也没做啥，不用谢。"年长伙计接着问毓秀，"你一个人怎么把她弄走，要不我们送你一程？"

"不麻烦你们，我把她抱回去。"

年轻伙计不以为然道："常言道，'死人沉'，这人一死就沉了，你一个人哪能抱得回去？"

年长伙计显然比年轻伙计更懂人情世故，他纠正年轻伙计道："说死人沉不假，可这妮子自从嫁过来就没怎么正经吃过一顿饭，已经没有多少分量了。"接着转身冲毓秀说道："就算再重，李先生也能抱得动，对不对？"

"是的，我抱得动，抱得动！"

三个人一起动手,把香荷的遗体从马车上移下来。

毓秀抱着香荷在马车旁边的土坎上坐下,轻轻拍打掉她身上的尘土,动情地吻了吻她煞白的脸颊。看着香荷圆睁的双眼,毓秀知道她心有不甘,止不住的泪水滚滚而下。"香荷,你这是要看《弟子规》吗?"他对香荷展开书稿,"书写完了,你快看看,还有啥地方不满意,我立马改,你说……你说话啊!"

两个伙计不由得为毓秀的真情所感动,站在旁边跟着毓秀一起流泪。过了许久,李毓秀止住哭泣,抱起香荷,生怕惊醒她似的说道:"香荷,咱们回家,咱们回家!"

毓秀紧抱着香荷的遗体,一路往自家的祖坟走去,一边走一边念诵着:

沧海月明珠有泪,

蓝田日暖玉生烟。

此情可待成追忆,

只……是……当……时……已……惘……然。

五十二

埋葬好香荷，李毓秀迈着沉重的脚步回到私塾，他拿出《弟子规》仔细品味：……父母教，须敬听……念着念着，黑色的文字变成了血红色，这血色越来越浓，逐渐从书上滴了下来，毓秀大叫一声："苍天啊！"

李家一向规规矩矩做人，最终落得家破人亡；郭先生谨遵为师之道，结果下场可悲；毓秀我守孝悌、讲规矩，孰料到此可怜境地；香荷她为人善，遵父命，是最懂《弟子规》的人，竟遭羞辱惨死！

毓秀越想越伤心，《弟子规》啊《弟子规》，要你何用？他举起手中的书稿就要投进炉火之中。

说时迟，那时快，突然有一人飞身上前，夺下了毓秀手中的书稿："李先生，书稿不能烧！"

来者不是普通人，他是新任绛州知州王立信。原任知州贾仁义因贪赃枉法，受多方举报，被查办入狱，汾城知县王立信被提拔为绛州知州。

上任之初，王知州曾想到周庄拜访李毓秀，只因政务繁忙，一直未能成行。今儿个终于有了机会，王知州带着手下来到周庄。为不惊扰李毓秀,王知州特意换上了便服。他让随从在门外等候,自己先行进了私塾,没想到一进门就看见毓秀拿着书稿准备焚烧。王知州庆幸自己来的是时候,使《弟子规》免遭灭顶之灾。他小心翼翼地把书稿放在书案上,两手轻轻抚平封面的皱褶,十分珍惜地说道:"这《弟子规》可是宝贝,千万烧不得啊!"

见来人气宇轩昂,不像是一般百姓,毓秀疑惑地问道:"您是……"

"本人新任绛州知州王立信。"

近一段时间,因为忙着写《弟子规》,毓秀虽然耳闻知州有了新人选,但没有顾得上特别关注。听来人自我介绍为新知州,作为子民的李毓秀本该热情相对,可无法从痛苦中解脱出来,只淡淡回道:"不知大人前来,有失远迎,还请见谅。"

"李先生,不必客气。"

毓秀搬过椅子说道:"大人请坐。"

王知州拉着毓秀一同坐下,然后说道:"久闻先生大名,今儿个有幸相见,深感荣幸。"

"本人穷秀才一个,何德何能? 敢劳大人亲自来访?"

"先生您可不是一般的人,您写《弟子规》的事我在汾城任知县的时候就听说了,这可是为绛州,为天下人在做一件大好事!"

"弟子规教人行孝、守信,与人为善,可这世道……唉,我连自己的话也不信了。"李毓秀指了指知州手里的书稿,"您再晚来一步,我就把它烧了。"

"那可就要留下千古遗憾了!"

知道李毓秀心病难除,王知州开导他道:"自古以来,这世上就有好人也有坏人,好人让人敬仰,坏人让人憎恶,但总归好人要比坏人多;人世间每天都会发生一些坏事,也会发生一些好事,好事让人高兴、让人振奋,坏事让人心酸、让人生气,但总归好事要比坏事多。李先生,我说得对吗?"

"您说得很对,但有时候坏事往往集中在一个人头上,让当事者难以承受。"

"当坏事集中到一个人头上时,当事人确实难以承受。但是,当一个人遇到坏事时,身旁总会有好人在帮忙,他也就有了患难弟兄、生死朋友,这不也是好事吗?"王知州接着开导毓秀道,"想当初李家无端遭横祸,虽然有亲戚朋友疏远了你们,但仍有郭先生这样仗义之人及众乡亲为你家鸣不平,为了你们母子平安,郭先生甚至献出了自己的性命;乡试途中,你被土匪推下山崖,素不相识的山民对你倾力相助;进不了考场,郝大叔对你全力相帮。再说《弟子规》的创作,往小处说,它倾注了你和郭先生还有香荷姑娘的心血,往大处说,它凝聚了咱们绛州人的智慧。如果您一把火烧掉,对得起郭先生和香荷姑娘,对得起那么多好心人,对得起生你养你的汾河岸边这块土地吗?"

一番话说得李毓秀不住点头,王知州接着说道:"我王立信上任要做的头一件大事,就是把《弟子规》印刷成册,向全天下发行。"

"大人,这可不行,全绛州有那么多大事需要您去做,哪能为了一本书让您耗费精力?"

"这不只是出一本书的简单事情,而是关乎我们的子孙后代修身立德的大问题。眼下世风日下,急需《弟子规》这样的人生准则。先生的书虽然还没有正式刊行,但民间已经有了多种传抄本,但凡读过书稿的人,无不拍手称好。我手头收集了几种不同的传抄本,有叫《弟子规》的,有叫《训蒙文》的,还有的干脆叫《做人的规矩》,传抄本内容不尽相同,体现了传抄者自己的理解与看法,随后我把这些版本交给你,供你在最后定稿时参考。"

提到改书稿这个话题，不免又勾起了毓秀心中的痛："香荷在世时，总能帮我收集这些信息，可是她不在了……"

王知州安慰毓秀道："香荷虽然不在人世了，但是世人不会忘记她，不会忘记她对《弟子规》的贡献，她虽然英年早逝，而且死得很惨，但却也不枉此生。就像《弟子规》这本书一样，它已经深入人心，即使你把书稿烧掉，也烧不掉人们心中的印记。"

听了王知州的话，毓秀的心里舒服了许多。没想到王知州对人生研究得如此透彻，对《弟子规》会有如此高的评价，毓秀问王知州道："王大人，《弟子规》果真如您所言，真有那么大作用？"

"做人如果失去了基本准则，就会迷失方向，步入歧途。我的前任贾知州，就是缺乏做人做事规矩的典型。他受明朝末年官场腐败的影响，偏离了绛州历任官员廉政为民的一贯作风，天天面对文臣七条，却熟视无睹，最终才走上歧途。在下虽然不才，但我有一条准则，文臣七条不敢有一日稍忘，为民之事不敢有一日不为。为官一方，让属地万家和谐、百业兴盛是最大的心愿。《弟子规》确定了做人的准则与规矩，如果全绛州人人照做，我的愿望就能变为现实。全天下的人都能照做，天下太平的日子就能实现。所以，我要尽全力完成此书的印刷与发行，成此大事，此生足矣！"

能完成《弟子规》的印刷与发行，正遂了自己的心愿，毓秀赶紧拱手道："那就谢谢大人了！"

"先生不必客气，下一步您只需全力考虑出书的事，其他问题我会帮您解决好。"王知州接着说道，"这么多年，李家受了太多冤屈，您为写书付出了太多心血，我要尽最大努力把李家的案子翻过来，把李家失去的东西讨回来，让狄淮松的丑恶嘴脸昭彰天下，把恶徒黄金彪捉拿归案，让您心情舒畅地安心出书。"

"大人，您只要能帮我出书就感激不尽了，不必再为其他事情耗费精力,再说事情过去了那么久,好多当事人已不在人世,要查清事实真相谈何容易。"

"再难也要查清楚,不能让阴霾永远遮蔽人间,不能让黄金彪这样的恶人继续逍遥法外。"

"黄金彪自由顽劣,又混迹江湖多年,如果没有确凿的证据,他岂肯轻易就范。"毓秀不无担心地说道。

"对付黄金彪,我自有办法,他的罪证已经为我所掌握,今儿个来姬庄除了看望您,再就是捉拿黄金彪一家归案。"

原来,王知州为李家的案子已经忙活了多日。为了查实案情,他把州衙捕快分作三组,一组调查狄庄狄家,一组调查周庄黄家,另一组远赴灵石,调查土匪刘三麻子和黑老猪勾结的事。为不打草惊蛇,他叮嘱手下人,对案子的调查要暗中进行,避免走漏消息。知道黄家的案子最难办,王知州亲自参与这一组的侦办,直接指挥手下人对黑老猪一家进行暗中查访。由于这一切做得秘密,李毓秀当然也就毫不知情。

且说黑老猪家被一把火烧了个精光,黄家只能辞掉伙计和仆人,在场院中长期住下来。金彪爹因为伤重在床,需要医治,没有能力再管教忤逆之子,失去约束的黑老猪做起坏事来更加肆无忌惮。他几乎不在家里吃饭,也不在家里住,成天混在城里,吃饭下馆子,晚上泡在窑子里,闲来无事就与人赌博,没银子时就用自家的土地做赌注。不长时间,黑老猪便糟蹋完了家里的银子,输完了家里的地,连自己的老婆也被她输给了别人。多亏赢家见金彪老婆奇丑无比又带着两个孩子,没带她走,否则他连老婆也没有了。身无分文的黑老猪被人从窑子里打出来,这才无奈地回到家中。

王知州分析,黑老猪的主要罪行是杀害凤英,只要坐实了这件事,他自会认罪伏法。为了取得可靠证据,他让手下人化装成各色人物,到周庄明察暗访。经暗访得知,韩氏戴的耳环就是黑老猪从凤英耳朵上抢来的。经进一步走访李家族人,得知凤英所戴耳环为当年专为林氏结婚订制,内有"李家祖传"的字样。王知州遂让捕快化装成小商贩,从韩氏手里花高价买下了耳环,拿回来一看,内环上果然有文字。有了直接证据,王知州对拿下黑老猪充满了信心。

很快,另外两路人马也有了消息,当年狄家买通官府栽赃李家,黄家勾结土匪陷害李毓秀的事情全部查实。坐实了这些事情,王知州决定开始收网,遂带着手下到了周庄,准备对黄家人进行抓捕。

王知州告诉李毓秀道:"李家的案子我已经彻底查清,黄金彪的罪证也全部查实,不怕他不认罪。"见李毓秀半信半疑的样子,王知州指着门外说道:"您看,捕快们已经准备好了。"

李毓秀朝门外一看,一帮衙役果然站立门前。衙役的身后,站着毓秀的一帮弟兄和众乡亲,他们是怕李毓秀想不开,前来安慰他的。听说王知州说服了毓秀,乡亲们都十分高兴。

王知州一声令下,衙役们立刻前往黄家捉拿人犯。他们不仅抓了黑老猪,连他父母也一起抓进州衙大牢。

五十三

经王知州的耐心劝说与开导,李毓秀终于从悲痛中解脱出来。他仔细研读了王知州带来的几种手抄本,吸取其中的有用部分,对《弟子规》书稿进行最后的修订。

这一天,毓秀正在修改书稿,勤生和文良几个学长风风火火地来到私塾。还未等毓秀问话,炮筒子元元首先发话道:"毓秀,你可不能为黄家求情。"

勤生接着说道:"他家这会儿恓惶了,知道说好话求人了,求也不行!"

勤生话音刚落,文良跟着说道:"他们家孤儿寡母可怜,需要照顾,你当时和婶子住在破房子里,不比他们可怜吗?"

老好人五斗也愤愤不平地说道:"要想让别人可怜,自己当初就别干坏事。"

几个人连珠炮似的一通话,弄得毓秀摸不着头脑:"你们几个说的这是哪家话?"

"哪家话?"勤生回答道,"刚才我们看见黑老猪老婆急匆匆去了黑丑家,这里边有事。"

“有什么事？”毓秀问道。

“什么事？她肯定是想让黑丑为黑老猪求情。”

文良接着分析道：“黑丑没那个本事，他肯定会来找你，让你帮黄家说情。”

“毓秀，你可得拿定主意，别听人家说两句好话就心软。”元元叮嘱道。

原来是这么回事，毓秀平静地对几位兄长说道：“这事该怎么做，我心里有数。”

“有数就好，估计他们很快就到。”勤生接着说道，“到时候你态度要坚决，别让我们教你怎么说。”

话刚说完，黑老猪的“哼哈二将”黑丑和林旺已来到私塾门口。

文良向门口瞅了一眼：“看看看，真来了。”

眼见着“哼哈二将”战战兢兢进了私塾，元元使劲拍了毓秀一把：“记着我们刚才跟你说过的话。”说完几个人聚到一起说话，没人搭理黑丑和林旺。

因为当初在私塾跟黑老猪走得太近，干了太多伤害大伙的事，“哼哈二将”与小伙伴们隔阂很深。离开私塾多年，以勤生和文良为首的多数派很少与黑丑和林旺交往。“哼哈二将”感到心中有愧，平时也不与大伙交际，只跟黑老猪来往，成了可怜的“一小撮”。

话说黄家三人被抓，家里只剩下胡氏和大狗、二狗两个可怜的孩子。嫁到黄家多年，家里大事小情全由公婆拿主意，胡氏从来没有主过事。突然间公婆被抓走了，家里没了主心骨，面对两个不懂事的孩子，胡氏不知道该怎样活下去。万般无奈，金彪老婆只好找“哼哈二将”想办法。黑丑和林旺商量来商量去，觉得只有毓秀出头才能解决问题，因此厚着脸皮来求毓秀。

本来已经商量好了该说的话，可是一见勤生和几个伙伴不屑一顾的样子,"哼哈二将"顿时没了底气,两人你看看我,我看看你,都不好意思先开口。

见两人尴尬的样子,毓秀主动开口问道:"两位学长,好长时间不见了,今儿个登门,想必是'无事不登三宝殿',有啥事请讲。"

被毓秀一问,黑丑这才吞吞吐吐道:"我……我们来……来……是跟你说说黑老猪家的事。"

林旺见黑丑半天说不出一个完整的句子,只好接过他的话说道:"黑老猪一家三口被关进监牢,家里头没个大男人,一到晚上大狗和二狗就喊害怕,这……这往后的日子可怎么过?"看看毓秀并没有反感,林旺接着说道:"黑老猪虽然干了不少坏事,可这些事跟他爹妈没多少关系,他们也不愿意黑老猪干坏事,只是管不住他而已。经过那场大火,金彪爹残了,日常生活不能完全自理,在监狱里日子就更不好过。我和黑丑想去官府求情,看能不能把黑老猪爹妈放出来,以便他老婆和大狗、二狗有个依靠,可是……"

"可是什么?说吧。"毓秀问道。

"可是就怕官府不会听我们的话,这才来找你。"说到这里,林旺也卡了壳,"想……想求你……"

毓秀没有直接回答两人的话,他拉开书桌抽屉,取出事先写好的一封信递给林旺。

勤生和文良几个人一阵纳闷,咦?毓秀已经提前写好了信,他怎么知道"哼哈二将"会来求自己,难道他会算卦不成?

林旺展开书信,在场的众学友好奇地一起围上来观看,只见毓秀的信上写道:

知州大人钧鉴:

黄金彪作恶多端,其罪当诛。其父母虽然有罪,但皆因护犊心切,情有可原。黄金彪两个儿子尚未成年,为了可怜的孩子,恳请判金彪父母提前释放,并请考虑可否留黄金彪一条残命。

学生　李毓秀

看完毓秀给王知州的信,一帮人既感动又惊讶,想不到李毓秀会有如此博大的胸怀,竟然会为黄家说情。

林旺不好意思地对毓秀说道:"我和黑丑当初跟着黑老猪欺负你……没想到你能以德报怨,这样对待黑老猪一家,我们两个这里向你表示道歉,更替黄家谢谢你!"说完拉着黑丑向毓秀深深鞠了一躬。

勤生和文良几个既佩服毓秀的宽宏大量,又不免为黑丑和林旺的真诚所感动,勤生拉住"哼哈二将"的手说道:"弟兄们,小时候你们跟着黑老猪跑是迫于无奈,不难理解。如今黑老猪成了囚犯,你们还能尽心帮助他,值得我们哥几个钦佩。"

黑丑赶紧回道:"哪里的话,我们不如你们,毓秀困难的时候,你们不离不弃,对他竭力相帮,你们才真正值得钦佩。"

黑丑这样一说,多数派几个人反而有点不好意思,五斗赶忙打圆场道:"彼此彼此,这话就不说了。古人云,锦上添花好办,雪中送炭不易,我们今后都要做雪中送炭之人。"

林旺愧疚地说道:"你们几个都是雪中送炭的人,我和黑丑在这方面做得差了一点,如何做人,你们为我们做出了榜样。"

文良赶紧纠正林旺道:"不,你们两个为黄家求情,这也是雪中送炭。"

多年不交往的同窗能在一起掏心窝子说话了,勤生激动地说道:"如何做人,还是小师弟毓秀比我们的境界高,《弟子规》我看了好多遍,'……恩欲报,怨欲忘',他说得多好啊!"

林旺接着说道:"我也看过《弟子规》,毓秀说得太好了,人与人交往要多想别人的好处,少记别人的短处。以前我们师兄弟见了面相互不理睬，形同路人，以后再不能这样了，我们要像亲兄弟一样互相帮忙。"

"林旺说得对。"文良建议道，"《弟子规》为我们提供了做人的规范与标准，作为郭先生的弟子，毓秀的同窗，我们要带头践行。"

师兄弟们的手紧紧握在一起，异口同声道："对，一起践行《弟子规》！"

见大伙儿抛弃了前嫌，消除了多年的隔阂，毓秀倍感欣慰，他问几位学长道："我为啥要放弃科考，一心写《弟子规》，各位兄长这下明白了吧？"学长们会心地点点头："明白了。"

毓秀接着对黑丑和林旺说道："两位学长，你们拿着我的信去找王大人，我是被害者，他应该会考虑我的意见。"

辞别了毓秀，黑丑和林旺立马动身去州衙找知州大人。

看过毓秀的信，王知州深为他的大度所感动，提笔回道：

李先生：

来信收悉。

其情可嘉，但法不容情。考虑到孩子的成长，金彪父母可以提前释放，然黄金彪罪大恶极实不能赦。

王立信

黑丑和林旺带着被赦免的金彪爹妈回到了周庄，毓秀为黄家求情的事情很快在绛州大地传开。百姓们都夸毓秀心胸宽广，夸王知州是个好官，懂民情，解民意。

五十四

绛州州衙这边,牵涉李家两大案子的重审在紧张地进行着。

为了澄清事实,还大清律法以公道,王知州对两大案子投入了大量精力。郭奇如写的上诉书对李家的冤情作了详细叙述,韩一刀当初把它作为罪证留在州衙办案卷宗里,不想却为申明李家冤案起了大作用。通过详细查阅案卷,并走访健在的当事人,终于搞清了两大案子的真相。经报上级衙门批准,王知州对案子进行了改判。判李永顺一家无罪;狄淮松家只剩下一个憨憨娃靠讨吃为生,不再追究其责;金彪爹和韩氏因毓秀求情提前释放;土匪刘三麻子的案子交由当地衙门处理;黄金彪因杀人等重罪,判斩头示众。

十几年来,贾仁义假公济私,以州衙名义将李家当地田产与房屋予以出租,所得租金被他和韩一刀私分。贾仁义获罪在押,王知州将其罪行如实上报,还未等刑部的判决下来,他已经疯了。

韩一刀这边,王知州派衙役前去抓捕,到韩家一看,他已经上吊身亡。其脚下垫着一个云雕箱子,打开一看,全是贪污搜刮来的金银财宝。箱子上放着一张纸,上面写着:

　　一生贪婪近无赖,

所获尽为不义财。

蹬腿方知身外物，

生不带来死不再。

听了衙役的回报，王知州不由得为贾仁义和韩一刀的下场感到可悲，他提笔和道：

上下沆瀣一丘貉，

人性泯灭贪心多。

做官不为百姓事，

风浪来时舟自破。

李家当地田产判归毓秀，贾仁义与韩一刀多年来收取的租金也被悉数追回。考虑到当地田产已经足够生活所需，毓秀没有再为难王知州追讨外地的财产。

时隔十多年，重新搬回李家大院。站在高高的望河楼上，远望滚滚而去的汾河水，毓秀禁不住感慨万千、热泪横流……

毓秀没有忘记当初与香荷的约定，他把私塾进行扩建，改称"敦复斋"书院，希冀广交天下雅士，一同研习学问，并传授《弟子规》。消息一出，前来听讲的人络绎不绝，常常出现挤破门槛的情景。

这一天，李毓秀正带人收拾书院门庭，只听得由远而近传来一阵锣鼓声。循声望去，原来是王知州带着手下人挂匾来了。听说知州亲自来为毓秀挂匾，勤生和一帮学长纷纷赶了过来，乡亲们也都赶来助兴。大伙儿搬来锣鼓家伙和着州衙的锣鼓队一起敲着打着，帮着把王知州亲自题写的门匾挂在书院大门框上，一起庆祝周庄村的大喜事。看着门匾上"惠泽后世"四个金光闪闪的大字，一种醉心的成就感袭上毓秀的心头，成功的快乐一扫长期笼罩在心头的阴霾。

毓秀没有忘记当年母亲的承诺，拿出一部分银子还清了绛州烧坊当年的定金。他亲自到翼城找到了老韩爷爷的尸骨，进行了妥善安葬。接着,毓秀到灵石找到马老汉,并设法找到了当年的车把式,向马老汉一家和车把式表示感谢,加倍还上了马老汉和车把式当年资助自己的银子。只可惜到太原后没有找到郝大叔,虽四处打听,然终无所获。毓秀终于明白,原来郝大叔即好大叔,老人家从一开始就只想着帮人,没想着回报。他怀着崇敬的心情来到太原大南门,向着龙城古老的城门楼子跪谢道:感谢天下所有的好大叔!

从太原回来,毓秀让伙计们购买了大批礼品,对多年来曾经帮助过自己的人一一登门感谢,并在李家大院摆下酒席,宴请周庄的乡亲们。厨房原来计划用"重八"宴席招待乡亲们,毓秀嫌不够丰盛,改为绛州最丰盛的宴席"九六八"①,主食馒头、油炸鬼敞开吃。他叮嘱管家,老一辈的人须亲自登门去请,尤其是记着请香荷爹妈及李家二爷和三爷。

"黑老猪爹妈也要去请吗?"管家问道。

"你去请怕是他们也不会来,让厨房准备一份,之后给他们家送去。"

香荷爹和香荷妈觉得心里愧疚,没脸来李家吃饭,毓秀亲自登门去请,感动得两位老人泣不成声。周庄男女老少齐聚李家大院,乡亲们开怀畅饮、举杯相庆,感慨老天有眼,让李家重见天日。

当初在州衙红极一时的刘领班,贾知州犯事后先后有多人举报他的罪行,经查实后被逐出衙门并抄没其全部家产,重新沦为沿街乞讨的乞丐。之前在州衙做事时太过跋扈,且因为郝家老二的事彻底得罪了丐帮,不仅一般百姓很少有人施舍吃食给他,也得不到丐帮的帮助,故而常常食不果腹。听说李家宴请众乡亲,饥饿难耐的刘领班来到周庄,想厚着脸皮讨点残羹剩饭。到了李家大院门口,听着里边喝酒划拳的热闹声,刘领班虽然饥肠辘辘,但实在没脸跨进那高大的门槛。他圪蹴在大门边上,一双鼠眼可怜巴巴地看着大门口,想着毓秀一旦出门,以他善良宽厚的性格,一定会拉自己进去吃饭。

忽然,大门开了,只见几个孩童从门洞中跑了出来,每个人手里都拿着油炸鬼。孩子们相互追逐着,一边跑一边嘴里嚷嚷着"打你个秦桧油炸鬼!"

孩子们的话刺激着刘领班,心想自己的名声还不如秦桧,别在这儿讨人嫌了。然而,油炸鬼的香味让刘领班更觉饥饿难耐,恰好比饿狗看见了吊在树上的肉骨头,哪里还顾得上脸面。他想追上去从孩子们手里夺下油炸鬼咬上一口,哪怕是一小口也行。刘领班强打精神站了起来,一动步才发现两腿酸软无力,根本追不上那帮孩子,只好强咽口水,继续蹲在大门旁边等待。

等着等着,听见有人说话。刘领班发现李二爷和李三爷从门里出来了,看他们满脸冒汗的样子,显然是吃饱喝足了准备离开。这两个人自己认识,向他们讨点吃的应该能成。

刘领班重新从地上站起来,顾不上活动僵硬的双腿,慢慢向两人靠近。这时,只听见李三爷对李二爷说道:"哥,想想咱当初做的那些事,这顿饭吃得真是亏心。"

"谁说不是哩。"李二爷满脸愧疚地说道,"乡亲们高高兴兴来吃饭喝酒,应该!我们两个灰溜溜来吃饭,惭愧!看着毓秀过来敬酒,我这老脸真是没处放,恨不得有个老鼠洞钻进去。"

听了两位的话,刘领班慢慢收回了自己的脏手,灰溜溜地原路返回,继续沿街乞讨的日子,不久便饿死在讨饭的路上。

注:
①重八、九六八:二者均为绛州特有的宴席,"重八"为十六道菜,"九六八"为九个凉菜、六道汤类小吃、八道大菜,总计二十三道菜。

五十五

黑老猪的案子批下来了,他被押赴刑场,等候问斩。

李家的案子轰动了整个绛州,前来看热闹的人特别多。人们早早来到现场,想看看黑老猪的最后下场,还未到行刑时刻,刑场周围已是人山人海。

黑老猪问斩的事让周庄的乡亲们十分纠结,大伙既为除掉村里的害群之马而高兴,又为这样一个让世人唾弃的祸害而感到羞耻。然而不管怎么说,处斩黑老猪是村里的一件大事,得到现场看一看。大伙相跟着来到刑场,悄悄站在一个角落,静等着官府的宣判。

最难过的是黑老猪一家。

尽管不争气的儿子令全家人蒙上了耻辱,可金彪父母还是想在临死之前见他一面。按照常理,金彪的妻子和两个儿子也得最后送金彪一程,即使不念骨肉情,也得去给他收尸。然而,金彪爹被大火烧成了残废,手脚抽抽着,连日常走路都困难,要进城离开马车不行。如今黄家彻底败落,车没了,伙计也没了,想全家人一起进城都困难,更别提为金彪收尸的事情。有钱的时候总看不起街坊邻居,也看不起几位亲家,时不时还与亲家闹些矛盾,几个妮子因此先后与娘家断了来往。如今到了难处,既无脸求助邻居,也无脸求助亲戚,金彪爹妈实在是一筹莫展。

就在黄家感到绝望的时候,毓秀家新来的伙计赶着大车来到门口,推开房门招呼道:"黄大叔,李先生让我来送你们进城。"

金彪爹妈相互掐掐对方,确认不是在做梦。想想两家的恩怨,金彪爹不敢相信眼前的事实,半信半疑问道:"你说什么,李毓秀让你来的?"

"是的,先生让把你们全家送到城里,还说今儿个这辆车就支应你家的事。"

金彪爹明白了,毓秀让伙计赶大车过来,不只是送自己一家进城,还要帮自家为金彪收尸,他忍不住热泪横流:"毓秀侄子,你以德报怨,胸怀如此之宽,我黄家永不忘你的恩德!"

金彪妈和胡氏也感动得热泪盈眶,直夸毓秀仁义、厚道。伙计扶着黑老猪一家五口上了车,赶着马车往城里而去。

黄家一家人赶到刑场,黑老猪已经被押解到断头台,只等午时三刻开始行刑。

黑老猪双手被反绑在木柱子上,脚上钉着沉重的铁镣,两边各站着一个扛着鬼头大刀的刽子手,刽子手旁边分别站着两排军士。高高的监斩台上,坐着威严的监斩官。断头台四周挤满了围观的人,毓秀与周庄的乡亲们挤在一角。

出于对李毓秀的敬仰,人们对祸害他的黑老猪十分憎恨。台下观众群情激愤,不断有人向黑老猪投掷砖头和石块,愤怒的人们大声喊着:

"杀死他!"

"杀死这个恶棍!"

台上的黑老猪不断被石块和砖头击中，头上的血水顺着脸皮一道道往下流。顽劣的黑老猪根本不在乎这一切，反而仰天大笑："哈哈哈……来吧，投啊，打啊，老子痛快！"

金彪爹在金彪妈和胡氏的搀扶下从周庄人面前走过，后边跟着大狗和二狗。金彪爹尴尬地冲乡亲们拱了拱手，然后与全家一起向台上的黑老猪走去。

看见金彪一家来到台上，台下的观众停止了投掷砖头和石块。黑老猪正感到纳闷，忽然听见大狗和二狗哭喊道："爹！"

面对亲生儿子，黑老猪非但没有丝毫的怜悯之情，反而破口大骂："滚！滚你妈 X 蛋，是跟你们的臭妈笑话老子来了吧！"

黑老猪一边骂，一边伸脚向两个儿子踢去，大狗和二狗赶紧躲到胡氏身后不敢作声。金彪爹见状，颤声对儿子说道："彪子，你就认罪吧，别再跟众人作对了！"

"认罪，我何罪之有？"

金彪妈对儿子说道："贵儿，你杀死凤英，又祸害香荷，这难道不是罪过吗？"

黑老猪哈哈哈一阵大笑："生死有命，富贵在天，凤英死在我手上，香荷差点为我所害，乡亲们受我祸害的也不少，但这些都是老天爷安排，与我何干？"

听黑老猪说出这样的话，台下观众的愤怒之火又被点燃了，人们怒骂道：

"你个没人味的东西！"

"你个不要脸的畜生！"

"杀了这个坏尿！"

"刮了这个畜生！"

金彪爹赶紧朝台下拱手道："各位老少爷们，犬子是将死之人，大伙千万别跟他见怪！"他转身对儿子说道:"彪子,爹再最后劝你一句,你以前做的桩桩坏事确实对不起毓秀一家,对不起乡亲们,天理难容,你就认罪吧。"

黑老猪不以为然道:"爹, 官府让你们来陪绑, 这是给你们难看,你们还帮着官府说话,帮李家说话,为啥胳膊肘要向外拐? "

"彪子,我们不是来陪绑,我和你妈早已经被释放了。"

黑老猪一愣:"嗯,怎么回事? "

"是毓秀向州衙说情,让官府赦免了我们。"

"这是真的吗? 你可不能骗我。"

"当然是真的。"金彪爹擦了擦涌出眼眶的泪水继续说道,"说来你可能不信,是毓秀亲自写信给知州王立信,让看在你两个尚未成年儿子的份儿上,赦免我们,他还要求知州不要杀你,留你一条活命。"

金彪妈也忍不住哭出了声:"李家请乡亲们吃饭,我和你爹没脸去,毓秀他……他还让人送来一份酒菜。"

"今儿个……"金彪爹泣不成声,"又……又是他……他让伙计赶着马车,把咱们一家送到城里,要不然,我……我们还见不上面哩。"

黑老猪终于不闹腾了,沉默片刻,他问父亲道:"爹,李毓秀来了没有? "

"来了,他就在台下。"

"你去叫毓秀,我要见他。"黑老猪恳切地说道。

"这……他会来吗? "

"我了解这个小师弟,你就说我求他,他会来的。"

"好,那我去试试。"

金彪爹下了台子,在人群中找到李毓秀,说明黑老猪的意思。

因担心放荡不羁的黑老猪会伤害毓秀，一帮师兄和乡亲们一片反对声：

"不去,咋都不能去！"

"他把毓秀害得那么惨,还有脸见毓秀？"

"见他干啥,还嫌没伤透毓秀的心吗？"

毓秀没有听从大伙的意见,他对乡亲们说道："他要走了,我去见见无妨。"

林旺一把拉住毓秀："黑老猪是个疯子,难道你也疯了不成？你去见他,万一……"林旺不好意思再往下说。

"不会的,我相信他不会对我做出过分的事情。"

文良劝毓秀道："不怕一万就怕万一,你还是小心为好。"

"文良哥,黑老猪走到这个地步,虽然罪有应得,死有余辜,但他也不是一生下来就坏,小时候也曾做过一些好事,我们不能只看他的坏,也得记着他的好。"

勤生生气地说道："他一辈子尽干坏事,哪里做过什么好事？"

"做过,比如他帮我家堵老鼠洞。"

黑丑不以为然地说道："这点小事与他做的那么多坏事相比,不值得一提。"

毓秀耐心地对几位兄长说道："不能因为黑老猪做的坏事多,就忘了他做的好事。"他拉着林旺和黑丑的手说道："两位师兄,黑老猪领着你们堵住了老鼠洞,我晚上睡觉不再为老鼠所害,这事我永远忘不了。"

五斗问毓秀道："你去见黑老猪为了什么,是为了向他表示感谢还是要说啥？"

"我们已经无法救黑老猪的命,希望能救回他的心。"

毓秀跟着金彪爹来到台上,台下的老百姓紧着往前边挤,争着向现实中的圣人表达衷心的问候："李先生好"！

听着台下百姓热烈而亲切的问候声，黑老猪心想这李毓秀还真是得人心，他抽抽鼻子对毓秀道："师弟，我这一辈子从来没有真心对人说过一句感谢的话，但今儿个我要真心对你说一声谢谢，感谢你对我黄家的宽宏大量！"

"感谢的话就不要说了，还有别的话吗？"

"我要走了，今后还望你对二狗多加教诲。"

这些话均在毓秀的预料之中，他平静地回答道："这是当先生的本分，我自会尽量做好，无须多言。"

"我这一辈子尽做对不起你的事，不过你也别怨恨我，你好比是唐僧，我就是取经路上的妖精，没有我你也难取真经。"

真不愧是黑老猪，竟然得出如此结论。不过，毓秀倒是很认同他的说法："你的话很有道理，没有你我可能是另一个样子，也写不成《弟子规》。"

身为周庄人，黑老猪自然知道毓秀写的《弟子规》，只是他原来不屑一顾。从台下百姓对毓秀的问候声中，黑老猪体会到了《弟子规》在百姓心中的分量，听了毓秀的话，他忽然有了读《弟子规》的冲动："师弟，我是将死之人，你能满足我一个要求吗？"

"请讲。"

"台下百姓对你这么尊敬，对我这么憎恨，我知道，这全都是由于《弟子规》的缘故。我想读读《弟子规》，只可惜我眼睛瞎了，你能否为我读一段？"

"可以。"

毓秀从怀里掏出《弟子规》书稿，大声读给黑老猪听：

……

凡是人，

皆须爱。

天同覆，

地同载。

恩欲报，

怨欲忘。

报怨短，

报恩长。

听着听着，从没有在人前掉过眼泪的黑老猪突然放声大哭，他声嘶力竭地喊道："人间要是早有《弟子规》，我黄金彪何至于有今日?！"

五十六

清明节到了,汾河岸边散发出一片春的气息。

一枝枝柳条吐出嫩芽,一片片麦田又泛新绿,一群群春燕凌空飞过,一丛丛野花争奇斗艳。水汪汪的荷塘梗连着梗、水映着水,微风吹起层层涟漪。翠绿的荷叶漂浮在水面,青蛙和泥鳅在水中跳跃嬉戏,暂露头角的粉嫩荷花令人陶醉。

在王知州的亲自安排下,经过几个月的努力,闪耀着儒家思想光辉,浸透着李毓秀、郭先生和香荷心血,凝聚着绛州百姓智慧的《弟子规》印刷本终于面世。

这一天,李毓秀匆匆吃过早饭,怀揣着印好的《弟子规》出了门,他要把好消息告诉亲人们。

毓秀首先来到母亲坟前,未曾说话,眼泪已经模糊了双眼,雨一般下落的泪珠滴湿了面前的泥土。

"妈,儿子看您来了!"

毓秀擦了擦眼睛继续说道:"我虽然没有步入仕途,让您老人家遗憾,可是我做了比当官更有意义的事情,我写成了《弟子规》,这比儿子个人的荣华富贵要强千倍万倍!"他从怀里掏出《弟子规》

展示给母亲:"妈,您老人家睁眼看看,这是儿子遵照郭先生嘱托写成的书,一本世人喜欢的书,这本书将永远惠及天下众生!"

朦胧中,毓秀看到了母亲,她欣慰地说道:"儿子,妈没有遗憾,妈为你高兴。"

接着,毓秀来到郭先生坟前。

"郭先生,学生看您来了!"

毓秀捧着《弟子规》说道:"先生,我终于实现了您的愿望。'孝义''诚信''仁爱''学文',这些美德将规范所有学子的行为,您还满意吧?!"

远远走来了郭先生,他翻阅着《弟子规》欣喜地说道:"毓秀,你真真的青出于蓝而胜于蓝,《弟子规》比为师预想的书要好很多,为师很满意!"

最后,毓秀怀揣《弟子规》来到香荷坟前。

香荷的坟头已经长出了绿绿的嫩草,几簇金黄的野海棠花点缀其间,恰似人工刻意布置一般。在初春绿色的田野里,金子般闪亮的野海棠花显得那么别致和耀眼。

一群美丽的蝴蝶飞过来,绕着野海棠花飞来飞去。

毓秀睁大眼睛,一眨不眨地盯着花朵旁翩翩起舞的蝴蝶,莫非香荷也像当年的祝英台一样,化作了美丽的蝴蝶?

看着看着,眼泪不觉模糊了双眼,浑身的血直往上涌,毓秀鼻子一酸:"香荷,我看你来了!"

这时,旁边的柳树上传来子规鸟的叫声。

听着那凄厉的声声鸣叫,毓秀声泪俱下:"香荷妹子,你在哪里?你在哪里啊?"

忽然,香荷从花丛中缓缓走了出来,她莞尔一笑:"毓秀哥,我好看吗?"

李毓秀欣喜若狂:"妹子,你好看,你真好看!"他捧着《弟子规》对香荷道:"妹子,《弟子规》印好了,你快看看!"

香荷双手接过《弟子规》,放在唇边轻轻一吻:"啊!《弟子规》,我终于看到了你!"

毓秀从怀里掏出浸染着香荷与自己鲜血的手帕,双手捧着捂住喷涌而出的泪水,眼前显现一片血色……

远处随风飘来牧童稚嫩的声音:

弟子规,

圣人训。

首孝悌,

次谨信。

泛爱众,

而亲仁。

有余力,

则学文。